Ullstein

ÜBER DAS BUCH:

Herb und verhalten ist die Stimmung, die über dem Schicksal von Mayli und Sheng ruht. Mit furchtbaren Schrecken ist der Krieg ins Land gezogen und hat unzählige Hoffnungen zunichte gemacht. Selbst ein Gelöbnis zählt in diesen bangen Zeiten nicht mehr als leere Worte, die wie Seifenblasen zerplatzen. Ling Sheng, ehemals ein ungehobelter Bauerntölpel, dem Lesen und Schreiben fremd sind, hat seine Heimat verlassen, um in der Armee des Generals an der Grenze zwischen Burma und China zu kämpfen. Er ahnt nicht, daß die junge Mayli, jenes Mädchen, das seiner Werbung so oft mit Kälte und abweisenden Worten begegnete, aus Liebe zu ihm alles aufgegeben hat und nun als Leiterin eines Pflegerinnentrupps ganz in seiner Nähe weilt. Ermüdende Feldzüge, viele verlorene Schlachten und die immer wieder bevorstehenden Kämpfe gegen den ungleich stärkeren Feind verlangen den restlosen Einsatz jedes einzelnen und erlauben keine Rücksicht auf persönliche Gefühle und Wünsche. Doch allen Trennungen und Entsagungen zum Trotz wächst die Liebe zwischen Mayli und Sheng: sie ist nicht auf leeren Versprechungen aufgebaut, sondern auf dem festen Glauben an eine schicksalhafte Fügung, die ihr eines Tages Erfüllung bescheren wird.

DIE AUTORIN:

Pearl S. (Sydenstricker) Buck, geboren am 26. 6. 1892 in Hillsboro, West Virginia, wuchs als Tochter des Missionars Sydenstricker in China auf. Nach Studien in den Vereinigten Staaten kehrte sie (bis 1935) nach China zurück, wo sie 1917 den Missionar John L. Buck heiratete. 1922–1932 war sie Professorin für englische Literatur an der Universität Nanking. Als Mittlerin zwischen China und dem Westen erhielt sie für ihren Roman *Die gute Erde* 1932 den Pulitzerpreis und 1938 den Nobelpreis für Literatur. Pearl S. Buck starb am 6. 3. 1973 in Danby, Vermont.

Pearl S. Buck

Das Gelöbnis

Roman

Ullstein

Buchverlage Ullstein GmbH, Berlin
Taschenbuchnummer 24013
Titel der Originalausgabe:
The Promise
Aus dem Amerikanischen übersetzt
von Ursula von Wiese

Ungekürzte Ausgabe
Januar 1997

Umschlagentwurf:
Hansbernd Lindemann
Foto: © TONY STONE IMAGES
Paul Grebliunas

Printed in Germany 1997
Gesamtherstellung:
Ebner Ulm
ISBN 3 548 24013 5

Gedruckt auf alterungs-
beständigem Papier mit
chlorfrei gebleichtem Zellstoff

Von derselben Autorin
in der Reihe
der Ullstein Bücher:

Die gute Erde (20705)
Das Mädchen Orchidee (23238)
Und fänden die Liebe nicht (23574)
Der Regenbogen (23637)
Alle unter einem Himmel (23706)
Peony (23734)
Mandala (23999)
Über allem die Liebe (40146)

Die Deutsche Bibliothek –
CIP-Einheitsaufnahme

Buck, Pearl S.:
Das Gelöbnis : Roman / Pearl S.
Buck. [Aus dem Amerikan. übers. von
Ursula von Wiese]. – Ungekürzte
Ausg. – Berlin : Ullstein, 1997
(Ullstein-Buch ; Nr. 24013)
Einheitssacht.: The promise <dt.>
ISBN 3-548-24013-5
NE: GT

I

In ihrer Verzweiflung müssen die Menschen hoffen, wenn ihnen etwas gelobt worden ist, obwohl es sich nur um ein Gelöbnis handelt.

So glaubte auch Ling Tan noch immer an das Gelöbnis, obgleich sein zweiter Sohn stets den Kopf schüttelte, wenn der alte Mann davon sprach. Vor allem war Ling Tan, wie so viele, der Ansicht, die Männer von Ying und Mei seien die stärksten und kühnsten Männer der Welt, und er und alle andern in diesem vom Feinde heimgesuchten Land hofften, daß der Gegner auf irgendeine Veranlassung hin sich zuviel herausnehmen würde, wodurch die Fremden jenseits des Meeres aufgestachelt und zur Beteiligung am Krieg gezwungen würden, und damit käme dann alles zu einem Ende. Denn so schlimm und stark der Feind auch sein mochte, niemand glaubte, daß er die Fremden überwältigen könnte, die behaarten Männer von Ying und Mei.

Ebensowenig hörte Ling Tan auf seine Söhne, wenn sie ihm sagten, daß jene Fremden nicht mehr so stark seien wie ehedem. So sah Lao Er eines Tages in der Stadt, wohin er sich begeben hatte, um eingesalzene Enteneier zu verkaufen, wie ein feindlicher Polizist einem Fremden ins Gesicht spuckte; und der Fremde tat darauf nichts anderes, als daß er sich das Gesicht mit einem Tuch abwischte, welches er aus seiner Tasche zog.

»Zweifellos trägt er dieses weiße Tuch immer in der Tasche«, sagte Lao Er nach seiner Rückkehr zu seinem Vater, »und er trägt es nur bei sich, um sich damit den Speichel des Gegners vom Gesicht zu wischen. Alle, die es sahen, waren erstaunt, und der Händler, der neben mir stand, sagte, daß er das niemals für möglich gehalten hätte. Er sagte, wenn früher ein fremder Mann oder eine fremde Frau beleidigt worden sei oder sich nur beleidigt gefühlt habe, dann seien immer Männer mit Gewehren von den Kriegsschiffen herbeigeeilt, die stets auf dem Fluß bereitlagen.«

»Wo sind diese Kriegsschiffe jetzt?« fragte Lao Ta. »Heutzutage liegen nur feindliche Kriegsschiffe auf dem Fluß. Und einmal, als ich mich von der Flußseite dem Stadttor näherte, sah ich, wie sogar Fremde genau wie wir angehalten wurden. Die feindlichen Wachtleute zogen ihnen die Kleider aus und untersuchten ihren Leib, und ohne Waffen waren sie ebenso schwach und hilflos wie wir. Hege jetzt nicht zu große Hoffnungen, alter Vater.«

So setzten Ling Tan seine beiden Söhne zu, zu seinem eigenen Besten, damit er nicht zu bekümmert wäre, wenn das Gelöbnis, welches die Fremden gegeben, nicht gehalten wurde. Aber er hoffte immer noch, denn welch andere Hoffnung blieb ihm sonst?

Obwohl der Himmel über den reifen Feldern ruhig und klar war, wurden die Zeitumstände in diesem Herbst immer schlimmer. Das Dorf Ling lebte, als befände es sich inmitten einer schweigenden Welt. Keinerlei Nachrichten drangen von außen herein, nur solche, die von hastig durcheilenden Leuten flüsternd verbreitet werden konnten. Auf diese Weise hörten Ling Tan und seine Söhne, daß der Krieg im freien Land noch immer fortdauerte. Sie hörten auch, daß die Hauptstadt des Landes zwar weiter ins Innere verlegt worden war, daß der Feind aber gleichwohl hinzugelangen und die großen Bomben hinunterzuschicken vermochte, welche die Erde nahe beim Dorf aufgewühlt hatten; eine einzige Bombe war stark genug, um den großen Trichter zu machen. Jetzt war dieser Trichter voll Wasser; und an dem Tag, wo Ling Tan hörte, daß die Hauptstadt im Innern des Landes bombardiert worden war, ging er hin und betrachtete das

Loch. Dabei fragte er sich, wie es wohl sein mochte, wenn so große Löcher in eine Stadt gebohrt wurden; und was geschah mit den Menschen? Selbst wenn sie sich in den Felshügeln verbargen, wie man erzählte, konnte es so ewig weitergehen? Um so stärker drängte sich ihm die Hoffnung auf, daß von der Außenwelt eine Hilfe gegen diesen bitteren Feind kommen möge.

Und dann hörten Ling Tan und seine Söhne im achten Monat dieses Jahres, daß jetzt im freien Land in fünf Provinzen gleichzeitig gegen den Feind gekämpft wurde, und dies war das erste Mal, daß sie von Lao San hörten. Die Nachricht erfuhren sie von einem Wanderprediger, der erzählte, daß alle jungen und kräftigen Männer für diesen neuen Krieg aufgeboten würden. Dann zog er aus seinem grauen Talar ein Stück Papier, in dem ein Büschel schwarzer Haare lag. Er sagte: »Das hat mir der größte junge Mann gegeben, den ich jemals gesehen habe. Er trug mir auf, einen Umweg zu machen und an diesem Hause vorbeizugehen. Ihr würdet mir zu essen geben, wenn ihr diese Haare sähet, die er sich von seinem eigenen Kopf abschnitt, als er vor mir stand. Er nahm seinen Dolch zur Hand, schnitt sich die Haare ab und gab sie mir.«

Als Ling Sao den Priester dies sagen hörte, rief sie laut, daß es bestimmt die Haare ihres dritten Sohnes seien, der vor vielen Tagen fortgezogen war, und mit ihm einige der Berg-Männer, die er anführte.

»Wessen Haare locken sich so außer denen meines dritten Sohnes?« rief sie. »Nie sah ich solche Haare, und ich sagte immer, daß ich deshalb so großes Verlangen nach Aalen hatte, als er in meinem Leib war. Erinnerst du dich, wie ich Aale aß, als ich deinen dritten Sohn trug, Alter?«

»Ich erinnere mich«, erwiderte Ling Tan. »Und als er

zur Welt kam, waren wir alle über die Art seiner Haare betrübt. Sie schlängelten sich auf seinem Kopf gleich Aalen, wie du sagst, Alte. Aber da war es zu spät. Und sie sind immer so aus ihm gewachsen. Wo saht Ihr ihn doch noch, guter Priester?«

»In der Nähe der Stadt Long Sands«, gab der Priester Bescheid.

»War er in Lumpen?« fragte Ling Sao ängstlich.

»Nein, er war in richtigen Kleidern«, berichtete der Priester. »Und er sah recht gutgenährt und glücklich aus. Aber er war auf dem Weg zur Schlacht wie alle jungen Männer in jener Gegend, denn man erwartet, daß die Feinde sich für einen neuen Angriff auf die Stadt sammeln.«

Ling Sao nahm die Haare aus des Priesters Hand und wickelte sie in ein Stückchen rotes Papier, das sie in ihrem Zimmer in einer Tischschublade aufbewahrt hatte. Ling Tan hieß das Weib seines ältesten Sohnes dem Priester eine Mahlzeit bereiten – soviel er nur essen konnte und außerdem noch Mundvorrat. Das tat die Frau sogleich, denn sie war in diesem Haus eine willige, treue Seele geworden, auf die sich alle verließen, und sie erklärte niemals, müde zu sein. Sogar Jades frühere Arbeit nahm diese Frau auf sich, und wenn Jade die Rede darauf brachte, lachte sie und sagte: »Wenn du deine beiden Knaben stillst, was kann man dann noch mehr von dir verlangen?« Jades Zwillingssöhne waren auch wirklich immerzu hungrig, und es schien, daß Jade, wieviel gezuckerte Reisgrütze und Suppe und in Tee gekochte Eier sie auch zu sich nehmen mochte, das Gegessene nie rasch genug in Milch für die beiden durstigen Knaben an ihren Brüsten verwandeln konnte.

Als der Priester mit vollem Magen und gefülltem Korb

gegangen war, saßen alle da und dachten an den dritten Sohn, und sie fragten sich, ob er wohl in der Schlacht getötet werden würde oder nicht und was wohl aus ihm werden würde.

Kurze Zeit darauf erhielt Jade einen Brief, und als sie ihn öffnete, stellte sie fest, daß Mayli ihn geschrieben hatte. Er kam aus der Provinz, die Yünnan oder »Süden der Wolken« genannt wird, und zwar aus der Stadt Kunming. Dorthin, hatte Mayli zu Jade gesagt, wolle sie gehen, und dort befand sie sich nun. Es war ein kurzer Brief, anscheinend voll fröhlichen Geplauders, doch endete er mit der Frage: »Wie kommt es, daß der jüngere Bruder deines Mannes mir meine kleine seidene Flagge nicht zurückgebracht hat?«

Niemand außer Jade und Lao Er wußte etwas von der kleinen seidenen Flagge, die Mayli Jade anvertraut hatte, damit sie sie Lao San gäbe als Zeichen, daß sie ins freie Land ging, falls er ihr folgen wollte. Als Jade nun den Brief laut vorlas, während sie an einem Herbsttag jenes Jahres alle im Sonnenschein im Vorhof saßen, gewahrte sie diese Frage zum voraus, und sie las sie den andern nicht vor, um nicht mit Fragen bedrängt zu werden, die sie nicht zu beantworten vermochte. Aber nachher, als sie in ihrem Schlafzimmer war, erzählte sie Lao Er alles.

Er lächelte und sagte: »Er wird demnächst dort sein.«

Es geschah denn auch, daß Jade einen Monat später wiederum einen Brief erhielt, und diesmal schrieb Mayli: »Berichte Deinen Eltern, daß ihr dritter Sohn in diese Stadt gekommen ist. Er hat bei der Schlacht von Long Sands mitgekämpft, und er ist erfüllt von dem Sieg, den wir gegen den Feind gewonnen haben.«

Mehr als dies schrieb Mayli nicht, aber das genügte ihnen, denn sie waren höchst erfreut zu hören, daß irgendwo ein Sieg errungen war und daß Lao San lebte. Nur Ling Sao murrte, weil in dem Brief nichts davon stand, ob ihr dritter Sohn und diese Mayli nun verheiratet waren oder nicht. Aber nein, da war kein Wort von Heirat, weder in diesem Brief noch in einem anderen, der später eintraf.

Ling Sao wurde ärgerlich und sagte: »Ich wünschte, ich hätte meinen dritten Sohn hier und könnte ihn an den Ohren ziehen! Wann ist einer meiner Söhne jemals einer Frau nachgelaufen, wenn sie nicht sein Weib war? Warum heiratet er sie nicht, wenn er hungrig nach ihr ist? Und sie ist noch übler als er – ihn an sich heranzulassen, diese freche Tochter einer verderbten Mutter . . .«

»Hör auf zu schimpfen, Weib«, mahnte Ling Tan. »Weshalb beschimpfen sich Frauen immer so leicht?«

»Vielleicht will sie meinen Bruder nicht heiraten«, erklärte Lao Ta. »Vergiß nicht, Mutter, daß sie voll Gelehrsamkeit ist, und mein Bruder erkennt nicht einmal seinen Namen auf dem Papier, wenn er ihn sieht.«

Aber Ling Sao bot ihrem Sohn die Stirn. »Wenn sie den Bauch voll Tinte hat, dann ist sie ohnehin keine Frau für ihn«, entgegnete sie, »und um so weniger sollte sie sich ihm nähern.«

Jetzt lachten alle sie aus, woraufhin sie einen der Zwillinge von Jades Arm nahm und ihn forttrug, um sich in der Küche zu trösten. Denn ihre Enkel boten ihr stets Trost. An ihren eigenen Kindern konnte sie Fehler finden, die Enkel aber waren vollkommen in ihren Augen.

Solcherart waren die kleinen Dinge im Hause Ling Tans, und irgendwie ging das Leben im Hause weiter, obwohl das Land unter der bitteren Herrschaft des Feindes stand. Irgendwie gewannen sie für sich genügend Nahrung aus der Erde, und Lao Ta und Lao Er erlangten immer mehr Geschicklichkeit darin, die Gegner zu täuschen. Seit Lao Ta die Frau, die er einst in seiner Falle gefangen, geheiratet hatte, stellte er keine Fallen mehr, denn die Frau liebte ihn über alle Maßen, und sie wollte nicht, daß er sein Leben aufs Spiel setzte. Sie weinte, bis er sich bewegen ließ, heimzukommen und wieder als anständiger Bauer in seines Vaters Haus zu leben. Doch obwohl die Familie sich von keiner anderen gewöhnlichen Familie auf der Erde zu unterscheiden schien, vergaßen sie keinen Augenblick den Haß auf den Feind noch ihren Willen, gemeinsam mit allen Leuten die Gegner ins Meer zu jagen, wenn der Himmel den Tag werden ließ.

Zu sich selbst sagte Ling Tan immer, daß dies der Tag sein würde, an dem die Männer von Mei in solchen Zorn gerieten, daß sie ebenfalls in den Krieg eintraten.

»An diesem Tag«, bemerkte er eines Abends zu seinen Söhnen, »wenn wir hören, daß die Männer von Mei auf unserer Seite am Krieg teilnehmen, wird uns so viel Kraft verliehen sein, daß wir uns erheben, den Feind überfallen und ihn aus dem Land treiben. Jeder Mann an seinem Ort wird sich erheben und über den nächsten Gegner herfallen, auch wenn er nur seine bloßen Hände hat, um dem Gegner an die Gurgel zu fahren, und dann werden wir alle frei sein.«

Es war ein kühler Abend am Ende des Monats, als er dies sagte – so kühl war der Abend, daß Ling Sao ihre beiden Söhne gebeten hatte, den Tisch aus dem Vorhof ins Wohnzimmer zu tragen, wo sie das Abendbrot in der Wärme zu sich nehmen konnten. Noch hatte es keinen Frost gegeben, aber sie hob den Kopf und schnüffelte in die Abendluft, bevor sie die Tür schloß.

»Ich rieche heute den Winter«, sagte sie.

»Der fünfte Kriegswinter«, bemerkte Ling Tan ernst. »Aber nächsten Winter werden wir wieder frei sein.«

Niemand sprach nach diesen Worten, weil man ihm die Hoffnung nicht nehmen wollte. Er glaubte zu sehr an jenen Tag seiner Hoffnung, wobei er den Glauben aus der Luft schöpfte, denn noch immer drang kein Wort aus der Außenwelt zu ihnen, welches besagte, daß die Männer von Mei und Ying ihr Gelöbnis halten würden. Sogar die Gerüchte, die sie früher stets von ihrem alten Vetter in der Stadt gehört hatten, waren jetzt verstummt. Denn dieser alte Gelehrte hatte eines Nachts zuviel Opium genommen und war nicht mehr erwacht. Der Mann, dem der armselige Raum gehörte, wo er sein Leben verschlief, fand ihn am nächsten Morgen tot, und er wollte den ausgemergelten Körper schon über die Stadtmauer werfen, denn in dieser Zeit galten die Toten nicht so viel wie früher. Es gab jeden Morgen zu viele Leichen in den Straßen, einige verhungert, etliche an Krankheit zugrunde gegangen und einige erstochen – wer weiß, von welchem Dolch? Dann aber sah der Mann, daß der Tote unter seinem zerlumpten Gelehrtentalar eine gute Baumwollweste anhatte, und da kam ihm der Gedanke, sich diese Weste anzueignen. Dabei entdeckte er, daß der Alte an der Weste einen kleinen Karton mit Schnur befestigt hatte. »Sollte ich tot aufgefunden werden«, hatte der alte Gelehrte darauf geschrieben, »so bringt meinen Leichnam zu meiner Frau, die im Dorf Ling außerhalb der Südmauer der Stadt lebt.«

Diesem Wunsch war der Mann, eine Belohnung fordernd, nachgekommen, und Ling Tan gab ihm natürlich die Belohnung. Aber welch ein Tag war das gewesen, als des Vetters Frau endlich ihren Mann zurückerhielt! Es war ein Tag voll Ärger und Sorge, denn sie empfand solchen Zorn, daß sie nicht einmal trauern konnte, wie es sich gehörte, denn mochte sie ihren Mann auch noch so sehr schelten, er konnte sie nicht hören, während er in dem Sarge lag, den Ling Tan ihm gegeben hatte. Es war Ling Saos eigener Sarg. Sowohl Ling Tan als auch Ling Sao hatten ihre Särge in einem Nebenhaus bereit; sie waren in dem Sommer verfertigt worden, als Ling Tan das sechzigste Altersjahr erreichte. Es bedeutete einen Trost für sie beide, daß ihre Särge bereit waren, die Schlafenden aufzunehmen, wenn der Tod unerwartet kommen sollte.

Aber jetzt trat Ling Sao ihren Sarg dem Weib des Vetters ab. »Ich kann einen neuen bekommen, wenn meine Söhne das nächste Mal in die Stadt gehen«, sagte sie. »Die Knochen des alten Gelehrten sollen endlich ruhen.«

So tat man nach ihrem Geheiß, und die Frau des Vetters weinte und erzürnte sich abwechselnd. Zuerst weinte und klagte sie, doch als ihr all das viele Geld einfiel, das der Verstorbene für sich in der Stadt versteckt hatte, und sie daran dachte, wie er alles, was er verdient, in Opium umgesetzt hatte, wurde sie wütend; sie hörte auf zu weinen, wusch sich das Gesicht, kämmte sich die Haare und schrie, sie sei froh über seinen Tod, denn in seinem Leben sei er von keinerlei Nutzen für sie gewesen. Und dann erinnerte sie sich, daß sie nun tatsächlich Witwe war, worauf sie wiederum weinte. Alles in allem erregte sie einen solchen Aufruhr im Dorf, daß man froh war, als der alte Mann unter der Erde lag.

Am Tag vor dem Begräbnis blickte Ling Tan einmal in den Sarg und lächelte. Obwohl das Opium den alten Gelehrten zum Skelett abgemagert hatte, sah er so friedlich aus, daß Ling Tan wußte, er sei es zufrieden, so dazuliegen. An jenem Abend sagte er zu seinem Sohn: »Bestimmt findet der alte Spitzbube, daß er das beste Teil erwählt hat, weil sie ihn nicht mehr dazu zwingen kann, sie anzuhören.«

Immerhin gab es, nachdem der alte Gelehrte begraben war, keine Möglichkeit mehr, zu erfahren, was jenseits der Wasser vorging, und Ling Tan blieb nichts mehr als das Gelöbnis, um Hoffnung zu hegen.

Wie konnte er da gefaßt sein auf diesen ärgsten Tag, den der Himmel ihm schickte? An diesem Tag überwältigten die Gegner die Männer von Mei durch Überrumpelung. Sie überfielen die ausländischen Schiffe, die nebeneinander in dem fremden Hafen lagen, und sie steckten die Flugzeuge in Brand, die Seite an Seite auf dem Boden ruhten. Diejenigen, welche diese Schiffe des Wassers und der Luft zu betreuen hatten, schliefen oder gingen an einem Tag, wo alle müßig waren, ihrem Vergnügen nach. Versteht sich, daß die Gegner ihren Sieg allenthalben verkündeten. Sie schrien ihn auf den Straßen aus, an den Mauern stand es in großen Lettern geschrieben, und Stimmen trugen die Kunde rascher übers Land, als es der Wind vermocht hätte. So erreichte die Neuigkeit auch das Dorf Ling. Es war ein klarer, kühler Tag, ein Tag, an dem in besseren Zeiten Ling Tan seine Frau gebeten hätte, ihm Nudeln aus weißem Weizenmehl zu machen. Am Morgen hatte er den Frost vor der Tür gerochen, und als er neugierig hinaussah, gewahrte er ihn weiß auf dem abgeernteten Boden.

»Wenn es richtige Zeiten wären«, sagte er zu Ling Sao, »dann würde ich heute Weizennudeln essen.«

»Wir haben nur den ewigen Hirsebrei«, erwiderte sie, »aber er ist heiß.«

So aß er seinen heißen Hirsebrei, und der Tag verging wie alle Tage. Die Söhne widmeten sich ihrer Arbeit, und er saß in der Sonne und rauchte seine Wasserpfeife. Plötzlich aber kam jemand auf das Haus zugelaufen. Es war ein junger Bursche, der Sohn eines Bauern im nächsten Dorf, der als erster bei Ling Tan erschien. Er weinte, während er daherrannte, und Ling Tan rief ihm zu: »Was gibt's? Kann es noch Schlimmeres geben, als uns bisher widerfahren ist?«

»Es gibt noch Schlimmeres, und es ist geschehen«, entgegnete der Bursche, und dann berichtete er keuchend und schluchzend. Am frühen Morgen dieses Tages hatte der Feind die Schiffe und Flugzeuge der Leute von Mei überfallen, Tausende von Meilen entfernt, und sie alle restlos zerstört. Die Männer von Mei waren voll Zorn – aber hilflos.

Ling Tan saß da, die Wasserpfeife in der Hand, und hörte diese finstere Nachricht. »Ich kann es nicht glauben«, sagte er.

Aber sein Mund wurde trocken. Denn der junge Mann fuhr fort, eine völlig abgeschlossene Geschichte zu berichten, und Ling Tan sah ein, daß es Menschen, die nicht achtgaben, so ergangen sein mochte. Wenn die Männer von Mei unachtsam waren, konnte es so gewesen sein. Und nur allzu gut kannte er die schlaue Geschicklichkeit des Feindes. Er forderte den jungen Mann zum Eintreten auf und ließ ihn die ganze Geschichte nochmals vor den Söhnen erzählen. Dann hieß er seine Söhne, die andern Männer des Dorfes zu holen, und als sie sich bei Ling Tan im Vorhof versammelt hatten, mußte der junge Mann abermals seine Geschichte berichten. Jedesmal erschien sie wahrscheinlicher.

Nachdem Ling Tan sie zum drittenmal gehört, klopfte er die kalte Asche aus seiner Pfeife, die er zu rauchen vergessen hatte. Dann wandte er sich an Ling Sao. »Mach mir mein Bett zurecht«, sagte er. »Ich muß mich niederlegen, und ich weiß nicht, ob ich jemals wieder aufstehen werde.«

Alle erschraken über diese Worte, und alle drängten ihn, die Hoffnung nicht aufzugeben. Sie sagten ihm, daß ja noch immer die Männer von Ying vorhanden seien, die nicht vernichtet worden waren, aber er hörte sehr wohl die Unsicherheit in ihren Stimmen, und er schüttelte den Kopf.

»Mach mein Bett zurecht, Mutter meiner Söhne, mach mein Bett zurecht«, sagte er.

Elf Tage lag er in seinem Bett mit geschlossenen Augen, und während dieser ganzen Zeit nahm er keine richtige Mahlzeit zu sich, noch wusch er sich richtig. Am zwölften Tag hatte Ling Sao Gesicht und Hände mit Asche bedeckt, als sie hereinkam, und in der einen Hand trug sie ein langes Stück rauhen Trauerstoffs. Sie weinte laut.

»Wenn du stirbst, schlucke ich die goldenen Ohrringe, die du mir geschenkt hast«, sagte sie. »Ich kann ohne dich nicht leben, Alter.«

Dann kamen seine Söhne mit ihren Frauen und Kindern herein, und sie baten ihn weinend, um ihrer aller willen aufzustehen und sich zu waschen und zu essen.

Aber Jade sprach das Wort, das ihn in Bewegung brachte. »Willst du dich schließlich vom Feinde töten lassen, nachdem du uns in all diesen Jahren Mut gemacht hast?«

Eine Weile dachte er nach, während sie ihn verschmitzt betrachtete. Dann richtete er sich mühsam auf. »Du hast das richtige Wort gefunden, um mich zum Leben zu bringen, obwohl ich mich nach dem Tod sehnte«, erklärte er mit mattem Zorn.

Nichtsdestoweniger stand er auf. Seine Söhne sprangen hinzu, um ihm zu helfen, und die Frauen gingen fort, während er sich unter dem Beistand seiner Söhne wusch und anzog. Danach aß er eine Schale Suppe mit zwei Eiern, die Ling Sao schon bereithielt, und so begann er wieder zu leben.

Aber nie mehr wurde er, was er gewesen. Sein Rücken war schwach, und wenn er ging, hielt er sich an der Wand oder am Tisch fest, oder er stützte sich auf einen Sohn oder auf Ling Sao. Niemals erwähnte er mehr den Krieg, den Feind, noch die Hoffnung, die er verloren. Von da an war Ling Tan ein alter, alter Mann; sie sahen es alle, abwechselnd nahmen sie sich seiner an, und nie mehr ließen sie ihn unbeaufsichtigt.

Nach jenem Tag vermochte sich Ling Tan nie mehr recht zu erinnern, was ihm gesagt worden war, und am meisten ergrimmte es ihn, daß er sich nicht entsinnen konnte, wo sich sein dritter Sohn befand. Immer wieder vergaß er, daß Jade ihm einen Brief vorgelesen hatte, der kürzlich von Mayli gekommen war, und jeden Tag fragte er danach und behauptete, nichts davon gehört zu haben. So las sie ihm die Briefe geduldig mehrmals vor. Eines Tages, als sie ihm einen vor einer Woche eingetroffenen Brief zum sechstenmal vorgelesen hatte, streckte er die Hand aus und sagte: »Gib mir den Brief.«

Jade gab ihm den Brief, den er in die rechte Hand nahm. Während er den Brief festhielt, begann seine Hand mit jenem leichten Beben zu zittern, das er nicht verhindern konnte, sosehr er sich auch bemühte. Es war mit seiner Schwäche gekommen, und es machte ihn stets wütend.

»Sieh nur meine Hand an«, sagte er voll Zorn, als gehörte die Hand ihm nicht. »Schau, sie zittert wie ein welkes Blatt, das vom Baum fallen will!«

Jade verlegte das Gewicht des Kindes, das sie auf dem Arm hatte. Einen ihrer Zwillingssöhne trug sie stets bei sich, und welchen sie nicht im Arm hielt, den hatte Ling Sao sich aufgeladen. So waren sie nie ohne Bürde, was sie auch tun mochten. »Es ist ja nur die eine Hand«, sagte sie jetzt, um den alten Mann zu beschwichtigen.

»Aber es ist die Hand, mit der ich den Samen in die Erde zu pflanzen pflegte«, murrte Ling Tan.

»Daher ist sie um so müder«, versetzte Jade sanft.

Ling Tan stieß einen tiefen Seufzer aus, nahm den Brief in beide Hände und drehte und wendete ihn. Sein Stolz verbot ihm zu fragen, was oben und was unten war, und Jade mochte ihm nicht bedeuten, daß er den Brief schließlich verkehrt hielt. Warum sollte sie einen Alten beschämen? Er betrachtete den Brief genau, wobei er sich einbildete, in den Schriftzeichen die Dinge zu sehen, die er gerade zuvor von ihren Lippen vernommen hatte.

»Seltsam, daß sie von ihm schreibt, ohne daß sie verheiratet sind«, bemerkte er. »Weshalb sind sie nicht verheiratet?«

»Wie kann ich sagen, weshalb eine andere Frau einen deiner Söhne nicht heiraten will?« lachte Jade.

Ling Tan lächelte nicht.

»Ich werde meinen dritten Sohn nie mehr wiedersehen«, sagte er traurig. »Fremde Winde und fremde Wasser – das sind widrige Dinge.«

»Laß solche Gedanken nicht zu«, entgegnete Jade. Das Kind in ihren Armen war eingeschlummert, und sie dachte, daß sie es ins Bett legen und ihre Arme eine Weile ausruhen könne. Sie erhob sich und stahl sich leise über den Vorhof, wo sie mit dem alten Mann gesessen hatte, und so blieb er allein.

Eine Zeitlang fuhr er fort, den Brief anzustarren, den er nicht zu lesen vermochte, doch schließlich faltete er ihn klein zusammen und steckte ihn in seinen Gürtel. Dort wollte er ihn bewahren, bis er zu Staub zerfiel, wie er auch die anderen Briefe dort bewahrte, welche die Frau geschrieben hatte, die sein dritter Sohn liebte. Nein, er konnte diese Frau nicht verstehen, die, obwohl sie einen so prächtigen Mann wie seinen dritten Sohn nicht heiraten mochte, getreulich dann und wann schrieb und die Briefe ihnen durch einen Boten sandte, den sie aufzutreiben vermochte. Aber nichts war wie gewohnt in diesen Kriegsjahren, und Männer und Frauen waren am sonderbarsten von allem.

Er seufzte abermals und legte den Kopf auf seine auf dem Tisch ruhenden Arme. Die Sonne schickte warme Strahlen in den Hof, und ringsum war alles still. Er hörte wieder das Geräusch des Webstuhls – des Webstuhls, der stumm geblieben, seit seine dritte Tochter Pansiao in die Inlandberge zur Schule geschickt worden war. Jetzt hatten sie seit vielen Monaten nichts mehr von Pansiao gehört. Fast hatte er vergessen, wie dieses Töchterchen aussah. Aber er dachte nun an sie, als er den Webstuhl hörte.

Er wußte, daß nicht Pansiao an dem Webstuhl saß, sondern die Witwe, die sein ältester Sohn geheiratet hatte. Sie war eine gute Weberin, überhaupt gut für alle Arbeiten im Haus; gleichwohl zeigte sich Ling Sao ihr gegenüber oft ungeduldig, weil die Frau dauernd besorgt war, der Schwiegermutter zu mißfallen, und da sie besorgt war, erregte sie Mißfallen, und dann verkroch sie sich und weinte. Worauf Ling Sao ihr verärgert nachrief: »Hör auf zu weinen, arme, dumme, gute Seele! Es stimmt, daß du stets versuchst, mir zu Gefallen zu sein, aber es wäre wahrhaftig leichter für mich, wenn du dich nicht fortwährend an meiner Seite hieltest wie eine Katze, die sich an den Beinen reibt. Streng dich nicht so an, Schwiegertochter, und ich werde dich lieber haben!«

Aber das verstand die Frau nicht. Sie blickte ihre Schwiegermutter nur aus tränenerfüllten Augen an und wimmerte: »Mir scheint es, daß ich gar nicht genug versuchen kann, dir zu Gefallen zu sein.«

Immer wieder hatte sich dieser Streit zwischen den beiden Frauen ergeben, bis Ling Tan es eines Tages auf sich genommen hatte, zu Ling Sao zu sagen: »Da mein ältester Sohn diese Frau nun einmal für sich gefunden hat und sie gern hat, laß sie doch in Ruhe. Soll ich wegen dir und dieser Frau ein elendes Alter haben? Wenn es schon keinen Frieden in der Welt gibt, kann ich ihn nicht wenigstens in meinem eigenen Haus haben?«

Seit er dies gesagt hatte, murrte Ling Sao außerhalb seiner Hörweite, und so hatte er Frieden.

Jetzt erklang das leichte Klappern des Webstuhls beim warmen Sonnenschein eines milden Wintertages; es trug ihn fort von allen Gedanken, und er schlief ein.

2

Über tausend Meilen entfernt von dem Hof, wo der alte Mann in der Sonne schlief, stand sein dritter Sohn, Lao San, in einem anderen Hof.

Lao San trug neuerdings einen anderen Namen. Old San oder Lao Three sind Namen, die für einen Bauernsohn genügen, aber nach dem Sieg von Long Sands hatte er das Kommando über andere Männer erhalten, und mit dem neuen Rang hatte ihm sein General einen neuen Namen gegeben. Dieser Name lautete Sheng, und Sheng wurde er von diesem Tag an genannt.

Bis vor einem Augenblick hatte er gesessen und über ein Gartentischchen aus Porzellan hinweg mit der Frau gesprochen, die er liebte und die ihn nicht heiraten wollte. Richtiger würde man sagen, daß sie ihn zum Sprechen brachte; durch geschickte Fragen bewegte sie ihn dazu, zu erzählen, was er seit ihrer letzten Begegnung vor über zwei Monaten alles getrieben hatte. Dann verstummte sie und senkte das schöne Haupt, als ob sie über das, was er gesagt, nachdächte. Worüber sie in Wirklichkeit nachdachte, wußte er nicht. Er liebte sie aufrichtig, aber er gab nicht vor, ihre Gedanken zu kennen. Sie war keine gewöhnliche Frau, wenn es um Gedankenarbeit ging. Er konnte mit ihr reden, als wäre sie ein Soldat, und auch sie sprach so. Doch wenn sie schwieg, schien sie immer weit fort von ihm zu sein. Jetzt hob sie unversehens den Kopf, als ob sie seine Augen fühlte, und lächelte ein wenig.

»Du siehst schön aus in der Uniform«, sprach sie. Ihr Lächeln verzerrte sich. »Aber wozu sage ich dir das? Du weißt es.«

Er antwortete nicht darauf, denn er antwortete ihr nie, wenn ihre roten Lippen sich verzerrten.

»Wie viele Schriftzeichen kannst du jetzt schreiben?« fragte sie.

»Mir genügt es«, erwiderte er.

»Weshalb hast du mir dann nie einen Brief geschrieben?«

»Wozu sollte ich schreiben, wenn ich doch wußte, daß ich in einem oder höchstens zwei Monaten hierherkommen würde?«

»Wenn du keinen Grund siehst, mir zu schreiben, dann ist kein Grund da«, sagte sie.

Sie nahm ihre Teeschale in die Hand, und er blickte auf die lange, schmale Hand, deren Nägel rot bemalt waren. Er kannte den Duft ihrer Handfläche. Aber er näherte sich ihr nicht. Statt dessen steckte er seine Rechte in seinen neuen Uniformrock und zog ein Stück farbiger Seide hervor. Sie saß da und trank ihren Tee; ihre Lippen lächelten noch immer, und ihre großen dunklen Augen lächelten.

»Hier ist die Flagge«, sagte er.

»Du hast die Flagge noch immer?«

»Du ließest sie mir zukommen«, versetzte er. »Du befahlst mich zu dir.«

Tatsächlich hatte Mayli vor sechs Monaten Jade beim Abschied diese kleine Flagge gegeben und zu ihr gesprochen: »Sage ihm, ich gehe ins freie Land. Sag ihm, ich gehe nach Kunming.« Nach Kunming hatte er sich nach dem Sieg begeben. Aber als er dorthin gekommen war, hatte sie ihn nicht heiraten wollen. Sie war noch immer nicht willens, ihn zu heiraten, obwohl er sich schon seit Tagen hier aufhielt und sie jeden Tag aufgesucht hatte.

»Warum bewahrst du die Flagge auf deiner Brust?« fragte sie ihn.

»Damit du dich erinnern mögest, daß du mich aufgefordertest hierherzukommen«, versetzte er.

Er beugte sich über das Prozellantischchen und blickte auf

ihr emporgewandtes Antlitz nieder. Hinter seinem Kopf, über den Mauern des Hofes, konnte sie die hohen Gipfel der Berge sehen, welche die Stadt umgaben, nackte Berge, rot gegen den klaren Winterhimmel. Der Tag war nicht kalt. Hier herrschte selten Kälte, und in einem anderen Klima hätte es Frühling sein können. Das Licht der Sonne fiel auf ihr und auf sein Gesicht, und jeder sah des andern Schönheit, die Feinheit der Haut, die goldene zarte Haut ihres Volkes, und das Dunkel und das Weiß der Augen.

»Ich frage dich abermals, ob du mich heiraten willst«, sagte er. »Gestern habe ich dich gefragt, und heute frage ich dich.«

Ihre Lider sanken. »Du bist neuerdings sehr keck geworden«, gab sie zurück. »Als du zum erstenmal herkamst, hättest du nicht daran gedacht, mich selber zu fragen. Weißt du noch, wie du jemand fandest, der eine Freundin von mir kannte, und wie du mir dann durch die beiden einen Heiratsantrag machtest?«

»Ich habe jetzt nur wenig Zeit. Ein Soldat muß geradewegs auf sein Ziel zugehen. Ich frage dich dieses: Willst du mich heiraten, bevor ich in die nächste Schlacht ziehe?«

Sie hob die Augenlider wieder, und was er gefürchtet, erkannte er vor allem aus – ihrem Gelächter. »Fragst du mich heute zum letztenmal?« Sie warf ihm die Worte spielerisch hin, wie ein Kätzchen einen Ball vorwärts stößt.

»Nein«, entgegnete er. »Ich werde dich fragen, bis du nachgibst.«

»Warte wenigstens, bis du zurückkehrst, bevor du wieder fragst«, sagte sie.

Beide hatten sie denselben Gedanken – was, wenn er nie mehr zurückkehrte? Aber keiner von ihnen sprach das aus. »Weißt du eigentlich, warum du mich nicht heiraten willst?« erkundigte er sich schließlich.

»Wenn ich es wüßte, würde ich es dir sagen«, erwiderte sie.

Abermals gab es ein langes stummes Spiel zwischen ihnen – Augen, die in Augen blickten. Dann nahm er die schimmernde Seidenflagge, die auf dem Tischchen lag, faltete sie zusammen und steckte sie wieder unter seinen Rock.

Sie erhob sich. »Gehst du schon?«

»Ja.«

»Gehst du, weil du mußt oder weil du willst?« fragte sie ihn. Jetzt, da er ging, drängte es sie, ihn zum Bleiben zu bewegen.

»Was spielt das für eine Rolle?« gab er zurück. »Ich habe gesagt, was ich sagen wollte und weshalb ich herkam. Es gibt keinen Grund, heute noch länger zu bleiben.«

Sie antwortete nicht. Sie stand nahe bei ihm; sie war groß für eine Frau, doch reichte sie ihm nicht einmal bis zur Schulter.

»Ich möchte schwören, daß du noch immer wächst«, bemerkte sie absichtsvoll. »Kannst du mir einen Vorwurf daraus machen, daß ich keinen unausgewachsenen Knaben zum Gatten haben will?«

»Ich mache dir einen Vorwurf daraus, daß du nicht nach mir verlangst«, versetzte er ernst. »Daraus mache ich dir einen Vorwurf, weil wir zur Ehe bestimmt sind. Bestimmen uns unsere Horoskope nicht füreinander? Bist du nicht Gold, und bin ich nicht Feuer?«

»Aber ich will nicht verzehrt werden!« rief sie.

»Ich bin der Mann«, sagte er, »und du bist die Frau.«

Die Luft rings um sie war so klar, so unbewegt, der Sonnenschein so rein, daß ihrer beider Schatten auf den weißen Steinen zu ihren Füßen lagen, als wären sie ein einziger. Sie sah die Verbundenheit und trat einen Schritt von ihm zurück; die Schatten trennten sich.

»Geh fort«, sagte sie. »Wenn du ausgewachsen bist, magst du wiederkommen.«

Er bedachte sie mit einem langen Blick, so lang und feurig, daß sie mit dem Fuß aufstampfte. »Glaub nicht, daß ich mich vor deinen Augen fürchte!« rief sie.

»Glaub nicht, daß ich mich vor dir fürchte«, entgegnete er fest, drehte sich um und schritt ohne ein weiteres Wort von dannen.

Und sie, allein zurückgeblieben auf dem Hof, ging hin und her, auf und ab, blieb schließlich vor einem Bambusgebüsch stehen, pflückte ein glattes, hartes Blatt ab und zerfetzte es mit den Zähnen. Wann würde sie dieses Mannes sicher sein, nach dem ihr Fleisch verlangte? Sie wollte keinen Tölpel heiraten, und war er mehr als ein Tölpel? Wer wußte es? Vor einem Monat war er von den Höchsten auserwählt worden, andere Männer anzuführen. Aber es hatte ihn Monate gekostet zu beweisen, daß er nicht nur die Handvoll zerlumpter Männer anführen konnte, die mit ihm aus den Bergen nahe seines Vaters Haus geflüchtet waren. Denn in all diesen Monaten war er in den Reihen der gemeinen Soldaten gedrillt worden, und abends hatte er wie ein Schulkind die Striche und Punkte und Haken gelernt, die zum Schreiben und Lesen befähigen. Heute vermochte er ein Buch zu lesen, aber nur, wenn es nicht schwer war. Und sie wußte noch immer nicht, ob sein Geist einfach war oder nicht. Heiraten konnte sie ihn, wie Frauen heutzutage heirateten, und ihn dann fortwerfen. Aber sie war nicht so heißen Blutes, daß sie bloß deshalb heiraten mußte. Sie wollte einen Mann heiraten, den sie bis zu ihrem Tod lieben konnte, und um sich ihre Liebe zu erhalten, mußte er mehr haben als nur Schönheit – er mußte die Kraft zur Größe haben. Hatte er diese Kraft? Sie wußte es nicht.

Eine alte Frau in schwarzem Kittel und schwarzen Hosen erschien an einer Tür, die sich nach dem Hof öffnete. »Deine Mahlzeit ist bereit«, sagte sie. Sie schaute rings umher. »Ist er schon fort? Ich ging aus und kaufte ein Pfund Schweinefleisch und Kastanien, weil ich dachte, er würde bleiben.«

»Ich werde es essen«, erwiderte Mayli.

»Nein, das wirst du nicht«, widersprach die Alte. »Du bist das Kind deiner Mutter, die eine Dienerin Mohammeds war, und solange meine Hände deine Mahlzeiten bereiten, wird kein Schweinefleisch in deinen Leib gelangen. Das sage ich, die ich dich in deiner Mutter Haus genährt habe, als du ein Säugling warst!«

»Warum habe ich dich jemals gefunden?« beklagte sich Mayli scheinbar. Sie hatte die Alte in ihrer Geburtsstadt gefunden, wo jetzt die Drahtpuppe des Feindes herrschte. Auf jene Weise, auf die geringe Menschen alles über die Höhergestellten wissen, erfuhr die Alte, daß Mayli von jenseits der Wasser zurückgekehrt sei, und so tauchte sie eines Tages auf und sagte Mayli, wer sie war. Gleichzeitig erzählte sie so genaue Dinge von Maylis Mutter, daß sie sich als diejenige auswies, die einst Maylis Amme gewesen. Auch sie war Mohammedanerin – andernfalls hätte sie das Kind Mayli niemals stillen dürfen –, und es brachte öfters Unbequemlichkeiten mit sich, wenn sie auf Bräuche und Ernäherungsweisen Wert legte, welche für Mayli, die, weit entfernt von solchen Sitten, im Ausland aufgewachsen war, gar nichts bedeuteten.

»Deine tote Mutter gab es meiner Seele ein, zu dir zu kommen«, sagte nun die alte Liu Ma. »Ich fühlte, wie ihr Geist die Bettvorhänge bewegte, und ich wußte, daß sie es war, weil ich die Kassienblüten roch, die sie stets im Haar trug.«

»Mein Vater liebt Kassien noch immer«, bemerkte Mayli.

Einer der Gründe, warum sie die Alte um sich wünschte, war der, daß sie von ihr vielleicht alle diese kleinen Geschichten über die Mutter hören konnte, die bei ihrer Geburt gestorben war.

»Glaubst du, daß du mir etwas berichten kannst, das ich nicht schon weiß?« gab die Alte zurück. »Was deiner Mutter widerfuhr, widerfuhr auch mir. Ich habe nichts vergessen. Komm jetzt und iß.«

Sie ergriff Maylis Rechte mit ihrer trockenen, alten Hand und zog sie durch die Tür in den Wohnraum des Hauses, in dem Mayli mit dieser alten Frau allein lebte. »Setz dich«, befahl sie; und als Mayli sich niedergelassen hatte, brachte sie eine Kupferschüssel mit heißem Wasser und ein kleines weißes Handtuch zum Händewaschen. Während sie sich auf diese Weise beschäftigte, brummelte sie die ganze Zeit vor sich hin.

»Ich werde das Schweinefleisch den Straßenhunden vorwerfen. Es ist ja auch Hundefutter. Aber diese große Rübe von einem Soldaten, den du für deinen Pflegebruder ausgibst... Wahrhaftig, nur in solchen Zeiten wie heute, wo alle Leute den Verstand verloren haben, hat ein junges Mädchen einen Pflegebruder! Ein Bruder oder gar nichts – was ist ein Pflegebruder anderes als ein Mann, und was hast du mit einem Mann zu tun, der nicht dein Bruder ist? Es verdirbt den Ruf dieses Hauses, wenn man einen großen Soldaten den Kopf beugen sieht, um durchs Tor zu treten. Ich lüge für dich, aber können Lügen abstreiten, daß er hier ist, wenn jedermann auf der Straße ihn hereinkommen sieht? Die alte Hexe im Heißwasserladen nebenan sagte: ›Ich sehe, daß dein Herr wieder daheim ist.‹ Und wie kann ich ihr erklären, daß er nicht mein Herr ist, wenn sie ihn durch unser Tor hereinkommen sieht?«

Zu solchen Reden, von denen die Alte jeden Tag überfloß

wie ein tropfender Brunnen von Wasser, sagte Mayli nichts. Sie lächelte, glättete ihre dunklen Haare mit der schmalen, blassen Hand, setzte sich an den Tisch im Wohnraum des Hauses und aß tüchtig von dem Lammfleisch, dem Reis und dem Kohl, die aufgetragen waren, während die Alte sie umkreiste, den Tee heiß hielt, ihr beim Essen zusah und andauernd schwatzte.

Plötzlich aber unterbrach Mayli das Gebrummel mit einem blitzenden, mutwilligen Blick. Sie hatte gut gegessen, aber sie legte die Eßstäbchen noch nicht nieder. »Wo ist das Schweinefleisch, Liu Ma?« fragte sie.

»Es ist in der Küche und wartet darauf, daß ich es den Hunden vorwerfe«, lautete die Antwort.

»Gib es mir. Ich bin noch immer hungrig.«

Liu Ma riß ihre alten Augen auf und schob die Unterlippe vor. »Ich werde es dir nicht geben, und das weißt du ganz genau, du Arge«, entgegnete sie mit erhobener Stimme. »Ich würde dich eher mit eigenen Händen Hungers sterben lassen, als dir solch garstiges Fleisch geben.«

»Aber wenn Sheng wie so oft schon über Mittag bei mir geblieben wäre, dann hätte ich das Schweinefleisch gegessen.«

»Ich kenne meinen Platz stets«, erklärte Liu Ma. »Natürlich hätte ich dann nur gewartet, um dich unter vier Augen zu schelten.«

»Oh, du alte Närrin«, lachte Mayli. Sie stand auf und huschte an der Alten vorbei in die Küche, wo auf einer Ecke des Eisenherds die Schüssel mit dem Schweinefleisch und den Kastanien stand, sehr heiß und wohlriechend. »Das sieht nicht aus wie ein Gericht, das man den Hunden vorwerfen will«, sagte Mayli, in deren Augen noch immer Mutwille blitzte. »Es sieht aus wie ein Gericht, das eine alte Frau zur Seite gestellt hat, um es selber zu essen.«

»Oh, wie wünschte ich, daß deine Mutter am Leben geblieben wäre!« jammerte Liu Ma. »Dann hätte sie dich mit einem Bambusstock geschlagen und ein anständiges Mädchen aus dir gemacht! Aber dein Vater war immer so weich wie Rauch. Nein, niemals trat er wie ein rechter Mann auf. Aber sie hätte dich geschlagen.«

Inzwischen hatte Mayli die Schüssel auf den Tisch getragen, und sie tauchte nun ihre Eßstäbchen hinein. Die besten Bissen des Schweinebratens brachte sie zum Vorschein, mit brauner Fettkruste und butterweichem Fleisch.

»Wie gut du Schweinebraten zu bereiten verstehst, wenn man bedenkt, daß es eine Speise ist, die du sonst nie machst«, sagte sie zu der Alten.

Sie blickte Liu Ma an, und plötzlich zuckte es im Gesicht der Frau. »Du gottloses junges Ding!« rief sie lachend. »Wenn du nicht so viel größer wärst als ich, würde ich dir den Hintern versohlen. Ich bin froh, daß dieser Drachensohn, den du deinen Pflegebruder nennst, noch größer ist als du. Wenn er nach eurer Hochzeit die Geduld mit dir verliert, werde ich ihn nicht bitten, seine Hand festzuhalten. Ich werde ihm zurufen: ›Gib ihr noch einen Schlag, gib ihr noch einen Schlag für mich!‹«

»Du alter Knochen«, entgegnete Mayli fröhlich, »woher weißt du, daß ich ihn heiraten will, wenn ich doch selber nicht weiß, ob ich will oder nicht?«

In diesem Augenblick stand Sheng in Achtungstellung vor seinem General. Dieser General war ein Mann aus dem Südwesten, ein noch junger, kräftiger Mann, der die Truppen dieses Gebiets befehligte. Seine Geschichte war bemerkenswert: Früher war er manchmal ein Rebell gewesen, aber jetzt kämpfte er als gesetzestreuer Soldat gegen den gemeinsamen Feind. Denn in Friedenszeiten müssen die Männer für diese oder jene kleine Sache kämpfen, aber wenn, wie in diesem Fall, ein Feind von außen das Land bedrängt, dann mag kein Mann mehr für seine eigene Sache kämpfen; und so hatte dieser General alle seine Soldaten um sich versammelt, war zum Allerhöchsten gegangen und hatte sich und seine Mannen ihm für den allgemeinen Krieg zur Verfügung gestellt.

Als er Sheng strammstehen sah, machte er eine Bewegung und sagte: »Nehmt Platz. Ich habe mit Euch zu sprechen, nicht als Euer Vorgesetzter, sondern von Mann zu Mann. Ich habe vom Allerhöchsten Befehl erhalten, daß unsere zwei besten Divisionen in Burma einmarschieren sollen. Das ist gegen meinen Willen, und ich kann dem Allerhöchsten nicht gehorchen und Euch meinen Befehl nicht geben, ohne Euch wissen zu lassen, daß ich mißbillige, was ich Euch gezwungenermaßen befehlen muß. Setzt Euch, setzt Euch!«

Hierauf ließ Sheng sich nieder, aber er nahm seine Mütze ab, und er setzte sich nur auf die Stuhlkante, um es sich vor seinem Vorgesetzten nicht zu bequem zu machen. Auch verhielt er sich schweigend und wartete ab, um seine Hochachtung zu beweisen. Im Raum waren zwei Wachtleute, die wie Götzenbilder an der Wand standen. Zu ihnen hob der General die Augen, und sie gingen hinaus. Nun waren die beiden allein. Der General lehnte sich in seinem Holzstuhl zurück und spielte mit einem kleinen Tonbüffel, der sich auf seinem Schreibtisch befand.

»Euer Vater ist Bauer, sagtet Ihr mir einmal«, bemerkte er zu Sheng.

»Ich bin der Sohn von Bauernsöhnen seit tausend Jahren«, erwiderte Sheng.

»Seid Ihr Eures Vaters einziger Sohn?« fragte der General.

»Ich bin der Jüngste von dreien. Und alle drei leben.«

Der General seufzte. »Dann kann ich Euch in einen verhängnisvollen Krieg senden, ohne Eures Vaters Leben abzuschneiden.«

»Meines Vates Leben ist nicht in mir«, versetzte Sheng. »Er hat meine beiden Brüder, und sie haben Söhne.«

»Und Ihr, seid Ihr verheiratet?«

»Nein, und ich werde wohl schwerlich heiraten.«

Darüber lächelte der General. »Ihr seid noch zu jung, um so zu sprechen.«

Sheng antwortete nicht sogleich. Erst nach einer kleinen Weile sagte er: »Es ist für einen Mann, der in die Schlacht gesandt wird, eigentlich nur gut, keine Frau zu haben. Wenigstens gehe ich allein und frei.«

»Ihr habt recht«, stimmte der General zu. Er stellte den Tonbüffel hin und nahm einen Pinsel zur Hand. »Wo steht das Haus Eures Vaters, und wie ist sein Name? Ich werde ihm selber schreiben, wenn Ihr aus dieser Schlacht nicht zurückkehrt.«

»Ling Tan im Dorf Ling südlich der Stadt Nanking in der Provinz Kiangsu«, antwortete Sheng.

Der General ließ den Pinsel sinken. »Aber diese Gegend hat ja der Feind besetzt«, sagte er.

»Weiß ich das nicht?« gab Sheng zurück. »Sie drangen ein und brandschatzten und plünderten und mordeten, wo sie nur konnten. Ich kämpfte dort zusammen mit den Berg-Männern, und wir töteten die Gegner handvollweise, und dann zog ich fort, weil eine Handvoll ab und zu meinem Durst nach ihrem Blut nicht genügte. Ich werde durstig sein, bis ich sie zu Hunderten und zu Tausenden töten kann. So zog ich fort, und ich habe monatelang gelernt, bis zur Schlacht von Long Sands.«

»Das erklärt mir, wieso Ihr so gut gelernt habt«, erwiderte der General.

Nachdem er rasch Namen und Wohnort Ling Tans aufgeschrieben hatte, legte er den Pinsel nieder, umfaßte die Armlehnen seines Stuhles mit den Händen und richtete die Augen auf Shengs Gesicht.

»Es ist gegen meinen Willen, diese beiden Divisionen nach Burma zu senden«, sprach er. »Ich habe dem Allerhöchsten meine Bedenken auseinandergesetzt. Ich habe ihm gesagt, daß wir nicht auf Boden kämpfen sollten, der nicht unser eigen ist, und zwar aus zweierlei Gründen. Erstens ist das Volk von Burma nicht für uns. Es wird uns nicht bewillkommnen, wenn es erfährt, daß wir jenen helfen wollen, die es beherrschen. Die Leute dort lieben die Ying-Menschen nicht, die ihre Herrscher gewesen sind, und wenn wir erscheinen, um den Ying-Menschen zu helfen, werden sie uns ebenfalls hassen. Zweitens verachten die Ying-Menschen alle, die nicht ihre eigene blasse Hautfarbe haben, und auch wenn wir hinkommen, um ihnen zu helfen, werden sie uns nicht als wahre Verbündete behandeln. Sie werden uns als ihre Diener ansehen, sich selbst aber als die Herren, und sollen wir das auf uns nehmen, wenn wir ihnen zum Erfolg verhelfen?«

»Was sagte der Allerhöchste, als Ihr alle diese wahren Dinge vorbrachtet?« fragte Sheng.

Der General beugte sich vor. »Er sagte, die Männer von Ying müßten wissen, wie gering ihre Möglichkeiten sind, um ihre Herrschaft in Burma aufrechtzuerhalten, und sie würden uns dankbar sein. Er sagte, daß sie sich uns gegenüber höflich zeigen werden, weil sie unsere Hilfe brauchen, und wir würden Seite an Seite mit ihnen kämpfen und zum Schluß einen großen Sieg über den Feind erringen.«

»Ist der Allerhöchste so sicher, daß wir siegen können?«

»Schickt er nicht unsere besten Divisionen? Ihr alle seid im Saft und jung und stark.« Der General seufzte, und es war wie ein Stöhnen. »So sprach er, obwohl Hongkong dem

Gegner in die Hände gefallen ist und alle wissen, daß die Ying-Menschen diese große Stadt dem Feinde wie ein Festtagsgeschenk gegeben haben. Ich sage, die Ying-Menschen sind verurteilt, und wenn wir mit ihnen gehen, sind auch wir verurteilt. Mein ganzes Leben lang habe ich gewußt, auf welchem Weg vor mir das Verhängnis lauert, und auch jetzt weiß ich es. Wir sollten auf unserer eigenen Erde bleiben und nur in unserem eigenen Land kämpfen. Die Männer von Ying – haben wir Ursache anzunehmen, daß sie ihre Herzen uns gegenüber plötzlich ändern werden? Haben sie uns nicht stets geringgeschätzt?«

Der General verstummte und saß eine Weile wie ein Steinbild da. Aber Sheng sah, daß die Adern unter seinen Ohren und an seinen Schläfen zu schwellen begannen und daß seine geballten Hände, die wie zwei Hämmer vor ihm auf dem Tisch lagen, an den Knöcheln weiß wurden. Er hob seine Augen nicht zu Shengs Gesicht, so daß Sheng nicht wahrnehmen konnte, was darin war. Aber dann begann der General mit leiser, belegter Stimme zu sprechen, als ob ihn am Hals etwas würgte.

»Die Ying-Menschen haben uns auf unserem eigenen Boden wie Hunde behandelt! Sie haben den großen Herrn gespielt, seit sie jenen Krieg gewonnen haben – Opiumkrieg nennen sie ihn, aber es war ein Eroberungskrieg. Ihre Schlachtschiffe haben unsere Flüsse befahren, und ihre Soldaten sind in unseren Straßen aufmarschiert. Sie nahmen uns Land fort, das sie als ihr eigenes erklärten. Sie weigerten sich, unseren Gesetzen zu gehorchen, und hier in unserem Land stellten sie für sich ihre eigenen Gesetze auf, errichteten ihre eigenen Gerichtshöfe und setzten ihre eigenen Richter ein; und wenn einer von ihnen uns bestahl, und selbst wenn einer von ihnen einen der Unseren tötete, gab es keine Gerechtigkeit. Ihre Priester haben keine Steuern bezahlt. Steuerfrei sind sie gegangen, wohin sie wollten, um ihre Religion zu predigen, die nicht die unsrige ist. Sie haben die Herzen unserer Jungen von den Alten abgewendet. Sie haben sich in unsere Zollhäuser gesetzt und unsere Zölle genommen.«

Unvermittelt sprang er auf die Füße, und wie ein Blitz brach der Zorn aus seinen Augen. Er schritt auf und ab in dem langen, schmalen Raum, in dem sie sich befanden. »Und mir wird befohlen, meine besten jungen Männer auszusenden, damit sie für diese Menschen kämpfen, die uns all diese Jahre verachtet und mit Füßen getreten haben!« rief er.

Sheng hatte bisher immer in seines Vaters Haus außerhalb der Stadt gelebt, und er konnte die wenigen Male, da er diese fremden Menschen gesehen, die der General so haßte, an den Fingern seiner rechten Hand abzählen. Ein- oder zweimal hatte er sie auf der Straße erblickt, und ein- oder zweimal im Herbst, wenn das Gras auf den Hügeln hoch stand, hatte er sie wie wilde Tiere jagen sehen. Er hatte sie angestarrt, hatte ihren lauten Stimmen gelauscht und ihrer harten Sprache, von der er kein Wort verstand. Aber er selber wußte nichts von all diesen abscheulichen Dingen, die sie seinem Volk zugefügt hatten. So hörte er jetzt zu und sprach nichts, weil er selber von all dem keine Kenntnis hatte. Überdies war er Soldat. In den letzten Monaten hatte er gelernt, den Männern über ihm zu gehorchen, wie er auch verlangte, daß die Männer unter ihm seinem kleinsten Befehl gehorchten. Er antwortete nicht, sondern wartete ab, was der General ihm auftragen würde.

Der General schritt ein paarmal hin und her, die Zähne unter seinem Schnurrbart zusammenbeißend, daß sie knirschten, und dann setzte er sich wieder und schlug mit beiden flachen Händen auf den Tisch.

»Was getan werden muß, muß getan werden!« sagte er, noch immer mit lauter Stimme. »Viele Tage lang habe ich mich dem Allerhöchsten widersetzt und meine Leute zurückbehalten. Jetzt sind seine Befehle wie Befehle vom Himmel auf mich herabgekommen, und ich muß entweder gehorchen oder mir das Leben nehmen. Was für einen Zweck hat es aber, daß ich mir das Leben nehme, wenn dann ein anderer dem gleichen Befehl nachkommt?«

Er hatte Sheng zum Sitzen aufgefordert, doch jetzt erhob Sheng sich, und er stand da, um seinen Marschbefehl entgegenzunehmen.

»Ihr werdet Eure Leute bereitmachen, um mit den andern nach Burma zu gehen«, sagte der General barsch. »Ich selber werde Euch anführen. Wenn wir an der Grenze von Burma sind, werden wir alle auf unserem eigenen Boden lagern, bis wir Order erhalten weiterzumarschieren.«

Sheng schlug die Hacken zusammen, salutierte und wartete dann wieder.

»Wohin wir von dort aus gehen werden, steht noch nicht fest«, fuhr der General fort. »Man sagt, daß einige unserer Leute nach Indochina geschickt werden sollen, und es mag sein, daß wir in jenes Land einfallen werden. Die Gegner versprachen, das Land der Thais nicht zu betreten. Aber sie haben es betreten. Die Thais ergaben sich ihnen binnen fünf Stunden. Überall gewinnt der Feind. Er braucht keine Truppen, um zu gewinnen – alle sind bereit, sich ihm zu ergeben. Nur wir leisten Widerstand, obwohl wir sterben.«

Der General seufzte; er lehnte sich vor und fuhr sich mit beiden Händen in die Haare. »Wir ziehen in eine bereits verlorene Schlacht«, ächzte er. »Ich weiß es, aber was sollen wir tun, damit es auch der Allerhöchste weiß?«

»Beruhigt Euch«, erwiderte Sheng fest. »Wie kann die Schlacht verloren sein, wenn sie noch nicht stattgefunden hat?«

Abermals seufzte der General. Er hob den Kopf und

blickte in Shengs unerschrockenes und rechtschaffenes Gesicht. Er entsann sich des Mannes, wie er vor sechs Monaten von den Bergen gekommen war. Kaum zu glauben, daß innerhalb sechs Monaten eine so entscheidende Verwandlung vor sich gehen konnte. Sheng war wild wie ein Tiger dahergekommen, mit langen Haaren, die ihm struppig in die Augen hingen, mit zerlumpten Kleidern aus blauer Baumwolle, wie Bauern sie tragen. Wäre er kleiner gewesen, so hätte niemand ihn beachtet, und er wäre in die Reihen der Gemeinen gesteckt und dort gelassen worden, um sich allein hochzuarbeiten. Aber Sheng war nicht klein. Er war einen Kopf größer als die meisten Männer, und sonderbarerweise wuchs er noch immer, obwohl er schon über zweiundzwanzig Jahre zählte. Seine Hände waren doppelt so groß wie die gewöhnlicher Männer, und seine Füße paßten wegen ihrer Größe in kein Paar Sandalen, so daß ihm das Schuhwerk nach Maß gearbeitet werden mußte. Sogar seine Augen waren, wie alles an ihm, groß, und ihr Blick war groß und klar. Wo immer er ging, da drehten die Menschen sich nach ihm um, um ihm nachzustarren und über seine Größe zu staunen. Weil er aber so groß war, eignete er sich um so besser zum Führer seiner Kameraden.

Wäre er jedoch dumm oder schüchtern gewesen, welchen Wert hätte dann seine Größe für ihn gehabt? Er wäre nur ein größerer Tonklumpen gewesen. Aber er zeichnete sich durch Klugheit und Kühnheit aus, er lernte fleißig und gehorchte zuverlässig, solange er lernte. Als er dann andere unterwies, sah er darauf, daß man auch ihm gehorchte, und obwohl alle seine Leute ihn liebten, fürchteten sie ihn doch auch, und so sollen die Menschen sich demjenigen gegenüber verhalten, der sie anführt.

Außerdem gab es noch einen Grund, warum er so rasch zum Kommandanten aufgerückt war. Er hatte sich in diesem

Krieg wohlbewährt. In den acht Monaten des Jahres hatte sich der Krieg an mancherlei neuen Stätten abgespielt, und Sheng hatte während des ganzen Feldzugs stets seinen Mann gestellt. Er war auch immer mit dem Leben davongekommen, hatte nur geringfügige Verletzungen davongetragen, und so war er, wenn seine Vorgesetzten fielen, schnell befördert worden. Bei der großen Schlacht von Long Sands, im neunten Monat, war er es dann gewesen, der seine Leute und die eines gefallenen Offiziers dazu brachte, den letzten Gegner aus der Stadt zu treiben. Hinter dem jungen Riesen sammelten sich die Soldaten und folgten ihm mit frischem Mut; er war so groß, daß er sie alle überragte und immer zuvorderst gesehen werden konnte. Als die Schlacht schließlich gewonnen war, sandten die überlebenden Soldaten an jenem Tag einen Boten zum General mit der Bitte, ihnen Sheng als Führer zu geben. Dieser Wunsch wurde bewilligt, und die Soldaten kamen, mit Sheng an der Spitze, zusammen mit andern in die Division, die berühmt war für ihre Tapferkeit. Und der General war so stolz auf sie, daß er ihnen von allem das Beste zukommen ließ, das beste Essen, die besten Gewehre.

Was Sheng betraf, so lernte er sich die Haare so kurz schneiden wie sein General; er hielt sich sauber und trug eine Uniform, die zwar nicht besser war als die seiner Soldaten, denn alle waren gleich gekleidet, doch weitaus besser als die zerlumpten Kleider, die er in den Bergen getragen hatte.

Und überdies war da auch noch Mayli. Mayli hatte die Mühe auf sich genommen, die Bekanntschaft des Generals zu machen und hin und wieder für Sheng ein gutes Wort einzulegen; lachend, halb im Scherz hatte sie von ihm gesprochen, so daß niemand meinen konnte, es bedeute etwas für sie, ob dieser große Bursche lebte oder starb. Aber sie lobte ihn manchmal, wenn sie sicher war, daß der General zuhörte, und sie erzählte ihm von Shengs tapferen Taten in den Bergen.

»Ich komme von der Stadt, in deren Nähe er gelebt hat«, berichtete sie dem General. »Dort ist er berühmt für seine Stärke und Tapferkeit. Wirklich, man sagt dort, daß er eine ganze Schar von Feinden mit seinen beiden Händen und einem alten Gewehr allein fangen könnte. Und von seiner Geschicklichkeit im Überrumpeln redete die ganze Gegend, und die Kinder und die einfachen Leute sangen in den Straßen Lieder auf ihn.«

Dies entsprach der Wahrheit, und sie sang eines der Lieder, die sie in den Straßen von Nanking gehört hatte.

In den Bergen haust ein Drache,
Er schläft bei Tag, er jagt bei Nacht.
Er nährt sich gut
Von Feindes Blut,
Er siegt in jeder Schlacht.

Der General lachte über das ungeschliffene Lied, aber als seine Augen das nächste Mal auf Sheng fielen, erinnerte er sich daran, und es ließ ihn von dem großen jungen Kriegsmann noch besser denken.

Freilich hatte Mayli auch mit Shengs neuem Aussehen etwas zu tun. Ihr Lachen bewirkte, daß er beschloß, seine Äußeres zu ändern, obwohl er sich gleichzeitig ihren Wünschen widersetzte. Er schwor ihr, daß er bleiben würde, wie er war, und daß nichts dagegen zu tun sei, wenn sie ihn nicht liebte, wie er eben war. Aber als sie ihn immer wieder abwies, nahm er doch die Wandlung vor, die sie wünschte, und sie war klug genug, beim nächsten Wiedersehen nicht davon zu sprechen und sich den Anschein zu geben, als bemerkte sie nichts davon, so daß er meinte, sie habe es vergessen. Doch war sie jedesmal, wenn er tat, was sie wollte, etwas freundlicher zu ihm.

Und doch wußte sie, daß sie ihn niemals beherrschen könnte. Er liebte sie und sprach ihr von seiner Liebe, aber sie wußte, daß er sie niemals mehr lieben würde als alles übrige. Gleichwohl wußte sie auch, daß sie ihn mehr lieben mußte als alles übrige, oder sie würde ihn nicht genug lieben.

So weit waren sie gekommen an jenem Tag, da der General Sheng befahl, den Marsch nach Burma vorzubereiten, um dort auf seiten der Männer von Ying zu kämpfen.

»Ich habe nur eine Frage zu stellen«, sagte Sheng darauf zum General. »Wie gelangen wir nach Burma?«

»Wie können wir anders hingelangen als auf unseren eigenen Füßen?« entgegnete der General. »Es gibt keine Eisenbahn. Wir benutzen die Große Straße.«

Sheng dachte darüber eine Weile nach. »Und unser Essen?« erkundigte er sich dann.

»Das werden wir unterwegs beschaffen, wo wir es eben bekommen.«

»Und wann marschieren wir?«

»In vier Tagen«, antwortete der General.

Nachdem Sheng diese Befehle entgegengenommen hatte, salutierte er abermals, machte kehrt und ging hinaus. Es würde zwei Tage in Anspruch nehmen, die Soldaten für den langen Marsch bereitzumachen, nicht mehr, denn es waren harte und flinke Männer. Aber sie mußten auch einige Stunden Zeit haben, sich von ihren Frauen zu verabschieden, ein gutes Mahl zu sich zu nehmen, eines von jener Art, wie man es während des Feldzugs nicht bekam; dann brauchten sie noch ein paar Stunden, um sich Ersatz-Sandalen zu machen und alle die Vorbereitungen zu treffen, die notwendig sind, wenn man eine Fahrt ins Ungewisse unternimmt, von der man vielleicht nicht zurückkehrt.

Dann aber, als Sheng den General verlassen hatte und an den Wachtleuten vorbeiging, die salutierten, kam ihm jählings in den Sinn, daß auch er einer von denen war, die vielleicht nicht zurückkehrten. Denn er wußte sehr wohl, daß dies der bitterste Feldzug werden würde, den er jemals mitgemacht. Die Soldaten tausendfünfhundert Kilometer weit zu Fuß über Berge und durch Flüsse zu führen, dabei Feldgeschütze mitzuschleppen und Gewehre auf dem Rücken zu tragen, zu essen, was man gerade an Nahrung fand, und dann schließlich auf fremder Erde zu kämpfen, unter Kameraden fremden Blutes und unbekannter Art – das war ernsteste Gefahr.

Einen Augenblick stand er draußen vor dem Tor, während die Leute an ihm vorbeigingen. Die Straße war hell vom harten, klaren Wintersonnenschein, aber sie wurde grau vor ihm. Es würde lange Zeit dauern, bis er die Frau wiedersehen konnte, die er liebte. Was, wenn er sie nie mehr wiedersah? Er wandte sich nach links statt nach rechts und schritt durch die Menge, die er überragte, nach dem Süden der Stadt, wo Mayli wohnte.

3

Maylis Haus am Ende der schmalen Straße war sehr still, als Sheng es nachmittags betrat. In einer Ecke des Hofes saß Liu Ma im gesprenkelten Schatten eines Bambusgebüsches und schlief. Sie war bei der Arbeit eingeschlafen; über ihre linke Hand war noch einer von Maylis fremdländischen langen Seidenstrümpfen gezogen. Am Mittelfinger der rechten Hand trug sie einen Messing-Nähring, aber die Nadel war ihr aus der Hand gefallen; sie hing baumelnd am Faden. Ein kleiner Hund, den Mayli eines Tages verlassen auf der Straße gefunden und mit heimgebracht hatte, lag schlafend auf den Steinplatten neben der Alten. Er öffnete die Augen, und als er sah, daß Sheng hereingekommen war, schlief er weiter.

Sheng lächelte über die beiden und ging auf den Zehenspitzen über den Hof in den Wohnraum des Häuschens. Vielleicht schlummerte Mayli ebenfalls, denn das Haus war ebenso still wie der Hof. Er trat ein. Sie befand sich nicht im Wohnzimmer; und er wollte sich gerade niederlassen, um auf sie zu warten, als sein Blick auf die Tür fiel, welche in den Raum führte, wo sie schlief. Diesen Raum hatte er noch nie betreten.

Die Tür stand offen, und durch die Öffnung sah er sie am Fenster stehen. Sie hatte sich die Haare gewaschen und schüttelte die langen, nassen Strähnen im hereinströmenden Sonnenlicht, und sie sah ihn nicht. Er betrachtete sie mit heftig klopfendem Herzen. Wie schön sie war, wie schön ihr schwarzes Haar! Es freute ihn, daß sie die Haare nicht wie die Studentinnen und weiblichen Soldaten kurz geschnitten trug. Sie steckte sie immer im Nacken auf, aber sie ölte sie nicht, so daß die schönen schwarzen Haare ihr Gesicht umsprühten.

Sein Herz erstickte ihn. »Mayli!« rief er rauh.

Sie teilte ihre Haare mit den Händen, spähte hindurch und gewahrte ihn; im gleichen Augenblick sprang sie vorwärts und schlug die Tür zwischen ihnen zu. Er hörte sie den Holzriegel zustoßen. »Oh, du großer Dummkopf!« zischte sie durch die Ritzen der Tür. Und dann rief sie nach Liu Ma.

Sheng setzte sich rasch an die rechte Seite des Tisches; er lachte vor sich hin. Liu Ma stolperte, sich die Augen reibend, über die Schwelle.

»Wie seid Ihr hereingelangt, großer Soldat?« fragte sie mürrisch. »Ich schwöre, daß ich Euch nicht hereinkommen sah.«

»Was würdet Ihr sagen, wenn ich Euch verrate, daß ich einen Zauberdolch habe?« gab er zurück, um sie zu foppen. »Ich trage ihn in meinem Gürtel, und wenn ich ›Klein!‹ rufe, bin ich so klein, daß ich mich in einem Staubteilchen über die Mauer wehen lassen kann, und wenn ich ›Groß!‹ befehle, blase ich mich wie Westwind über die Mauer.« Dies sagte er, weil er wußte, daß die Frau von den wandernden Märchenerzählern oft Geschichten von solchen Zauberdolchen gehört haben mußte.

Aber sie schob die Unterlippe vor und machte keine Miene zu lächeln. »Wir sollten einen besseren Wachhund haben«, erklärte sie. »Dieser Hund ist nur ein Schoßhündchen, und er taugt zum Bellen nicht mehr als eine Katze, wenn ein Dieb sich hereinschleicht.«

»Scheltet den Hund nicht, gute Mutter«, rief er hinter ihr drein.

Inzwischen hatte die Alte den Raum verlassen und sich in die Küche begeben, um heißes Wasser für Tee zu bereiten. Der kleine Hund kam schwanzwedelnd herein, und Sheng beugte sich vor und zog ihn an den langen Ohren. Er war nichts als ein Spielzeug, dieses kleine Geschöpf, zurückgelassen von irgendeiner Herrin, die aus der Stadt geflüchtet war, als im vergangenen Jahr die feindlichen Bomben niedergefallen waren. Sheng war an solche Stadthündchen nicht gewöhnt. Er kannte nur Dorfhunde, deren Vorfahren Wölfe gewesen und die in ihrer Wildheit gegenüber Fremden noch wie Wölfe waren. Solch einen Hund hatte es in seines Vaters Haus gegeben; wenn ein Fremder kam, mußte er als Kind oft den Hund an den Nackenhaaren zurückhalten, weil das Tier sonst dem Fremden an die Kehle gesprungen wäre. Aber jetzt gab es von diesen Hunden nicht mehr viele. Die feindlichen Steuereinnehmer und Soldaten, die in die Dörfer kamen, um zu rauben und zu plündern, töteten als erstes immer die Hunde, die sie so tapfer ansprangen.

»Von was für einem Nutzen bist du?« fragte Sheng den kleinen Hund, dessen große braunen Augen wie dunkle Glaskugeln aus dem Gesichtchen vorstanden und dessen Leib zitterte. Als er Shengs Stimme vernahm, hob er eine Pfote und berührte behutsam den Fuß des Mannes; dann rümpfte er die Nase, schnüffelte an ihm und schrak zurück. Sheng brach in lautes Lachen aus, und in diesem Augenblick öffnete Mayli die Tür. Sie hatte ein apfelgrünes Kleid angezogen, und ihre Haare waren jetzt im Nacken aufgerollt. An ihrem Finger steckte ein Ring aus grünem Jade.

»Warum lachst du über das Hündchen?« fragte sie.

»Ich bin ihm zu stark«, erwiderte Sheng. »Es roch an mir und zog sich erschrocken zurück.«

»Es ist ein kluger kleiner Hund«, erklärte Mayli.

Sie kam herein, nahm das kleine Geschöpf auf und ließ sich nieder, wobei sie den Hund auf ihre Knie setzte. Sheng sah ihr zu.

»Warum hältst du den Hund, als wäre er ein Kind?« erkundigte er sich. »Das gehört sich nicht.«

»Warum soll ich es nicht tun?« gab sie zurück. »Er ist sauber – ich habe ihn erst gestern gewaschen.«

»Das auch noch! Einen Hund zu waschen, als ob er ein Kind wäre! Die Haare sträuben sich mir, wenn ich daran denke. Ein Tier zu behandeln, als wäre es ein Mensch – ist das anständig?«

»Es ist ein nettes Hündchen«, entgegnete Mayli, indem sie das Tier liebkoste. »Nachts schläft es auf meinem Bett.«

»Das ist das allerschlimmste!« rief Sheng ungeduldig.

Mayli hörte nicht auf, die seidenweichen Haare des Hundes, der sich auf ihren Knien kuschelte, zu streicheln. »Du solltest einmal die ausländischen Damen sehen«, lächelte sie.

»Wie die ihre Hunde lieben! Sie führen sie an Ketten, und sie ziehen ihnen Mäntelchen an, wenn es kalt ist . . .«

Sheng ließ ein lautes Schnauben hören. »Ich weiß, daß du den Ausländerinnen alles nachmachst«, sagte er. »Aber von alldem widert mich diese Liebe zu einem Hund am meisten an.«

Während des Sprechens sprang er unvermittelt von seinem Stuhl auf, und bevor sie Zeit hatte, zu erfassen, was er tat, hatte er im Nu den Hund von ihrem Schoß genommen und ihn quer durch den Raum und durch die Tür in den kleinen Teich inmitten des Hofes geschleudert.

»O du . . . du Tier . . . selber ein Tier!« schrie Mayli. Sie lief in den Hof hinaus und holte das tropfnasse, jaulende Geschöpf aus dem Wasser. Aber jetzt konnte sie es nicht mehr an ihr Seidenkleid pressen, und so rief sie nach Liu Ma, worauf die Alte angerannt kam.

»Hol ein Tuch«, befahl sie der Alten. »Schau, was Sheng getan hat – er warf meinen kleinen Hund ins kalte Wasser.«

Aber diesmal stellte sich die Alte nicht auf die Seite ihrer Herrin. »Laß ihn an der Sonne trocknen«, sagte sie kühl. »Ich habe zu tun und kann mir nicht die Zeit nehmen, einen Hund abzutrocknen.«

»Die alte Frau ist klug«, bemerkte Sheng.

Aber Mayli lief selber ein Tuch holen, während der Hund zitterte und betrübt zu Sheng hinüberäugte. Dann rieb Mayli das Tier trocken und bettete es auf das Tuch, das sie zuerst auf einem von der Sonne erwärmten Stein gefaltet hatte.

Die ganze Zeit sah Sheng ihr zu, wie sie sich so geschmeidig und zielbewußt und anmutig bewegte. Sie war so fremdartig, dachte er, als hätte sie nicht das Blut ihres Volkes in den Adern. Zum erstenmal dünkte es ihn, daß es vielleicht unklug von ihm war, sie zu lieben, und daß er im Falle einer Heirat daheim ebenso den Krieg erlebte wie auf dem Schlachtfeld.

»Ich kam her, um dir mitzuteilen, daß ich mit dem Heer nach Burma ziehe«, sagte er.

Bei diesen Worten vergaß sie das Tier; sie blieb erstarrt stehen, wo sie sich gerade im Hof befand, und das Sonnenlicht fiel auf ihr grünes Kleid und ihre Haare. Er stand unter der Tür und betrachtete sie.

»Wann gehst du?« fragte sie.

»In einigen Tagen«, erwiderte er. »In zwei oder drei – spätestens in vier Tagen.«

Sie ließ sich auf einem porzellanenen Gartenstuhl nieder und blickte zu ihm auf. Die Sonne schien auf ihre zarte, glatte Haut nieder, und er gewahrte jedes Haar ihrer langen, geraden Wimpern, schwarz gegen die blasse Haut, und er gewahrte jedes Haar der schmalen, langen Brauen über den Augen. In ihre Augen schaute er, und das Weiße war weiß, und das Dunkle grenzte sich deutlich davon ab. Aber wie er jetzt in das Dunkel ihrer Augen sah, da entdeckte er helle Flecken darin.

»Du hast Gold in den Augen«, bemerkte er. »Woher kommt es?«

»Sprich nicht von meinen Augen«, entgegnete sie. »Sag mir, warum beschlossen worden ist, daß du so rasch fortgehst?«

»Es dünkt uns nur rasch«, gab er zurück. Er trat hinaus, zog den Stuhl heran, auf dem Liu Ma schlafend gesessen, und ließ sich ebenfalls nieder. Der kleine Hund kroch, noch immer zitternd, näher zu seiner Herrin und fort von ihm, aber keiner von beiden dachte jetzt an das Tier.

»Es ist schon seit Wochen davon gesprochen worden«, berichtete er. »Mein General ist dagegen. Aber der Allerhöchste ist dafür. Und wenn er ›Ja‹ sagt, wessen ›Nein‹ wäre dann stark genug, um das Gegengewicht zu geben? Wir gehen.«

Die Worte »Wir gehen« sagte er so fest, und sein Gesicht war dabei so streng und düster, daß Mayli schwieg. Sie betrachtete ihn, und jählings wurde ihr klar, wie ihr Leben sein würde ohne diesen Mann, mit dem sie bei jedem Zusammentreffen stritt. Aber wann hätte sie sich jemals ein ruhiges Dasein gewünscht?

»So gehen wir also, um uns mit Weißen zu verbünden«, sagte Sheng.

»Warum ist dein General dagegen?« erkundigte sich Mayli.

Sheng griff nach dem Bambuszweig über seinem Kopf und riß ein Blatt ab, das er zerpflückte, während er sprach, und sie beobachtete nicht mehr sein Gesicht, sondern seine Hände, die sich mit gesammelter Kraft bewegten. Das Ding, das sie zerfetzten, war klein und nachgiebig, aber er riß es mit Bedacht in Stücke. Seine Hände waren schön geformt wie die Hände aller in diesem Land, sogar die Hände der Bauernsöhne.

Er blickt sie nicht an. Statt dessen verfolgte er die grünen Fetzchen, die von seinen Fingern fielen. »Mein General sagt, es stehe schon geschrieben, daß die Weißen Mißerfolg haben werden«, erklärte er.

»Oh, wieso?« fragte sie. Ihr Geist flog übers Meer zu dem Land, wo sie den größten Teil ihres Lebens verbracht hatte. Ihre Mutter war bei ihrer Geburt gestorben, und vor ihrem ersten Geburtstag hatte ihr Vater sie mit nach Amerika genommen. Die ersten Worte, die sie gesprochen, gehörten der Sprache jenes Landes an, und sie wurden ihr von einer dunkelhäutigen Frau beigebracht, die ihre Pflegerin war. Die chinesische Pflegerin, die ihr Vater mitgenommen hatte, damit sie für Mayli sorgte, war schon nach der Überfahrt so heimwehkrank geworden, daß er sie zurückschicken mußte. Und jetzt dachte Mayli an die großen Städte und Fabriken und die vermögenden, geschäftigen Leute, an den Reichtum und den Stolz allenthalben.

»Wie kann der weiße Mann Mißerfolg haben?« fragte sie.

»Es steht so geschrieben«, gab Sheng zurück.

Sie verzog den einen Mundwinkel. »Ich bin nicht abergläubisch«, sagte sie. »Für mich muß es einen besseren Grund geben als die Prophezeiung eines alten Wahrsagers, der in einem schmutzigen Kleid an einer Straßenecke sitzt. Hat dein General jemals mit einem Weißen gesprochen – ist er jemals in jenen Ländern gewesen?«

»Ich weiß nicht. Ich frage ihn nie.«

»Woher hat er dann sein Wissen?«

»Er hat sie hier auf unserem eigenen Boden getroffen«, teilte Sheng ihr mit. Er blies die letzten grünen Fetzchen von seinen Händen, und dann saß er mit verschränkten Fingern da. Jetzt blickte er sie beim Sprechen an, aber sie wußte, daß er nicht an sie dachte. Er dachte an seine eigenen Worte und deren Bedeutung.

»Mein General hat den Hochmut der Weißen in Schanghai gesehen, und er hat sie in den Landteilen gesehen, die sie unseren Vorfahren weggenommen und zu ihren eigenen Städten gemacht haben. Er sagt, daß sie uns von jeher als ihre Wachhunde betrachtet haben, und er sagt, wo immer sie unter den uns nahen Völkern gelebt haben, die sie beherrschten, da haben sie sich wie Hunde gehalten. Diese Völker aber werden sich jetzt sogar mit dem Feind vereinen, den sie hassen, weil sie mehr als den Feind den Hochmut des weißen Mannes hassen, der sie und ihr Ahnen geringgeschätzt hat.«

Dies hörte Mayli an, ohne es zu verstehen. Wie konnte sie es verstehen, da sie ihr ganzes Leben in einem Lande verbracht hatte, wo alle freundlich zu ihr gewesen waren? Ihr Vater hatte in der Hauptstadt eine hervorragende Stellung eingenommen, und sie war seine Tochter, und wenn die Bürger der Stadt die Schwarzen, die ihnen dienten, geringschätzten, so besagte dies doch nicht etwa, daß auch sie von ihnen geringgeschätzt wurde?

»Das Volk von Mei schätzt uns nicht gering«, widersprach sie. »Es sieht nur auf die Schwarzen herab.«

»Wir gehen ja auch nicht nach Burma, um mit dem Volk von Mei zu kämpfen«, berichtigte Sheng. »Dort herrscht das Volk von Ying, und das Volk von Ying wird von jenen Völkern gehaßt.«

»Der Unterschied zwischen den Menschen von Mei und denen von Ying ist nicht groß«, erklärte Mayli.

»Wenn das wahr ist«, sagte Sheng, »so hättest du mir keine schlimmere Neuigkeit mitteilen können.« Sie schwieg, biß sich auf die rote Lippe und überlegte, was sie entgegnen sollte. »Vielleicht hat es überhaupt keine Bedeutung, ob wir beliebt sind oder nicht«, äußerte sie dann. »Vielleicht brauchen wir nichts anderes zu kennen als die Stärke der Völker, die gegen unseren Feind sind. Wenn das Volk von Ying gegen die Japaner ist, dann müssen wir mit ihm sein.«

»Falls wir mit ihm gewinnen können«, wandte er ernst ein.

»Wer vermag die Völker von Ying und Mei zusammen zu besiegen?« rief sie. Sie erinnerte sich wieder der Fabriken, des unerbittlichen Räderwerks in den Fabriken, der entsetzlichen Genauigkeit des Räderwerks, das Eisen und Stahl formte, als ob es Holz und Papier wäre.

»Die Zwerge haben bis jetzt gesiegt«, sagte Sheng mit leiser Stimme. »Vergiß nicht – die Zwerge haben sie überrumpelt. Gewiß, jedermann kann sich einmal überrumpeln lassen. Aber am gleichen Tag, wenige Stunden später, wurden sie auf den Inseln im Süden abermals überrumpelt. Flügel neben Flügel saßen ihre fliegenden Schiffe auf dem Boden, und wieder zerstörten die Zwerge sie. Es genügt nicht, nur stark zu sein! Man muß auch klug sein.«

Er erhob sich in plötzlicher Ungeduld und breitete seine langen Arme aus. »Schau mich an!« befahl er ihr. »Sieh dies große Stück Fleisch und Knochen, das ich bin! Genügt es, daß ich groß bin? Genügt es, daß ich einen Eisenstab mit meinen beiden Händen biegen kann? Wenn ich ein Dummkopf bin, nützt mir dann all diese Größe und Stärke etwas? Nein, ich muß hier Klugheit haben!« Dabei tippte er an seinen großen Schädel.

Sie antwortete nicht. Statt dessen blickte sie zu ihm auf, wie er da über ihr gegen den Himmel stand, und sie war erfüllt von der Empfindung seiner Macht. Wie oft hatte sie sich gefragt, ob dieser Mann wohl Macht in sich trage! War er nicht mächtig? Sie erbebte, und sie fühlte ihr Blut durch den Körper in ihr Gesicht steigen. Er ließ die Arme sinken und stand da, zu ihr niederschauend; sie erhob sich rasch und wich seitwärts aus, als wollte sie ihm entfliehen. Denn auch dieses eine Mal wagte sie nicht, es auf seine Macht über sie ankommen zu lassen. Er durfte sie nicht anrühren.

Ein paarmal schritt sie in dem kleinen Hof auf und ab, gefolgt von dem Hündchen, das sich, noch immer zitternd, mühsam aufgerichtet hatte. Dann blieb sie stehen, und sie setzte sich an den Rand des Teiches, die Hände um die Knie geschlungen. Sie schaute nicht zu ihm auf, aber er konnte den Widerschein ihres Antlitzes in dem unbewegten Wasser des Weihers sehen. Er betrachtete dieses klare Spiegelbild. Da es Winter war, gab es keine Seerosenblätter, und der Teich war ein ungetrübter Spiegel unter dem Himmel.

Liu Ma kam heraus, die Unterlippe weit über die Oberlippe vorgeschoben; sie setzte das Tablett, welches sie trug, auf den Gartentisch neben dem Porzellanstuhl. Sie schenkte den Tee aus einer blau-weißen Kanne in die Schalen, und um zu zeigen, daß sie das Beisammensein der beiden mißbilligte, händigte sie ihnen ihre Schalen nicht aus, sondern kehrte in die Küche zurück. Gleich darauf quoll der rasche Rauch eines mit Gras gespeisten Feuers aus dem niedrigen Kamin und hing wie eine Wolke über dem Hof.

Mayli lachte. »Liu Ma hofft, daß der Rauch dich ersticken wird«, sagte sie zu Sheng.

»Ich bin viel zu gut zu dem alten Weib«, versetzte er hitzig. »Ich gab ihr sehr oft eine Silbermünze, um mir hier leichter Einlaß zu verschaffen.«

»Sie ist alt«, beschwichtigte Mayli, »und sie liebte meine Mutter. Sie findet, daß ich nicht gut genug bin, um meiner Mutter Tochter zu sein. Sie findet mich zu fremdartig.«

»Vielleicht bist du das auch«, gab Sheng zurück.

Er sah, wie das hübsche Bild im Wasser den Kopf schüttelte, und dann sah er das widergespiegelte Gesicht ernst werden.

»Was bedeutet es heutzutage, ob man fremdartig ist oder nicht?« erklärte sie. »Jedenfalls ist es unvernünftig, etwas – oder jemand – zu hassen, nur weil es fremdartig ist. Wir würden uns besser fragen, ob wir uns nicht mit den stärksten Völkern der Welt verbünden sollen, und das sind noch immer die Völker von Ying und Mei.«

»Sind sie so stark?« fragte er. »Wieso haben die Zwerge sie so leicht geschlagen? Uns aber haben sie noch nicht geschlagen, obwohl wir alle diese Jahre mit ihnen kämpfen.«

»Nimm ein Blendwerk nicht für einen Sieg«, entgegnete sie. »Ich kenne die Menschen von Mei so gut! Es ist ganz leicht zu glauben, daß der Feind sie überlistet hat. Sie sind so reich, so sehr an ihr eigene Schlauheit und Macht gewöhnt, daß sie niemals annehmen würden, jemand könnte sie überlisten. Aber jetzt werden sie in ihrer Wut doppelt so wild und zehnmal so schlau sein. In einem Tag haben sie gelernt, was sie in einem gewöhnlichen Krieg erst in einem Jahr gelernt hätten.«

»Für uns ist es schlimm, daß wir die Lehre ebenfalls bezahlen müssen«, sagte Sheng grimmig. »Mit einigen dieser Luftboote, die in ein bis zwei Stunden zerstört wurden, hätten wir den Feind aus unserem Lande treiben können. Nicht nur sie waren die Verlierer.«

Mayli tauchte ihre Hand in den Teich und rührte das Wasser sanft in kleinen Kreisen auf. »All das ist wahr«, räumte sie ein. »Und doch, wenn ich zurückdenke ... Ich weiß, daß sie nicht verlieren können ... nein, was auch geschehen sein mag und was immer geschehen wird, sie werden zum Schluß die Sieger sein, und deshalb müssen wir zu ihnen stehen.«

»Woran denkst du zurück?« erkundigte er sich. Der Tee wurde kalt in den Schalen, aber keiner von ihnen achtete darauf. Das Hündchen, das auf dem zusammengefalteten Tuch gelegen hatte, erhob sich jetzt und winselte neben seiner Herrin, doch hörte sie es nicht. Sie ließ die Hand im Wasser ruhen, während sie zurückschaute, und obwohl sie über den Hof blickte, sah sie nur, was sie in der Rückschau erlebte.

»Es ist das schönste Land«, sprach sie. »Ich liebe es nicht wie mein eigenes Land, und doch kann ich das sagen. Große Straßen ziehen sich über Hügel und Berge, durch Wüsten und Ebene. Die Wohnstätten sind so sauber, und die Menschen sind so sauber und wohlgenährt. Auch die Bauernhäuser auf dem Lande sind sauber, und es gibt keine Bettler mit Schwären und keine hungrigen Hundemeuten. Die Wälder sind tief, und die Flüsse sind klar ...«

»Damit gewinnt man keinen Krieg«, unterbrach er sie streng.

»Nein, aber da sind die Fabriken«, fuhr sie rasch fort. »Die Fabriken stellen Schiffe und Autos her – jeder hat ein Auto –, und die Menschen kennen die Stärke und die Geheimnisse der Maschinen. Oh, sie können genug Flugzeuge machen, um die Erde damit zu bedecken!«

»Sonderbar, daß sie nicht in der Lage waren, uns ein paar zu senden«, fiel er bitter ein.

»Aber sie haben ja noch gar nicht angefangen!« rief sie. »Du verstehst das nicht – ein Volk, das so glücklich und wohlgenährt ist, kann nicht in einem Augenblick aufwachen. Es muß erst leiden und den Krieg am eigenen Leibe erleben . . .«

»Wir erleben ihn nun schon seit fünf Jahren. Sind wir für sie kein Fleisch und Blut?«

»Du mußt verstehen«, drang sie in ihn, »daß wir sehr weit von ihnen entfernt sind. Sie kennen uns nicht.«

»Werden sie uns helfen, wenn sie so weit von uns entfernt sind?« fragte er.

»Ich sage dir, sie werden uns helfen«, beharrte sie. »Du kennst sie nicht, aber ich kenne sie. Es wird in ihrem eigenen Interesse sein, uns zu helfen. Oder ist es etwa nicht in ihrem Interesse, unseren Boden für ihre Flugplätze zu benutzen, um den Feind anzugreifen? Aber du mußt ihnen Zeit zum Aufwachen lassen, du mußt ihnen Zeit lassen zu verstehen . . .«

»Sie haben Zeit genug gehabt«, entgegnete Sheng nüchtern. »Und können wir noch länger warten, wenn wir in wenigen Tagen westwärts marschieren, um auf fremder Erde zu kämpfen? Vielleicht ist es zu spät, wenn sie sich ihre Zeit zum Erwachen genommen haben. Nein, ein paar Flugzeuge mögen uns jetzt ganz und gar retten, und tausend sind nutzlos, wenn es zu spät ist.«

Als sie darauf nicht antwortete, fügte er hinzu: »Ich spreche als Soldat.«

»Und doch«, sagte sie nach einer kleinen Weile, »Soldaten sprechen nicht immer mit wirklicher Klugheit. Denn ihr denkt an Schlachten, und ein Krieg besteht nicht nur aus Schlachten.«

»Woraus denn sonst?«

In diesem Moment warf der kleine Hund sein Köpfchen auf, schloß die Augen und heulte. Beide unterbrachen ihre Unterhaltung und blickten auf das Tier.

»Was hört dieser Hund, das wir nicht vernehmen?« fragte Sheng. Er sah zum Himmel auf und rings im Hof umher.

»Horch!« flüsterte Mayli.

Sie lauschten und vernahmen das anschwellende Geheul einer Sirene.

Sheng sprang auf die Füße. »Der Feind!« schrie er.

Während der ganzen Zeit, seit Mayli sich in Kunming aufhielt, waren keine gegnerischen Flugzeuge über der Stadt erschienen. Sie hatte von früheren Luftangriffen reden hören, und sie konnte die Trümmer sehen, die daraus entstanden waren, aber das bedeutete kein eigenes Erlebnis für sie. Wenn sie in ein Geschäft ging und ein zerbrochenes Dach gewahrte oder eine Mauer, die noch immer ein Geröllhaufen war, erzählte ihr der Ladenbesitzer unter Umständen mit aller Ausführlichkeit, wie er und seine Familie dem Schrecken entronnen und wie dieser und jener seiner Nachbarn getötet oder verstümmelt war, doch auch dies bedeutete kein eigenes Erleben für sie.

Das Geräusch wurde lauter und lauter, und das Hündchen geriet in eine Ekstase der Qual. Winselnd preßte es sich an den Boden.

Liu Ma kam herausgerannt; sie wischte sich die Hände an ihrer Schürze ab. »Wohin sollen wir nun gehen?« schrie sie. »Großer Soldat, denkt für uns ... macht Euch nützlich ... wir sind nur zwei Frauen!«

Sheng lief zum Tor und riß es auf. Auf der Straße rannten die Leute schon, einige hierhin, etliche dorthin. Die Ladenbesitzer setzten die Bretter vor ihre Häuser, als ob es

Nacht wäre. Er hörte, wie Türen zugeschlagen und Riegel vorgeschoben wurden.

»Wenn wir nur außerhalb der Stadt wären!« rief er über die Schulter. »In der Stadt ist man wie in einem Pferch!« Es fiel ihm ein, wie ihm, als die ersten Bomben auf die Stadt nahe seines Vaters Dorf niedergefallen waren, beim Anblick der zusammengepreßten Männer und Frauen und Kinder, der Klumpen von Fleisch, Knochen, Blut und Hirnmassen übel geworden war. Aber Mayli rührte sich nicht von der Stelle. Sie konnte nicht fürchten, was sie noch nicht erlebt hatte.

Dann überlegte er rasch. Die Entfernung zum Südtor betrug ungefähr anderthalb Kilometer. Wenn die Tore nicht verschlossen waren, konnten sie vielleicht das offene Land erreichen, bevor der Feind kam. Außerhalb des Tores konnten sie im Bambusgehölz Zuflucht suchen. Wenigstens konnten dort keine Dachbalken und kein schweres Mauerwerk auf sie fallen und sie zerschmettern. Dort bestand einzig die Möglichkeit, daß eine Bombe auf sie niederfiel.

»Kommt!« schrie er. Die beiden Frauen liefen auf ihn zu. Aber Mayli entsann sich plötzlich des kleinen Hundes, und sie rannte zurück, um ihn zu holen, und so mußten die beiden sogar in diesem Augenblick streiten. Denn als Sheng sah, daß sie den Hund im Arm trug, beschimpfte er sie wegen ihrer Torheit, entwand ihr das Tier und warf es zu Boden. Dann stieß er sie zum Tor hinaus und hielt sie so fest an seiner Seite, daß sie sich trotz heftigen Widerstands nicht frei zu machen vermochte.

»Oh, du Tochter einer verfluchten Mutter!« rief er mit erregter Stimme. »Wenn deine zwei Füße schneller laufen müssen als eines Tieres vier Füße, dann hältst du um eines Hundes willen an – um eines wertlosen Hundes willen, der sein Fressen nicht verdient . . .«

Aber sie bog und wand sich, um sich von ihm frei zu machen, und je mehr sie sich bog und wand, um so fester hielt er sie, und die ganze Zeit trieb er sie die Straßen hinunter zum Südtor. Einige Leute wunderten sich sogar trotz ihrer Eile über den großen Mann, der das sich wehrende Mädchen vorwärts zwang. Hinter ihnen rief und keuchte Liu Ma, aber Sheng blieb nicht stehen, um sie anzuhören.

»Ihre Füße sind nicht eingebunden«, murmelte er. »Sie soll sie nur benutzen.« Einmal schrie ein alter Mann hinter ihm her: »Geht Ihr zu einer solchen Stunde gegen eine Frau mit Gewalt vor, Soldat? Laßt sie in Ruhe, oder Ihr werdet getötet und kommt in die Hölle . . .«

Er glaubte nichts anderes, als daß Sheng eine junge Frau gegen ihren Willen aufgegriffen habe, wie die Soldaten es manchmal taten, und daß Liu Ma des Mädchens Mutter sei, die ihn verzweifelt abzuhalten suchte. Aber Sheng rief dem Alten nur »Du Schildkröte!« zu und hastete weiter. Und schließlich gab Mayli ihren Widerstand auf und ging ruhig mit; jetzt lockerte er seinen Griff, doch hielt er noch immer ihre Hand fest.

Inzwischen hörten sie das Brummen der Flugzeuge, das näher und näher kam, und noch hatten sie das Stadttor nicht erreicht. Aber sie konnten sich ungehindert bewegen, denn die Straßen waren leer. Die Leute hatten sich in ihren Häusern versteckt, um auf das zu harren, was vom Himmel herabkommen mochte. Doch das Tor lag vor ihnen, und im Nu waren sie in den kühlen Schatten der zehn Meter dikken Stadtmauern gelangt, die sich über der Straße wölbten, und am Ende dieses langen Bogengangs befand sich das Tor.

In dem Augenblick, da sie in den Schatten tauchten, bemerkte Sheng, daß das Stadttor geschlossen war. Oftmals war er unter dieser Stadtmauer dahingeschritten, um sich ins offene Land hinauszubegeben, denn das Leben in den einschließenden Mauern war ihm nicht vertraut. Beim Betreten des Bogengangs, wo der Kies der Straße fortwährend naß war, weil die Sonne nie hierhin gelangte, bedeutete es ihm immer eine Freude, jenseits des offenen Tores die sonnenglänzende Landschaft zu sehen. Jetzt war dort nur Dunkelheit, und in diese Dunkelheit traten sie ein. Im Bogengang wimmelte es von Menschen, die hier Schutz gesucht hatten, Leute, die kein Heim besaßen, Reisende, die sich zufällig in der Stadt befanden, und Bettler.

Im kühlen Dämmer unter der Mauer gewahrten Sheng und Mayli diese Menschen, die zusammengeschart waren und sich aneinanderpreßten. In einer solchen Stunde hielt sich keiner vom andern fern, auch wenn es ein zerlumpter Bettler war. Nur ein Bettler, dessen Wangen vom Aussatz zerfressen waren, stellte sich von selbst so abseits wie möglich. Aber ganz gelang ihm das doch nicht, und da er zufällig als letzter hereingekommen war, befand er sich zunächst dem Eingang, als Sheng und Mayli anlangten. Und bevor Mayli einen Gedanken faßte, schrie sie beim Anblick des verstümmelten Mannes auf.

»Oh, Sheng, sieh nur den Mann dort – er hat Aussatz!« Damit wandte sie sich, um wieder hinauszulaufen.

Inzwischen aber waren die fliegenden Boote über den Nordwesten der Stadt gelangt, und schon hatte der schwere Donner der Bomben begonnen. Sheng streckte die Arme aus und hielt Mayli fest, und doch wurde auch er von seinem Entsetzen vor dem Aussatz und seiner Furcht vor den Bomben zerrissen.

»Warte!« rief er und stellte sich zwischen Mayli und den Aussätzigen, wobei er jedoch sorgfältig darauf bedacht war, den Mann nicht zu berühren.

Jetzt erhoben sich Stimmen gegen den Aussätzigen; man

rief, er hätte sich nicht zu den andern Menschen gesellen dürfen, und immer mehr Stimmen klagten ihn an.

»Hat es einen Wert, daß dein Leben gerettet wird, du fauliger Knochen?«

»Sollen wir den Teufeln da draußen entrinnen, nur um hier einem andern in die Arme zu laufen?«

Solche Worte wurden gerufen; vor allem die Mütter, die ihre Kinder bei sich hatten, waren scharf in ihrem Zorn. Liu Mas Stimme aber war die lauteste von allen.

»Bleib weg von uns, Schildkrötenei!« schrie sie den Aussätzigen an. Sie verfluchte den Aussätzigen, seine Mutter und seine Ahnen.

Zu alledem sagte der Aussätzige kein Wort. Seine lidlosen Augen blinzelten bald den einen, bald den andern an. Etliche erklärten schon, sie wollten wegen des Aussätzigen wieder hinausgehen, obwohl die Bomben nun ringsum niederdonnerten. Inmitten des Trubels tauchte vom hinteren Ende des Torwegs ein buddhistischer Priester auf. Er trug sein graues Priestergewand, und in der Hand hielt er seine Bettlerschale; er war noch ein junger Mann, erst seit kurzem Priester, denn die neun heiligen Narben auf seinem Schädel waren rot und frisch.

Was den Aussätzigen betrifft, so fühlte er sich zwar nichtswürdig und unrein, doch hing er am Leben, weil er nichts anderes hatte, und er machte keine Bewegung, um sich zu den Bomben hinauszubegeben. Jetzt war der Lärm draußen so laut, daß niemand mehr eine Stimme hören konnte. So drückte der Priester den Aussätzigen nur an die Wand und stellte sich selbst zwischen ihn und die andern. Alle standen mit gebeugtem Haupt da, während der schreckliche Regen vom Himmel niederkam.

Die Luft in dem Torweg wurde dick von Staub, und ein paarmal erbebte die alte Mauer ringsum. Tausend Jahre vor diesem Tag war die Mauer erbaut worden, und wer von jenen, deren Hände sie errichtet, hätte sich einen solchen Feind vorstellen können? Doch weil sie die Grundsteine so tief und gut gelegt hatten, blieb die alte Mauer stehen, und dank der Gnade des Himmels fiel keine Bombe darauf, obwohl die Mauer sich um die Hügel herum durch die ganze Stadt wand. So fielen die Steine nicht auf die Köpfe der Menschen, die darunter Schutz gesucht hatten und stumm unter dem Regen dastanden.

Dann war alles vorbei. Der Feind flog fort, und Sheng trat hinaus, um die Flugzeuge davonfliegen zu sehen. Er hatte sie beim Kommen erblickt; als hätte eines Malers Pinsel fliegende Wildgänse gezeichnet, so hatten sie sich deutlich vom Himmel abgehoben. Um den Fortzug zu sehen, kletterte er rasch auf die Mauer. Sie flogen ebenso regelmäßig ausgerichtet und anmutig heim, wie sie gekommen waren. Sheng fühlte eine solche Bitterkeit in seinem Herzen, daß er sie nicht zu verwinden vermochte. Nicht einmal die vollkommene Linie dieser Himmelsschiffe hatte man zerstören können. Sie waren gekommen, hatten ihr teuflisches Werk getan und waren gegangen, ohne auch nur ihre Form einzubüßen.

Während er hinaufschaute, erinnerte er sich an Maylis Worte – daß die Maschinen und Fabriken im Land Mei täglich Dutzende solcher Schiffe herstellen konnten, und doch schickten die Menschen dort keine hundert übers Meer, um den neuen Feind zu schlagen. Der Ertrag eines Tages an Flugzeugen würde genügen! Und während Sheng beobachtend auf der Stadtmauer stand, dachte er daran, wie erdgebunden er selbst und alle seine Leute waren, und er sehnte sich danach, ebenfalls fliegen zu können, so daß es ihm möglich wäre, den Feind zu verfolgen. Aber nein, er war an die Erde gebunden. Auf seinen Füßen mußte er, seinen Leuten voraus, mühsam tausendfünfhundert Kilometer marschieren, um sich am Kampf zu beteiligen, während hier, wo die Geliebte lebte, der Feind auf Flügeln daherkam und tat, was er wollte.

Er beugte sich über den grasbewachsenen Rand der Innenseite der Mauer und rief Mayli zu, daß sie heraufklettern solle. Alle Leute kehrten jetzt in die Stadt zurück, wo ihr Heim war, und die Reisenden zogen weiter ihres Weges, denn das Tor stand offen. Nur der Aussätzige saß neben dem Tor; er hatte kein Heim. Der Priester schritt außerhalb des Tores seinem Tempel in den Bergen zu; er war an diesem Tag nur in die Stadt gekommen, um zu betteln. Aber vorher hatte er einige Münzen aus der Bluse seines grauen Gewandes genommen und sie in die Hand des Aussätzigen fallen lassen.

Mayli kletterte die Mauer hinauf. Als sie sich neben Sheng befand, sah er Pein in ihren Augen.

»Ich muß heimgehen und mich waschen«, sagte sie. »Ich werde mich erst rein fühlen, wenn ich mich gewaschen habe.«

Er wunderte sich, daß sie ein solches Aufhebens von dem Aussätzigen machte, und er sprach es auch aus. »Du hast den Mann nicht berührt, und er kann dir bloß Schaden tun, wenn er mit dir in Berührung kommt«, mahnte er sie. »Auch ich habe darauf geachtet, daß mein Leib nicht mit ihm in Berührung kam. Nur der Priester hat ihn angefaßt, und er ist heilig und wird keinen Schaden nehmen.«

»Aber es sollte einem Aussätzigen nicht erlaubt sein, sich unter andere zu mischen!« rief sie. »Glaubst du, daß im Land Mei oder im Land Ying ein Aussätziger unter dem Volk dahingehen dürfte?«

»Aber was würden sie denn mit ihm machen?« fragte Sheng erstaunt. »Gewiß würden sie einen Mann, der seine Krankheit nicht heilen kann, nicht dem Tod ausliefern.«

»Nein, natürlich nicht. Aber sie würden ihn an einen Ort schaffen, wo lauter Aussätzige sind und wo kein Gesunder sich aufhalten darf.«

»Aber das ist doch auch ungerecht«, entgegnete Sheng ernst. »Muß ein Mensch im Gefängnis sein, weil er eine Krankheit hat, die nicht zu heilen ist?«

»Oh, du verstehst aber auch gar nichts!« rief sie ungeduldig. »Es geschieht doch um derjenigen willen, die nicht aussätzig sind!«

Er blickte sie an und sah ihr staubiges Gesicht und ihre Haare und ihre Wangen, die, sonst stets rosig, jetzt so blaß waren.

»Laß uns nicht streiten, nachdem wir gerade erst dem Tod entronnen sind«, begütigte er. »Wir beide streiten über alles, was zu uns kommt. Vielleicht ist es besser, daß ich fortgehe und dich verlasse. Denn ich fange an zu erkennen, daß du fortwährend mit mir streiten wirst, weil ich nicht bin, was du wünschest.«

Er sah ihre rote Unterlippe zittern, und dann wandte sie den Kopf ab, und sie gewahrte die Stadt. Eine Weile hatten sie die Stadt vergessen, doch da lag sie, zerschmettert vom Feind. Vier große Feuer flammten, und die Rauchwolken stiegen zum hellen Abendhimmel empor. Plötzlich begann sie zu schluchzen.

»Was ist denn?« rief er erschrocken, denn er hatte sie noch nie zuvor weinen sehen.

»Ich bin so wütend! Ich bin so wütend, daß wir hilflos sind. Was können wir tun? Wir warten, daß sie kommen und uns töten, und wir können nichts anderes tun als uns verbergen!«

Er ergriff ihre Hand, und sie beobachteten die Feuer. Der Lärm ferner Stimmen erhob sich, als die zusammenströmenden Leute Wasser aufs Feuer warfen, aber die beiden rührten sich nicht vom Fleck, um zu helfen. Es gab dort Menschen genug – alles, was die Stadt bewahrt hatte, waren Menschen!

Liu Mas Stimme drang scheltend von der Straße herauf. »Wollt ihr dort in der Kälte bleiben? Bald ist es Abend. Ich gehe heim, um den Reis zu kochen.«

Sie kletterten hinunter und folgten ihr; sie fühlten sich matt, und ihre Herzen waren kalt von dem, was sie gesehen hatten, und beide waren müde.

»Ich muß zu meinen Leuten zurück«, sagte Sheng.

»Wirst du noch einmal zu mir kommen, bevor du nach Burma ziehst?« fragte sie.

Er antwortete nicht. Sie waren stehengeblieben. Hier, wo die Straße nach Norden abzweigte, war ein Haus unter einer Bombe zusammengestürzt; ein junger Mann wühlte laut weinend mit den Händen in den Trümmern.

»War das Euer Haus?« rief Liu Ma ihn an, und ihr altes Gesicht wurde noch runzliger vor Mitleid.

»Mein Haus, mein Seidengeschäft und alles, was ich hatte, sind hier begraben«, schluchzte der Mann, »meine Frau und mein alter Vater und mein Söhnlein!«

»Wie seid Ihr davongekommen?« fragte sie und begann ebenfalls zu wühlen. Sheng blickte sich nach einem Gegenstand um, mit dem er graben könnte.

»Ich ging einen Augenblick hinaus, um zu schauen, wo die Flugzeuge sich befanden, und da waren sie gerade über meinem Kopf.« In diesem Moment stieß der Mann auf ein Stück rotgeblümtes Tuch. »Das ist die Jacke meines Söhnchens!« schrie er auf.

Sheng hatte inzwischen eine Tragstange erspäht, die neben einem toten Bauern lag. Die Reiskörbe des Mannes an beiden Enden der Stange waren so unversehrt, als kämen sie gerade erst aus der Werkstatt, aber ein Metallstück, das durch die Luft geflogen war, hatte den Mann zwischen die Augen getroffen und seinen halben Kopf so sauber abgeschnitten, wie ein Messer eine Melone teilt. Sheng nahm die Stange und begann damit zu graben. Als Mayli das geblümte Tuch sah, kniete sie auf dem Steingeröll nieder und wühlte ebenfalls mit den Händen.

Bald war das Kind befreit, und der junge Vater nahm es in seine Arme. Aber das Kind war tot. Keiner von ihnen sprach, während der junge Mann das Kind wiegte und so herzzerbrechend schluchzte, daß schließlich niemand mehr die Tränen zurückhalten konnte. Mayli wischte sich die Augen mit ihrem Halstuch, und Liu Ma nahm ihre Schürze.

Sheng setzte die Stange ab. »Wenn das Kind tot ist, so könnt Ihr sicher sein, daß auch alle andern in Eurem Haus tot sind«, sagte er, »Ihr allein seid durch einen Beschluß des Himmels verschont geblieben. Kommt mit mir. Ich will Euch ein Gewehr geben, daß Ihr Rache üben könnt.«

Der Mann vermochte ohne weiteres zu sehen, daß Sheng Soldat und Führer von Soldaten war; so drehte er sich blindlings um, während ihm die Tränen noch immer über die Wangen liefen, und machte Miene, Sheng zu folgen, das tote Kind im Arm, das wie in einem Bett lag.

»Laßt das Kind zurück«, gebot Sheng.

Aber der junge Mann blickte mit kläglicher Miene von einem Antlitz zum anderen. »Ich kann diejenigen zurücklassen, die unter dem Haus begraben sind«, sagte er. »Doch wie kann ich mein Söhnchen niederlegen? Die Hunde würden es fressen.«

»Gebt es mir«, bat Mayli. »Ich will ihm einen Sarg kaufen, und ich werde statt Eurer dafür sorgen, daß es beerdigt wird.«

»Gut«, sagte Sheng, dessen Augen bei ihren Worten mit warmem Blick auf ihr geruht hatten.

So reichte ihr der Mann seinen toten Knaben, und Mayli nahm das Kind in ihr Arme. Zum erstenmal in ihrem Leben hielt sie ein Kind so nahe an sich. Durch irgendeinen sonderbaren Zufall war dieses Mädchen niemals einem Kind nahe gekommen. Allein war sie in ihres Vaters Haus aufgewachsen, in einem fremden Land, wo sie keine Vettern und keine Vettersvettern gehabt hatte. Das kleine Geschöpf ruhte so hilflos in ihren Armen, daß ihr das Herz in der Brust schwoll, und sie fand keine Worte, konnte nicht sprechen. Sie konnte nur Sheng anschauen.

Über das tote Kind hinweg blickten sie einander an, und obwohl keines von ihnen den Knaben jemals lebend gesehen hatte, stimmte sein Tod sie plötzlich zärtlich zueinander.

»Ich komme so bald wie möglich zu dir«, sagte Sheng.

»Ich erwarte dich«, erwiderte Mayli. Es war nur eine höfliche Redensart, wie man sie einem Besucher gegenüber anzuwenden pflegt, aber Mayli ließ auch ihre Augen sprechen.

So verstand er sie, und er ging seines Weges, gefolgt von dem Mann, und sie ging ihres Weges.

»Laß mich die Last tragen«, sagte Liu Ma.

Aber Mayli schüttelte den Kopf. »Ich bin jünger als du«, entgegnete sie, »und ich bin stärker.«

Sie trug das Kind heim, und sie fand das Haus vor, wie sie es verlassen, obwohl an der Südseite zehn nebeneinanderstehende Häuser eingestürzt waren und überall eine Staubwolke hing. Im Hof stand zitternd und wartend ihr kleiner Hund; als sie hereinkam, roch er das tote Kind, hob den Kopf und winselte. Sie aber ging wortlos weiter und legte das Kind auf ihr eigenes Bett.

Es war ein schöner kleiner Knabe, ungefähr drei Jahre alt, mit einem runden, glatten Gesichtchen. Soweit das Auge zu erkennen vermochte, trug er keinerlei Verletzung an sich, und sie nahm das rundliche Händchen, weil sie meinte, daß vielleicht doch noch Leben in ihm sei. Aber nein, sie konnte fühlen, daß die Leichenstarre bereits in den zarten, mit Grübchen versehenen Fingern begonnen hatte. So legte sie das Händchen wieder nieder, und sie saß eine Weile da, unfähig, die Augen von dem Kind abzuwenden, welches sie niemals lebend gesehen hatte. Zum erstenmal ging ihr auf, was dieser Krieg war und was es in der Welt bedeutete, wenn ein Kind ermordet worden und niemand dem Mörder Einhalt gebieten konnte. Zorn wuchs in ihr empor wie Unkraut.

»Ich wünschte, ich könnte meine Hände ausstrecken und die Kehle eines Feindes fühlen«, murmelte sie.

In diesem Augenblick schob Liu Ma den rotseidenen Türvorhang beiseite und spähte hinein, weil drinnen alles so still war. Da sah sie ihre junge Herrin am Bett sitzen und das Kind betrachten.

»Soll ich den Sarg kaufen gehen?« fragte sie.

»Ja«, antwortete Mayli.

»Aber wo sollen wir das Grab machen?«

»Wir wollen einen Flecken außerhalb der Stadt suchen«, versetzte Mayli. »Ein Bauer wird mir sicherlich irgendwo ein Stückchen Boden für den Leichnam eines Kindes verkaufen.«

»Es wird genügen, den Platz zu mieten«, meinte Liu Ma. »Eine Kinderleiche ist bald verwest, und dieses Kind ist nicht einmal deines eigenen Blutes.«

»Jedes Kind, das der Feind tötet, ist meines eigenen Blutes!« rief Mayli mit solcher Leidenschaft, daß die Alte sich rasch hinter dem Vorhang verbarg und sich entfernte.

Nach einer Weile stand Mayli auf und zog die Vorhänge rings um das Bett zu. Dann ging sie in den Hof hinaus und legte sich auf einen Streckstuhl aus Rohr, den sie gekauft und unter dem vorspringenden Dach verwahrt hatte. Sie lag da, die Augen mit den Händen bedeckt; das Hündchen kam zu ihr und rollte sich neben ihr zusammen. Das Hündchen lebte, und das Kind war tot. Das hatte keinen Sinn. Zum erstenmal begriff sie ein wenig Shengs Ärger, daß sie einen Hund so hochgeschätzt hatte. Hätte sie bei der Rückkehr den Hund tot aufgefunden, so hätte sie um ein niedliches Ding getrauert, aber nicht geweint. Das Kind jedoch war ein Menschenleben. Jetzt haßte auch sie beinahe den Hund.

Sie weinte nicht mehr, denn sie neigte nicht zu Tränen, und als Liu Ma in einer Rikscha mit dem Sarg zurückkam, half sie ihr, und gemeinsam legten sie das Kind in den Sarg. Der Rikscha-Mann, der auf seine Bezahlung wartete, fand einen zweiten Mann, und dann begaben sie sich alle außerhalb der Stadtmauer, Liu Ma mit dem Sarg in einer Rikscha, Mayli in einer anderen.

Zwei bis drei Kilometer von der Stadt entfernt trafen sie auf einen Bauern, einen alten Mann, dessen Söhne in den Krieg gezogen waren. Nachdem dieser Bauer einige Silberlinge erhalten hatte, hob er am Ende eines Feldes eine Grube aus, und sie legten den Sarg in die Erde.

»Ihr müßt darüber wachen, daß die wilden Hunde das Grab nicht aufscharren«, mahnte Liu Ma den Alten, der sie jedoch auslachte.

»Glaubt Ihr, daß die wilden Hunde heutzutage Gräber aufzuscharren brauchen?« entgegnete er. »Nein, sie sind besser gefüttert als unsereiner!« Er seufzte, spuckte in die Hände, ergriff seinen Spaten und begab sich erneut an seine Arbeit.

Mayli und Liu Ma bestiegen wieder ihre Rikschas und kehrten in die Stadt zurück.

4

In der Nacht erwachte Mayli. Einen Augenblick lauschte sie, um zu hören, was sie geweckt hatte. Aber über der müden, schlafenden Stadt war nur Schweigen. Nichts hatte sie geweckt, das heißt, nichts von außerhalb. Sie lag lauschend da und wurde sich plötzlich aller Dinge bewußt, ihres Körpers und ihres Atems, des Zimmers und des Bettes, auf dem sie lag, des Bettes, auf das sie am Tag das tote Kind gelegt hatte. Alles war wirklich, und doch war nichts wirklich. Sie war zur finstersten Schwermut erwacht, die sie jemals erlebt, zu einer so drückenden Traurigkeit, daß es ihr die Kehle beengte.

»Habe ich einen schlimmen Traum gehabt?« fragte sie sich. Aber nein, ihre Seele war leer außer diesem verzweifelten Gefühl der Verlorenheit. Doch was hatte sie denn verloren? Das Kind war nicht ihres. Konnte sein Tod allein diese Schwermut heraufbeschworen haben? Voll Furcht setzte sie sich auf. Befand sich jemand im Raum, und war sie erwacht, weil sie etwas Böses in ihrer Nähe gespürt hatte? Sie sprang aus dem Bett und zündete die Kerze an, die auf dem Tisch stand, hielt sie hoch und ließ ihren Schein auf die Tür fallen. Aber dort war niemand. Sie ging zur Tür und öffnete sie. Sie sah Liu Ma auf ihrem Lager schlafen, mit offenem Mund, ein Bild des Friedens. Und doch war irgendwo im Haus diese tiefe Leere.

»Was bedeutet das?« fragte sie sich. Sie begab sich in ihr Zimmer zurück, schloß die Tür und stand da, die Kerze in der Hand. Alles ringsum dünkte sie mit einem Male fremd, und sie sehnte sich nach einem Heim, das sie nicht hatte, um dem Unheil allenthalben um sie herum zu entrinnen. Welches Heim aber? Sie hatte keines außer bei ihrem Vater weit weg.

Beim Gedanken an ihren Vater quoll ihre ganze Sehnsucht auf. Mit jähem Schmerz dachte sie an ihr fröhliches Zimmer in der amerikanischen Stadt, wo er lebte. Sie dachte an die frischen, hellen Vorhänge, die blauen Teppiche auf dem Boden. Weshalb hatte sie jene gute Stätte verlassen?

Sie hatte sie verlassen, weil sie sich an dem Krieg in ihrem Land beteiligen wollte.

»Es wird dich reuen«, hatte ihr Vater sie gewarnt. »Du wirst wünschen, niemals gegangen zu sein. Du bist Kummer und Sorgen nicht gewöhnt.«

»Ich kann nicht zurück«, dachte sie. Die rote Linie ihrer vollen Lippen wurde gerade. »Ich will nicht zurück«, dachte sie.

Sie blies die Kerze aus, kroch wieder ins Bett, zog die rotgeblümte seidene Steppdecke über den Kopf und kuschelte sich darunter, um Schutz zu suchen. Aber was für einen Schutz gewährte die Decke? Liu Ma hatte sie fertig gekauft, sie war für die kleinen Frauen hier zugeschnitten, nicht für eine großgewachsene Frau. So wurden Maylis Füße entblößt, als sie die Decke über den Kopf zog, und als sie die Füße bedeckte, war ihr Kopf frei; sie konnte sich nicht klein genug machen.

Schließlich wurde sie ungeduldig und stand abermals auf. Und die ganze Zeit verließ das Gefühl trostloser Schwermut sie nicht. Sie saß auf dem Bettrand, die Steppdecke über den Schultern, und gab sich dem Elend hin, das sie nicht begriff. Und jetzt dachte sie, daß es keinen Platz für sie gab in ihrem eigenen Land. Hier gab es keinen Platz für eine Frau wie sie. Bauernfrauen bestellten den Boden wie die jungen Männer, und wenn die Frauen die Schule besucht hatten, dann wurden sie Krankenpflegerinnen und nahmen sich der Verwundeten an. Was aber konnte sie, die sie niemals irgendwelche Arbeit verrichtet hatte, tun? Sie hatte ihren Vater verlassen, um in ihr eigenes Land zurückzukehren, und er wußte jetzt nicht einmal, wo sie sich befand.

Von der ganzen Welt kannte sie nur Sheng wirklich, und er würde in einigen Tagen fort sein. Was blieb ihr dann noch außer der alten Liu Ma und dem Hündchen? Ihre Lippen verzogen sich ob der Kargheit eines solchen Daseins. War das bei all ihrem Witz und ihrer Geschicklichkeit in diesen Zeiten genug? Sie schüttelte die Decke ab, zündete die Kerze erneut an und fing an, im Zimmer auf und ab zu gehen, um sich zu wärmen. Ob es nun das Blut war, das ihren Leib zu wärmen begann und erhitzt in ihr Hirn floß, oder was es sonst sein mochte – plötzlich erkannte sie deutlich, was sie tun wollte. Sie wollte ebenfalls in den Westen gehen. Wenn Sheng in den Kampf zog, dann wollte sie auch gehen, um irgend etwas zu unternehmen.

Dieser Gedanke kam so hart und klar, als ob eine Stimme ihn erlassen hätte. Ihre Einsamkeit schwand und mit ihr die stumpfe Traurigkeit, die sie nicht zu verstehen vermochte. Ja, das war es, sie wollte mit dem Heer gehen. Gut, aber wie sollte sie es anfangen?

Es gab keine Frauen in den Reihen der Soldaten, die fortgeschickt wurden. Die Truppe setzte sich nur aus den bestgeübten Männern zusammen. Oft hatte sie Sheng sich rühmen hören, daß seine Leute zu den Kerntruppen gehörten und daß der Allerhöchste selber jeden einzelnen Mann geprüft habe, um sich zu überzeugen, daß alle jung und erlesen waren. Bei dieser Gelegenheit hatte Sheng zum erstenmal den Allerhöchsten gesehen, und tagelang hatte er von seinem ernsten, schmalen Gesicht und seinen dunklen, durchdringenden Augen gesprochen.

»Ich wurde ihm vorgestellt«, hatte er ihr erzählt, »und als ich seine Augen sah, prickelte mein Körper, als ob tausend Nadeln ihn berührten.« Und dann hatte er ihr mitgeteilt, was der Allerhöchste zu ihm gesagt: »Von all meinen

Leuten seid Ihr der größte und kräftigste. Deshalb seid Ihr ein besserer Soldat als die andern!«

»Und das will ich auch«, erklärte er ihr.

Jetzt wünschte sie, sie hätte gelernt, wie man Verwundete pflegt, aber das war nicht der Fall. Nicht einmal von Krankheiten wußte sie etwas. Nun, dann mußte sie eben einen andern Weg finden, um mitgehen zu können.

Während ihr Hirn sich an seinen Gedanken entzündete und ihr Wille fest und zielbewußt wurde, war sie wieder ihr altes kühnes Selbst. »Warum sollte ich mich nicht an den Allerhöchsten wenden?« fragte sie sich. »Ich könnte mich an ihn wenden, und wenn er mich nicht ziehen läßt, so wird mich seine Gattin schicken. Ich darf wohl behaupten, daß sie wie ich ist. Wir sind beide im selben fremden Land aufgewachsen. Sie wird wissen, was ich erstrebe und was ich empfinde. Auch sie ist ein ungestümer Mensch.«

So schmiedete sie Pläne, und sie war entschlossen, Sheng nichts davon zu verraten, denn sie wußte, daß er es ihr verbieten würde. Er hatte immer gesagt, daß Männer, die in eine Schlacht zogen, weder an Frauen denken noch Frauen um sich haben, noch sich daran erinnern durften, daß es Frauen auf Erden gebe.

»Und was ist mit den weiblichen Soldaten?« hatte sie ihn einmal gefragt, als er dies ausgesprochen.

»Sie sind keine Frauen mehr, wenn sie Soldaten werden«, war seine ernste Antwort gewesen. »Ein Soldat ist weder männlich noch weiblich, er ist ganz und gar Soldat – das heißt, Wille und Stahl und Gewalt und Kampf und Feuer.«

Wenn sie ihm ihren Plan verriet, würde er nur rufen: »Und was kannst du tun mit deinen Füßen, die in Seidenschuhen stecken?«

»Ich werde ihm nichts sagen«, dachte sie. »Ich werde mir

meinen Weg selber bereiten. Und ich werde mich nicht darum kümmern, ob es ihm behagt oder nicht, wenn ich dort bin.«

Nachdem sie diesen Entschluß gefaßt hatte, legte sie sich wieder zu Bett und schlief so friedlich wie ein Kind ein.

»Wohin ist sie gegangen?« erkundigte sich Sheng zwei Tage später bei Liu Ma.

»Wie kann ich Euch das mitteilen, wenn sie es mir nicht gesagt hat?« entgegnete Liu Ma. »Als ich sie fragte, wohin sie gehen wolle, lachte sie und gab mir zur Antwort, daß sie es mir nicht verraten werde, weil Ihr mich fragen würdet, und wenn es in mir wäre, würdet Ihr es herausziehen. So weiß ich nichts, und es ist nichts in mir. Ich weiß nur, was ich sah, und ich sah, daß sie ihren kleinen Koffer bei sich hatte und mit einer Rikscha fortfuhr.«

Wie ein zorniges Tier stampfte Sheng den Boden mit dem Fuß. »Welche Richtung hat sie eingeschlagen?« schnauzte er die Alte an.

»Da unsere Straße drei Häuser weiter zu Ende ist«, erwiderte sie ruhig und mit heimlichem Vergnügen über den Ärger des großen Soldaten, »kann sie nur eine einzige Richtung eingeschlagen haben, und Ihr wißt, daß am anderen Ende eine Biegung ist, so daß ich nicht weiter zu sehen vermochte.«

»Aber sie ließ Euch wissen, wann sie zurückkommen wird?«

»Sie gab mir etwas Geld und sagte, ich solle mich davon ernähren; sie würde wiederkehren, bevor ich alles aufgegessen hätte.«

»Laßt mich sehen, wieviel Geld sie Euch gegeben hat«, befahl Sheng.

Die Alte steckte die Hand in das Oberteil ihres Kleides und brachte zehn Silbertaler zum Vorschein, die in braunes Papier gewickelt waren.

»Wie viele Tage wirst du davon essen?« forschte er.

»Ich kann es rasch verzehren, wenn ich gut esse«, versetzte sie. »Oder ich kann mich armselig ernähren, dann reicht es für einen Monat.«

Am liebsten hätte er ihr altes Gesicht gegen die Wand gestoßen, weil es so ruhig war, aber wenn er das tat, würde sie ihm nichts mehr berichten. So gab er nur dem kleinen Hund, der schüchtern an ihm schnüffelte, einen Fußtritt, worauf das Tier aufheulend flüchtete.

»Tretet den Hund nur, wie es Euch paßt«, bemerkte Liu Ma. »Ich liebe ihn nicht.«

Sie zog den silbernen Ohrlöffel aus ihrem Haarknoten und begann langsam in ihrem rechten Ohr zu stochern. Ein Ausdruck träumerischen Wohlbehagens breitete sich auf ihrem Gesicht aus; dann gähnte sie und steckte den Ohrlöffel wieder in ihr Haar.

»Es ist sehr still, seit sie fort ist«, erklärte sie. »Ich schlafe ein, ohne es zu merken.«

Er antwortete nicht. Er blickte in dem leeren Hof umher. Plötzlich steckte er die Hände in den Gürtel und schritt davon. Aber am Tor hielt er inne und rief Liu Ma zu: »Wenn sie zurückkommt, sagt ihr, daß ich in den Krieg gezogen bin.«

Sie hatte sich hingesetzt, und schon waren ihre Augen geschlossen; sie öffnete sie daraufhin ein wenig.

»Eh!« murmelte sie, faltete die Hände über dem Leib und schloß die Augen mit der Zufriedenheit einer Katze.

Zu dieser Stunde schwebte Mayli hoch über den Bergen in des Generals Flugzeug, und der General befand sich an ihrer Seite.

Sie hatte sich geradewegs zu seinem Standquartier begeben, und weil die Wachtleute sie kannten, hatte man sie durchgelassen. Der General saß beim Frühstück, als sie eintrat, und sie lachte, als sie sein schiefes Gesicht sah. Denn er aß nicht Reis und getrockneten Fisch, nicht süßes Eingemachtes und die leckeren eingesalzenen Gemüse, die ihm mundeten. Er aß eine fremdländische Grütze aus Haferflokken, weil er gehört hatte, daß sie dem menschlichen Körper Kraft verleihe.

Bei ihrem Eintritt stand er auf, da er ein höflicher Mann war, der etwas wußte von den neumodischen Umgangsformen gegenüber den Frauen; dann sagte er: »Ich würde Euch auffordern, meine Mahlzeit mit mir zu teilen, aber ich schwöre, daß dann keine Freundlichkeit in mir wäre. Jetzt weiß ich, warum die weißen Menschen bis zum Mittag so grimmig dreinblicken, wenn sie dieses hier nach dem Aufstehen essen.«

Sie lachte, nahm einen Löffel und tauchte ihn in die Hauptschale, die in der Mitte des Tisches stand. Dann zog auch sie ein schiefes Gesicht. »Aber es ist ja verbrannt, so daß es bitter schmeckt«, erklärte sie. »Und es hat kein Salz. Außerdem soll man es mit Zucker und Rahm essen.«

»Mit was für Rahm?« erkundigte er sich.

»Mit dem Rahm der Kuhmilch«, gab sie ihm bereitwillig Auskunft.

Er blickte sie bestürzt an. »Bin ich ein Kalb, daß ich Milch von einer Kuh zu mir nehme?« rief er.

Darüber lachte sie so sehr, daß ihre Wangen sich röteten, und er fühlte sich mit sich selbst zufrieden, denn er war noch ein junger Mann.

Dann wurde er ernst, klatschte in die Hände und schrie den eintretenden Soldaten an: »Bring den Koch her!« Als der Koch erschien, fuhr er ihn an: »Du hast diese fremdländische Grütze anbrennen lassen und weder Salz noch Zucker hineingetan. Und warum hast du mir nicht gesagt, daß man sie mit dem Rahm der Kuhmilch essen muß? Du behauptetest, alles von dieser Speise zu wissen!«

Der Mann wurde blaß, und er zitterte. »Aber ich wußte, daß Ihr den Geruch der Milch nicht liebt, weil Ihr immer sagt, daß die Weißen stinken.«

»Riechen sie denn danach?« schrie der General. »Nun, ich sage, daß es etwas Gutes ist, wenn sie danach riechen. Ich werde meine Verbündeten an ihrem Geruch erkennen.« Er lachte über seine eigenen Worte; dann wies er auf das Gericht und befahl: »Nimm das Zeug hinaus, wirf es fort und bring mir Reis. Und gib es nicht etwa den Hunden. Schmeiß es in den Abfallkübel, wohin es gehört.«

So nahm der Koch die Schale mit dem Haferbrei fort und brachte gleich darauf den Reis, den die gewöhnlichen Soldaten aßen. Der General ergriff seine Schale und seine Eßstäbchen, hielt die Schale an seinen Mund und nahm das gute Essen mit Seufzen des Wohlbehagens zu sich.

Obwohl all dies rasch vor sich gegangen war, dünkte es Mayli lange, aber sie ließ die Zeit verstreichen, bis der General wieder gut gelaunt war. Dann sagte sie: »Ihr geht wohl noch einmal zurück, um mit dem Allerhöchsten zu sprechen, bevor Ihr gen Westen zieht?«

Er sah von seiner Schale auf. »Wer teilte Euch mit, daß wir gen Westen ziehen?« fragte er.

»Ich weiß es«, erwiderte sie, und sie lächelte das kleinste Lächeln, das ihr möglich war. »Und ich möchte mitgehen.«

Er setzte seine Schale nieder. »Ihr!« rief er. »Aber was möchtet Ihr denn dabei tun?«

»Ihr nehmt Frauen mit.« Sie stützte sich mit beiden Armen auf den Tisch und ließ es nicht zu, daß seine Augen ihr auswichen.

»Nun, nur solche, die für die Verwundeten sorgen«, erklärte er. »Wir nehmen einige Ärzte mit, und zu den Ärzten gehören Pflegerinnen. Nicht wir nehmen sie mit, sondern die Ärzte.«

»Ich kann für die Verwundeten sorgen«, sagte sie.

Aber er schüttelte den Kopf. »Das geht mich nichts an. Ich gebe solch eine Erlaubnis nicht. Glaubt Ihr, daß meine Leute sich nichts dabei denken würden, wenn ich Euch mitnähme? Würden sie nicht sehen, wie jung und schön Ihr seid! Und meine Frau – glaubt Ihr, sie würde mir nicht die Augen auskratzen und die Haare ausreißen? Nein, wir ziehen aus, um einen Krieg zu gewinnen.«

Sie schien diese Einwände anzuerkennen, wenigstens brachte sie keine Entgegnung vor. Schließlich seufzte sie und sagte sanft. »Vielleicht habt Ihr recht. Nun, dann will ich Euch um eine andere Gefälligkeit bitten. Nehmt mich mit in die Hauptstadt, wenn Ihr den Allerhöchsten aufsucht.«

»Wen habt Ihr dort?« fragte er scharf.

»Ich muß etwas tun«, erwiderte sie demütig. »Als ich herkam, meinte ich, ich könnte der Armee beitreten oder mich sonstwie nützlich machen, aber ich bin von keinem Nutzen. Wenn ich in die Hauptstadt gehe, kann ich vielleicht den Allerhöchsten helfen. Ich kann in ihren Waisenhäusern arbeiten oder ihnen mit meiner Kenntnis der fremden Sprache dienen. Ich weiß, daß mein Vater mir seine Einwilligung dazu geben würde.«

Zufällig kannte der General ihren Vater sehr gut, und je mehr er über ihre Worte nachdachte, desto besser schien es ihm, diese schöne, mutige Frau zu den Allerhöchsten zu bringen, so daß jene sie beschützen konnten. Damit würde er ihrem Vater einen Gefallen erweisen, sagte er sich.

»Das will ich tun«, gab er ihr zur Antwort.

So kam es, daß sie mit ihm in seinem Flugzeug reiste. Eigentlich hatte er nicht vor dem nächsten Morgen aufbrechen wollen, doch als er feststellte, daß sie nicht beabsichtigte, in ihr Heim zurückzukehren, wußte er nicht, was er mit ihr anfangen sollte, zumal die jungen Hauptleute jetzt unter allen möglichen Vorwänden hereinkamen, während er aß, und ihm dies oder jenes mitteilten, wobei sie dauernd Mayli anschauten, bis seine Haut unter dem Kragen heiß brannte. Was, wenn einer von ihnen es einem andern sagte und dieser andere einem dritten, bis es seiner braven Frau zu Ohren kam? Und würde sie ihm glauben, wenn er ihr erklärte, daß dieses Mädchen die Tochter eines Freundes und für ihn ebenso unerlaubt war wie seine eigene Tochter? Seine Frau war von Natur so eifersüchtig, daß sie stets glaubte, was sie dachte, und nicht das, was er ihr sagte.

So ließ er alle seine Pläne für diesen Tag fallen, und in weniger als zwei Stunden nach seiner Reismahlzeit befanden sie sich beide unter dem Himmel.

Das kleine Flugzeug hob und senkte sich, fiel in ein Luftloch und arbeitete sich wieder hinaus, und unter ihnen stiegen die Wolken in die Höhe. Sie fühlte ein süßes Wohlbehagen, als sie daran dachte, daß Sheng nicht wußte, wo sie jetzt war, ja, daß er es sich nicht einmal träumen ließe. Wann sah sie ihn wieder, wo würden sie sich begegnen, und wenn sie ihn wieder traf, wie würden dann die ersten Worte lauten?

Sie lächelte vor sich hin. Der General, der gerade den Kopf nach ihr wandte, bemerkte das Lächeln. »Ich komme mir vor wie ein Drache«, rief er ihr zu, »ein Drache, der auf Wolken reitet!«

Sie lachte, und der Wind, der durch ein Loch in der Verschalung hereinstürmte, riß das Lachen von ihren Lippen.

5

Die Allerhöchsten waren für Mayli keine Fremden. Oft hatte sie ihren Vater von ihnen reden hören. Die hohe Dame war einst eine Freundin ihrer Mutter gewesen, und der Allerhöchste selber war mit ihrem Vater befreundet, und überdies war er derjenige, von dem ihr Vater Befehle entgegennahm.

Deshalb bereitete sich Mayli nicht nur in Aussehen und Kleidung auf die Begegnung vor, sondern sie überlegte auch, was sie sagen wollte. Die Zulassung war ganz leicht zu erreichen. Mayli schickte eine Karte und erhielt eine Karte zurück. Die hohe Dame hatte sie selber auf englisch geschrieben; es stand darauf: »Wir erwarten Sie morgen zum Frühstück.«

So zog Mayli, die nach dem Tagesritt unter dem Himmel in ihrem Hotel ausgezeichnet geschlafen hatte, am nächsten Morgen ihr apfelgrünes Lieblingskleid an und fesselte ihre langen, schwarzen Haare in dem weichen Knoten. Sie legte Rot auf die Lippen und ein wenig Schwarz auf die Brauen; zum Schluß schmückte sie sich mit einfachen goldenen Ohrringen. Dann verließ sie das Hotel und bestieg eine Rikscha, die vor der Tür wartete.

»Zum Haus des Präsidenten«, befahl sie, denn der Allerhöchste wurde gemeinhin »der Präsident« genannt, und alle kannten ihn unter diesem Namen.

Ohne jegliche Verwunderung sagte der Rikscha-Mann: »Bis zur Fähre kostet die Fahrt einen halben Silberdollar.« Als Mayli nickte, zog er den Leinwandgürtel um seine Leibesmitte straffer und schlug den gleichmäßigen Laufschritt ein, an den seine braunen Beine gewöhnt waren.

Die Straßen, die zum Flusse führten, waren Trümmerreihen; kaum ein ganzes Haus konnte man sehen, so verheerend hatten die sommerlichen Bombardements in Tschungking gewütet, aber niemand schien es zu gewahren. Tatsächlich dauerte der Krieg schon so lange, daß es jetzt Kinder gab, die bereits sprechen und laufen und ihren Eltern sogar ein wenig zur Hand gehen konnten, die noch nie ein unversehrtes Dach über dem Kopf erblickt hatten; für sie bedeuteten die Bombardements nichts anderes als Gewitter und Wirbelstürme: etwas durchaus Natürliches. Auf diesen Straßen gingen die Leute ihren Geschäften nach, kauften und verkauften; an einigen Orten wurden die Häuser instand gesetzt, während drinnen das Geschäft weitergeführt wurde. Kinder rannten umher und spielten und fielen vor den Füßen der Träger und Rikscha-Läufer hin, so daß sogar zu dieser frühen Stunde die Luft erfüllt war von gutmütigem Schimpfen, Gelächter und Rufen der Menschen, die ihrem Alltagsdasein nachgingen. Allenthalben gab es Lebendigkeit, kein Zeichen von Furcht oder Trauer, und Mayli ertappte sich dabei, daß sie lächelte – aus reiner Befriedigung, weil sie ebenfalls lebte und auf dem Weg war, mit den Allerhöchsten zu frühstükken. Und wie sie es immer gern tat, wenn sie sich lebensvoll fühlte, begann sie mit der nächsten Person eine Unterhaltung, und das war der Rikscha-Zieher.

»Gehört Ihr zu jenen, die zugereist sind?« erkundigte sich der Mann höflich. Mayli wußte, daß man diese Frage hier zu stellen pflegte, wenn man in Erfahrung bringen wollte, ob jemand Bürger der Stadt sei oder nicht, und so antwortete sie: »Ich komme tatsächlich von weit her.«

Wie alle seinesgleichen war der Mann zum Sprechen geneigt, und willig erzählte er ihr, daß die Zeiten für Männer seines Gewerbes gut waren. »Heutzutage ziehe ich lieber eine Rikscha, als daß ich mich mit Büchern befassen möchte«, sagte er lachend. »Wahrhaftig, auch den Gelehrten geht es so. Oh, ich kenne einen gelehrten Mann, der sogar von ausländischen Schulen Papiere hat, und doch zieht er eine Rikscha, weil er damit mehr Geld verdient, als wenn er Beamter wäre. Ja, in solchen Zeiten ist ein Paar gute Beine mehr wert als eine Handvoll Gehirn und ein Bauch voll Gelehrsamkeit.«

Er fuhr fort zu reden und erzählte ihr, daß seine Familie zwei Sommer mit Luftangriffen ohne Todesfall überstanden und daß sogar das jüngste Kind gelernt hatte, allein zu der Felsenhöhle zu watscheln, wenn der Feind am Himmel angekündigt wurde. Damit seine Frau mit den Kindern nicht so weit laufen mußte, wenn er selber seinem Geschäft nachging, hatte er seine Hütte in der Nähe des Höhleneingangs errichtet, und dort war es recht gemütlich.

»Trotzdem ist das kein gutes Leben«, sagte Mayli. »Es muß einmal ein Ende finden.«

»Alles findet einmal ein Ende«, gab der Mann fröhlich zurück. »Uns soll es nur kümmern, daß wir noch am Leben sind, wenn es soweit ist.«

Mit diesen Worten hielt er am Flußufer an. Mayli bezahlte das Fahrgeld und noch ein wenig mehr; dann betrat sie das Fährboot, das auf die letzten Passagiere wartete.

Das Boot stieß gleich darauf vom Ufer ab, denn der Fährmann war von Maylis Aussehen und ihrer guten Kleidung beeindruckt. Während er über den Fluß ruderte, stand sie da und blickte auf die narbige Stadt zurück. Wie ein geschlagenes tapferes Geschöpf war sie, ein Drache, der gekämpft hatte, verwundet worden war und gleichwohl den Kopf aufrecht hielt. Das Licht auf dem trüben Flusse ließ das Wasser durchsichtig und die Stadt noch dunkler und narbiger erscheinen.

Die Fähre trug einige frühe Fahrgäste, die alle Mayli anstarrten; aber sie sprach nicht. Am andern Ufer des Flusses wartete ein Auto auf sie, das die Allerhöchsten ihr entgegengeschickt hatten. Der Fahrer war ein junger Mann, der sie ehrerbietig begrüßte; er fuhr so rasch über die unebene Straße, daß der Wagen erbebte und in allen Fugen quietschte. Nachdem diese Fahrt zu Ende war, fand Mayli eine Sänfte vor, in der sie einen Hügel hinaufgetragen wurde. So gelangte sie mit verschiedenen Mitteln zu einem schmucklosen Backsteinhaus, das gewiß kein Palast war, und doch wohnten hier der Präsident und seine Gemahlin. Einige Wächter standen am Tor, doch wußten sie von ihrem Kommen und ließen sie durch, worauf sie über ein kleines Gartenstück zum Haus schritt. Hier führte sie ein Diener in einen schlichten Raum, halb chinesisch, halb fremdländisch ausgestattet, in dem nichts reich oder kostbar war. Sie setzte sich und wartete.

Sie hatte nicht lange zu warten, denn wenige Augenblicke später hörte sie leichte, rasche Schritte, und da war auch schon die hohe Dame selber, sehr hübsch und morgenfrisch. Sie streckte Mayli beide Hände hin, und Mayli fühlte diese starken Hände, klein und schlank und fest, die so viel hielten.

»Sie sind also die Tochter Ihrer Mutter!« rief sie. »Lassen Sie sich anschauen. Ja, Sie gleichen ihr, dieselben großen Augen und die glückbringende Nase. Ich erinnere mich, Ihre Mutter war sehr schön.« Sie ließ sich auf der fremdländischen Chaiselongue nieder – alle ihre Bewegungen waren rasch und anmutig – und zog Mayli neben sich.

Zum erstenmal in ihrem Leben war Mayli scheu und sprachlos – zu ihrem eigenen Entsetzen. Nie zuvor war es ihr widerfahren, daß die Worte nicht zu ihrer Zungenspitze rollen wollten; jetzt aber saß sie da und starrte nur die hohe Dame an. Die Gattin des Präsidenten war einfach, aber kostbar gekleidet; sie trug ein dunkelblaues Seidengewand mit kurzen Ärmeln. Darüber hatte sie ein Samtjäckchen von der gleichen Farbe an, und dieser dunkle Ton brachte ihre helle Haut und ihre roten Lippen zu besonderer Wirkung. Dies war ein sehr schönes Gesicht; die Züge an sich waren schon schön, was es jedoch höchst bemerkenswert machte, das war die stolze Klugheit in den Augen, die Veränderlichkeit des Mundes, die furchtlose Haltung des Kopfes, der sich über dem schlanken, sehr anmutigen Körper reckte. Sie war nicht mehr jung, diese Dame, aber sie sah unzerstörbar jung aus. Von ihrem Temperament hatte Mayli schon viel Geschichten vernommen, und diesen Geschichten glaubte sie jetzt, denn in der Frau war zuviel Kraft und Leidenschaft, als daß sie ein ruhiges Temperament hätte haben können.

»Erzählen Sie mir nun von Ihrem Vater«, sagte die hohe Dame lächelnd. »Der Präsident hält große Stücke auf ihn, müssen Sie wissen. Ja, er hört manchmal sogar auf seinen Rat, und dann werde ich eifersüchtig.« Sie lachte hell bei diesen Worten. »Auf mich will er nicht immer hören«, fuhr sie fort und verzog den hübschen Mund in gespieltem Schmollen. »Oh, wie nachteilig ist es heutzutage, eine Frau zu sein! Finden Sie das nicht auch?«

Sie sah so lieblich aus, daß auch Mayli lachen mußte. »Ich weiß wirklich nicht, wieso es für Sie nachteilig ist, eine Frau zu sein«, versetzte sie.

»O doch«, widersprach die hohe Dame rasch. »Sie können sich das nicht vorstellen. Es treibt mich, dies und jenes zu tun – alles und jedes –, ich sehe so vieles, das getan werden müßte; aber früher oder später kommt es dann. Der Präsident sagt: ›Vergiß bitte nicht, daß du eine Frau bist.‹«

Sie lachte wieder, ein mutwilliges, reizendes, lebhaftes Lachen. Zum erstenmal in ihrem Leben verspürte Mayli kein Verlangen zu reden, sondern nur zuzuhören und zu beobachten, wie Heiterkeit und Ernsthaftigkeit gleich Licht und Schatten über dieses bezaubernde Antlitz spielten.

Dann plötzlich verstummte die hohe Dame. Sie vernahmen Schritte. Die hohe Dame erhob sich. »Das ist er«, sagte sie. Auch Mayli erhob sich, und so standen sie beide da, als die Tür sich öffnete und der Präsident das Zimmer betrat, ohne daß ein Wachtmann oder ein Diener ihn ankündigte.

Er hatte eine schlanke Gestalt und wirkte größer, als er war. Er hatte die Haltung eines Soldaten und ein Gesicht, wie Mayli es nie zuvor gesehen. Zuerst nahm sie die Augen wahr. Sie schossen ihre Strahlen geradewegs auf sie ab, und sie hatte das Gefühl, daß der klare Blick dieser Augen wie zwei blitzende Klingen durch ihr Hirn ging. Und doch war es ihr, als sähe er sie gar nicht, sondern nur das, was sie dachte. Daß sie eine junge, schöne Frau war, bedeutete nichts. Was sie dachte, fiel ins Gewicht.

»Das ist Mr. Weis Tochter Mayli«, sagte die hohe Dame zu ihm. »Du erinnerst dich doch, daß ich dir von ihrer Mutter erzählte?«

Der Präsident trat näher. »Ich erinnere mich«, erwiderte er. Jetzt war sein Gesicht freundlich, und er ergriff ihre Rechte. Seine Hand war hart und mager und kräftig, nervig wie sein Gesicht und sein Körper. Aber sie schien stählern, keine Menschenhand, und Mayli fühlte ihr eigenes weiches, warmes Fleisch bei der Berührung mit dem Stahl. Auch seine Stimme schien nicht wie die eines Menschen. Sie hatte einen hohen, dünnen Ton, der ebenfalls stählern war, und sie klang, als käme sie von weit her aus dem Manne.

Er wandte sich an seine Gattin. »Wir sollten frühstükken«, sagte er. »Die Generale warten auf ihre Befehle. Sie müssen gleich wieder an ihre Posten zurückkehren.« Sie ließen sich an einem kleinen Tisch nieder; das Frühstück war halb fremdländisch, halb chinesisch. Die hohe Dame trank Kaffee und aß Brot und Eier; ihr Mann aß Reis und eingesalzene Speisen. Das war bezeichnend für den Unterschied zwischen den beiden. Der Mann war von seiner eigenen Zeit, seinem eigenen Land und Volk; die Frau war sie selbst, ein

Geschöpf, das mal in der einen, mal in der anderen Sprache redete, Englisch ebenso beherrschte wie Chinesisch und das seine Gedanken jetzt aus der einen Seite der Welt bezog und dann wieder aus der anderen. Ihr Denken flog von Land zu Land, und sie schien aus allen zu bestehen. Der Mann aber war Chinese; er sprach auch nur chinesisch, und wenn sie sich mitunter allzulange der englischen Sprache bediente, fiel er in Schweigen, als hätte er sie vergessen. Dann begann die Frau, die ihn stets sah – alles, was er tat, und wie er dreinblickte –, schnell wieder chinesisch zu sprechen, und wenn er teilnahmslos blieb, mahnte sie ihn durch eine Berührung oder eine Frage.

Er sprach sehr wenig, und sie sprach sehr viel. Sie richtete viele Fragen an Mayli und wartete dann nicht auf die Antworten. Und doch schien sie die Antworten aus der Luft zu pflücken. Zwei oder drei Worte genügten, um sie alles verstehen zu lassen.

»Dachten die Amerikaner, daß der Feind sie angreifen würde?« fragte sie; und als Mayli zur Antwort ansetzte, erwiderte sie rasch selbst: »Natürlich denken die Amerikaner niemals etwas. Sie sind viel zu beschäftigt.« Sie runzelte die Brauen und biß mit ihren weißen Zähnen ein Stück Brot ab. »Ich brauche Geld für meine Kriegswaisen. Ich habe nicht genug. Und es ist absurd, daß wir nicht mehr Flugzeuge haben. Ich sagte es dem Präsidenten . . .«

Er schaute auf; sein Antlitz war einen Augenblick lang milde und freundlich. »Die Flugzeuge sind uns versprochen worden«, fiel er ein.

Ihr hübsches Gesicht lachte ihn an. »O du, der immer alles glaubt!«

»Ich glaube unseren Verbündeten«, sagte er.

»Bittet, so wird euch gegeben werden«, gab sie zurück. »Heißt es nicht so in der Bibel?«

»Wir haben gebeten«, erklärte er.

»Es gibt viele Arten des Bittens«, antwortete sie ihm. »Wir haben nur wie Edelleute gebeten – mit unsern Worten. Andere sind nicht so edel, und ihnen wird gegeben, uns aber nicht.«

Dies schien eine alte Streitfrage zu sein, denn zwischen den Brauen des Mannes setzte sich Eigensinn fest. Und Eigensinn verhärtete den schönen Mund der Frau. Schweigen kam über beide. Doch trotz Streiten, Eigensinn und Schweigen konnte niemand in diesem Raum sitzen, ohne zu merken, daß die unruhige Welt der Frau in dem Mann verankert war, daß aber des Mannes Herz nicht völlig in der Frau ruhte. Halb Haß, halb Liebe, etwas zuckte wie ein Blitz zwischen den beiden. In Mayli erwachte der Gedanke an Sheng. Auch der Präsident war einst ein namenloser junger Mann gewesen, der Sohn einer schlichten, braven Familie aus dem Volk wie Ling Tans Familie. Bis zu diesem Tag war er nicht wissenschaftlich gebildet; ganz aus eigener Kraft war er emporgestiegen. Als er diese Frau geehelicht hatte, war überall großes Erstaunen gewesen, hatte Mayli ihren Vater sagen hören, denn sie entstammte einem reichen Haus und war in vielen Schulen erzogen worden. Aber er hatte sich nie vor ihr gebeugt. Im ganzen Land erzählte man sich von den Streitigkeiten zwischen den beiden. Diese stolze Frau hatte ihn als Gleichberechtigten geheiratet, und sie wollte ihm gleichberechtigt sein, doch ließ er sie dann und wann den geringen Platz einer Frau einnehmen. So geschah es einmal, daß die Regierungsrats-Versammlung zusammentrat, an der kein Weib teilnehmen durfte; sie wollte hingehen, aber Wachtleute hielten sie an der Tür zurück, obwohl sie seine Gattin war.

Sie hatte die Wachtleute gefragt. »Wer hat Euch befohlen, mir den Weg zu versperren?«

»Unser Präsident hat es uns befohlen«, war die Antwort gewesen, worauf sie nachgegeben hatte, wenn auch voll Zorn. Wer konnte wissen, mit was für heftigen Vorwürfen sie ihren Mann überschüttet hatte? Von diesen Dingen sprach niemand.

Dann gab es noch die Geschichte, wie sie einmal vom Zorn überwältigt wurde und, um sich zu rächen, dem Mann einen Brief schrieb, der sie einst als Nebenbuhler des Präsidenten geliebt hatte. Ihr Gatte kam dazu, als sie den Brief schrieb, und da erschrak sie und verbarg den Brief. Als er ihr befahl, ihm das Geschriebene zu zeigen, weigerte sie sich, woraufhin er mit schrecklicher Stimme schrie: »Ich befehle dir nicht als dein Gemahl, sondern als Staatsoberhaupt!« Und er zog seinen Säbel. Da reichte sie ihm den Brief, den er las und dann auf den Tisch warf.

»Es kümmert mich nicht, was du dem Burschen schreibst«, hatte er gesagt, und sein ganzer Zorn war zu Eis geworden. »Aber es kümmert mich, ob du mir den Gehorsam verweigerst, wenn ich befehle.«

Mitunter, so wurde erzählt, wenn ihr Stolz sie nicht nachgeben ließ, ging sie fort und blieb weg. Es gab Leute, die sie gern ziehen sahen, weil sie solche Macht über ihn hatte. Aber wenn sein Zorn – und ebenso der ihre – auch viele Tage andauern konnte, so kam doch stets der Tag – und sie wußten, daß er kommen würde –, wo er, einerlei, ob der Streit sein Ende gefunden hatte oder nicht, nach ihr sandte; oder aber sie kehrte zurück, ohne daß er nach ihr schickte, und ihr Haß und ihre Liebe nahmen ihren Fortgang.

Sie hatte solchen Einfluß auf ihn, weil sie ihn durch Körper und Geist und Seele zu fesseln wußte, und ihm war noch nie ein Mensch begegnet, der ihn auf diese dreifache Weise zu fesseln vermochte. Sie war schön, und sie war gebildet und klug, war gewandt und verständig, kannte die Welt, wie er sie niemals kennen würde, und sie hatte Wörter auf der Zunge, die jeglichem Bedürfnis entsprachen. Dazu erfüllte sie die Seele in ihm, die unbefriedigt geblieben wäre, wenn sie nicht auch ihr Teil erhalten hätte. Er brauchte den Glauben, daß groß und recht war, was er tat, weil es zudem gut war, und seine Natur zwang ihn zu glauben, daß sein Ich auf dem Weg des Tao wandelte. Dieses Bedürfnis befriedigte sie in ihm. Sie konnte mit ihm beten, wenn er des Betens bedurfte; und wo in der Welt gab es eine Frau wie sie, die sowohl den Philosophen als auch den Soldaten zu befriedigen vermochte?

Mayli beobachtete die beiden; sie fühlte ihre Gewalt und ihr Anziehungskraft, durch die sie irgendwie in den Kreis mit einbezogen und gleichzeitig ausgeschlossen wurde, denn dieser Mann und diese Frau lebten miteinander allein, wo immer sie sich befanden, und doch drehte sich die Welt um sie.

Und all dies zeigte sich im heitersten Lachen, in den fröhlichsten Worten, in der ernstesten Erklärung. So erzählte die hohe Dame von einer kleinen Bemerkung, die ein Kind in einem ihrer Waisenhäuser gemacht hatte. Am vergangenen Tag hatte ein Büblein gefragt: »Muß ich denn lesen?«

»Ja«, hatte sie erwidert, »du mußt lesen, weil alle Kinder lesen lernen müssen.«

»Aber ich habe keine Zeit zum Lesen«, hatte er geklagt. »Ich muß den Feind bekämpfen. Bitte lehrt mich erst ein Gewehr abfeuern.«

Nach herzlichem Lachen sagte die hohe Dame: »Allen Kindern soll das Schießen und das Lesen beigebracht werden. In dieser Welt haben wir gelitten, weil wir nur das Lesen und nicht das Schießen erlernt haben.« Dann fügte sie noch ernster hinzu: »In diesem Krieg hätte sich ein Weg zu einer neuen Welt anbahnen sollen, wo wir ihnen vertrauen könnten, aber jetzt können wir nicht vertrauen. Sie brechen das Gelöbnis, das sie uns gegeben haben, immer wieder.«

Aber der Präsident ließ diesen Beitrag zu ihrer Streitfrage nicht gelten. Er stand auf, nachdem er sein Mahl beendet hatte, und nahm seine Teeschale zur Hand, um noch einen letzten Schluck heißen Tee zu trinken, bevor er fortging. »Ich will das noch nicht denken«, entgegnete er. »Und weil ich noch immer an meine Verbündeten glaube, schicke ich meine besten Divisionen nach Burma. Wenn wir gemeinsam kämpfen, die Schlacht gewinnen und die Große Straße offenhalten können, dann werde ich wissen, daß du unrecht hast.«

Er nickte Mayli rasch zu und entfernte sich. So blieben die beiden Frauen allein am Tisch zurück. Einen Augenblick herrschte Stille, als wäre mit seinem Fortgang alle Tatkraft von seinem Weib genommen worden. Sie hatte ihren rundlichen bloßen Ellenbogen auf den Tisch gestützt, hielt die Augen gesenkt und ließ ihre Gedanken mit ihm wandern. Als sie die Augen hob, gewahrte Mayli Furcht darin.

»Ich habe Angst«, bekannte sie. »Ich habe große Angst.«

»Wovor?« fragte Mayli.

»Ich habe Angst vor diesem Feldzug. Er sendet unsere besten, unsere geübtesten und reifsten Soldaten aus, gerade diejenigen, die er für unser eigenes Land behalten sollte, wie ich ihm sagte. Was, wenn der Feind gegen uns vorrückt, während diese Divisionen in Burma sind? Er schätzt sie so hoch, daß es ist, als ob er seine eigenen Söhne fortschickte. Und doch behauptet er, daß er seine Besten senden muß.«

Sie sprach englisch, wie immer, wenn ihr Gatte nicht anwesend war. »Ich fürchte mich vor der Wirkung auf ihn«, fügte sie hinzu, »wenn der Feldzug nicht gut ausgeht.«

»Warum sollte er nicht gut ausgehen?« fragte Mayli.

Die hohe Dame schüttelte den Kopf. Ihr schönes Antlitz war jetzt sehr traurig. »Es gibt Gründe«, erwiderte sie. »Es gibt Gründe. Ich wünschte, ich wäre ein Mann und könnte selber eine Division führen; dann würde ich dafür sorgen, daß diese Gründe nicht das Obergewicht erlangen.« Sie seufzte tief. »Ich wünschte, ich wüßte von Tag zu Tag, was geschieht, so daß wir, wenn die Schlacht gewonnen ist – oder verloren –, die Wahrheit kennen und nicht mehr irregeführt werden können.«

Maylis Herz hüpfte. »Schicken Sie mich an Ihrer Stelle«, hat sie. »Ich will die Augen offenhalten und Ihnen zuverlässig berichten, was ich sehe und was geschieht.«

Die hohe Dame hob den Kopf und heftete ihre eindrucksvollen Augen auf Maylis Gesicht. »Es ist zu gefährlich«, entgegnete sie. »Ich muß an Ihren Vater und Ihre Mutter denken.« Aber sie wandte die Augen nicht von Maylis Gesicht.

»Sie wissen, daß Väter und Mütter nichts bedeuten«, sagte Mayli ruhig. »Sie wissen, heutzutage ist nur eines bedeutungsvoll – daß jeder seine Pflicht tut. Wenn Frauen an der Seite von Männern in der Armee kämpfen können, wenn Frauen Tausende von Kilometern neben Männern marschieren können, dann kann auch ich das tun.«

»Ja«, stimmte die hohe Dame zu. »Sie können es. Denn wenn ich Sie wäre, könnte ich es. Aber als was wollen Sie mitgehen? In jenen Divisionen gibt es keine Frauen. Verstehen Sie etwas von Medizin?«

»Nein. Aber ich könnte für diejenigen sorgen, die etwas davon verstehen. Lassen Sie mich für die Pflegerinnen sorgen. Ich will mich ihrer Ernährung und ihres Obdachs annehmen, will darauf achten, daß sie erhalten, was sie brauchen, und ich will in der Nacht bei ihnen bleiben und in dem fremden Land für ihren Schutz Sorge tragen.«

»Ja, das könnten Sie tun«, sagte die hohe Dame abermals.

»Und wo ich auch sein mag«, fuhr Mayli rasch fort, »da will ich alles beobachten und Ihnen über alles Bericht erstatten. Ich will Ihre Augen und Ihre Ohren sein.«

»Ja, Sie könnten meine Augen und meine Ohren sein.«

Die hohe Dame saß eine Weile nachdenklich da. Das Sonnenlicht, das durchs Fenster hereinfiel, traf den klaren, grünen Jade ihres Ringes und ließ ihn aufblitzen. Es war ein fabelhafter Jadestein, mit dessen Erlös sie alle ihre Waisenkinder viele Tage hätte ernähren können, und doch war er ein Teil dieser Frau und nicht verkäuflich. Denn darin lag die Stärke der Frau, daß Schönheit zu ihr gehörte. Jeder, der sie kannte, hätte aufgeschrien, wenn irgendein Teil ihrer Schönheit verkauft worden wäre; denn es gibt eine Schönheit, die notwendiger ist als das Leben eines anderen Geschöpfes. Und Mayli, die solche Schönheit gewahrte, fühlte Verehrung in sich aufquellen gleich der Ergebenheit dem Himmel selber gegenüber.

Die hohe Dame blickte auf, als ob diese Wärme ihr eigenes Herz getroffen hätte, und sagte: »Ich kann Ihnen vertrauen, und Sie sollen gehen. Verlassen Sie mich jetzt; ich will alles für Ihre Reise vorbereiten.«

6

Mayli sah die beiden nicht wieder. Sie kehrte in ihr Hotel zurück, und nachdem sie einen Tag gewartet hatte, erhielt sie einen Brief von der hohen Dame, in dem stand: »Was wir planten, ist getan. Heute nacht steht ein Flugzeug bereit, das Sie nach Kunming zurückbringen wird. Ich hoffe, daß Ihre Mutter herniedersieht und Ihr Vorhaben gutheißt.«

Den ganzen Tag verließ Mayli ihr Zimmer nicht; sie schlief, erwachte, um zu essen, und schlief weiter. Als sie dann gegen Mitternacht neben einem kleinen, einsamen Flugzeug stand, fühlte sie sich erfrischt und bereit für alles Kommende.

Im Flugzeug befand sich noch ein Fahrgast. Es war ein Offizier mit einer ihr unbekannten Uniform, ein junger Mann mit breitem, offenem Gesicht. Er redete sie beim Namen an, als er grüßte, woraufhin ihr klar wurde, daß man ihm erzählt hatte, wer sie war. Aber dann sprach er nicht mehr. Er hüllte sich in seinen Umhang, und schweigend ging die Rückfahrt vonstatten.

Als sie am nächsten Tag ihr Häuschen betrat, fand sie nur friedliche Stille vor. Nach der schnellen Reise, nach dem aufregenden Besuch war diese Stätte so ruhig, daß sie fast unwirklich schien. Der Bambus im Hof rührte sich nicht, und der kleine Teich lag klar und reglos unter dem blauen Himmel des schönen Tages. Doch als sie sich ihrer Tür näherte, hörte das Hündchen sie, und es begann wild zu bellen vor Freude, daß sie zurückgekehrt war. Augenblicklich kam Liu Ma aus der Küche, ihre Reisschale in der Hand. Sie aß gerade, und sie war nicht darauf gefaßt, ihre junge Herrin vor sich zu sehen.

»Du bist gekommen!« schrie sie, setzte ihre Schale ab und sputete sich, Tee und Essen herbeizuschaffen. Im Nu war das Haus nicht mehr ruhig; alle lärmten, der Hund und Liu Ma und auch Mayli, die sich reich und glücklich fühlte, so daß sie sich nicht zurückhalten konnte, zu singen und Liu Ma zuzurufen. Sie machte der Alten gegenüber kein Geheimnis aus ihrer Wißbegierde zu erfahren, ob Sheng während ihrer Abwesenheit gekommen sei.

»Hat der große Soldat dich geplagt, während ich fort war?« rief sie Liu Ma zu, die sich in der Küche befand.

»Etwa nicht?« schrie Liu Ma zurück. »Du tust mir leid, junge Herrin!«

»Warum?« fragte Mayli. Sie hatte ihre Porzellanschüssel mit heißem Wasser ans Feuer gestellt, und da stand sie nun und wusch sich; der Dampf stieg von ihrer lieblichen Haut auf, ihre Lippen waren rot.

»Er ist wie ein Tiger«, rief Liu Ma. »Er brüllte Nord und Süd, Ost und West zusammen, weil er nicht wußte, wo du warst.«

»Und du konntest ihm keine Auskunft geben!« schrie Mayli vergnügt.

»Gar, gar, gar keine!« kicherte die Alte und hustete im Rauch hinter dem Herd. Jetzt, da ihre junge Herrin zurückgekehrt war, fühlte sie sich wieder beschwingt und belebt; sie überhastete sich, ließ dieses und jenes fallen, zerbrach ein Ei auf dem Fußboden, rief den Hund zu sich, damit er es aufleckte, und versuchte vielerlei auf einmal zu machen.

Mayli aber hatte sich noch nie zuvor so freudvoll gefühlt. In ihrem ganzen Leben würde sie die Allerhöchsten nicht vergessen, vor allem nicht die hohe Dame, deren Augen und Ohren sie nun sein sollte. Keine Tätigkeit auf der Welt hätte ihr mehr Vergnügen bereiten können, und sie wußte, daß sie ihre Sache gut machen würde; sie hatte starkes Selbstvertrauen. Sie aß nach Herzenslust Reis und Eier und Fische, ihre Hand riß Stücke von dem braungebackenen Sesambrot ab, und ihre weißen, scharfen Zähne zerkleinerten den Sesamsamen; dazwischen warf sie dem Hündchen Bissen zu, und die ganze Zeit schwang sich ihr Geist über die weiten Landstrecken und Berge zum Schlachtfeld.

»Bestimmt haben wir Erfolg«, träumte sie. »Der Feind wird von unseren Leuten aufgehalten werden, und alle Völker erkennen dann, daß wir tapfer sind und die Gegner aufgehalten haben. Wenn unsere Verbündeten unsern Erfolg sehen, werden sie uns dafür ehren und ihre Versprechen einlösen.«

So bewegten sich ihre großartigen Gedanken weiter, sprangen von Grat zu Grat in den Bergen, linderten die Mühsale des Schlachtfelds und führten die Soldaten zum Sieg. Und würde unter diesen Soldaten nicht Sheng der tapferste und beste aller jungen Führer sein? Konnten sie und Sheng nicht eines Tages zusammen wie die Allerhöchsten sein? Dann aber lachte sie sich selber aus, denn sie war von Natur keine Träumerin, und zog das Hündchen an den Ohren.

»Du wirst krank werden, wenn du noch mehr Brot ißt, du Maus«, sagte sie.

Sie erhob sich, schritt ruhelos im Hof auf und ab und überlegte, ob sie Sheng davon in Kenntnis setzen sollte, daß sie mitging, oder ob sie es ihn selber herausfinden lassen sollte. Nahezu eine Stunde konnte sie zu keinem Entschluß kommen. Ein Vergnügen wäre es, ihm die Neuigkeit mitzuteilen, denn wie konnte er verbieten, was die hohe Dame angeordnet hatte? Ihre Mutwilligkeit indes ließ sie hellauf lachen bei dem Gedanken an sein Gesicht, wenn er sie zum erstenmal auf dem Marsch mit ihm sah. Zweifellos wurden die Pflegerinnen in Lastwagen mitgenommen, soweit diese Fahrzeuge nur vorzudringen vermochten; sie stellte sich vor, wie sie an ihm vorbeifuhr, und sie stellte sich seine Miene vor, wenn er sie erblickte. Das verlockte sie so sehr, daß sie beschloß, ihm nichts zu verraten. Nein, und sie wollte ihm nicht einmal mitteilen, daß sie heimgekehrt war.

Dann erinnerte sie sich des Generals. Sie wußte, daß er vor ihr zurückgekommen war, denn der Präsident hatte ja gesagt, daß die Generale nach der Besprechung sich gleich wieder an ihre Posten begeben mußten, um den Feldzug vorzubereiten. Würde er nicht sofort mit Sheng sprechen, wenn er ihren Namen auf der Liste sah? Deshalb mußte sie ihn unverzüglich in seinem Standquartier aufsuchen und ihn bitten, ihr Geheimnis zu wahren.

Kaum war ihr dies in den Sinn gekommen, so ging sie schon an die Ausführung des Gedankens. Sie kämmte sich die Haare, steckte rote Beeren in den Nackenknoten, zog ihr rotwollenes Kleid und ihr langes schwarzes Cape an, rieb Parfüm auf Wangen und Handflächen und war zum Aufbruch bereit.

»Wohin gehst du schon wieder?« rief Liu Ma ihr durchs Küchenfenster zu.

»Ich habe etwas zu erledigen«, versetzte Mayli. »Wenn der große Soldat kommt, während ich weg bin, darfst du ihm nicht sagen, daß ich zurückgekehrt bin.«

Dies tröstete Liu Ma, die es für das größte Unglück gehalten hätte, wenn ihre Herrin ausgegangen wäre, um einen Mann in seinen eigenen vier Wänden aufzusuchen. Liu Ma verkündete oftmals, daß eine Frau, die einmal über eine zerbrochene Mauer gestiegen sei, einen Weg daraus machen würde, und damit meinte sie, daß Frauen von Mauern umgeben sein müßten, da sie sonst überallhin gehen und nicht mehr auf Anstand achten würden.

Mayli nahm eine Rikscha und ließ sich zum Standquartier des Generals fahren. Sie dachte: »Wenn ich Pech habe, ist Sheng gerade dort.« Aber sie sah ihn nicht. Der Torwächter trug die Karte, die sie ihm gegeben hatte, hinein, und der General, der tags zuvor zurückgekehrt war, befahl, Mayli hereinzuführen. Er war allein, und er begrüßte den Gedanken, ihre Gesellschaft genießen zu können. Obwohl er außer seiner Gattin niemals ein Weib mit begehrlichen Blicken betrachtet hätte, fand er doch Geschmack daran, mit hübschen, jungen Frauen zu plaudern, zumal er sich seiner selbst sicher fühlte.

Er legte die Generalstabskarten beiseite, die er gerade betrachtet hatte, rückte seinen Kragen zurecht, musterte sich in der offenen Fensterscheibe, die ihm als Spiegel diente, glättete seine Haare und stand auf, als er ihre Schritte hörte. Sie kam rasch herein, ohne zu ahnen, daß sie in Gang, Haltung und Lächeln unbewußt die hohe Dame nachahmte.

Er verbeugte sich bei ihrem Eintritt, aber sie hielt ihm mit der fremdländischen Gebärde, die ihr natürlich war, die Hand hin. Er zögerte; dann streckte auch er seine Rechte aus und berührte die ihre flüchtig. Sie lachte über diesen kühlen Gruß.

»Ich vergesse immer, daß uns das Händeschütteln nicht natürlich ist«, erklärte sie unumwunden. »Ich war zu lange von der Heimat fort.«

»Setzt Euch«, forderte er sie auf und ließ sich auch selber nieder.

Der Geruch ihres Parfüms stieg ihm in die Nase, und er sog ihn tief ein. Seine Gattin war eine gute Frau; er liebte sie, und sie hatte ihm zwei Söhne geboren, aber seine Eltern hatten sie ausgesucht, und diese Tatsache vergaß er nie. Jetzt schaute er mit unbestimmtem Verlangen auf das frische, schöne Antlitz. Mayli hatte sich gesetzt und ihr Cape abgeworfen; sie stützte die Arme auf den Tisch und sah den General offen an. Dieser offene Blick schüchterte ihn ein, gleichwohl erfreute er sich daran. »Diese modernen Frauen können vielleicht für einen Mann sehr lästig sein«, dachte er, »aber sie haben doch ihren Reiz.« Er trug kein Verlangen, eine von ihnen zu heiraten. Ein Mann wünschte nicht soviel Reiz bei einer Frau. Aber wenn man keine Verantwortung für ihre Taten oder Worte hatte, bereitete es Vergnügen, eine dieser Frauen so lange zu betrachten, wie er es nun tat.

»Ich komme immer, um Eure Hilfe zu erbitten«, sagte Mayli schmeichlerisch. Niemals verhielt sie sich Sheng gegenüber schmeichlerisch. Mit Sheng war sie unbarmherzig, sie neckte ihn und sprach ihre Meinung aus. Ihr Instinkt aber riet ihr, den General niemals denken zu lassen, daß sie sich ihm ebenbürtig fühlte.

»Es macht mir immer Freude, Euch zu helfen«, antwortete er lächelnd.

»Habt Ihr schon die Liste der Pflegerinnen eingesehen, die

mit den drei Divisionen nach Burma gehen werden?« fragte sie.

»Nein, noch nicht. Ich hatte zuviel anderes zu tun.«

»Dann ist es nicht zu spät.« Sie lehnte sich ein wenig vor. »Ihr wißt ja, daß ich die Allerhöchsten aufsuchen wollte«, fuhr sie mit leiser Stimme fort. »Haben sie von mir gesprochen?«

»Die hohe Dame habe ich nicht gesehen«, gab er zurück. »Und mit dem Präsidenten habe ich nur über militärische Fragen geredet.«

»Die hohe Dame hat mich zur Betreuerin der Pflegerinnen ernannt«, verkündete Mayli.

Der General lächelte. »Die hohe Dame tut, was ihr beliebt. Aber seid Ihr für solch eine Aufgabe nicht zu jung?«

Mayli lächelte ein sehr mutwilliges Lächeln. »Ich bin jung, doch auch sehr kräftig«, entgegnete sie. »Ich kann meilenweit laufen, kann Hitze ertragen und essen, was es nur Eßbares gibt.«

»Ein guter Soldat«, lobte er. »Nun, und was sonst? Euer Posten untersteht nicht meinem Kommando, müßt Ihr wissen. Ihr habt Euch bei einem anderen Vorgesetzten zu melden.« Er begann in seinen Papieren zu kramen, fand schließlich das Gesuchte und las den Namen ab: »Pao Chen ist Euer Vorgesetzter.«

Sie merkte sich den Namen sorgfältig. »Pao Chen«, wiederholte sie. »Aber nicht deshalb bin ich zu Euch gekommen«, sagte sie.

Er lehnte sich zurück und blickte sie an, noch immer lächelnd. »Wann werdet Ihr mir sagen, warum Ihr zu mir gekommen seid?« fragte er. »Seht Euch diese Papiere auf meinem Schreibtisch an! Aus jedem muß ein Aktenstück gemacht werden. Und wie wenige Tage bleiben uns nur noch! Es hat schon zu viele Verzögerungen gegeben.«

»Ich will rasch sprechen«, versetzte sie. »Es läßt sich in Kürze sagen, und doch ist es schwer für mich. Es ist dies: Bitte verratet niemandem, daß ich mitkomme.«

Jetzt, da sie ihr Ersuchen vorbringen sollte, war es ihr unmöglich, Shengs Namen zu nennen. Sie errötete über und über und blinzelte mit ihren lang bewimperten Augen, als der General sie anschaute.

»Warum soll Euer Name geheimgehalten werden?« erkundigte er sich verwundert.

Da sie keinen Grund anzugeben wußte, erwiderte sie tapfer: »Der junge Kommandant ... der, den Ihr kürzlich befördert habt ... von dem ich Euch erzählte ...«

»Ling Sheng«, fiel er ein.

»Ja, das ist er. Ich möchte nicht, daß er etwas von meinem Mitkommen erfährt.«

»Ah«, sagte er.

»Er trägt sich meinetwegen mit dummen Gedanken«, fuhr sie fort, und ihre Wangen brannten erneut. »Und ... und es ist besser, wenn wir uns nicht begegnen ... das heißt ... wir haben eine ernste Pflicht zu erfüllen, und ich möchte nicht, daß ... daß ...«

»Ihr tragt Euch seinetwegen nicht mit dummen Gedanken?« Das Lächeln des Generals war schelmisch.

»Nein, nein«, gab Mayli rasch zurück. »Ich muß meiner Arbeit nachgehen, und ich will nicht, daß er seine Gedanken weiterspinnt. Er hat seine Arbeit, und ich habe meine, und ich wünsche gar nicht zu wissen, was er denkt. Außerdem wird er mich zurückzuhalten versuchen, wenn er erfährt, daß ich mitkomme.«

»Das ist ihm kaum möglich, wenn die hohe Dame es so angeordnet hat«, wandte der General ein.

»Ihr kennt ihn nicht«, entgegnete Mayli ernst. »Er meint, nur er habe mir zu sagen, was ich tun und lassen soll.«

»Mit andern Worten, er liebt Euch.« Der General lachte nachsichtig.

»Aber ich will nicht geliebt werden«, gab Mayli hitzig zurück. »Es ist nicht die richtige Zeit für solche Dinge.«

Mit stummem Lachen schüttelte der General den Kopf. Dann wischte er sich die Augen und sagte: »Ihr sollt Euren Willen haben. Ich habe einen Feldzug vor, und ich bin der gleichen Ansicht wie Ihr, daß es besser für ihn ist, wenn er nichts erfährt. Wird er verwundet, so mag er Eure Anwesenheit entdecken. Andernfalls besteht kein Grund, wieso er dahinterkommen sollte, daß Ihr mit uns kommt.«

»Das ist mein Wunsch«, erwiderte Mayli. Nachdem sie erreicht, was sie begehrte, wollte sie keinen Augenblick länger bleiben, wußte sie doch, daß nichts einen Mann, der einer Frau eine Gefälligkeit erwiesen hat, mehr verstimmt, als wenn die Frau danach noch unschlüssig verweilt, und dies ganz besonders, wenn er bezweifelt, mit seiner Nachgiebigkeit klug gehandelt zu haben.

So stand sie auf, stützte beide Hände auf den Schreibtisch und lächelte zu ihm nieder. »Wie gut Ihr seid, wie freundlich«, sagte sie. »Ich verspreche Euch, daß ich meine Pflicht bis zum äußersten erfüllen werde, und wenn Ihr mich jemals nötig habt, so könnt Ihr auf mich zählen.«

Er nickte ihr zu. In seinem Innern fühlte er Wärme aufsteigen, als hätte er einen Schluck süßen, starken Weines getrunken.

Gerade in diesem Augenblick kam ein Soldat herein, um zu melden, daß die Kommandanten der Divisionen wie angeordnet draußen warteten.

»Richtig, ja«, sagte der General. »Das hatte ich ganz vergessen. Sie sollen hereinkommen.«

Aber Mayli legte den Zeigefinger auf den Mund. »Nein«, flüsterte sie. »Laßt mich zuerst hinaus.«

Der Soldat entfernte sich. Nachdem Mayli ihm eine Minute Zeit gelassen hatte, nahm sie dankend Abschied und ging ebenfalls hinaus. Sie befürchtete, Sheng könnte in der Nähe sein und sie sehen; deshalb schlug sie den Kragen ihres Capes in die Höhe, senkte den Kopf und beschleunigte ihre Schritte. Aber sie erblickte ihn nirgends und fühlte sich deshalb sicher.

Sie wäre wohl auch sicher gewesen, wenn es sich bei dem Soldaten nicht um einen unflätigen Burschen gehandelt hätte, der gern schmutzige Bemerkungen machte. So lachte er sich ins Fäustchen, während er davonging, und berichtete den drei Kommandanten, daß sie warten müßten, weil der General eine Besucherin habe, die sie nicht zu Gesicht bekommen dürften.

Sie sahen einander an und wagten aus Hochachtung vor ihrem Vorgesetzten keine Antwort zu geben, doch als der Soldat sich entfernt hatte, sagte Sheng unumwunden: »Ich hätte nicht gedacht, daß er so einer wäre.«

»Das ist er auch nicht«, entgegnete einer seiner Kameraden. »Kleine Geister sind immer gleich bereit, zweideutige Gedanken zu hegen, vor allem bei Menschen, die über ihnen stehen.«

Nun aber war das Zimmer, in dem sie warteten, ein kleiner Raum, der auf den Haupthof hinausführte. Ein Flur lag zwischen dem Hof und dem Zimmer, und die Tür, durch die man auf den Flur gelangte, stand offen.

Zufällig trat einer der drei Männer unter diese Tür. »Immerhin sehe ich eine Frau«, sagte er unwillig.

Daraufhin traten die beiden andern ebenfalls zur Tür, und alle sahen sie, die große, schlanke Frau, die in ein Cape gehüllt war, für eine rasche Sekunde, zu rasch, um ihr Äußeres zu erhaschen. Aber Sheng wußte im gleichen Augenblick, wer es war. Viele Frauen trugen solch ein Cape, doch diese große Frau kannte er. Zufällig fiel sein Auge auf ihre Hand, die den Capekragen hielt, und zum Beweis funkelte dort ein grüner Jadestein.

Wer vermag den Ansturm des Schreckens, der Furcht, des Zornes zu schildern, der jetzt seinen Leib durchfuhr? War dies der Ort, an dem sie sich all die Tage aufhielt, hier in diesem Haus? War sie nirgends sonst hingegangen, nur hierher? War sein eigener General sein Nebenbuhler?

Der Soldat kehrte zurück, bevor Sheng über seine Befürchtungen hinaus denken konnte. »Der Herr General läßt bitten«, meldete der Soldat.

Es blieb keine Zeit mehr. Sheng war gezwungen, sich mit seinen Kameraden vorwärts zu bewegen, und er schritt neben ihnen her zu dem Zimmer, in dem der General sich befand. Da saß der General, die Wangen gerötet, die Augen glänzend. Nebeneinander standen sie stramm und salutierten, und in diesem Augenblick nahm Sheng die schwache Süße des Wohlgeruchs wahr, die in der Luft geblieben.

»Der große Soldat ist nicht gekommen«, berichtete Liu Ma, als Mayli heimkehrte.

»Oh, gut«, erwiderte Mayli obenhin. Sie fühlte sich glücklich und doch ruhelos; nachdem sie das Cape abgenommen und ihr Kleid mit einem Hausgewand vertauscht hatte, fühlte sie sich noch immer rastlos. Fortwährend trat sie auf den Hof hinaus und ging wieder ins Haus. Wenn er kam, wollte sie ihm nichts verraten. Sie würden spielen und streiten und ihrer Liebe wehren; dann würde sie sich von ihm verabschieden und schließlich geschehen lassen, was geschah. Unterdrücktes Lachen und geheime Fröhlichkeit machten sie ruhelos; sie neckte ihr Hündchen und trieb Possen mit Liu Ma, bis die Alte wirklich zornig wurde.

»Du bist kein Kind mehr«, schalt sie. »Ich schwöre, daß

ich wünschte, du wärest noch ein Kind, so daß ich dich auf den Hintern hauen könnte. Der Himmel sende dir bald einen Gatten, und ich will nicht fragen, wer er ist. Fast hätte ich Lust, selber zu dem großen Soldaten zu laufen und ihm zu sagen, daß er dich für nichts haben kann, und dann werde ich froh sein, endlich Frieden zu finden.«

»Du hättest auch dann keinen Frieden«, lachte Mayli. »Du müßtest mitkommen, um für mich zu sorgen, und du weißt ja, wie wir streiten, er und ich.«

»Wenigstens wäre er mit mir zusammen gegen dich, du nichtsnutziger Dämon«, murrte die Alte.

In Wahrheit hatte Liu Ma allmählich angefangen, den großen jungen Soldaten liebzugewinnen, und sie hatte an diesem Tag entschieden, daß es tatsächlich besser wäre, wenn ihre junge Herrin ihn heiratete, denn wer außer einem Kriegsmann würde ein so freies und wildes Ding heiraten? Ein anständiger Mann wollte ein ruhiges und folgsames Weib, und würde sie jemals einem gewöhnlichen Mann eine gute Frau sein? Liu Ma konnte das nicht glauben. So hatte sie im geheimen beschlossen, Sheng beim nächsten Besuch wissen zu lassen, daß sie andern Sinnes geworden und ihm jetzt wohlgesonnen war. Mit Ungeduld wartete sie auf ihn, ohne die geringsten Zweifel, daß er kommen würde, wie er täglich gekommen war, um sich zu erkundigen, ob Mayli etwas von sich hatte hören lassen.

Er kam nicht. Den ganzen Tag kam er nicht, und die Alte wurde besorgt. »Es kann doch nicht sein, daß der große Soldat in den Kampf gezogen ist?« fragte sie Mayli am Nachmittag des zweiten Tages. »Noch nie ist er so lange fortgeblieben.«

»Was kümmerte es uns, ob er fort ist oder nicht?« gab Mayli zurück, ihren Hund an den Ohren ziehend. »Uns kümmert es keineswegs, nicht wahr, Hündlein?«

»Ich bin an den langen Rettich gewöhnt«, bemerkte Liu Ma unwillig.

»Dann liebst du Rettiche mehr als mich«, versetzte Mayli lachend.

Mayli jedoch wollte keinesfalls eingestehen, nicht einmal sich selbst gegenüber, daß auch sie sich über Shengs Fernbleiben wunderte.

Von diesem Tag an sprach sie nie mehr von Sheng. Es fand sich auch keine Zeit dazu, denn frühzeitig am nächsten Morgen wurde Mayli durch einen Boten zu ihrem Vorgesetzten, Pao Chen, befohlen, um seine Anordnungen entgegenzunehmen.

Als diese Nachricht eintraf, dünkte es sie an der Zeit, Liu Ma von dem Kommenden in Kenntnis zu setzen. So zündete sie sich nach dem Frühstück eine Zigarette an und sagte, als die Alte hereinkam, um die Schalen zu holen: »Liu Ma, ich habe dir etwas mitzuteilen.«

»Dann sprich nur«, erwiderte die Alte. Sie stand abwartend da, die Hände unter der Schürze über dem Bauch gefaltet.

»Ich gehe fort«, sagte Mayli kurz und bündig. »Ich habe von den Allerhöchsten einen Auftrag erhalten, von dem ich dir nichts Näheres verraten kann, den ich aber ausführen muß.«

Liu Ma redete nicht; ihr Unterkiefer war hinuntergeklappt, und sie starrte Mayli an.

»Der Tag meiner Abreise ist noch nicht bestimmt«, fuhr Mayli fort, »aber der Bote, der vorhin da war, brachte mir eine Nachricht von meinem Vorgesetzten. Ich muß nun hingehen und schauen, was man von mir wünscht. Du aber wirst hierbleiben und für Hund und Haus sorgen. Wenn du dich einsam fühlst, kannst du dir ja eine Frau suchen, die zu dir kommen soll.«

Liu Ma hatte in ihrem langen Leben genügend Gelegenheit gehabt, sich an jähe Wechsel zu gewöhnen. So dachte sie gar nicht daran, in Tränen auszubrechen, aber was sie da gehört, gefiel ihr keineswegs, und da sie im Großen nicht widersprechen konnte, widersprach sie im Kleinen.

»Warum sollte ich mir hier eine andere Frau wünschen, die ich füttern, mit der ich reden und um die ich mich die ganze Zeit kümmern muß? Lieber würde ich mit dem Hund, den ich kenne, allein bleiben.«

»Tu nur, was dir beliebt«, sagte Mayli gutgelaunt. »Als einziges bitte ich dich, mir das Haus als Heim zu erhalten.«

»Ich weiß nicht, ob das so selbstverständlich für mich ist«, entgegnete die Alte, die mürrisch auftreten wollte. »Dies ist nicht die Erde, auf der ich geboren bin, und wie soll ich wissen, ob du zurückkommst oder nicht? Du änderst vielleicht dein Ziel, und dann sitze ich hier und warte, bis ich sterbe, und vielleicht ist niemand an meinem Totenbett außer einem Hund.«

»Jetzt bist du aber eine Nörglerin«, lachte Mayli. »Laß dir also gesagt sein, daß du nur hierzubleiben brauchst, wenn du Lust dazu hast, und wenn du fortgehst, schließ das Tor zu und nimm den Hund mit oder laß ihn da. In allen Dingen tu nur ruhig, was du magst, gute Seele.«

Auf diese Weise kam sie aller Ursache zur Unzufriedenheit zuvor, und dies stimmte die Alte noch verdrossener. Sie ließ die Schalen klappern, während sie sie aufnahm, und sie fragte: »Warum schickt man dich mit einem Auftrag weg? Selbst im Traume könnte ich das nicht erraten.«

»Da mußt du dich bei der hohen Dame erkundigen«, gab Mayli zur Antwort. »Auch ich möchte wissen, weshalb man mich fortschickt, aber man schickt mich nun einmal fort, und so muß ich gehen.«

»Sie kennt dich nicht!« rief Liu Ma, »eigensinniges, wurzelloses Mannweib, das du bist! Was wirst du tun – ein Gewehr tragen und neben dem großen Soldaten marschieren?«

Diese Worte stachen Mayli sehr tief, und so wurde sie wütend. Sie beugte sich vor und klapste Liu Ma auf die Wange. »Halt deinen Mund!« rief sie. »Ich weiß ja nicht einmal, ob ich dorthin geschickt werde, wo er hingeht. Wie abscheulich ist so ein alter Kopf, dessen Gedanken nur um Buhlerei und Wollust kreisen!«

Daraufhin holte Liu Ma tief Atem. »Ich bin eine anständige Frau!« schrie sie. »Und meine Gedanken kreisen nur um den Wunsch, dich zu verheiraten, damit auch du anständig wirst, anstatt überall ungebunden herumzulaufen. Eine Frau ist einzig und allein anständig, wenn sie mit einem Mann verheiratet und hinter Mauern ist und die Mutter seiner Kinder wird.«

»Du träumst, Alte«, gab Mayli zurück. »Ist dies die Zeit, um zu heiraten und Kinder zu kriegen und sich hinter Mauern einsperren zu lassen?«

Sie sprach so ernst und bestimmt, daß Liu Ma erschrak und nichts mehr sagte. Sie fuhr mit ihrer Arbeit fort, allerdings schob sie dabei die Unterlippe in erbittertem Schmollen vor. Mayli traf Anstalten, der erhaltenen Weisung zu folgen. Ihr Zorn ließ auch sie schweigen; sie war überzeugt, daß sie nicht Shengs wegen westwärts zog, sondern nur, weil sie sich nützlich machen wollte.

Zu Fuß begab sie sich zu dem Haus, das man ihr genannt hatte. Als sie sich dem Tor näherte, sah sie auch andere Frauen hineingehen, alle jung und kräftig und ernsten Ausdrucks. Sie gesellte sich zu ihnen und ging mit ihnen in ein großes Zimmer, wo zwei Männer hinter Schreibtischen saßen. Diese Männer schrieben die Namen der Frauen auf und schickten sie dann nach rechts, wo sie warten mußten.

Als Mayli an die Reihe kam, wurde sie nicht zu den andern geschickt, sondern geradeaus durch eine offene Tür. Dort traf sie den Mann, der vor einigen Tagen als einziger Fahrgast mit ihr im Flugzeug gesessen hatte. Bei seinem Anblick wunderte sie sich, daß er damals nur gegrüßt und sonst gar nicht mit ihr gesprochen hatte. Da dem so war, brachte sie sich ihm nicht in Erinnerung. Sie stand vor ihm, bis er sie aufforderte, Platz zu nehmen; hierauf setzte sie sich und wartete, während er ein Aktenstück durchlas. Schließlich legte er es nieder.

»Man hat Euch Eure Pflichten erklärt«, sagte er.

»Nur einen Teil davon«, entgegnete sie.

»Hier sind alle Eure Verpflichtungen aufgeschrieben«, sagte er und reichte ihr einen Bogen Papier. »Lest das«, befahl er, »und teilt mir dann mit, was Euch unklar ist.«

Sie las es sorgfältig, aber sie verstand alles. Tatsächlich waren alle Angaben sehr genau und ausführlich. Er wartete regungslos, während sie las.

»Ist alles klar?« erkundigte er sich.

»Ja, alles.«

»Es ist Eure Pflicht, auf alle diese Dinge zu achten«, sagte er. »Wenn irgendein Fehler unterläuft, wendet Euch an mich. Euer Mitarbeiter ist der Chefarzt, Chung Liang-mo. Zusammen seid ihr verantwortlich für alles, was die Kranken und Verwundeten betrifft; die Pflegerinnen sind euch beiden unterstellt. Im besonderen trägt er die Verantwortung für alle ärztlichen und medizinischen Fragen, Ihr hingegen für alles, was mit den Pflegerinnen zusammenhängt, für Essen, Unterkunft und Vorratsbeschaffung. Wenn Ihr Unstimmigkeiten habt, kommt Ihr zu mir, und ich werde den Streit zwischen Euch entscheiden. Aber ich erwarte keine Unstimmigkeiten.«

Beipflichtend senkte sie den Kopf. Er läutete eine Glocke auf dem Schreibtisch, und ein Soldat trat ein. »Bitte Doktor Chung her«, befahl er.

Er saß schweigend und bewegungslos da, bis wenige Minuten später ein Mann hereinkam. Mayli hatte mit einiger Ungeduld auf diesen Mann gewartet; denn mit ihm sollte sie zusammenarbeiten; und wenn sie ihn nicht mochte, würde die Arbeit von Anfang an erschwert sein. Aber sie mochte ihn auf den ersten Blick. Chung Liang-mo war von untersetztem, kräftigem Körperbau; Kopf und Gesicht waren rund; er hatte einen nachsichtigen Mund und nachsichtige, gute Augen, und doch war Klugheit das Licht hinter den Augen. Er benahm sich weder schüchtern noch aufdringlich. Er begrüßte Pao Chen, als wären sie Freunde, und setzte sich.

Pao Chen schien zu neuem Interesse zu erwachen; er sagte: »Dies ist deine Mitarbeiterin, Wei Mayli, von der man dir schon berichtet hat. Sie hat ihre Anordnungen erhalten, und du hast die deinen erhalten. Es wäre gut, wenn du mit ihr reden würdest. Geht ins Nebenzimmer, während ich mit meiner Arbeit fortfahre.«

Dr. Chung stand auf, lächelte sein leichtes Lächeln und sagte zu Mayli: »Wollen wir gehen?«

Auch sie erhob sich und folgte ihm ins Nebenzimmer, wo beide sich niederließen. Er nahm ein Blatt Papier aus der Tasche, das genauso aussah wie das ihre, und reichte es ihr. »Ich lese Ihre Anordnungen, und Sie lesen meine«, sagte er. »Dann kennen wir unsere ganze Arbeit.«

»Hier sind meine«, erwiderte sie. Dann lasen beide.

»Dieser Pao Chen ist ein sonderbarer Mann«, unterbrach der Arzt die Stille. »Lieber schreibt er etwas nieder, als daß er spricht, aber sein Kopf ist so klar und fest, daß ihm selten ein Fehler unterläuft. Er zieht dem Reden das Handeln vor, doch kenne ich niemanden, der sich für seine Arbeit besser eignen würde.« Er blickte Mayli gütig an und musterte ihr Gesicht. »Sie sind noch sehr jung, scheint mir«, fuhr er fort. »Haben Sie jemals Mühsal und Unbill erlitten?«

»Nein«, bekannte sie, »aber ich bin bereit, sie zu erleiden.«

»Wir werden bestimmt viel auszuhalten haben«, sagte er freundlich. »Dieser Feldzug ist sicher nicht einfach. Der Präsident hat den Soldaten eine strenge Pflicht aufgebunden. Wir dürfen uns nicht ergeben. So lautet der einzige Befehl. Wir mögen sterben, aber wir dürfen uns nicht ergeben.«

»Das ist wirklich ein Befehl des Präsidenten«, erwiderte Mayli, die sich das Soldatenantlitz zurückrief, in dem die Augen eines Heiligen brannten.

»Es wird viele Verwundete geben«, sprach der Arzt weiter. »Hat der Kampf erst einmal begonnen, so müssen wir damit rechnen, Tag und Nacht ohne Schlaf und Ruhe auf dem Posten zu sein.«

Sie neigte den Kopf. »Ich kann essen und schlafen, oder ich kann es seinlassen«, versetzte sie schlicht. »Mich beschäftigt nur eine Frage – wann brechen wir auf?«

»Diese Frage kann niemand beantworten«, erwiderte er. »Die Antwort ist im Geiste des Allerhöchsten eingeschlossen. Wenn er das Zeichen gibt, brechen wir auf. Jedenfalls ist alles bereit. Eine Division ist schon fort. Zwei andere werden wohl in den nächsten Tagen aufbrechen. Danach werden wir gehen, oder vielleicht gehen wir auch mit den Truppen.«

Als sie dies hörte, stellte ihr Herz sogleich aus eigenem Antrieb noch eine Frage: War Shengs Division schon fortgezogen, und hatte er sich deshalb nicht mehr sehen lassen? Wer aber konnte eine Frage beantworten, die ihr Herz stellte? Sie saß schweigend da, die Augen auf das runde, gütige Gesicht des Arztes geheftet.

»Wir sind nicht einmal sicher, wohin wir geschickt werden«, sagte er. »Manche behaupten, daß wir nach Indochina gehen. Andere erklären, daß wir uns zu den Weißen in Burma gesellen sollen. Wieder andere meinen, daß beides der Fall sein wird. Wir werden es erst wissen, wenn unsere Füße ihren Weg beginnen.«

Ihr Herz schrie abermals eine Frage: Was, wenn wir den einen Weg gehen und Sheng den andern?

Aber wer vermochte eine Frage des Herzens zu beantworten? Sie konnte sie nicht laut aussprechen, und nach einer Weile erhob sie sich.

»Deshalb müssen Sie jeden Augenblick zum Aufbruch bereit sein«, sagte der Arzt.

»Ich bin bereit«, gab sie zurück.

7

Dann schmähte sie sich. In solcher Zeit wie diese, wo der Feind das Dasein einer Nation bedrohte, wo die Schlagader der Großen Straße nach Burma nahe daran war, durchschnitten zu werden, welches Recht hatte sie in solcher Zeit, an sich selber oder an das, was ihr Herz rief, zu denken? Dies war keine Zeit für Liebe. Oft hatte sie das zu Sheng gesagt, ohne es eigentlich zu glauben. Jetzt aber, angesichts dieser ernsten Männer, die für das Leben vieler anderer Pläne machten, glaubte sie daran. Einen Augenblick fürchtete sie sich. Hatte sie wirklich so viel Kraft und Mut, um Verwundete und Tote zu sehen, um auf alle mögliche Weise kilometerweit über rauhe Straßen und wegloses Land und durch Urwald zu reisen? Aber zur Umkehr war es nun zu spät. Und konnte sie das untätige Warten ertragen, wenn sie umkehrte? Es schien ihr, als würde die ganze Stadt leer sein, wenn Sheng fortzog und sie allein zurückblieb. Ob sie ihn traf oder nicht, es würde immerhin etwas bedeuten zu wissen, daß sie ebenso wie er gen Westen zog und daß sie gemeinsam am Angriff gegen den Feind teilnahmen.

»Was kann ich für Sie tun?« fragte sie Dr. Chung.

»Ich möchte Sie bitten, jeden Tag in mein Büro zu kommen«, antwortete er. »Dann können Sie mir helfen, die Frachtkisten zu packen, die wir mitnehmen wollen. Es wird nichts anderes geben, außer was wir mit uns führen.«

»Ich komme morgen früh«, sagte sie.

Und so ging sie jeden Morgen dorthin, elf Tage lang, und kam jeden Abend spät heim, elf Nächte lang. Liu Ma gegenüber erwähnte sie Sheng nicht, nur an einem einzigen Tag, als die Alte sich wieder einmal wunderte, wo er sein mochte.

»Der große Soldat – wo kann er nur sein?« fragte Liu Ma.

»Zweifellos hat man ihn nach Indochina geschickt«, erwiderte Mayli ruhig. »Viele sind dorthin gesandt worden.«

Sie fühlte Liu Mas Augen scharf und neugierig auf sich ruhen, während die Alte sich mit Staubwischen beschäftigte, aber sie blieb ruhig. Etwas an dieser Ruhe hielt Liu Mas Zunge im Zaum, und von da ab sprach auch sie nie mehr von Sheng.

Ihr ganzes Leben ordnete sich jetzt in das Gefüge, welches es in vielen kommenden Monaten beherrschen sollte. Sie stand frühzeitig am Morgen auf, bereit für des Tages Arbeit. Nie zuvor hatte sie jeden Tag Arbeit gehabt, doch jetzt waren die Stunden von früh bis spät ausgefüllt. Nach dem Frühstück zog sie ein dunkles seidengefüttertes Kleid an und ging zwei Kilometer weit zu dem Haus, wo die Lazarettbestände aufgespeichert wurden. Wie früh sie dort auch ankommen mochte, der Arzt war immer schon vor ihr da. Seine steifen Haare waren aus dem runden gütigen Gesicht in die Höhe gebürstet; seine von der Kälte geröteten Hände machten Pakete, wenn niemand so früh kam wie er. Aber bald war der große Raum, in dem Gestelle und Papier vorherrschten, voll von Männern und Frauen, Pflegerinnen, Soldaten, Beamten, die Listen aufsetzten, Medikamente in Ölpapier und Wachstuch einpackten und Kisten zunagelten. Am einen Ende des Zimmers begannen die Kisten zu einem mächtigen Haufen anzuwachsen. Bei jeder mußte das Gewicht geprüft werden, denn keine durfte schwerer sein, als eines Mannes Rücken zu tragen vermochte.

Am ersten Tag hatte Chung Mayli angewiesen, die Sachen zu prüfen, welche die Pflegerinnen benutzen mußten, und er hatte ihr eine Liste in die Hand gedrückt.

»Kontrollieren Sie bitte«, hatte er gesagt. »Wenn irgend etwas fehlt, ersetzen Sie es.«

Er sprach immer nur englisch mit ihr, denn seine eigene Sprache war eine Mundart eines entfernten Gebiets, das weit in der Tiefe der Provinz Fukien lag. Das Englische indes war ihm ganz geläufig, weil er mehr Jahre auswärts als in seiner eigenen Heimat verbracht hatte, und Französisch und Deutsch gingen ihm ebenso rasch von der Zunge wie Englisch. Doch seine untersetzte, kleine Gestalt sah eigentlich recht gewöhnlich aus. Nur seine Hände waren die feinen Hände des Arztes. Damals wußte Mayli noch nicht genug, um seine Hände zu schützen. Aber später, als sie so oft gesehen hatte, wie sie die zarten Fäden eines Menschenlebens aufspürten, da lief sie herbei, um sie zu retten, wenn sie einen groben oder schweren Gegenstand berührten, damit ihre lebenerhaltende Feinheit nicht Schaden nähme.

Er schonte sich nie, dieser Arzt. Sie sah ihn sich bücken und eine Kiste lüpfen, als ob er ein Kuli wäre; dann lud er sie sich auf den Rücken, um zu prüfen, ob die Kanten auch nicht zu sehr drückten. Er klopfte Nägel gerade und sammelte die Scherben zerbrochener Flaschen auf, wobei er sich häufig selber schnitt. Während sie tagein, tagaus in einem Winkel des langen Raumes Listen und Waren prüfte, war er überall – freundlich, ruhig und emsig.

Allmählich ordneten sich die Massen von Waren und Menschen. Mayli gelangte dahin, daß sie ihre einzelnen Pflegerinnen unterschied. Es waren mehrere Dutzend, darunter einige dumme und langsame. Aber alle gingen freudig mit, und alle wußten, daß ihre Aufgabe wichtig war. Vier von ihnen lernte Mayli bald näher kennen, weil sie stets an ihrer Seite waren, bereit, ihre Anordnungen entgegenzunehmen. Eine davon war Han Siu-chen, eine Studentin, deren Familie bei der Zerstörung von Nanking das Leben eingebüßt hatte; nur sie war davongekommen, weil sie sich gerade in einer Inlandschule aufhielt. Sie hatte ein rundes Gesicht, war trotz ihres Kummers ein fröhliches Mädchen, doch hegte sie einen tiefen Haß auf den Feind, und es trieb sie, sich an dem Rachewerk zu beteiligen. Ihre rundlichen Hände mit den zugespitzten Fingern trugen dauernd Frostbeulen, denn sie hatte eine zarte rosige Haut; so kam es auch, daß ihre Lippen sehr rot waren und das Blut durch ihre Wangen schimmerte. Durch diese Hände wurde Maylis Aufmerksamkeit zum erstenmal auf das Mädchen gelenkt; sie hatte ihm befohlen, einige Verbandstoffe zusammenzufalten, und sie bemerkte Blutflecken auf dem Gewebe. »Wessen Blut ist das?« fragte sie.

Darauf wies das Mädchen ihr mit beschämtem Gesicht seine hübschen Hände vor, die aufgesprungen waren und bluteten.

»Kommt, ich will sie Euch einreiben und verbinden«, sagte Mayli. »Was könnt Ihr mit solchen Händen tun?«

Danach behandelte und verband Mayli jeden Morgen die Hände des Mädchens, und so lernte sie Han Siu-chen näher kennen, die beständig errötete und lachte und betonte, daß ihre Hände gar nicht so schlimm seien.

Die zweite war ein dünnes, blasses Mädchen aus Tientsin, ein Stadtkind, an Reichtum gewöhnt, dessen Eltern vor dem

Feind geflüchtet waren. Ihre Mutter hatte die Unbill nicht überlebt, ihre beiden Brüder waren gefallen; sie und ihr Vater waren allein übriggeblieben. Der Vater, ein alter, schwacher Mann, der nichts sonst zu geben hatte, bat sie, sich aufzumachen und auf irgendeine Weise ihre Brüder zu rächen. Als er merkte, daß sie nicht gehen wollte, weil ihm dann niemand blieb, der für ihn sorgte, nahm er ein schmerzlos wirkendes Gift, und als sie ihn eines Morgens tot fand, wußte sie, daß nun nichts mehr sie von seinem Geheiß entbinden konnte. Dieses Mädchen hieß Tao An-lan.

Das dritte Mädchen war sehr hübsch; es nannte sich Sung Hsieh-ying. Außer dem Bombardement der Stadt hatte sie noch nichts durchgemacht; sie war in dieser Stadt aufgewachsen, und ihr ganzes Empfinden galt der Liebe zu ihrem Vaterland. Vielleicht sehnte sie sich auch nach Reisen und Abwechslung, aber sie selbst hielt es für Vaterlandsliebe.

Die vierte war kein Mädchen, sondern eine junge Witwe, welcher der Feind ein Leid zugefügt hatte, von dem sie nichts erzählen wollte. Doch hatte sie sich als Soldat an den Kämpfen im Nordwesten beteiligt, war in Gefangenschaft geraten und geflohen; auf ihren mancherlei Fahrten war sie schließlich in diese Stadt gekommen, und als sie hörte, daß Truppen gen Westen gesandt werden sollten, hatte sie sich gemeldet. Sie hieß Mao Chi-ling.

Diese vier Frauen hatten, wie überhaupt alle, Krankenpflege erlernt; einige verstanden mehr davon als andere, aber alle beherrschten die Grundlagen.

Außer diesen vieren, die sich aus freien Stücken Mayli unterordneten und sich ihr anschlossen, gab es noch alle die andern, die sie mit jedem Tag immer mehr als ihre Führerin und als Verbindungsglied zu ihren Vorgesetzten betrachteten, und dies bewirkte eine Veränderung bei Mayli. Sie, die ihr ganzes Leben immer nur an sich selbst gedacht hatte, sah sich nun diesen jungen Frauen gegenüber, für die sie denken und planen mußte. Sie arbeitete den ganzen Tag, und nachts erwachte sie mit beklemmender Bangigkeit, weil sie fürchtete, etwas vergessen zu haben, das auf dem Marsch durch den Urwald gebraucht würde, um den nahenden Tod abzuwenden. Es gab keine Bücher, aus denen sie über die Reise hätte Kenntnisse beziehen können; so begann sie alle jene aufzuspüren, die schon im Westen gewesen waren. Sie befragte einen Fuhrknecht und einen Träger, einen Soldaten und einen Handelsreisenden, kurz jeden und alle, deren sie habhaft werden konnte.

»Wie ist das Klima dort?« erkundigte sie sich.

»So heiß, daß der Tee kühl ist«, antwortete der eine.

»So regnerisch, daß die Kleider vermodern und einem vom Leib fallen«, lautete die Erwiderung eines anderen.

»Die Insekten sehen in einem ein Geschenk des Himmels«, erklärte ein dritter.

»Die Schlangen erheben sich vor Euch mitten auf dem Wege und begrüßen Euch als ihre tägliche Reisschale.«

»Giftige Weinranken strecken ihre Arme aus.«

»Die Sonne zieht einem Schädelhaut, Haare und alles ab.«

»Fieber kriecht durch Eure sieben Öffnungen und schüttelt Eure Knochen wie Würfel in einem Becher.«

»Die Flüsse liegen sanft und klein da, bis Ihr hinkommt, und dann werden sie zu Meeren und verschlingen Euch. Die Flußgötter dort sind sehr stark und böse, und sie sind alle vom Feind bestochen«, sagte ein alter Mann. Er war irgendwo in einen Fluß gefallen, und ein Krokodil hatte ihm das eine Bein abgebissen.

Sie lauschte all diesen Erklärungen und entnahm den verschiedenen Darstellungsarten die Wahrheit, daß das Land, durch welches sie ziehen würden, voll Widerstände und Gefahren war, wo Krankheit und Unglück drohten. Ihre Pflicht bestand darin, gegen die Übelstände soweit wie möglich Vorsorge zu treffen. Medikamente würde Chung mitnehmen, sie aber kaufte für jede der Frauen ein Paar Lederschuhe zum Wechseln, und sie rollte breite Streifen des schweren Wollstoffes auf, der in den Bauernhäusern dieser Gegend gewoben wurde; diese Streifen sollten um die Beine gewickelt werden, damit die Insekten keinen Zugang fanden. Sie erstand einen Ballen Leinen, aus dem sie Netze zur Abwehr der giftigen Fliegen und Moskitos herstellte. Sie kam auch auf den Gedanken, kleine Vorratspäckchen mitzunehmen, für jede Frau eine Dose mit Dörrbohnen, Pökelfleisch und Kandiszucker. Alles mußte leicht und klein sein, denn wenn die Träger versagten, hatte jeder seine Last selber zu tragen, und nie durfte ein Mensch schwer beladen sein, weil allein das Atmen der schweren Urwaldluft eine Bürde bedeutete. Überall erzählte man sich von den ausländischen Soldaten, die so viel tragen mußten, um sich mit Annehmlichkeiten zu versehen, daß sie nicht schnell genug marschieren konnten, um den Feind einzuholen.

Ein alter Soldat, der von einer Schlacht im Süden zurückgekehrt war, lehnte sich fluchend und lachend dagegen auf, eine zweite Uniform mitzunehmen. »Soll ich wie diese fremdländischen Schildkröten sein, die Sommer- und Winterkleidung mitschleppen und Regenschuhe und Regenmantel und Bettzeug und Nahrungsmittel und einen Sonnenhut und einen Regenhut und alles und jedes außer einem Haus? Ein Gewehr, all die Munition, die ich stehlen kann, ein zweites Paar Sandalen – das genügt. Ich kann mich unterwegs selber ernähren, und warum sollte ich mich vor dem Regen fürchten?«

Dies war tatsächlich die Einstellung aller Soldaten. Sie wollten nur tragen, was ihnen im Kampf dienlich sein konnte. Jedem war sein Gewehr teurer als die eigene Person, und man bewachte sogar die Munition des Kameraden, denn es gab Leute, die Patronen stahlen, obzwar sie es für eine Sünde gehalten hätten, sich irgend etwas anderes anzueignen.

Der Tag, dessen sie alle harrten, kam. Der General, der auf den Befehl des Allerhöchsten mit besonderer Ungeduld und mit großem Ärger gewartet hatte, war schon seit elf Tagen bereit. Er fluchte und schimpfte, irgendein Galgenstrick müsse an der Verzögerung schuld sein, denn warum ging man nicht, wenn man doch sah, daß die Gegner mit jedem Tag stärker wurden? Auf den Inseln im Süden waren die Weißen wieder und wieder geschlagen worden, und jetzt saßen sie wie gejagte Tiere in den Höhlen der Berghänge. Dann kam ganz plötzlich eines Tages der Befehl von oben, und binnen einer Stunde wußten alle, daß am nächsten Morgen der große Marsch beginnen würde.

In dieser Nacht fand Mayli in ihrem Häuschen keinen Schlaf. Ein paarmal verließ sie das Bett, um ihre Ausstattung zu prüfen. Alles lag sorgfältig geordnet auf dem Stuhl bereit, die schweren Stiefel, die Uniform, die wie die eines Soldaten war, eine Pistole, ihr Tornister. Einmal machte sie den Tornister auf und zählte alles nach, was er enthielt. Sie hatte sich einen Gürtel mit Taschen fürs Geld verfertigt, den sie unter dem Rock trug.

Mitten in der Nacht wurde die Tür geöffnet, und Liu Ma stahl sich herein. Sie trug ein Beutelchen bei sich, nicht viel größer als ihre Handfläche, das sie Mayli gab.

»Was, wenn du einen Knopf verlierst?« flüsterte sie feierlich. »Ein kleines Ding kann großes Ungemach verursachen.«

Mayli nahm das Beutelchen an sich; darin fand sie kurze chinesische Nadeln, mehrere Meter lange, feine, starke Seidenfäden, die auf kleinen Papierspulen aufgewunden waren, ein sehr scharfes Scherchen, zwei messingne Fingerhüte, einige fremdländische Beinknöpfe, sechs fremdländische Sicherheitsnadeln – wo mochte Liu Ma alle diese Luxusgegenstände aufgetrieben haben?

»Daran habe ich überhaupt nicht gedacht«, sagte Mayli. »Tatsächlich brauche ich das gerade sehr.«

»Wie solltest du auch an so etwas Kleines denken, wenn ich immer alles für dich nähe?« gab die Alte zurück. »Aber wer weiß, ob du mich jemals wieder nötig haben wirst?« Bei diesen Worten brach sie in lautes Schluchzen aus. »Du bist für mich ein mühsames Kind, aber es wird noch mühsamer sein, ohne dich zu leben!«

»Ich komme zurück«, versicherte Mayli ihr. »Du mußt hier auf mich warten und nach allem sehen. Ich komme zurück, das verspreche ich dir.«

»Nur der Himmel kann Versprechen erfüllen«, sagte die Alte und ging hinaus, sich die Augen mit dem Zipfel ihrer Jacke wischend.

In der Dunkelheit lag Mayli wieder in ihrem Bett. Jetzt, da sie im Begriff stand, Abschied zu nehmen – wirklich vielleicht für immer –, schien ihr Gemüt vollkommen verwirrt. Warum ging sie überhaupt? Dieser Entschluß war ursprünglich teils aus müßiger Einsamkeit entstanden, teils aus ihrer widerstrebenden Liebe zu Sheng, teils aus dem echten Verlangen, ihrem Vaterland nützlich zu sein. Jetzt waren alle diese Teile ein Ganzes geworden. Sie ging wirklich. Sie wußte, daß Burma für China das einzige Tor zur übrigen Welt geworden war. Das Tor mußte offengehalten werden, denn nur durch dieses Tor konnte Hilfe gegen den Feind kommen.

Der Vorsatz, das Tor von Burma offenzuhalten, war tatsächlich in jedem Soldaten jener drei Divisionen lebendig; er glühte in den Herzen aller Menschen – ganz gleich, ob Mann oder Frau –, die sich am folgenden Tag in der Morgendämmerung auf den Weg machten. Durch dieses gemeinsame Ziel wurden sie fester miteinander verbunden als eine Familie, und sie alle fühlten die enge Verbundenheit. Doch wer faßte sie in Worte? Der Aufbruch ging vonstatten wie jeglicher andere Aufbruch, mit einem Durcheinander von Lärm und knappen Befehlen, von Klagen über zu schwere Lasten, mit geringfügigem Eigensinn und plötzlichen Streitigkeiten. Zuerst wurden die Wagen beladen, die so weit wie möglich fahren sollten. Kisten und Frauen kamen in die Wagen und dann Männer, so viele der Raum faßte. In jedem Wagen wurde einem Mann ein Plan mitgegeben, auf dem die Route verzeichnet war sowie die Stelle, wo alle am Ende der Straße aufeinander warten mußten.

Mayli stand in ihrer steifen Tuchuniform, den Tornister auf dem Rücken, aufbruchbereit an der Spitze ihrer jungen Frauen. Sie waren alle gleich gekleidet, und in ihrem Ernst ähnelten sich die jungen Gesichter in seltsamer Weise. Neben Mayli standen ihre vier Gehilfinnen, deren Herzen wie ihres vor Aufregung, Bangen und Siegeswillen heftig klopften. Siu-chens rundes, rotwangiges Antlitz ähnelte dem eines Kindes, und An-lan war noch blasser als gewöhnlich. Chiling, die junge Witwe, sah traurig und ein wenig müde aus, als hätte der Marsch schon begonnen. Hsieh-ying hingegen, das Mädchen, das schon so viel durchgemacht hatte, lächelte und war fröhlich; ihre schwarzen Augen blitzten, und ihre Lippen waren rot, weil sie darauf biß.

»Krankenpflegerinnen!« schrie eine Männerstimme. »Hierher! Hierher!«

Ein kleiner Leutnant, der mit einem Stück Papier wedelte, rief ihnen zu, und rasch trat Mayli vor, mit ihr alle andern, und dann begaben sie sich zu den Wagen, die für sie bereitstanden. Sie kletterten hinein; Mayli wurde der Platz neben dem Fahrer angewiesen, einem großen Burschen mit gewöhnlichem Gesicht und kleinen Äuglein unter borstigen, steifen Brauen.

Ein paar Schreie wurden laut, erregtes Lachen erklang, und dann waren alle zur Abfahrt bereit. Der Wagen, in dem Mayli saß, war der erste der vier für die Pflegerinnen. Als jedoch der Fahrer einen Hebel betätigte, setzte er sich nicht in Bewegung. Der Mann stemmte beide Füße auf und drückte einen anderen Hebel nieder, aber noch immer rührte der Wagen sich nicht. Daraufhin schrie der Fahrer laut auf, schlug sich die Schläfen mit den Händen und verwünschte den Wagen nach Kräften.

»Du, der du mit deiner eigenen Mutter geschlafen hast!« brüllte er den Wagen an. »Habe ich dich nicht mit fremdländischen Ölen vollgestopft und Wasser in deinen Bauch gegossen? Habe ich den Göttern nicht gestern Weihrauch für dich geopfert? Was willst du denn jetzt noch mehr?« Er sprang von seinem Sitz hinunter und versetzte dem unteren Teil des Wagens wohlgezielte Fußtritte; dann setzte er sich wieder an seinen Platz und betätigte einen dritten Hebel.

Alles war zwecklos. Der Wagen knurrte und zischte und schnaubte innerlich, aber er rührte sich nicht. Plötzlich aber gewahrte Mayli, die schon öfter in einem fremdländischen Wagen gesessen hatte, einen kleinen Hebel und wies darauf.

»Laßt das zurückspringen«, befahl sie dem Mann.

Er grinste sie an und tat, wie geheißen. Sogleich setzte sich der Wagen in Bewegung. Der Mann war nicht im geringsten bedrückt, daß er gerade diese Notwendigkeit unterlassen hatte, sondern er beklagte sich sogar, während der Wagen über die unebene Straße holperte. »Das Dumme bei diesen ausländischen Erfindungen ist meiner Meinung nach, daß sie nie vollkommen sind. Wenn die Ausländer in diesen Dingen so geschickt sind, warum machen sie sie dann nicht vollkommen und fügen eine selbsttätige Bremse hinzu, so daß der Wagen selber an seine Bedürfnisse denkt? Wie kann mein verfluchtes Gehirn für mich und noch dazu für einen Wagen denken? Muß denn alles auf mir ruhen?«

In diesem Augenblick entdeckte Mayli, daß die Haube des Wagens entfernt worden war, so daß der Motor Staub und Regen ausgesetzt war. »Ist es nicht unklug, die Motorhaube abzunehmen?« meinte sie. »Bei Regen können wir dann vielleicht nicht weiter, oder aber der Motor arbeitet nicht mehr, weil er voll Staub ist.«

Der Fahrer schob sein Käppi über sein eines Auge. »Was bin ich, daß ich einen Deckel zwanzigmal am Tag abnehmen und wieder aufsetzen muß?« entgegnete er. »Ich hab' das verdammte Ding fortgenommen.«

Dies sagte er mit der fröhlichsten und sorglosesten Miene, und die ganze Zeit, während er redete, trieb er das Fahrzeug wie ein wildes Tier die Straße hinunter. Mayli verschlug es bald die Sprache; sie konnte nichts anderes tun, als sich an ihren Sitz klammern und die Füße fest gegen den Boden stemmen, denn sie wurde hin und her geworfen, durch und durch geschüttelt. Ohne die Geschwindigkeit im mindesten herabzumindern, bemerkte der Mann grinsend zu ihr: »Es wäre besser, wenn Ihr einen zweiten Soldaten auf Eure andre Seite setzen würdet; dann hättet Ihr uns beide als Kissen.«

»Könnt Ihr . . . könnt Ihr . . . nicht etwas langsamer fahren?« stieß sie atemlos hervor.

Aber er schüttelte den Kopf. »Dieser verfluchte Sohn einer unzüchtigen Mutter!« rief er ihr durch das Geratter zu. »Wenn ich ihn langsamer gehen lasse, denkt er, es sei Zeit zur Rast. Nein, wenn ich ihn einmal habe wissen lassen, daß es Zeit zum Laufen ist, muß ich ihn weitertreiben, bis ich selber hungrig bin und für eine Mahlzeit haltmache. Außerdem läuft er am Nachmittag nie so gut wie am Vormittag. Arbeiten die Ausländer nachmittags nicht?«

Sie schüttelte den Kopf und versuchte gar nicht erst zu antworten außer mit einem Lachen, weil ihr zum Reden kein Atem mehr blieb.

Wie willkommen war an diesem Tag die Mittagszeit! Ohne ein Wort der Ankündigung hielt der Fahrer den Wagen jählings an und packte Mayli bei den Schultern, um zu verhindern, daß sie kopfüber hinaussauste, denn die Windschutzscheibe war nicht mehr vorhanden. Die plötzliche Stille wirkte verwirrend. Einen Augenblick saß sie reglos da, um sich zu sammeln; der Mann war indessen hinuntergesprungen und bahnte sich seinen Weg in ein Gasthaus, nach Essen schreiend. Da mußte sie abermals lachen, und sie kletterte hinab.

»Ich fühle mich, als wäre ich schon hundertfünfzig Kilometer marschiert«, bemerkte sie zu Hsieh-ying, die herbeieilte, um ihr zu helfen.

Alle scharten sich um sie, und Hsieh-ying sagte: »Nachher tausche ich mit Euch den Platz, denn ich habe gesehen, wie Euer Fahrer auf die Unebenheiten der Straße überhaupt nicht achtete. Der Mann in unserm Wagen aber hat studiert; er ist sehr klug und weicht allen Löchern und Höckern aus.«

In Wahrheit aber hatte Hsieh-ying, von Natur derb und kräftig, an der Derbheit und Kraft jenes Fahrers Gefallen gefunden. Dies erriet Mayli, und sie ließ es mit einem Lächeln dabei bewenden.

Nachdem sie die für sie vorbereitete Mahlzeit – große Schalen mit Reis und Fleisch und Kohl – zu sich genommen hatten, konnte nichts Hsieh-ying daran hindern, zu dem Fahrer mit dem gewöhnlichen Gesicht hinaufzuklettern.

Mayli hingegen fand sich neben einem blassen jungen Mann, der ihr, ohne zu lächeln, zunickte, als sie den Sitz neben ihm einnahm.

Das war entschieden ein ganz anderer Mensch. Er kannte sein Fahrzeug wie einen Bruder, er behandelte es behutsam, und der Wagen bewegte sich so geschmeidig wie eine Katze vorwärts. Es war die gleiche Straße, keineswegs verbessert, aber wie anders war sie! Mayli sagte: »Sie fahren den Wagen, als ob Sie ihn kennten.«

»Ich kenne ihn auch«, gab der junge Mann zurück. »Ich bin Ingenieur. Ich habe ein Diplom von einer amerikanischen Universität.«

»Warum tun Sie dann jetzt dies?« fragte sie.

Ohne es selber zu merken, hatte sie ihn auf englisch angeredet, und auf englisch hatte er ihr geantwortet.

»Ich studierte in Amerika – mein letztes Jahr –, und dann konnte ich das Studium nicht fortsetzen, ich mußte heimfahren und mitmachen. Nun, ich ging nach Tschungking und wartete und wartete. Nichts geschah. Dann bot sich mir diese Möglichkeit, und ich griff zu.«

»Nichts geschah?« wiederholte sie.

Er verzog die Lippen. »Mir fehlte, was man haben muß, um zu dem großen Tier zu gelangen.«

»Was man haben muß?«

»Einfluß, Geld, um die Tore zu öffnen, Schlauheit und dergleichen.«

»Aber man braucht das alles gar nicht« entgegnete sie. »Ich habe nichts davon, und ich ging hin und sprach mit beiden.«

Er zuckte die Schultern, hielt die Augen auf die Straße gerichtet und schwieg lange Zeit. Dann begann er unvermittelt zu reden, ohne die Straße aus den Augen zu lassen.

»Unser Land ist das schönste in der Welt. Schauen Sie

sich nur die Berge an! Es sind die schönsten in der Welt. Ich war ganz heimwehkrank.«

Tatsächlich war alles ringsum sehr schön. Die Hügel, die nicht von Bäumen bestanden, aber mit rötlichem Wintergras bedeckt waren, glühten purpurn gegen den vergoldeten Abendhimmel. In den Tälern drängten sich die Bauernhäuser zu Dörfern, die vor den Bergen lagen, und die Hügelhänge waren in Felder abgestuft. Blaublusiges Bauernvolk stand unter den Türen und blickte den vorbeifahrenden Wagen nach; Kinder liefen zum Straßenrand, um zu rufen und zu winken. Der Bambus war noch immer grün in den Vertiefungen der Hügel, und da und dort beschrieb ein Tempeldach seinen hohen, reinen Bogen.

»Um dessentwillen kam ich zurück«, sagte er, noch immer auf englisch. »Ich kam um dieses Landes und Volkes willen zurück – nicht wegen irgendeines großen Tieres an der Spitze.«

»Sie sind Kommunist?« erkundigte sie sich, von einer inneren Stimme getrieben.

»Ich weiß nicht, was Sie mit dem Wort meinen«, versetzte er. »Ich bin ein Mann des Volkes.« Wieder schwieg er lange Zeit; dann fügte er hinzu: »Des Volkes ... durch das Volk ... für das Volk.«

Sie erkannte die vertrauten fremdländischen Worte, ohne zu wissen, warum er sie gerade jetzt gebrauchte. Er erklärte sie auch nicht. Schweigend fuhren sie eine weitere halbe Stunde dahin; dann brachte er den Wagen vor den Toren einer kleinen Stadt sanft zum Stehen. »Hier lagern wir heute nacht«, sagte er und sprang hinab.

Sie kletterte ebenfalls hinunter und sah ihn, bevor sie sich abwandte, den Wagen mit einer Zärtlichkeit prüfen, als wäre er ein lebendiges Geschöpf, das ihm gehörte.

»Morgen muß ich ihn nach seinem Namen fragen«,

dachte sie, und sie wunderte sich, daß sie sich nicht schon längst danach erkundigt hatte. Aber das hatte sie unterlassen. Namen schienen so bedeutungslos. Sie alle bewegten sich gemeinsam vorwärts, und der Name eines einzelnen war nichts.

8

Mayli sagte sich selbst, daß sie gewiß nicht schlafen könnte. Noch nie im Leben hatte sie auf dem Boden geruht. Die vier Mädchen hatten ein wenig Stroh für sich aufgehäuft, und nachdem sie sich überzeugt, daß alle gefüttert und wohlversorgt an ihrem Platz waren, hatte sie sich niedergelegt und sich in ihre Decke gewickelt. Sie schliefen im Hinterhof eines Tempels. Die Männer befanden sich vorn. Der rückwärtige Raum bot so wenig Platz, daß die Hälfte der Frauen draußen schlafen mußte, und Mayli hatte sich entschlossen, dieses Los zu teilen. Die Nacht war nicht kalt; ihre Stille wurde nur von dem kleinen Wasserfall eines Baches unterbrochen, dessen Lauf vom Hügelhang oberhalb des Tempels durch den Hof gelegt worden war. Das Geplätscher des Wassers quälte ihre Ohren eine Weile, während sie an den Tag zurückdachte.

»Ich kann gewiß nicht schlafen«, dachte sie, aber es schien bedeutungslos zu sein, ob sie schlafen konnte oder nicht. Was gab es überhaupt Bedeutungsvolles, das einem widerfahren mochte? Ihr fiel ein, daß es sie zum erstenmal in ihrem Dasein bedeutungslos dünkte, was ihr widerfahren würde, nicht nur das, auch Shengs Erleben war bedeutungslos, wo immer er sich befand. Von derselben großen Welle wurden sie westwärts geschwemmt. Vielleicht begegneten sie sich, vielleicht begegneten sie sich nicht – auch dies war ohne Bedeutung. Weiterziehen, den Feind finden, diesen Feind schlagen – das war für sie alle der Lebensinhalt geworden.

Am Morgen erwachte sie als erste. Einen Augenblick wußte sie nicht, wo sie war. Durch das graue Morgenlicht, jetzt sehr kalt und dunstig, hörte sie den dünnen Krähversuch eines jungen Hahnes. Dann sah sie die Lichter, die im Tempel bereits angezündet waren, und nachdem sie noch ein paar Sekunden dagelegen hatte, vernahm sie den tiefen Gesang der Priester beim Morgengebet. Es war ein buddhistischer Tempel, und die Melodie, obwohl so alt, daß kein lebender Mensch sich ihres Ursprungs zu erinnern vermochte, hatte in ihrem Tonfall etwas Fremdartiges. Sie stammte aus Indien, und Indien war auf ihrem Grunde. Mayli hatte Indien nie kennengelernt und auch nie daran gedacht, außer als an eine Farbe auf der Landkarte in der Schule. In dieser grauen Dämmerung, dem Gesang lauschend, dachte sie an Indien als an das Land, dem ihre Gesichter jetzt zugewandt waren. Einst waren Menschen von China nach Indien gezogen, um dort einen neuen und besseren Gott zu suchen. Ein Kaiser hatte zu seinen Boten gesagt: »Ich hörte, daß es in Indien einen Gott gibt, den wir nicht haben. Geht und sucht ihn und bringt ihn her, auf daß wir mit ihm leben.« So waren sie hingegangen und hatten Buddha gefunden.

Jetzt zogen sie nach Indien, Soldaten, keine Priester. Tausende von Soldaten gingen zu Fuß hin, schweres Geschütz an Seilen und Schulterriemen nach sich ziehend. Sie lagerten nun irgendwo unterwegs. Fünfundvierzig Kilometer betrug ihr Tagesmarsch; sie waren zwei Tage früher als die Wagen aufgebrochen, und die Wagen hatten sie gestern nicht eingeholt.

Neben ihr hob Chi-ling den Kopf.

»Seid Ihr wach?« fragte sie.

»Ich bin wach«, erwiderte Mayli.

Sie stieß ihre Decke zurück und richtete sich auf. Rings um sie hoben sich Köpfe. Keine hatte mehr geschlafen, sondern alle warteten, und als die jungen Frauen sahen, daß sie wach war, standen sie nacheinander auf, legten ihre Decken zusammen und packten ihre Tornister; fast schweigend geschah dies alles.

Mayli, die zu den ersten gehörte, begab sich zur Tempelküche. Hier fand sie zwei Priester, die bereits den großen irdenen Herd mit Heu gespeist hatten, und da gab es auch schon einen Kessel mit sehr heißem Wasser.

»Schöpft Euch«, sagte der alte Priester, der sie nicht anschaute, weil sie eine Frau war. »Das ist Wasser zum Waschen.«

Sie erblickte ein Zinnbecken, und so schöpfte sie mit einem ausgehöhlten Kürbis von dem heißen Wasser ins Bekken, trug es in einen Winkel hinter einen Bambusschirm, wusch sich und kämmte sich die Haare. Sie hatte ihre langen Haare beibehalten; jetzt aber, da sie ihr beim Kämmen über die Schultern fielen, dachte sie: »Was soll ich mit diesem Haar anfangen? Was wird es anderes für mich sein als eine Plage?« Einen Augenblick dachte sie an Sheng und daran, wie sehr er ihre langen Haare geliebt hatte.

»Ich weiß gern, daß eine Frau eine Frau ist, wenn ich sie ansehe«, hatte er einmal gesagt, als sie ihn damit neckte, daß sie sich die Haare abschneiden würde, wie es jetzt so viele Frauen taten.

Aber sie dachte nur einen Augenblick an ihn. Dann griff sie den langen Zopf mit der Hand, kehrte zu ihrer Schlafstätte zurück, öffnete ihren Tornister und holte das Scherchen aus dem Nähbeutel, den Liu Ma ihr in der Nacht vor dem Aufbruch gebracht hatte. Die Haare mit der linken Hand festhaltend, schnitt sie sie mit der Schere im Nacken ab. Die Frauen sahen ihr zu, aber keine sprach ein Wort. Den

Zopf in der Hand, ging sie in die Küche, wo sie auf das Feuerloch des Herdes zusteuerte, vor dem der alte Priester hockte. Vor seinen erstaunten Augen warf sie ihr Haar ins Feuer, als wäre es Heu.

Er kicherte, und sie gewahrte seine zahnlose Mundhöhle. »Wahrhaftig, dies ist das erstemal, daß das Frühstück von Priestern mit Frauenhaaren zubereitet worden ist«, sagte er mit der hohen Quietschstimme eines Eunuchen.

Sie lächelte und ging wieder hinaus. Draußen im Hof schüttelte sie den Kopf, und der Wind war kühl in ihren kurzen Haaren. Sie fühlte sich leicht und frei, und von diesem Tag an trug sie das Haupt noch höher als früher.

An diesem Tag stieg die Große Straße, die schon am vergangenen Tag gestiegen war, noch höher zu den Bergen an. Zuerst hatten sie am vorigen Tag kleine Wege benutzt, um den feindlichen Bomben zu entgehen. Doch als sie sich der Grenze genähert hatten, war Befehl gekommen, südwärts zur Großen Straße abzuschwenken. Wer hatte nicht von dieser Straße gehört? Sie alle wußten, wie Männer und Frauen sie geschaffen, deren Werkzeuge Spaten und Hakken waren, mit denen sie zuvor nur die Felder bestellt hatten. Und wer keine Werkzeuge besaß, der benutzte die Hände.

Mayli fuhr mit dem zweiten Wagen, in dem sie schon am vorigen Tag gesessen hatte; darüber freute sie sich, denn jetzt machte der junge Ingenieur sie auf Dinge aufmerksam, die sie ohne ihn vielleicht verständnislos betrachtet hätte. Er war schon im Wagen, als sie hinaustrat, nachdem sie alle ihre Pflichten erfüllt hatte. Sie setzte ihren Stolz darein, daß durch ihre Frauen keinerlei Verzögerung verursacht wurde, und so stand sie vor dem Tempel wartend an ihrer Spitze, als Chung herauskam. Als er sie dort erblickte, lächelte er reuig, denn er hatte sich in Hast angezogen, und seine Haare sträubten sich ungebürstet.

»Das frühe Aufstehen ist ein der Menschheit auferlegter Fluch«, sagte er mit gespielter Verzweiflung.

»Ich dachte, Sie wären immer früher auf als ich«, gab sie zurück.

Er gähnte laut als Antwort, schüttelte sich wie ein Hund, holte ein Stück braunes Sesambrot aus seiner Tasche hervor und nagte daran, während er seinen Platz auf einem Kistenstapel einnahm. Mayli stieg erst ein, nachdem alle ihre Frauen in den Wagen untergebracht waren. Der junge Ingenieur saß wartend da, sehr sauber und ordentlich, die Haare sorgfältig geglättet; der Motor war angelassen.

Er sah sie mit einem ganz kleinen Lächeln an. »Mein Name ist Li Kuo-fan«, sagte er. »Die Amerikaner nennen mich Charlie.«

»Charlie?« wiederholte sie. »Das paßt besser zu Ihnen als Li Kuo-fan. Lassen wir es also bei Charlie. Und ich heiße Mayli, mit dem Zunamen Wei.«

Er nickte, ohne ihren Namen zu wiederholen, und der Wagen setzte sich in Bewegung.

In seinen langen, schmalen Augen konnte sie Entzücken lesen. »Auf diesen Tag habe ich mich gefreut«, erklärte er. »Seit die Große Straße gebaut ist, wünschte ich mir, darüber zu fahren. Nun habe ich die Möglichkeit. Vielleicht ist das der Grund, daß ich mitkam.«

Die Straße stieg sehr steil an, und doch war die Steigung nicht beschwerlich. Wie eine Trift hing sie an den jähen Berghängen.

»Sehen Sie, wie sie den Stützen an den Bergflanken folgt«, sagte er. »Sie ist von Menschen gebaut worden, die diese Berge so lange hinaufgeklettert waren, daß sie wußten, wo ihre Füße einen Halt fanden.«

So war es gewesen. Generationen von Grasmähern hatten den verborgensten gangbaren Pfad für ihre Füße gefunden, und Generationen von Händlern, die ihren Packeseln auf dem Weg gen Westen folgten, um dort ihre Waren zu verkaufen und gute Neuigkeiten in Erfahrung zu bringen, hatten die möglichen Wege erforscht, wenn sie die Bergketten des Westwalls erstiegen.

»Man fragte ausländische Ingenieure, wie lange es dauern würde, diese Straße zu bauen«, fuhr Charlie fort. »Die zogen ihre Werkzeuge in Betracht und erwiderten: ›Jahre.‹ Der Präsident aber sagte: ›Es darf nur Monate dauern. Wir wollen unsere eigenen Werkzeuge benutzen.‹ So waren es nur Monate.« Seine Augen flogen über die hurtig ansteigende Straße. »Ich bin stolz auf sie«, sagte er. Als Mayli ihn anblickte, sah sie, daß seine Augen sich mit Tränen füllten, und so schwieg sie.

Im Laufe des Vormittags gelangten sie zu einem großen Loch in der Straße, das am vergangenen Tag von einer feindlichen Bombe verursacht worden war, und dort gewahrten sie solche Männer und Frauen, welche die Straße gebaut hatten. Jetzt setzten sie die zerstörte Stelle instand, und bald konnten die Wagen wieder darüberfahren. Wer waren diese Menschen? Als der Wagen anhielt, stieg Mayli aus, um sich ein wenig zu strecken und ihren Frauen mitzuteilen, daß auch sie absteigen könnten, wenn sie wollten, da es noch eine Weile dauern würde, bis die Fahrt weiterging. Sie sah die zerlumpten, blaugekleideten Leute eifrig am Werk und schritt zu einer Frau hinüber, die am Boden saß und mit einem harten, größeren Stein andere Steine in Stücke schlug. Die Frau war noch jung, aber der Staub hatte ihr Gesicht und ihre Haare grau gemacht; er hing in ihren Brauen und lag dick auf ihren Schultern. Neben ihr schlief in einem alten Korb unter einem zerrissenen Federbett ein kleines Kind.

Als Mayli sich näherte, blickte die Frau scheu auf, unsicher, ob dies eine Ausländerin war oder nicht. Aber Mayli sprach sie höflich an. »Habt Ihr gegessen?« fragte sie. Das war der Gruß des Nordens, aber die Frau beantwortete ihn wie eine Frage.

»Ich habe die ganze Nacht gearbeitet«, sagte sie. »Und ich esse, während ich arbeite.«

Als sie nun erkannte, daß Mayli ihre eigene Sprache redete, breitete sich ein helles Lächeln auf ihrem verstaubten Gesicht aus, und ihre Zähne waren sehr weiß und regelmäßig.

»Und das Kind?« erkundigte sich Mayli erstaunt.

»Der Kleine schläft recht gut«, lachte die Frau.

»Aber Eure Familie?« forschte Mayli.

»Sie besteht aus meinem Mann und mir und den beiden älteren Kindern, und wir arbeiten alle hier an der Großen Straße«, versetzte die Frau voll Stolz. »Wir haben auch beim Bau mitgeholfen.«

»So wie jetzt?«

»Ich haue Steine, und mein Mann trägt Erde«, erwiderte die Frau. »Das Mädchen haut dort drüben Steine, und der Knabe trägt, was wir fertig haben.« Mit dem Kinn wies sie auf ein Mädchen, das ein paar Meter entfernt am Boden hockte und zu arbeiten aufgehört hatte, um Mayli anzustarren.

»Welches ist Euer Mann?« fragte Mayli.

Die Frau bezeichnete einen Mann, der mit seiner Hacke an einer anderen Stelle tätig war. Er füllte Bambuskörbe, hob die Stange auf seine Schultern, trug die Körbe fort und leerte sie aus, wo die Erde fortgesprengt war.

»Wir wohnen nicht weit von hier«, erklärte die Frau und wies abermals mit dem Kinn die Richtung. »Wenn die Nachricht kommt, daß die Straße instand gesetzt werden muß, verschließen wir die Tür und begeben uns hierher. Mögen die Gegner ihre Löcher machen – wir können sie flikken.« Sie lachte, und wieder schimmerten die weißen Zähne in ihrem grauen, staubigen Gesicht. Dann fuhr sie fort, Steine zu hauen. Alle ringsum arbeiteten mit der nicht übereilten Geschwindigkeit, an die sie gewöhnt waren, und in weniger als einer Stunde war eine Brücke aus Erde und Steinen entstanden, schmal, aber fest.

»Das ist das Volk, zu dem ich gehöre«, sagte Charlie, als sie weiterfuhren.

»Waren Ihre Eltern wirklich wie die Leute hier?« erkundigte sich Mayli.

Seine dünnen Lippen wurden noch dünner. »Das Volk ist mein Vater und meine Mutter« entgegnete er kurz. Das war alles, was sie jemals von seinen Ahnen erfahren sollte.

Dieser Tag war wie so viele, die ihm folgten. Wäre Mayli zaghaft oder furchtsam gewesen, so hätte sie oftmals Furcht haben können, denn die Straße führte jetzt in solchen Höhen dahin, daß es eher war, als flöge man und führe nicht über Stein und Erde. Mehrere der Frauen wurden seekrank; sie lehnten sich hinaus und übergaben sich heftig. Aber sie klagten nicht und ließen keinen Aufenthalt zu. Als die Straße einmal über den Gipfel eines hohen Berges zwischen noch höheren Graten führte, blickte Mayli zufällig zurück, und da sah sie, daß An-lans blasses Gesicht wie erstarrt vor Entsetzen war. Tatsächlich gab es Anlaß zum Fürchten, denn zu beiden Seiten der schmalen, unebenen Straße stürzten die Flanken steil ab. Sie rief zurück: »An-lan, An-lan, geht es noch?«

Das Mädchen vermochte nicht zu antworten. Seine Lippen waren steif, und als es sie mit der Zunge befeuchten wollte, war die Zunge trocken. Es konnte nur mit dem Kopf nicken.

»In Ordnung?« fragte Charlie.

»An-lan ist kreideweiß vor Angst«, antwortete Mayli. »Aber hier können wir nicht anhalten.«

»Ausgeschlossen«, stimmte Charlie zu, der seine Augen keine Sekunde von der Straße abwenden durfte.

Es war wirklich eine gefährliche Stelle. In der Tiefe sah man die Trümmer der Lastwagen und Autos, die ausgerutscht und auf der einen oder anderen Seite hinuntergestürzt waren. Diese Trümmer waren von Menschen umgeben, die sie auseinandernahmen und die Metallteile in tragbare Bündel packten. Metall war kostbar, und sie gingen damit in eine Stadt, wo Metall ganz besonders gefragt war. Diese Stadt war seit Jahrhunderten für ihre Scherenindustrie berühmt, und auch heute, mitten im Krieg, setzten die Scherenmacher ihr Gewerbe fort.

Hier gab es einen Mittagshalt, den Mayli und ihre Frauen benutzten, um sich diese berühmten Scheren einmal anzusehen. Sie wurden mit aller Sorgfalt gearbeitet und so fein ziseliert, daß sämtliche Frauen unbedingt eine Schere kaufen wollten, selbst wenn sie dafür auf ihre Mahlzeit verzichten mußten.

Auch Mayli kaufte sich eine Schere. Sie fand ein spitzes glänzendes Scherchen, in das Schmetterlinge ziseliert waren, und obwohl Liu Ma ihr eine Schere mitgegeben hatte, konnte sie nicht widerstehen. Die Klingen waren messerscharf.

»Wie scharf die Klingen sind«, sagte sie zu dem alten Mann, der ihr die Schere verkaufte. Er hatte einen kleinen abgelegenen Laden, der sich auf die Straße öffnete, und er führte nichts anderes als Scheren.

»Es ist ausländischer Stahl«, erwiderte er. Er setzte seine messinggeränderte Brille auf und nahm die Schere in die Hand, um Mayli alles zu erläutern.

»Aber woher bekommt Ihr denn solchen Stahl?« fragte sie.

»Wie ungeduldig Frauen sind!« tadelte er und sah sie mißbilligend mit seinen kleinen, ernsten Augen an. »Ich wollte es Euch ja gerade erklären. Der Stahl ist von den Wagen, die von der Großen Straße abrutschen. Ihr müßt wissen, daß diese Wagen im Lande Mei hergestellt werden. Der Stahl wird dort mit vielen Metallen gemischt und ist sehr hart, härter als alles Eisen, das wir schmieden können. Ich wünschte, ich kennte das Geheimnis jener Stahlmacher. Deshalb verfertigen wir die besten Scheren, die wir jemals hergestellt haben, obwohl unsere Scheren schon seit Jahrhunderten berühmt sind.«

»Ich war im Lande Mei – Amerika wird es genannt«, erzählte sie ihm lächelnd. »Und ich habe die großen Stahlöfen gesehen, wo das Metall gemischt wird.«

Während er ihr mit offenem Mund und aufgerissenen Augen lauschte, berichtete sie ihm von den großen Stahlwerken, die sie beim Besuch einer Schulfreundin in Pittsburgh tatsächlich gesehen hatte.

»Das war ein Anblick!« rief sie. »Die Schmelzöfen waren größer als ein Haus, und das Metall floß wie Wasser heraus, glühendheiß, aber welcher Art die Mischung war, kann ich Euch nicht sagen. Ich dachte nur daran, wie wundervoll und prächtig das aussah.«

Er wickelte die Schere in weiches Papier, wahrend er zuhörte, und dann schüttelte er den Kopf. »Diese Fremden . . .«, sagte er. »Sie wissen alles, was mit Metallen und Stahlsachen zusammenhängt, und sie können mit ihren Flugzeugen fliegen, als hätte jeder sein eigenes selber gemacht. Ich sehe sie manchmal über unseren Köpfen fliegen. Sie kommen von den Bergen, und ihrer Wolkenschiffe sind genug, um mit ihren fletschenden Zähnen jeden Teufel zu erschrecken. Wie der Feind schreit und flieht, wenn sie kommen! Wer sind die Menschen, die solche Maschinen-Ungeheuer lenken? Früher glaubte ich, sie müßten drei Meter groß und wie Adler beflügelt sein. Aber nein, ich sehe sie manchmal, denn nicht weit von hier gibt es ein Flugfeld für sie in der Stadt. Es sind noch junge Männer, fremdartig, aber lebhaft und lärmend wie alle andern jungen Männer auch. Sie kommen vom Himmel herunter und brüllen laut, weil sie hungrig sind.« Er lachte leise und nahm seine Brille ab. »Kinder«, schloß er milde, »Kinder, die mit Zauberei spielen!«

Er sah mit seinem weißen Haar so weise aus, daß sie sich ganz demütig fühlte vor diesem alten Mann, der sein ganzes Leben lang nur Scheren hergestellt hatte; und sie nahm ihr Päckchen und ging fort.

Aber sie vergaß nicht, was er gesagt hatte. Als sie sich am Nachmittag des nächsten Tages einen sehr gefährlichen Teil der Straße hinaufwanden, wuchs die Gefahr plötzlich. Siebzehn feindliche Flugzeuge tauchten aus dem Himmel hinter den Bergen auf. Der Tag war blau und klar, und nirgends gab es ein Versteck. Unter ihnen stürzten die Bergwände dreihundert Meter tief hinab, und vor ihnen stiegen die Grate weiter an. Nirgends war eine Höhle oder ein Felsen, groß genug, um Schutz zu bieten. Auch blieb ihnen keine Zeit mehr. Wie Drachen stürmten die Gegner heran.

Wer konnte entscheiden, ob man haltmachen oder die Geschwindigkeit beschleunigen sollte?

»Was würde es auch nützen, wenn wir anhalten und unter die Wagen kriechen würden?« stöhnte Charlie, und er preßte den Gashebel, daß der Wagen vorwärts schoß und die Räder über den Rand der schmalen Straße hinausragten.

Die bösartigen feindlichen Flugzeuge senkten sich nieder, und nun dröhnten die Täler und krachten die Berge von ihrem Lärm. Mayli klammerte sich mit der Hand fest und stemmte die Füße gegen den schrägen Boden. Sie erkannte sogleich die ganze Gefahr. Jeden Augenblick konnten sie nur noch Trümmer aus Stahl und Holz und Menschenfleisch sein, die in den Abgrund stürzten.

Dann kamen, ebenso unvermittelt und rasch wie die Gegner, vier weitere Flugzeuge vom Himmel, welche die ersten so geschwind angriffen, daß das Auge nicht zu folgen vermochte. Mayli sah sie bald hoch, bald niedrig, gleich Weberschiffchen glitten sie durch das Feuer der feindlichen Geschütze. Eine solche Luftschlacht hätten sie sich niemals vorgestellt. Die Feinde vergaßen ihren Angriff und wandten sich gegen die vier Flugzeuge, aber wer konnte diese geschickten Himmelsgeschöpfe fangen? Sechs gegnerische Flugzeuge stürzten in die Täler, und die andern flogen fort, ohne eine einzige Bombe abzuwerfen.

Jetzt hielt Charlie seinen Wagen an, denn die vier Flugzeuge trieben die Gegner weiter, und es war besser zurückzubleiben. Die ganze Wagenreihe machte halt, und alle Insassen blickten zum Himmel empor.

»Die fliegenden Tiger«, sagte Charlie. Seine Lippen zitterten, und seine Augen glänzten. Er atmete so keuchend, als ob er einen Wettlauf machte.

»Auf sie!« stieß er während des Kampfes hervor. »Krieg ihn ... bravo! Da ist wieder einer hin. Oh, ihr guten Kerle ... oh, ihr großartigen Burschen ...«

In weniger als zehn Minuten war alles vorbei, doch als der Himmel wieder klar war, schmerzte Mayli der ganze Körper, als hätte sie mehrere Stunden in einer angespannten Haltung verbracht. Plötzlich tat ihr die Hand weh, und als sie nachsah, entdeckte sie, daß sie ein Metallteil des Sitzes mit aller Gewalt gepreßt und sich dabei ins eigene Fleisch geschnitten hatte.

Bevor sie jedoch sprechen konnte, hatte sie es schon vergessen. Sie hörte plötzlich ein Gedonner, und da hing neben ihr über der Leere, die sich am Rand der Straße auftat, ein kleines Flugzeug, das ihr sekundenlang ganz nahe war und aus dem das lachende Gesicht eines Amerikaners lehnte. Sie sah ihn winken; dann flog er wieder aufwärts und weiter über die Berggipfel. Ihr fiel ein, was der alte Mann gestern beim Kauf der Schere gesagt hatte – Kinder, die mit Zauberei spielen!

Das seltsamste Erlebnis aber hatte Mayli am letzten Tag ihrer Fahrt über die Große Straße. Aller Augen waren nun erfüllt von der Schönheit dieser Fahrt in die Höhe der Berge und die Tiefe der Täler, von den Wasserfällen, die Hunderte von Metern durch die Luft schossen. Ihre Augen hatten sich von all dem Geschauten weit geöffnet. Bei Anbruch der Nacht lagerten sie an majestätischen Stätten, in Dörfern, die hoch über einer Schlucht am Berghang klebten, oder in Tempeln, die in einer Einsenkung auf einem Gipfel erbaut waren. Die Großartigkeit dieser Tage machte sie still. Ein Lachen konnte durch zehn Täler widerhallen, ein Schuß das Gestein mächtiger Felsen zum Erbeben bringen. Ohne es selber zu wissen, sprachen sie nur mit gedämpfter Stimme und ließen nur leises Lachen ertönen. Dann sanken die Berge allmählich mit den Tagen zu Hügeln ab, und die kalte, trokkene Luft wurde linder. Bambusstangen wuchsen wieder und Lilien und Farne, und schließlich lagen die Berge hinter ihnen; sie kamen ins Tiefland, das nach Burma führte.

Hier geschah das Seltsame. Eine Stadt, kaum größer als ein Dorf, erwartete sie am Ende des Tages. Mayli hatte wie stets ihre Frauen untergebracht, und dann blieb ihr etwas Zeit für sich selbst. Da sie starkes Verlangen danach trug, fremdartige Dinge zu sehen, ging sie zu dem Tor des Tempels, den sie als Unterkunftsstätte gemietet hatten – die Männer waren diesmal in Zelten außerhalb der Stadt untergebracht –, und als sie dort stand, sah sie mehrere Frauen vorbeikommen, die nicht zu ihrer Schar gehörten. Nun wußte sie aber, daß es noch ein Lager in dieser Stadt gab, denn als sie wie gewöhnlich Chung ihren Rapport erstattete, sagte er: »Hier sind ziemlich viele kranke Soldaten, die von der anderen Armee zurückgelassen wurden. Sie leiden an Malaria tropica. Heute abend will ich in den Süden der Stadt gehen, wo sie untergebracht sind, und nach ihrem Befinden sehen. Unsere Leute habe ich absichtlich im Norden lagern lassen, damit sie von den Kranken möglichst getrennt sind.«

»Malaria tropica?« wiederholte Mayli. Da erzählte er ihr von dieser Krankheit, die so rasch ausbricht und so grauenhaft ist, weil sie sowohl den Körper als auch das Hirn des Menschen ergreift.

»Wie kann ich meine Frauen davor schützen?« erkundigte sie sich in großer Aufregung.

»Sie dürfen nicht von Mücken gestochen werden«, gab er ihr Bescheid.

So hatte sie den Abend damit verbracht, die Frauen über diese Gefahr aufzuklären, und während sie sprach, kam ein alter Priester dazu, der sagte: »Laßt sie in der Nähe von brennendem Weihrauch schlafen, denn die Teufel, die diese Krankheit bringen, hassen Weihrauch, der den Göttern zu Ehren brennt.«

Darauf brachte er Weihrauch herbei und Fidibusse aus braunem Papier, an denen er die Weihrauchstengel anzündete.

Danach nun war Mayli fortgegangen und stand dann eine Weile am Tor, um die Straße und das Kommen und Gehen der Leute zu beobachten. Und so erblickte sie die jungen Frauen, die nicht zu ihrer Schar gehörten.

Dies war aber das Erlebnis, das sie hatte, während sie da stand, und es war eines jener Erlebnisse, von denen die Menschen, die davon hören, sagen, daß es sich nicht zugetragen haben könne; indes es trug sich zu. Unter den jungen Frauen vernahm sie eine Stimme, die sie zu kennen glaubte. Sie schaute, und da gewahrte sie ein Gesicht, das sie wirklich kannte. War das tatsächlich Shengs jüngere Schwester, die kleine Pansiao, die sie vor Monaten in einer Schule in den Berghöhlen zurückgelassen hatte, wo sie eine Zeitlang als Lehrerin tätig gewesen war?

Sie starrte das Mädchen an und dachte: »Sie ist es – Pansiao«, und dann dachte sie: »Es kann nicht Pansiao sein, denn sie war so jung und zart, und wie könnte sie sich überhaupt hier aufhalten?«

Ganz nahe gingen die jungen Frauen an ihr vorüber. Sie waren alle in Uniform und plauderten lachend. Da sagte Mayli mit leiser Stimme, aber sehr deutlich: »Pansiao!«

Das junge Mädchen, von dem sie den Blick nicht gewandt hatte, blieb stehen, drehte sich um und sah sie mit großen Augen an. Es war Pansiao.

»Oh«, rief sie, »du!«

Sie löste sich von der Gruppe, sprang zu Mayli, ergriff Maylis Rechte mit beiden Händen, betrachtete sie und lachte und drückte Maylis Hand an ihre Brust. »Wohin bist du gegangen?« stieß sie hervor. »Oh, wie habe ich dich vermißt, als du fort warst! Deinetwegen bin ich weggelaufen. Ja, wegen all der Dinge, die du zu uns gesagt hast. Weißt du noch, wie du nicht wolltest, daß ich Paul Revers ›Ritt‹ auswendig lernte?«

»Ich erinnere mich«, erwiderte Mayli lachend. »Komm doch herein.«

»Das ist meine Freundin«, erklärte Pansiao fröhlich den andern Mädchen, die vor Verwunderung wie erstarrt dastanden. »Sie ist meine Lehrerin – oder vielmehr sie war es.«

»Kommt alle herein«, forderte Mayli die Schar auf. So traten sie durchs Tor und ließen sich auf den Marmorstufen vor dem Tempel nieder.

Pansiao erzählte nun, wie sie von Miß Freem und der Schule in den Höhlen fortgelaufen war.

»Zu sechst brannten wir durch«, berichtete sie. »Einige schlugen diese Richtung ein, einige eine andere. Oh, es war ganz leicht. Ich lief einfach eines Tages fort. Die Truppen waren nicht weit entfernt, und viele Leute zogen nach Süden, und ich ging mit ihnen. Sie gaben mir von ihrem Essen ab, als sie hörten, daß ich zum Heer wollte.«

Mit ihren roten Wangen und ihren sanften braunen Augen sah sie so kindlich und frisch aus, obwohl sie vom Marschieren mager und sehnig geworden war, daß Mayli ihr voll Zärtlichkeit zulächeln mußte. Zu dieser natürlichen Zärtlichkeit kam aber noch, daß Pansiao Shengs Schwester war, und gerade Pansiao hatte ihr zum erstenmal von Sheng erzählt und hatte, auf kindliche Weise, glühend gewünscht, Mayli möchte Shengs Weib werden.

»Weißt du, daß dein Bruder sich auf dem Weg nach Burma befindet?« fragte sie Pansiao.

Pansiao klatschte in die Hände und legte dann die Hände an die Wangen. »Meinst du meinen dritten Bruder?«

»Gewiß.«

Pansiao schmiegte sich an sie. »Du bist nicht . . .«

»Nein, ich bin nicht verheiratet«, sagte Mayli, die nicht verhindern konnte, daß ihr das Blut ins Gesicht stieg.

»Und er ist auch nicht verheiratet?« forschte Pansiao.

»Nein, er auch nicht.«

Mayli fühlte ihr Anlitz sehr heiß werden unter dem klaren Blick des jungen Mädchens, aber was konnte sie mehr sagen, und was konnte sie anderes tun, als das Gespräch ablenken?

»Wohin gehst du jetzt?« erkundigte sie sich.

»Darüber habe ich keinen Bescheid«, erwiderte das Mädchen.

»Möchtest du mit uns nach Westen ziehen?«

»Oh, ich würde gern mit dir gehen!« rief Pansiao.

»Dann will ich sehen, was ich tun kann«, sagte Mayli. Es würde schön sein, dieses Kind bei sich zu haben, das Shengs Schwester war. Sie streckte ihre Rechte aus und berührte Pansiaos Hand. »Geh jetzt zurück«, ordnete sie an, »und komm morgen früh mit deinen Sachen wieder. Ich werde noch heute abend mit meinen Vorgesetzten sprechen und sie bitten, dich mit uns . . . mit mir gehen zu lassen.«

»Oh, und wenn sie es nicht erlauben?« rief Pansiao.

Mayli lächelte. »Ich glaube, daß sie es erlauben werden.« Ihre Augen und ihre Stimme waren wie die eines Menschen, der es nicht gewöhnt ist, zurückgewiesen zu werden.

Pansiao sprang auf. »Ich gehe rasch meine Sachen pakken«, sagte sie. Dann aber kniete sie vor Mayli nieder. »Laß mich schon heute abend zu dir kommen«, flehte sie.

Wer hätte solcher Anhänglichkeit widerstehen können? Mayli gewiß nicht.

»Also gut, komm heute abend«, entschied sie. »Es wird das beste sein, denn wir ziehen morgen früh weiter.«

9

Während all dieser Tage hatte Sheng mit seinen Leuten an der Grenze von Burma gewartet. Sie waren über den Gebirgswall gestiegen, wo es nachts kalt war und am Tage Hitze herrschte, auch wenn ihre Füße durch Schnee wateten. Tausendfünfhundert Kilometer und mehr waren sie marschiert, täglich fünfundvierzig Kilometer; jeder Soldat trug sein Gewehr und Bajonett, einen Regenhut aus Bambus, einen Helm, einen Nahrungsvorrat für drei Tage, ein Paar Ersatzschuhe, eine Feldflasche, einen Spaten, zwanzig Patronen und zwei Handgranaten. Mit ihnen marschierten Träger.

Obwohl jeder Träger seine Last von achtzig Pfund Reis schleppte, hatte Sheng den Marsch weder beschleunigt noch verzögert, wußte er doch, daß seine Leute ihren besonderen Platz einnahmen in dem langen, beständigen Kraftstrom, der aus China kam. Dieser Platz war an der Spitze, und sie bildeten die Vorhut, aber es gab noch andere, die gen Norden und Süden strebten. Während des Marsches achtete er sorgsam auf den Weg, auf Land und Leute; vor allem merkte er sich, wo es viel und wo es wenig zu essen gab. War die Nahrung kärglich, so nicht etwa, weil die Bevölkerung sie ihnen vorenthielt, denn das Volk hieß sie überall willkommen und verabreichte ihnen, was es nur hatte.

Genau an dem Tag, den der General angesetzt hatte, nur sechs Stunden später als zur angegebenen Frist, langte Sheng mit seinen Mannen an der Grenze von Burma an. Seine Soldaten waren verschmutzt und müde, aber sie hatten früher schon oft gegen den Feind gekämpft, und jetzt brannten sie auf diese neue Schlacht, die ihrer Meinung nach die größte von allen sein würde. Kein Gewehr war unterwegs verlorengegangen oder auch nur vom Regen feucht geworden. Diese Gewehre waren neue Waffen, die sie auf Befehl des Allerhöchsten erhalten hatten, und jeder Mann empfand sein Gewehr als ein persönliches Geschenk; lag sein Kopf auch im Dreck, während er schlief – das Gewehr war sauber und sicher untergebracht. Auch hatte man über das Gebirge schwere Geschütze gezogen, die gutgeölt und gebrauchsfertig gehalten worden waren.

Sie verfügten noch über eine andere Kraft als die der Waffen. Am Tag des Aufbruchs hatte der General ihnen anvertraut – der Feind durfte das nicht erfahren –, daß sie nicht wie eine gewöhnliche Armee nach Burma geschickt würden.

»Ihr seid gewissermaßen das Pfand für das Vertrauen unseres Führers in das Bündnis, das die Nationen neuerdings gegen den Feind eingegangen sind«, hatte der General, sehr aufgereckt dastehend, gesagt. »Unser Führer ist entschlossen, alle seine Kraft einzusetzen im Kampf gegen die Tyrannei in der Welt. Wir kämpfen an unserem Platz in einem Weltkrieg.«

Diese Worte hatten die Männer nie vergessen. Sie wußten, daß sie vor den Ausländern, die ihre Verbündeten waren, für ihr Land und ihren Führer einstehen mußten. Der Stolz, mit dem jeder einzelne sich hielt, die Sorgfalt und der Mut, mit denen jeder seine Pflicht tat – das war ein Anblick, der Sheng geradezu schmerzlich ergriff.

Denn obwohl der General seinen Soldaten gegenüber so deutlich gesprochen hatte, wußte Sheng doch recht gut, daß er im geheimen Zweifel hegte. Zu Sheng hatte der General im letzten Augenblick gesagt: »Ich wünschte, ich hätte den Glauben unseres Führers! Ich wünschte, ich wäre sicher, daß wir unsere eigenen Leute nicht betrügen!«

Sheng hatte all diese Worte mit sich getragen, während er seine Soldaten durch Täler und Schluchten und über Bergpässe führte. Allabendlich sprach er zu den Leuten ernsthaft über die vor ihnen liegende Pflicht, mit ihren Verbündeten derart zu kämpfen, daß alle jene, die bisher verächtlich auf sie herabgesehen, erkennen konnten, wie tapfer und opferfreudig und welch wertvolle Hilfe sie waren. Wie oft sollte er sich an diese Abende erinnern! Bei Anbruch der Nacht machten sie halt, auf welchem einsamen Berghang sie sich auch befinden mochten, unter ihnen die Schlucht, die sich im Dunkel verlor, über ihnen der bestirnte Himmel, an dem vielleicht der Mond hell glänzte. Wenn sie Glück hatten, fanden sie einen Tempel oder ein kleines Dorf, das an den Felsen klebte. Jeden Abend scharten sich die Männer nach dem Nachtessen um ihn, und dann sprach er auf seine einfache, knappe Weise zu ihnen vom Tagesmarsch, sprach von dem, was gut gewesen, und von dem, was am nächsten Tag besser gemacht werden sollte. Er lauschte allen Fragen und Klagen, und zum Schluß sagte er täglich ungefähr dasselbe, etwa mit folgenden Worten:

»Ihr sollt euch nicht als gewöhnliche Soldaten betrachten. Früher wurden Soldaten geringgeschätzt; sie galten als Glücksjäger, die ihren Mut zum Höchstpreis verkaufen. Wir aber sind von anderer Art. Hier bin ich, ein Bauernsohn ... mein Vater war einst wohlhabend, und wir waren drei Brüder in seinem Haus, die stets reichlich Nahrung und Kleidung hatten und das üppige Flußland aberntеten, das jetzt der Feind in Besitz genommen hat. Hier bin ich ... ohne jegliches Eigentum heute; und ich kämpfte mich hierher durch, war erst Berg-Mann und dann Soldat, aber immer nur mit einer einzigen Hoffnung: so viele Feinde wie möglich zu töten. Ich bin nur euer Vorgesetzter geworden, weil das Glück mit mir war und mich hierher gebracht hat; ich bin nicht besser als ihr, dessen seid versichert. Wir alle sind Gleichberechtigte und Brüder in diesem Krieg, auserwählt, weil wir stark und jung sind und weil wir den Tod nicht fürchten. Wir wurden vom Allerhöchsten auserwählt, weil wir seine Besten sind. Er sendet uns aus, mit den Weißen zu kämpfen, damit wir ihnen zeigen, was unsere Besten können. Was auch geschehen mag, keiner darf an Rückzug oder ans eigene Leben denken.«

»Das braucht Ihr uns nicht zu sagen«, murmelten die Männer. »Wohin Ihr uns führt, dahin folgen wir.«

»Und wenn ich falle«, fuhr Sheng ernst fort, »muß jeder selber denken, wie er es gelehrt worden ist, und wie ein Führer handeln. Mehr, als ihr wißt, hängt von eurer Kampfart ab. Unsere Verbündeten müssen durch uns erkennen, was unser Volk ist, und uns unseren gebührenden Platz in der Welt einräumen.«

Mit solch hehren Worten brachte er seinen Soldaten allmählich bei, daß sie tatsächlich keine gewöhnliche Armee waren, sondern eine Armee bildeten, welche eine Mission zu erfüllen hatte, so daß sie in den Augen ihrer Verbündeten würdig dastehen und am Kampf gegen den Feind vollen Anteil haben mußten. Wenn sie zufällig bei einem Tempel oder in einem Dorf haltmachten, kamen andere Menschen dazu und lauschten dieser Mahnrede. Priester standen schweigend in ihren grauen Gewändern, um zu hören, was er sprach; in den Dörfern lauschten die Bauern und ihre Söhne, und mehr als einmal folgten Sheng am nächsten Morgen junge Männer aus ihren Häusern, weil er mit seinen Worten ihre Herzen gerührt hatte. Sheng wehrte ihnen nicht. Er selber war einst ein solcher junger Mann gewesen, und wenn ein Heer wie dieses durch sein Dorf gekommen wäre, hätte er sich gewiß ebenfalls angeschlossen. Er gliederte diese jungen Männer bei den Trägern ein, da sie keine ausgebildeten Soldaten waren. So stiegen sie von den höchsten Bergen nieder, und so näherten sie sich der Grenze von Burma.

Sheng hatte von nichts anderem geträumt als davon, nach Burma zu kommen und geradewegs zum Schlachtfeld zu marschieren. Oft hatten seine Leute ihn gefragt: »Was ist Euer Plan, wenn wir die Grenze erreichen?« Und stets hatte er geantwortet: »Wir werden es erfahren, sowie wir die Grenze erreicht haben. Der ausländische Kommandant, dem wir unterstellt werden, wird es uns dort mitteilen. Sicher aber wird es keinen Aufschub geben, denn die Gegner haben Thailand* überredet, und sie sind schon im Süden. Seid versichert, daß der Mann von Mei uns wissen lassen wird, was wir tun sollen.«

Denn so groß war das Vertrauen des Allerhöchsten in

* Thailand = Siam

seine Verbündeten, daß er seine besten Truppen der Führerschaft eines Ausländers übereignet hatte. Wer kannte diesen Mann nicht? Ein jeglicher von Shengs Leuten kannte seinen Namen, und obwohl niemand ihn gesehen hatte, fragten sie oft nach ihm, aber Sheng hatte ihn noch nie zu Gesicht bekommen.

Der General hatte nur gesagt: »Wir werden unter einem Mann des Landes Mei dienen.« Dies sprach der General am letzten Tag, an jenem Tag, da Sheng Mayli in ihrem langen Cape durchs Haus des Generals huschen sah. Geist und Gefühle hatten sich bei ihm völlig verwirrt, doch gleichwohl hörte er die Worte des Generals deutlich genug, um zu fragen: »Warum hat der Präsident uns einem ausländischen Führer unterstellt?«

»In diesem Krieg gibt es Dinge, die nicht zu verstehen sind«, erwiderte der General. »Erklärt es Euch so: Die Männer von Ying werden mit ihm leichter Umgang pflegen als mit uns.« Seine Lippen verzogen sich in Bitterkeit. »Die Ying-Männer reden nur eine Sprache, und das ist ihre eigene«, fügte er hinzu.

Die jungen Offiziere, die an jenem Tag mit Sheng vor dem General standen, hatten darauf nicht geantwortet. Jeder dachte, es sei wirklich sonderbar, daß sie sich von einem Ausländer anführen lassen mußten; aber wenn der Präsident es so entschieden hatte, was konnte man da tun? Sie konnten nur einwilligen.

»Ist dieser weiße Mann guten Herzens?« fragte Sheng nach einer Weile.

»Ich habe ihn zweimal gesehen und mit ihm gesprochen«, versetzte der General, »und es scheint mir, daß sein Herz gut ist. Er ist groß und dünn, nicht mehr jung, und er gebärdet sich mit Vernunft. Er erhebt sich weder über seine Leute noch über uns. Die ihn kennen, sagen, daß er an der Front mitkämpft. Er ist nicht wie die Männer von Ying, die erwarten, daß sogar ein Sterbender vor seinem Offizier strammsteht, wie das Gerede geht.«

»Und wie sollen wir diesen Ausländer verstehen, wenn er spricht?« erkundigte sich ein anderer Offizier.

»Er spricht unsere Sprache«, gab der General Bescheid. Dann lehnte er sich über seinen Schreibtisch, blickte alle der Reihe nach durchbohrend an und sagte: »Hört mich an. Es ist mein Glaube, daß wir diesem einen folgen und vertrauen können. Aber er ist nicht der oberste Befehlshaber. Sie haben noch einen über ihn gesetzt, diese Inselbewohner. Er ist unser Befehlshaber, doch ihm wird befohlen.«

Sie gaben seinen Blick zurück und versuchten, die Bedeutung dieser Warnung einzuordnen, und sie warteten ab, ob er wohl noch mehr sagen würde. Er schlug jedoch mit der Hand auf den Schreibtisch. »Ich habe Euch auf alles vorbereitet«, schloß er, »und Ihr habt Eure Befehle.«

Darauf hatten sie den Raum verlassen, und Sheng hatte den General nicht mehr wiedergesehen.

Sheng war nun außerordentlich gespannt darauf, zu erfahren, wie der Krieg in Burma stand. Während des vieltägigen Marsches war er von allen Nachrichten abgeschnitten gewesen. Wo befand sich der Feind jetzt? Hatten sich die Weißen gehalten? Wenn sie Rangun halten konnten, so wäre alles gut, denn wenn die Weißen diese Stadt, die Zugang zum Bengalischen Golf hatte, hielten, konnten die Chinesen die Straße von Lashio und vom Norden halten, da die Gegner ihr Material Hunderte von Kilometern von Bangkok herbeischaffen mußten.

Doch als er dann die Grenzen von Burma erreichte, gab es keinerlei Neuigkeiten. Alles war so friedvoll, als ob nirgends in der Welt Krieg wäre. Er führte seine Leute in die Außenquartiere einer kleinen Stadt, und da sie die Vorhut bildeten, starrte das Volk sie verwundert und ängstlich an. Die Bevölkerung war gemischt; sie bestand aus Chinesen und Burmesen, die man leicht auseinander kannte. Die Burmesen hatten eine dunklere Haut als die Chinesen, waren leichtfüßiger, und ihr ganzes Gehabe zeigte kindliche Fröhlichkeit. Chinesen und Burmesen lebten hier recht gut miteinander, und doch bestand ein wenig Unduldsamkeit zwischen ihnen, denn die Chinesen waren schlauer und bessere Handelsleute als die Burmesen, und dies stimmte manch einen Burmesen ärgerlich, mochte er auch wissen, daß sein chinesischer Nachbar härter arbeitete als er selbst und es deshalb verdiente, rascher reich zu werden. Obwohl einer des andern Tochter heiratete, lebte häufig ein geheimer Zorn im Herzen des Burmesen, im Herzen des Chinesen hingegen leichte, nachsichtige Verachtung, weil der Burmese das Vergnügen allzusehr liebte.

Dies war offenkundig, und Sheng merkte es schon am ersten Abend, als er durch die Straßen der fremden Stadt bummelte und bei einem Freiluft-Gasthaus haltmachte, um sich nach dem Preis von Konfekt zu erkundigen. All die Tage hatte er nur Reis und getrockneten Fisch gegessen, dazu die Gemüsesorten, die sich unterwegs fanden, und jetzt verlangte es seine Zunge nach etwas Süßem. Der Wirt war ein Burmese, der Sheng finster betrachtete und ihm mit so leiser Stimme Auskunft gab, daß Sheng kein Wort verstand und geradeheraus fragte: »Wollt Ihr mir Eure Ware verkaufen oder nicht?«

Der Burmese sprach recht gut chinesisch, und er sagte: »Was kümmert es mich, wer meine Süßigkeiten ißt, wenn er nur zahlt; aber wie soll ich wissen, daß Ihr Geld habt? Erst vorhin hat mich ein Chinese betrogen.«

Darüber ärgerte sich Sheng, und er warf seine Münze auf den Tisch.

Da beruhigte sich der Burmese, denn diesem Volk fällt es schwer, längere Zeit schlechte Laune zu haben. Er wickelte das Konfekt in eine zusammengedrehte Zeitung und bemerkte, während er es Sheng reichte: »Seid nicht böse mit mir. Wurde ein Mann zweimal von einem Hund gebissen, so ist er ein Narr, wenn er das drittemal etwas anderes erwartet.«

»Wieso ein Hund?« forschte Sheng. »Und wieso gebissen?«

Der Burmese zuckte die Schultern. »Je weiter Ihr ins Land kommt, desto mehr werdet Ihr verstehen, was ich meine. Zwischen den Chinesen und den Engländern werden wir Burmesen zerquetscht, wie ein Bettler eine Laus zwischen Daumen und Zeigefinger zerquetscht.«

»Den Engländern?« wiederholte Sheng, der das fremdländische Wort nicht begriff.

»Ihr nennt sie die Leute von Ying«, erklärte der Mann. »Die Engländer! Sie herrschen über uns zu ihrem eigenen Besten, und die Chinesen schnappen uns das Geschäft weg. Die Wahrheit ist, daß wir euch alle hassen.«

Dies sagte der Mann mit einem großen Lachausbruch; er spuckte auf seinen eigenen Boden, rieb sich die Hände, stampfte mit dem Fuß auf und fühlte sich besser. Sheng ging mit seinem Konfekt fort und kaute nachdenklich, während er dahinschritt, die Süßigkeiten, deren Geschmack ihm fremd war.

Jedermann konnte sehen, daß die Besitzer der gedeihlichen Läden längs der Straße fast immer Chinesen waren. Bei einem davon machte er halt, um sich Baumwollsocken zu kaufen, weil seine linke Ferse vom Marschieren durchgescheuert war.

Hinter dem Ladentisch stand ein älterer Mann, mit dem Sheng ein Gespräch anknüpfte. Nach der Begrüßung erfuhr er, daß der Mann vom anderen Ende der Großen Straße stammte und daß er erst vor einigen Monaten hierhergekommen war.

»Ihr habt es rasch zu etwas gebracht.« Sheng blickte sich in dem Laden um, der zwar klein, aber wohlversehen war.

»Hier kann es jeder zu etwas bringen«, versetzte der Mann. »Die Leute geben ihr Geld leicht aus, und sie lieben fröhlichen Tand und Luxuswaren; sie sind faul und essen und schlafen und lachen gern. Sie sind Kinder.«

Aber ungezogene Kinder, lautete Shengs stilles Urteil. Denn als er am Abend ins Lager zurückkehrte, rief einer seiner Soldaten: »Blutet Ihr, großer Bruder?«

»Nein, sicher nicht«, entgegnete Sheng. »Warum fragt Ihr mich das?«

»Weil Ihr einen Blutfleck hinten auf Eurem Rock habt.«

Sheng zog seinen Rock aus, und da war tatsächlich hinten ein blutroter Fleck, doch als er ihn genauer untersuchte, stellte er fest, daß er nur von mit Betelnuß gefärbtem Speichel herrührte. Jemand in der Menge hatte ihn, den Mund voll Betel, angespuckt. Als Sheng das sah, tobte und fluchte er, aber was konnte er anderes tun, als den Fleck so gut wie möglich fortwaschen? Er hatte keinen zweiten Rock.

An diesem Abend vertiefte er sich in die Karte von Burma, die der General ihm, wie allen Offizieren, gegeben hatte. Schon zuvor hatte er sie oft betrachtet, doch an diesem Abend versenkte er sich mit besonderer Sorgfalt darein. Denn der eine Tag hatte ihn bereits gelehrt, daß sie bei ihrem Einzug in Burma von der Bevölkerung nicht willkommen geheißen würden. »Engländer und Chinesen, wir hassen euch alle«, hatte der Burmese zu ihm gesagt. Was für eine Bedeutung würde das haben? fragte er sich nüchtern.

Bis spät in die Nacht brütete er über der Karte mit ihren kleinen, eng bedruckten Namen. Im Laufe des letzten Jahres hatte er lesen gelernt, und er las auch die Wörter am unteren Rand der Karte. Zwei verschiedene Länder hätten es sein können, so unterschiedlich waren die beiden Hälften von Burma. Im Norden, wo der große Fluß Irrawaddy entsprang, waren Berge und Hügel, und die Hügel erstreckten sich in langen Linien von Norden nach Süden. Diese Hügel, so stand auf der Karte, waren voller Einheimischer, die dort inmitten ausgedehnter Wälder lebten. Wer waren diese Einheimischen, und würden sie Freund oder Feind sein? Sheng verfluchte alle Landkarten und Angaben, die davon zu berichten wußten, daß dort Edelsteine gefunden wurden, große Smaragde und Rubine und der schönste grüne Jade, und die nicht mitteilten, was für Menschen dort lebten und ob sie Freund oder Feind waren.

Im Süden aber, wo der Irrawaddy sich zu seiner Mündung erweiterte, war das Land anders, voll des reichsten Ackerlands, auf dem der weißeste und feinste Reis der Welt gedieh. Dieses südliche Gebiet erstreckte sich über tausendfünfhundert Kilometer längs des Meeres und verbreitete sich über tausend Inseln; welcher Art die Menschen waren, die hier lebten, ahnte er nicht, denn die Karte erzählte nichts von Menschen.

Schließlich legte er sie zusammen, und in der Dunkelheit lag er dann in seine Decke gewickelt und überdachte das Gelesene. Diese Stadt befand sich fast am Verbindungspunkt der beiden Teile Burmas. Mochten sie jedoch nach Norden oder nach Süden gehen, in beiden Fällen würden sie in unbekanntes Land ziehen. Aus der Nacht fiel ein großes Gewicht der Furcht auf ihn. Was würde ihnen in diesem unbekannten Land widerfahren, wo die Urwälder tief und der Straßen wenige waren? Sie betraten es als Verbündete von Menschen, die von der Bevölkerung gehaßt wurden, von Menschen, die hier jahrein, jahraus geherrscht hatten, aber kann ein Volk fremde Herrscher lieben? In seiner Bangigkeit sehnte er sich nach dem Kommen des Generals, und er beschloß, sofort bei seinem Erscheinen zu ihm zu gehen und ihn auf die drohende Gefahr aufmerksam zu machen. Ja, was der General auch getan haben mochte, ob er nun Mayli über die Grenzen des Erlaubten hinaus beredet hatte – jetzt war keine Zeit für Männer, an Frauen zu denken.

Er vernahm das durchdringende Sirren der Mücken, die über seinem Haupt zu kreisen begannen, und obgleich die Nacht sehr warm war, zog er die Decke über den Kopf. Er hatte gehört, daß Mücken Malaria verursachten, und wenn er diese Erklärung auch bezweifelte – war er doch in seines Vaters Haus vom Frühling bis zum Winter von Mücken tüchtig gestochen worden –, so mochte es immerhin wahr sein, daß diese Mücken, so fern seiner Heimat, Gift in sich trugen.

Schwitzend lag er unter der Decke, schlaflos, während sein Geist Bruchstücke der Vergangenheit durchsiebte – er selbst in seines Vaters Haus, seine Brüder, Jade und seine Mutter und seine Schwestern, und Orchidee, die so erbarmungslos getötet worden war, und Mayli, und wieder und wieder Mayli in ihrem Häuschen in Kunming. Dort war sie zweifellos in diesem Augenblick, mit ihrem Hündchen spielend. Er dachte an sie, wie er sie bei seinem letzten Besuch am Fenster ihres Zimmers gesehen hatte, die langen, schwarzen Haare in der Sonne hängend, und sogleich wurde sein ganzer gesunder junger Körper lebendig. Er litt, und er ertrug sein Leid; dann schlug er sich den Gedanken an sie aus dem Kopf. Vielleicht sah er sie nie wieder, und es war besser für ihn, wenn er damit rechnete, daß er sie nie mehr wiedersehen würde. Gut, sollte es dabei bleiben. Er hatte sich geschworen, nie mehr an eine Frau zu denken, bis der Sieg errungen war, und fast alle seine Soldaten hatten ein ähnliches Gelübde abgelegt. Derer, die es nicht getan, waren wenige, und sie wurden verlegen, wenn die andern sie bei einer Frau fanden.

Als er sich sein Gelübde zurückrief, fühlte er, wie die Spannnung im Körper nachließ. Seine Sehnsucht verging, und er schlief ein.

Am nächsten Tag kam die Nachricht, daß der General erscheinen würde, und Sheng traf hastig Anstalten, sich zu ihm zu begeben und ihm Rapport zu erstatten. Nachmittags hatte er die Neuigkeit vernommen, und er verbrachte erst eine ganze Stunde damit, sich in einem Badehaus zu waschen. In diesem Badehaus waren sämtliche Angestellten Burmesen oder Menschen mit burmesischem Blut; alle waren lebhafte, schöne Burschen, die fröhlich miteinander lachten und ihrer Arbeit nur nachlässig nachgingen. Als Sheng eintrat, kam ihm ein junger Angestellter entgegen, dem eine rote Blume – Sheng kannte die Art nicht – hinter dem Ohr steckte, dessen Zähne rot waren vom Betelkauen und dessen Haut von Öl glänzte. Auf dem Kopf trug er einen rot und gelb gestreiften Seidenturban, doch als er in die dampfende Luft des Baderaums gelangte, nahm er den Turban ab, und da sah Sheng zu seiner Überraschung, daß der junge Mann lange Haare hatte, die ihm bis auf die Schultern fielen. Als er Shengs verwunderten Blick bemerkte, drehte er seine Haare fest zusammen und steckte sie zu einem Knoten auf dem Kopf fest.

»Ich gehöre zur Bruderschaft«, sagte der junge Mann in gebrochenem Chinesisch, und Sheng beließ es bei dieser Auskunft. Hierauf zog der Mann sein kurzes baumwollenes Obergewand aus, um sich für seine Arbeit bereit zu machen, und da sah Sheng, daß sein Körper tätowiert war. Er nahm an, daß dies ebenfalls ein Merkmal der Bruderschaft sei, und sagte nichts. Aber die schlanken, weichen Arme des jungen Mannes waren seltsam kräftig; sie sahen fast aus wie die Arme eines Mädchens, doch hob er die Heißwasser-Eimer auf, als wären sie nichts.

»Darf man fragen, was Eure Bruderschaft ist?« erkundigte sich Sheng, nachdem er geschrubbt worden war und unter heißem und kaltem Wasser geschwitzt und geschaudert hatte.

Der junge Mann antwortete nicht sogleich. Dann gab er zurück: »Habt Ihr von Thakin gehört?«

»Ich habe von nichts gehört«, sagte Sheng. »Ich bin erst gerade hier angekommen.«

Wieder schwieg der junge Mann eine Weile. Schließlich rief er mit einer sonderbaren Erbitterung: »Weshalb seid ihr Chinesen hierhergekommen, um den Engländern zu helfen?«

Darüber war Sheng so verdutzt, daß er seine Erwiderung erst überlegen mußte. Lebte diese Erbitterung sogar in den einfachsten Leuten? Schließlich sagte er: »Wir sind zu keinem andern Zweck hergekommen, als um die Ostmeer-Zwerge zu vertreiben, und sie sind eure Feinde sowohl wie unsere.«

Darauf preßte der junge Mann seine vollen Lippen fest zusammen, und das Gespräch war zu Ende. Sheng bezahlte seine Schuld und gab dem Burschen, der seinen Turban wieder aufsetzte und sich die rote Blume hinters Ohr steckte, ein Trinkgeld. Sheng machte sich auf den Weg zum General.

Der General war recht müde, aber er hatte sich keine Zeit zum Ausruhen genommen, sondern sich mit seinen Leuten abgegeben und all jenen, die, wie Sheng, zur Berichterstattung gekommen waren. Jetzt saß er in einem kleinen Zimmer in dem Gasthof, den er als Standquartier gemietet hatte. Als er Sheng sah, machte er ihm ein Zeichen, zu warten, während er einen Brief las, den er in der Hand hielt. Es warteten schon andere, doch der General achtete auf niemanden, solange er las. Schließlich faltete er den Brief zusammen und steckte ihn in die Tasche.

»Wer ist der erste?« fragte er die Wartenden.

»Ich möchte der letzte sein, großer Bruder«, sagte Sheng.«

»Dann setzt Euch«, forderte ihn der General auf, und so ließ Sheng sich nieder und wartete, während einer nach dem andern seine Fragen stellte und Bericht erstattete. Es dauerte über eine Stunde, bis Sheng an die Reihe kam. Der General, jetzt rechtschaffen müde, lehnte sich zurück und seufzte.

»Schließt die Tür«, befahl er Sheng. »Aber erst laßt frischen Tee kommen. Ich bin durstig.«

Sheng rief den Auftrag einem Soldaten zu, der kurze Zeit darauf mit einer Kanne heißen Tees kam. Der General füllte zwei Schalen, nötigte Sheng zu trinken und leerte seine eigene Schale zweimal. Sheng wartete darauf, daß der General sich nach seinem Begehren erkundigen würde. Aber der General fragte nicht, auch dann nicht, als er seinen Durst gestillt hatte. Statt dessen öffnete er seinen Uniformkragen und saß mit verstörter Miene da, und er schwieg, als bewegten ihn geheime Sorgen. Schließlich zog er den Brief hervor. »Ich kann das nicht verstehen«, sagte er zu Sheng.

Er warf Sheng den Brief zu, und Sheng sah, daß der Brief von dem Amerikaner stammte. Er war auf chinesisch geschrieben, nicht von dem Amerikaner selbst, sondern von jemand, der für ihn und auf seinen Befehl geschrieben hatte. In dem Brief stand, daß der General alle seine Truppen an der Grenze festhalten sollte, bis weiterer Bescheid käme.

»Ich verstehe das nicht«, wiederholte der General. »Ich kam in der Erwartung her, den Befehl zum morgigen Weitermarsch vorzufinden. Statt dessen finde ich den Befehl vor, zu warten, bis weiterer Bescheid kommt. Was für ein Bescheid – wessen Bescheid?«

Sie blickten einander an.

»Ich glaube, daß der Bescheid von denen über den Amerikaner kommt«, sagte Sheng sehr langsam.

»Das vermute ich auch«, gab der General nachdenklich zurück.

10

Wer weiß, wie mühsam es ist, ungeduldig drängende Männer an der Koppel zu halten, Männer, die darauf brennen, weiterzuziehen, und die nicht verstehen können, warum sie zurückgehalten werden? An diesem Abend sprach Sheng mit dem General nicht lange, denn er entdeckte bald, daß er selber ebensoviel wußte wie der General, und keiner von ihnen wußte überhaupt etwas. Betrübt und zweifelvoll ging er fort, und der General, den er zurückließ, saß da, als bestünde er aus Stein.

In den nächsten Tagen verging kaum eine Stunde, ohne daß einer der Soldaten zu Sheng kam und ihn fragte, wann der Marsch weiterginge. Sie näherten sich ihm höflich, brachten die eine oder die andere Entschuldigung vor, aber der Grund ihres Kommens war stets der gleiche: »Wann werden wir kämpfen?«

Was konnte Sheng anderes sagen als die Wahrheit, die darin bestand, daß er es nicht wußte? Seine Leute starrten ihn an, und einer der kühnsten entgegnete: »Warum ermittelt Ihr es nicht, großer Bruder? Fragt doch den General.«

»Er weiß es ebensowenig«, bekannte Sheng offen.

Murmelnd gingen sie weg, denn diese Männer waren nicht gelehrt worden, vor ihren Führern stumme Tiere zu sein. Jeder Mann hatte Selbstachtung, und jeder war imstande, im Kampf für sich selber zu sorgen. Der Preis für diese Art Soldaten war nicht derselbe, wie ihn der Feind für seine stumm gehorchenden Kreaturen bezahlte. Shengs Männer kämpften nur gut, wenn sie wußten, warum sie kämpften und wo und gegen wen. Sie sprachen miteinander, und wenn sie einen Weg für besser hielten als den vom Führer gewählten, so sagten sie es, denn sie waren freie Männer und kämpften als freie Männer.

Weil sie aber frei waren, fühlten sie sich jetzt dazu berechtigt, sich zu ärgern, den Himmel wegen dieser Verzögerung zu verfluchen und über das Warten ihrer Führer zu wettern. Sie alle waren dafür, einen Ausfall nach Burma zu machen, ohne mit törichter Höflichkeit auf die Aufforderung der Engländer zu harren.

»Welcher verdammte dieser oder jener hält uns hier?« hörte Sheng eines Tages einen seiner Leute seinen Kameraden zurufen, als niemand ihn in der Nähe vermutete. Es war Mittag; die Soldaten hatten ihre Mahlzeit eingenommen und trieben sich müßig bei ihren Baracken in der Sonne herum. Etliche flickten ihre Strohsandalen, mehrere rasierten einander, andere rauchten Zigaretten; die meisten taten gar nichts. Allenthalben hörte man Lärm und Lachen und rauhe Stimmen; über alle aber erhob sich diese eine Stimme. Ein Murmeln setzte ein, als die Leute Sheng gewahrten, doch der Sprecher behauptete seinen Platz. Sheng blieb stehen, um ihn zu betrachten. Er war ein vierschrötiger Bursche, dessen Tonfall verriet, daß er aus dem Norden stammte.

»Ihr seid nicht ungeduldiger als ich«, sagte Sheng ruhig.

»Ich bin ein kleiner Mensch, und Ihr seid ein großer«, gab der Mann zurück. »Wäre ich so groß wie Ihr, so würde ich nicht warten, großer Bruder.«

Sein braunes Gesicht verzog sich zu einem Lächeln, und in seinen schwarzen Augen, die scharf und glänzend waren, mischten sich Ungeduld und Lachen.

»Ich bin nicht groß genug, um tun zu können, was mir beliebt«, entgegnete Sheng und ging weiter.

Aber wie konnte etwas die ruhelosen jungen Männer beschwichtigen? Sie begannen miteinander und mit den Stadtbewohnern zu streiten; sie betrachteten die Frauen allzu keck und brachen ihre Gelübde, und die Freudenmädchen erhöhten ihre Preise, und alle klagten Tag und Nacht. All dies wurde nicht durch die Nachrichten gebessert, die vom Süden hereinsickerten; denn es gab immer Menschen, die vom Süden in die Stadt kamen, sei es, um zu handeln, sei es, um vor dem Kriege zu flüchten oder um die Große Straße zu bereisen; und alle diese Leute sagten das gleiche. Die Ausländer, die Engländer, waren längs des Flusses Salwin versammelt, aber der Feind hatte den Fluß schon weiter unten überschritten und die Stadt Martaban eingenommen. Bei Paan hielten sich die Engländer noch immer und feuerten unbarmherzig auf die feindlichen Schiffe, aber würden sie sich weiterhin halten können? Hatten sie die Absicht, sich zu halten?

Sheng lauschte diesen Durchreisenden ebenso ernsthaft wie seine Soldaten.

»Nicht, daß Martaban wichtig ist«, erklärte ihm eines Tages ein kleiner Hausierer, bei dem er ein Handtuch gekauft hatte. »Aber Martaban ist eine Brücke für die feindlichen Truppen, die von Thailand kommen. Über diese Brücke können sich die beiden gegnerischen Streitkräfte zu einer einzigen Streitmacht vereinen.«

Dann richtete Sheng Fragen an diesen Mann, der von Geburt Inder und von niederer Kaste war und der infolge seiner Reisen die Gabe entwickelt hatte, die Farbe desjenigen Landes anzunehmen, in dem er sich gerade aufhielt. Doch war er auch flink und schlau, und er durchschaute alle Menschen.

»Warum lassen die Engländer uns nicht hinein?« erkundigte sich Sheng unumwunden bei diesem Fremden.

Der Mann lehnte sich vor und stützte seine dunklen Hände auf seine dunklen Knie. »Die Engländer wollen nicht, daß das Volk von Burma euch mit fremden Waffen bewaffnet und unter euren eigenen Führern kämpfen sieht«, erwiderte er. Sein Gesicht veränderte sich und wurde zu einer zitternden Maske des Hasses. »Die Engländer werden Burma verlieren«, fuhr er fort. »Das Volk von Burma wird sich gegen sie wenden. So haben wir überall die Möglichkeit, uns von den Engländern zu befreien.« Speichel floß in dünnem Strahl zwischen seinen zusammengebissenen Zähnen hervor, und Sheng schrak zurück.

»Ihr seid nicht von Burma«, sagte er. »Warum geifert und haßt Ihr so?«

»Wenn das Volk von Burma die Engländer nicht genügend haßt, dann kommt nach Indien und schaut, wie wir sie dort hassen!« versetzte der Mann. Seine Hände umkrallten seine Knie. Sheng berührte dieser Anblick verabscheuungswürdig.

»Aber ich habe gehört, daß die Leute von Burma die Menschen von Indien ebensowenig lieben«, gab er zu bedenken. »Auch von euch möchten sie getrennt sein.«

Der Hausierer zuckte heftig die Schultern, und seine dunklen Augen rollten unter den langen, gebogenen, schwarzen Wimpern.

»Sie haben Saya San nicht vergessen«, erklärte er.

»Saya San?« wiederholte Sheng, der diesen Namen noch nie gehört hatte.

Der Hausierer wischte Saya San fort, indem er mit Daumen und Zeigefinger schnippte. »Er war ein Nichts ... ein Niemand«, antwortete er, »ein unwissender Mann von Tharrawaddy, wenn er auch recht gut anfing. Er tötete einen Beamten; dann aber wandten sich seine dummen Anhänger gegen mein Volk, und seither ... es ist alles sinnlos ...«

Er band seinen Turban auf und drehte ihn mit seinen langen, geschickten Fingern wieder zusammen. »Versteht, das Volk von Burma ist sehr unwissend. Die Leute können lesen und schreiben, aber sie sind sehr unwissend. Lachen bedeutet ihnen mehr als Freiheit. Außerdem . . .«, er grinste, und seine weißen Zähne blitzten, »sie hassen die Chinesen. Warum? Selbst die Götter wissen nichts über das Volk von Burma. Ja, aber ich weiß dieses eine. Die Leute hier werden den Engländern nicht helfen.«

Sein Gesicht war wieder glatt, und er steckte seinen Ingrimm irgendwo in sein Inneres. Dort brannte er aus seinen Augen und bebte in seiner Stimme, als er das Wort »Engländer« sprach, doch weiter ließ er ihn nicht kommen; und kurz darauf lud er sich sein Bündel auf und ging von dannen.

Natürlich fanden solche Worte auch ihren Weg unter den Soldaten; sogar der General hörte davon, und eines Tages rief er seine Offiziere zu sich.

»Wir können von uns selbst geschlagen werden, wenn wir es zulassen«, sagte er zu ihnen.

Es war ein Februarabend, aber hier war die Luft so warm wie daheim im Juni. Über die Wand des Zimmers, in dem sie sich versammelt hatten, lief eine Eidechse, die mit ihrer zarten, raschen Zunge Mücken aufleckte. Sheng beobachtete das Tier, das unter einem Dachbalken hervorgekommen war, während er dem General zuhörte. Unter ihnen befand sich ein neuer Offizier, ein junger Mann, den Sheng bisher noch nicht gesehen hatte.

»Ich habe unsern Bruder gebeten zu kommen«, fuhr der General nun fort, »um uns Nachrichten von unseren Verbündeten zu bringen und uns mitzuteilen, was wir nicht wissen, damit wir geduldiger warten können.«

Hierauf erhob sich der junge Offizier. Er war ein außerordentlich schöner Mann mit ebenmäßigem Gesicht und fein gezeichneten Zügen. Man konnte sich kaum vorstellen, daß er Soldat war, bis man den entschlossenen Mund wahrnahm. Er hatte dünne, zarte Hände, und diese Hände bewegte er dann und wann, während er sprach.

»Ich bin euer jüngerer Bruder von Kwangsi«, sagte er. Seine Stimme war tief und unerwarteterweise bestimmt. »Wir kamen zu Fuß, meine Leute und ich. Wir hatten keine Wagen, nicht einmal einen Packesel. Wir trugen unsere Berggewehre und schleppten, was wir an schweren Geschützen hatten. Wir gingen in die Shan-Staaten hinüber und nahmen den Befehl unseres Präsidenten mit. Dort begaben wir uns zu den Engländern und meldeten dem Kommandanten, daß wir gekommen seien. Ich richtete ihm die Grüße unseres Präsidenten aus, und ich sagte, was unser Präsident gesagt hatte: ›Wenn Burma Hilfe von uns wünscht, wollen wir sofort Tausende von Soldaten herschicken.‹«

»Was antwortete der Engländer darauf?« forschte der General.

»Er sprach sehr höflich durch seinen Dolmetscher«, erwiderte der junge Offizier. »Er sagte, daß bereits viele chinesische Streitkräfte in Burma warteten, und er sei froh zu wissen, daß noch mehr kommen würden – wenn nötig.«

»Ist das alles?« fragte der General.

»Das ist alles«, versetzte der junge Offizier. »Abgesehen davon, daß er uns dem Berggebiet zuteilte, für das unsere Gewehre sich gut eigneten, wie er erklärte. Dort warten wir nun.«

Alle saßen regungslos lauschend da. Als das Wort »warten« auf sie fiel, glitt über alle Gesichter derselbe Ausdruck. Sie alle waren harte, junge Männer, gereifte Soldaten, für die Warten eine Qual bedeutete.

»Aber der Kampf im Süden ist sehr ernst«, wandte der General ein. »Wollen die Engländer denn allein kämpfen?«

»Dort sind auch indische Truppen, allerdings unter englischem Kommando«, gab der junge Offizier Bescheid.

»Südburma wird verloren sein, während wir warten«, bemerkte der General.

»Man sagte mir, daß Rangun bis zum Ende verteidigt würde«, entgegnete der junge Offizier.

»Aber Nordburma muß um jeden Preis verteidigt werden«, rief der General, »und nicht nur bis zum Ende. Selbst wenn Südburma fällt, darf Nordburma nicht fallen; sonst ist unser Land auf allen Seiten von den Gegnern umgeben.«

Ein langes Schweigen herrschte in dem Zimmer. Die Männer saßen düster da und starrten mit blinden Augen vor sich hin. Die Eidechse fiel auf den Boden, wobei ihr voller Bauch ein klatschendes Geräusch auf den Fliesen hervorrief, und dann huschte sie fort, erschrocken über den selber verursachten Lärm.

Der junge Offizier hatte sich wieder gesetzt, und jetzt begann er von seinem Sitzplatz aus zu sprechen, die Augen auf seine fest ums Knie geschlungenen Hände gerichtet.

»Ich fragte den Engländer, warum man uns nicht unverzüglich zu kommen aufforderte, zumal die beiden Allerhöchsten bei ihrer Rückkehr von Indien alle Pläne für unser Kommen gemacht hatten. Er sagte, daß wir dazu aufgefordert würden, sowie alles bereit wäre. Er sagte, daß seine Brüder im Süden die Taktik der Verzögerung verfolgten, um Zeit zu gewinnen, damit fester Boden erobert und für uns Flugplätze gebaut werden können, und daß die Hauptschlachten zweifellos in den mittleren Landesteilen gefochten werden würden.«

Der General ließ ein scharfes, lautes Lachen hören. »Wir können ohne diese mächtigen Vorbereitungen kämpfen!«

rief er. »Wir sind daran gewöhnt, ohne jegliche Vorbereitungen zu kämpfen!« Er schlug mit beiden Handflächen auf den Tisch vor ihm, stand auf und begann im Zimmer auf und ab zu gehen. Ohne es selber zu wissen, hatte er Blick und Gang des Präsidenten angenommen.

Plötzlich blieb er stehen und schaute die Offiziere an. »Ich habe folgende Nachricht erhalten«, begann er. »Unsere Leute sind im nördlichsten Zipfel von Thailand auf den Gegner gestoßen. Dort oben versuchten sie den Fluß westlich von Ciengmai zu überqueren, aber das ist immer noch nicht in Burma. Ich weiß auch, daß der Feind bei Ciengmai Truppen zusammenzieht.«

»Dort sammelt sich das feindliche Heer noch immer?« fragte Sheng.

»Jawohl. Gerade das sollte verhindert werden, doch niemand verhindert es.«

Plötzlich hielt der General inne und betrachtete sie ungeduldig. »Weiter habe ich Euch nichts mitzuteilen«, fuhr er dann ebenso unvermittelt fort. »Gar nichts, denn ich weiß nichts. Aber wenn in den nächsten Tagen keine Nachrichten eintreffen, werde ich den Allerhöchsten ersuchen, mich meines Kommandos hier zu entheben. Ich muß gegen dieses Warten Einspruch einlegen. Sollen wir hier wie brütende Hennen sitzen und abwarten, bis Rangun fällt?« Mit einer Handbewegung deutete er an, daß sie entlassen waren.

Die Offiziere erhoben sich und gingen hinaus, mit ernsten Gesichtern, denn wo gab es einen Befehlshaber gleich diesem, den der Allerhöchste über sie gesetzt hatte? Jung und doch in vielen Kriegen erfahren, geschult im Gebirgskampf und der Tapfersten einer – keinen gab es wie ihn.

Sehr bedrückt kehrte Sheng zu seinem Quartier zurück, und er blickte so finster drein, daß keiner seiner Soldaten, die ihn vorbeigehen sahen, ihn anzusprechen wagte.

Der General beobachtete die jungen Offiziere, als sie sein Zimmer verließen. Alle hatten sie den langen, leichten Schritt des Soldaten, der geschult worden ist, zu gehen, nicht zu marschieren. Sie waren schlank, anmutig, hatten federnde Sehnen und straffe Muskeln. Er war ein harter Mann, und er konnte grausam sein, aber sein Herz war seinen Leuten gegenüber weich wie das eines Weibes. Sie waren ihm teuer, und er kannte sie, sowohl als Menschen wie als Soldaten. Name und Gesicht bildeten eine Einheit in seinem Geist, und obwohl er seine Leute entschlossen einsetzte, wenn es galt, dem Feinde Boden abzuringen, ging er doch abseits und weinte im geheimen, wenn er sie unnötigerweise verlor, nicht aus Wut, sondern weil die Herzen, auf die er vertraut, zu schlagen aufgehört hatten, weil die Leiber, auf die er stolz gewesen, verstümmelt und zerstört waren. So war es seine Leidenschaft, seine Leute nicht zu verlieren, ohne vom Feind den vollen Preis dafür einzutreiben.

Durstig trank er Tee; denn in diesem Klima schien es ihm, als könnte er die Flüssigkeit nie so schnell in sich hineingießen, wie sie ihn in Schweißtropfen verließ. Dann ging er zur Tür und versperrte sie. Hierauf schloß er einen Wandschrank auf, dem er einen kleinen Radio-Apparat entnahm. Das war sein kostbarster Besitz, denn der Apparat bedurfte keiner Drähte oder sonst einer Maschinerie, um den Anschluß an die Luft zu finden. Der General hatte nicht gewußt, daß es so etwas gab, bis ihm das Ding zusammen mit anderer Kriegsbeute gebracht worden war, und er hatte nicht gewußt, wie es benutzen, bis er einen gleichen Apparat im Hause des Präsidenten gesehen hatte. Einen Augenblick hatte er mit sich gekämpft, im Zweifel darüber, ob er von dem Funde nicht Mitteilung machen mußte, weil diese Apparate so selten waren; doch hatte er sein Gewissen beschwichtigt. Auf seinem Feldzug würde er den Rundfunkempfänger bitter nötig haben.

Jetzt stellte er ihn auf den Schreibtisch, so daß er die Knöpfe vor sich hatte, und setzte ihn diesem und jenem Winde aus. Dies Zauberding konnte ihn alle Sorgen und Kümmernisse vergessen machen. Es war ihm, als wäre seine Seele imstande, den Körper zu verlassen und mit Winden und Wolken zu wandern. Musik drang an seine Ohren, süß und wild; Stimmen redeten in unverständlichen Sprachen, sie stöhnten und schluchzten und stammelten, als wären es keine Menschen. Aber hin und wieder konnte er ein Wort verstehen, entweder in seiner eigenen Sprache oder in der des Feindes. Er verstand den Feind sehr gut, denn als Kind hatte er sich fünf Jahre lang in Japan aufgehalten. Weil er die Menschen dort so gut kannte, konnte er sie fürchten und hassen. Und es war recht nützlich für ihn, daß er zu verstehen vermochte, was gesagt wurde.

Als er den Empfänger südwärts nach Thailand ausrichtete, kam eine scharfe, metallene Stimme durch den Abend.

»Rangun brennt! Die Verteidiger sind geschlagen, und sie setzen ihre eigene Stadt in Brand. Heute haben unsere Luftstreitkräfte die Stadt erbarmungslos bombardiert, und auch diese Feuer brennen. Die Briten schlossen Tausende von Kulis auf den Docks ein, weil sie befürchteten, daß die Kulis unter unseren Bomben davonlaufen würden. Sie erlitten einen grausamen Tod, da sie nicht flüchten konnten. Die britischen Offiziere und Stadtbewohner sind in den Bergen in Sicherheit. Ihre Ämter in der Stadt werden von Eingeborenen versehen. Die Briten fragen nicht nach dem Leben der Eingeborenen. Wir aber kommen, die Sklaven zu befreien. Unsere Streitkräfte stehen nur noch siebenundzwanzig Kilometer vor Rangun. Fliehe nicht, Volk von Rangun! Du sollst errettet werden.«

Er schaltete die Stimme ab. Konnten diese Dinge wahr sein? Er drehte erneut an den Knöpfen, rechtsherum, linksherum, aber es kam keine andere Stimme, nur die des Feindes, der in die Luft hineinrief.

»Wir bauen Straßen nach dem Norden von Burma. Norden und Süden greifen wir an. Der Gegner ist zwischen unseren beiden Händen gefangen. Fasse Mut, Volk von Burma! Du wirst von deinen Tyrannen befreit werden. Wir sind deine Brüder, Menschen gleicher Rasse. Werden die Weißen dich jemals als gleichberechtigt betrachten? Sie erlauben keinem von uns, ihre geheiligten Länder zu betreten. Asien den Asiaten!«

Abermals schaltete er ab. Es war unmöglich, diese Stimme zu ertragen, falls sie auch nur ein Wörtlein der Wahrheit sprach. Diese Furcht hielt ihn in der Nacht wach. Konnte es sein, daß ihnen selbst dann nicht die Freiheit gewiß war, wenn sie gekämpft und ihren Krieg gewonnen hatten?

Zusammengesunken saß er am Schreibtisch, regunglos; seine geballten Hände lagen vor ihm.

Wer hätte es zu sagen gewußt? Wären die Japaner nicht so grausam gewesen, wären sie nicht eingefallen, hätten sie andere Mittel denn Tod und Vernichtung benutzt, so hätten sie recht haben mögen. Wem aber konnte sein Volk jetzt vertrauen? Es gab nichts anderes zu tun, als weiterzukämpfen. War dieser Krieg gewonnen und wartete dann ein anderer, so mußte auch der neue Krieg geführt werden. Aber heute war Japan der Feind.

Nachdem er diese Gedanken bewegt hatte, stand er auf und schloß den Rundfunkempfänger wieder fort; dann öffnete er die Tür und rief hinaus. Ein Soldat eilte herbei, und der General fragte: »Wartet noch jemand darauf, mit mir zu sprechen?« Es war spät, und er fühlte sich müde, aber oft kamen abends seine Späher zu ihm, die sich über das ganze

Land verteilten, vor und hinter den Truppen, je nachdem, wie sie marschierten.

»Zwei Männer warten«, antwortete der Soldat salutierend.

»Sie sollen hereinkommen«, ordnete der General an.

Gleich darauf traten zwei Männer ein, die die Tür hinter sich schlossen. Er erkannte in ihnen zwei von seinen eigenen Leuten, die er vor Wochen nach Burma gesandt hatte. Sie waren wie burmesische Bauern gekleidet, hatten eine dunkelgefärbte Haut und trugen einen baumwollenen Turban.

Er begrüßte sie mit einem Lächeln, während sie wartend dastanden, bis sie an der Reihe wären zu sprechen.

»Ihr kommt zu rechter Zeit«, sagte er. »Wenn ihr von Süden kommt – ist es wahr, daß Rangun brennt?«

»Zweifellos ist es wahr«, erwiderte der Ältere. »Denn jeder konnte sehen, was es dort geben mußte. Wir brachen vor drei Tagen auf, und wir kamen zu Fuß und mit Fuhrwagen her, aber wir konnten sehen, daß die Stadt fallen mußte. Es sind keine Vorbereitungen getroffen worden, sie zu halten, mein General. Niemals bestand die Absicht, sie zu halten. Feindliche Schiffe kommen vom Meer herein, und überall dringen die gegnerischen Truppen vor, trotz Hitze und Durst. Sie leiden unter großem Durst, und sie fürchten, die Brunnen seien vergiftet, so daß sie daraus nicht zu trinken wagen; aber sie dringen weiter vor.« Der General hielt die Augen auf die Männer gerichtet, während er zuhörte. Ja. Er kannte die fürchterliche Unerschrockenheit des Feindes. Sein Mut war ganz, wie ein Felsen ohne Fuge. Er konnte nicht erschüttert werden, der standhafte Mut des Feindes.

»Die Gegner kommen lachend nach Rangun«, berichtete der Jüngere. »Da Malakka jetzt verloren ist, können sie ihre Streitkräfte dort vereinigen.«

»Ihr müßt nicht sagen, daß alles verloren ist«, entgegnete

der General mit leiser Stimme. »Es ist nicht alles verloren, wenn wir hier warten.«

»Ihr wartet tatsächlich, großer Bruder«, betonte der ältere Mann. Er war dunkel und so mager, daß sich seine Haut über den Knochen spannte. »Und Ihr werdet warten und warten, Herr, bis die Städte fallen.« Er wandte sich an seinen Kameraden: »Wollen wir ihm nicht erzählen, was wir sahen?«

»Ist es nicht unsere Pflicht?« gab der andere zurück.

»Warum sollte mir etwas verheimlicht werden?« forschte der General.

So berichteten sie ihm, mal der eine, mal der andere, daß ihr eigenes Volk so sicher gewesen sei, der Feind werde gewinnen, daß es auf der Straße von Rangun nach Mandalay zweihundert Kilometer weit alle im Ausland hergestellten Lastwagen und Autos und Fuhrwerke zerstört habe.

Als der General dies vernahm, schlug er die Hände gegen die Schläfen. »Und meine Leute legen tausendfünfhundert Kilometer zurück und schleppen ihre Waffen!« ächzte er.

Die beiden Männer blickten einander an, und der Jüngere sagte rasch: »Doch ist es besser, diese Fahrzeuge verbrannt zu haben, als sie für den Feind zurückzulassen, daß er seine Truppen nach Burma bringen kann.«

»Wie wurden sie denn verbrannt?« fragte der General. Er war sich mit den Händen durch die Haare gefahren, bis sie nach allen Seiten abstanden, und sein Gesicht war abgehärmt.

»Sie gossen ausländisches Benzin darüber«, versetzte der ältere Mann langsam.

»Benzin!« schrie der General auf. »O meine Mutter!«

Die beiden Männer schauten einander so schuldbewußt an, als hätten sie die Tat begangen; denn Benzin war wertvoller als Silber, weil es nur auf kostspielige Weise aus andern Ländern herbeigeschafft werden konnte.

»Wie viele Fahrzeuge?« rief der General.

»Mindestens zweihundert«, antwortete der ältere Mann.

»Alle neu«, ergänzte der andere bedauernd, »und jedes hatte sechs Räder. In einer einzigen Stadt sah ich allein dreiundzwanzig auf einmal brennen, und sie waren mit ausländischen Maschinen und Gummireifen beladen.«

Der General knirschte mit den Zähnen und zerzauste wieder sein Haar; er verfluchte die Mütter und Großmütter all jener, welche die Fahrzeuge in Brand gesetzt hatten. »Sie hätten sie wegfahren können – verdammt seien sie und alle ihre weiblichen Verwandten!« brüllte er.

»Aber der Feind war zwischen ihnen und der Heimat«, wandte der ältere Späher ein.

»Ist uns nicht gesagt worden, daß nichts in die Hände der Gegner fallen darf?« warf der andere ein. »Uns ist befohlen worden, dem Feind nicht so viel wie eine Schale Reis oder ein Stückchen Stahl oder ein Rad oder eine Niete oder eine Waffe zurückzulassen. Seid versichert, daß den Leuten das Verbrennen der Fahrzeuge schwergefallen ist. Ich sah Tränen über ihre Wangen laufen, und die Dorfbewohner, die das Feuer betrachteten, weinten mit ihnen.«

Doch der General wollte nicht nachgeben. »Wäre ich dabeigewesen, so wären die Fahrzeuge gerettet worden«, erklärte er eigensinnig.

Als die beiden Männer merkten, daß sein Zorn sich nicht abkühlen ließ und er keine Vernunft zeigte, verabschiedeten sie sich und gingen fort.

Spät in der Nacht, als der General in seinem Zimmer nicht schlafen konnte, weil der Ärger noch immer in ihm brannte, hörte er Bewegung im Gasthaushof, und da Unwille ihn erfüllte, sprang er aus dem Bett. Er hatte nackt dagelegen; die hanfleinenen Bettvorhänge waren fest zugezogen gewesen, denn er zog die Hitze den Mücken vor. Jetzt hielt er sich nur damit auf, seine Unterkleidung anzuziehen, und wütend über die neue Störung stieß er heftig die Tür auf. »Mutter meiner Großmutter ...«, tobte er, und da brach er jählings ab. Der Hof war voller Frauen, die erstaunt dastanden und ihn anstarrten. Im Schein der großen Laterne, die der Gastwirt hielt, sah er ihrer aller Augen auf sich gerichtet, und an ihrer Spitze, ihm zunächst, stand Mayli. Ihr Gesicht zuckte vor verhaltenem Lachen. Er war so erschrocken, daß er seine Unterkleidung packte, und eine Sekunde behauptete er seinen Platz, vergaß sich selbst über dem, was er sah.

Einen Augenblick zuvor war Mayli noch so müde gewesen, daß sie kaum mehr zu atmen vermochte; jetzt aber salutierte sie mit gekrümmten Lippen und tanzenden Augen, und sie sagte: »Wir sind soeben eingetroffen, Herr. Wo sollen wir einquartiert werden?«

Da kam er zu sich, und er schrak zusammen. Mit einem Satz und zwei Schritten war er wieder in seinem Zimmer, zog sich seine Uniform an und schnallte sich den Gürtel um. Gleich darauf öffnete er die Tür, als hätte er keine der Frauen zuvor wahrgenommen.

Er blickte sehr ernst drein und rief: »Seid ihr angekommen? Wo ist euer Vorgesetzter?«

»Der Doktor hat sich verirrt, glaube ich«, erwiderte Mayli freundlich. »Er muß den falschen Weg eingeschlagen haben. Wir folgten ihm bis vor zwei Stunden, dann aber sahen wir ihn nicht mehr und zogen allein weiter.«

»He!« rief der General, worauf sein Adjutant zu ihm geeilt kam.

»Führt diese Frauen zum konfuzianischen Tempel, der für sie reserviert worden ist«, befahl er.

Der General stand wartend da, sehr gerade und fest auf seinen Beinen aufgerichtet, während die Frauen hinter Mayli in Reih und Glied traten. Stolz führte sie sie hinaus, doch sah er, daß sie sich am Tor umdrehte, und unter der Lampe über dem Tor begegneten ihre Augen den seinen; er bemerkte, daß sie vor Lachen glänzten. Dann war sie fort.

Er kehrte in sein Zimmer zurück, in dessen Mitte er stehenblieb. Und da wurde ihm klar, wie er ausgesehen haben mußte, wuterfüllt in den Gasthaushof springend, nackt bis auf das kleine Kleidungsstück in der Mitte – er, der General! Plötzlich begann er zu lachen; er setzte sich und lachte und lachte lange Zeit. Als er schließlich wieder zu Bett ging, fühlte er sich erleichtert und schlafbereit. Er war auch schon nahe daran einzuschlummern, als ihm jählings etwas einfiel, das ihn zum Bewußtsein zurückrief. Hier waren Sheng und Mayli ... und Mayli hatte ihm gesagt, daß Sheng nicht wissen durfte, wo sie sich befand. Sollte er Sheng erzählen, daß sie gekommen war, oder nicht? Darüber dachte er eine Weile nach, und er erwog das Vergnügen, Sheng so lustig zu überraschen und Mayli zu foppen, weil sie ihn beim Fortgehen ausgelacht hatte.

Dann dachte er: »Nein, wir sind im Krieg – das darf ich keinen Augenblick vergessen. Es ist besser, wenn sie einander nicht begegnen; sonst lassen sie ihre Pflicht außer acht und beschäftigen sich mit Liebe, und es ist meine Schuld.«

So entschied er, und er gähnte ein paarmal laut, schüttelte sich, so daß der Staub aus dem hanfleinenen Baldachin über ihm niederrieselte, bedachte alles, was der Tag gebracht hatte, nochmals mit einem kräftigen Fluch und schlief ein.

11

In dem Teil der Stadt, wo man die Frauen einquartiert hatte, war Mayli emsig tätig. Sie, die nie in ihrem Leben hatte arbeiten müssen, fand nun ein Vergnügen daran; allerdings beruhte das halbe Vergnügen auf dem Gefühl, die Herrschaft über alle diese andern Menschen zu haben. Es gefiel ihr, andern Anweisungen zu geben, und sie lachte im stillen, weil es ihr Spaß machte. Teils um ihr eigenes Vergnügen zu rechtfertigen, achtete sie darauf, daß niemand klagen konnte, sie sage nur andern, was sie zu tun hätten, und tue selber nichts.

Mußte ein schmutziger Raum gereinigt oder ein Hof von Tieren gesäubert werden, bevor er zu benutzen war, so befahl sie ihren Frauen: »Los, alle an die Arbeit! Fort mit dem Schmutz!« Gleichzeitig aber griff sie selber zu, und von morgens bis abends zog sie ihre baumwollene Uniform nicht aus. Stets befand sich Pansiao in ihrer Nähe, Pansiao, die glücklich war und nichts zu klagen hatte, wenn sie nur in Maylis Nähe sein konnte.

Pansiao war eine von jenen, die niemals etwas anderes als ein Kind sein würden. Was der Krieg für sie bedeutete, wußte sie nicht, und es kümmerte sie auch nicht. Fast hatte sie ihre Heimat und ihre Eltern vergessen, und als Mayli dies entdeckte, nahm sie sich die Mühe, mitunter von Ling Tan und Ling Sao zu sprechen, von den Brüdern und von Jade und den kleinen Kindern. Pansiaos rundes, hübsches Gesichtchen erhellte sich vom Lächeln, wann immer Mayli von diesen Menschen sprach, die sie als ihre eigenen kannte, aber bald wich das Lächeln einem seltsam lauschenden Ernst.

»Erinnerst du dich noch«, begann Mayli eines Tages, als sie sich über einen Teich beugten, um ihre Sachen zu waschen, »daß nahe beim Haus deines Vaters ein Teich ist? Man sagte mir, er sei durch eine Bombe entstanden, aber als ich ihn sah, waren bereits Fische darin.«

»War dort ein Teich?« fragte Pansiao verwirrt. »Habe ich ihn gesehen?«

»Nun, vielleicht hast du ihn nicht gesehen«, versetzte Mayli rasch. »Aber du erinnerst dich doch an den kleinen Weiher im Hof, in dem Goldfische schwammen?«

Pansiao antwortete nicht. Sie hörte auf, ihren Rock gegen den Stein zu schlagen, auf dem sie ihn zusammengefaltet hatte, und blickte Mayli ruhig an.

»Erinnerst du dich nicht an den Hof, an den Tisch dort unter den Rohrmatten, wo es im Sommer so wunderbar kühl ist?« forschte Mayli.

»Natürlich erinnere ich mich«, erwiderte Pansiao langsam. Dann stahl sich ein Ausdruck der Qual in ihre Augen. »Ich kann mich nicht mehr an ihre Gesichter erinnern«, fuhr sie mit leiser Stimme fort. »Ich erinnere mich an das Gesicht meines dritten Bruders, weil wir immer gemeinsam auf dem Büffel ritten, wenn wir ihn auf die Hügel zur Weide führten; aber das Gesicht meines Vaters . . . ich versuche mir vorzustellen, wie es aussieht. Ich weiß, daß meine Mutter eine kräftige, magere Frau ist und daß sie eine laute Stimme hat. Aber ich kann mich nicht an ihr Gesicht erinnern. Es scheint mir, daß ich mich an nichts erinnern kann, was vor der Nacht liegt, wo wir aus dem Haus liefen und mit der fremden Frau Schutz suchten.«

Die Augen des jungen Mädchens schauten angespannt in die Ferne, als wollte es sein Gedächtnis zwingen, und da wußte Mayli, daß Pansiaos Gedächtnis tatsächlich mit jenem Augenblick abgerissen war. »Versuch nicht, dich zu erinnern«, riet sie freundlich. »Eines Tages wirst du sie alle wiedersehen, und dann fällt es dir wieder ein.«

»Vielleicht?«

Pansiao brach in ein plötzliches kindliches Lachen aus. »Natürlich fällt es mir dann wieder ein«, rief sie. Sie begann das Kleidungsstück wieder zu klopfen, so daß kleine Wassertropfen nach allen Seiten sprühten; sie glitzerten in ihren hübschen Brauen und hingen an ihren Wangen wie Tränen. »Aber mein dritter Bruder ... du weißt, Lao San, der jetzt Sheng genannt wird ... Jetzt erinnere ich mich so gut an ihn. Als Kind war er jähzornig, und wir gaben ihm alle nach. Auch ich fürchtete mich vor ihm, und doch ... wenn wir auf den Hügeln waren, suchte er rote Weinbeeren für mich und gab sie mir. Er sagte immer zu mir, daß er eines Tages von daheim fortlaufen würde.«

Mayli schwenkte ihren blauen Rock durch das Wasser, um ihn auszuspülen. »Was wollte er dann tun?« fragte sie.

»Das hat er mir nie erzählt«, antwortete Pansiao lachend. »Ich glaube, daß er es selber nicht wußte. Er gab bloß vor, einen Plan zu haben, und hatte in Wirklichkeit gar keinen.«

»Das ist nur gut«, erklärte Mayli. »Denn jetzt müssen alle jungen Männer dasselbe tun – gegen den Feind kämpfen, bis er aus dem Land getrieben ist.«

»Ja«, sagte Pansiao fröhlich, und ihr Blick und ihre Stimme taten kund, daß sie den Krieg weder mit dem Gefühl noch mit dem Wissen erfaßte.

Denn dieses junge Mädchen hatte gelernt zu meiden, was es haßte und fürchtete, so den Krieg, dem es auswich, indem es willentlich nicht wußte, was ringsum vor sich ging. Frohgemut und voll Eifer tat Pansiao, was Mayli sie zu tun hieß. Sie half beim Kochen, wusch und flickte, und mit aller Zuverlässigkeit und Sorgfalt nahm sie sich der Kranken an. Bald liebten sie alle und lachten sie an, aber sowie der Krieg erwähnt wurde, legte sich Leere über ihr Antlitz wie Schlaf, und ihre Augen wichen aus.

Noch eine andere Eigenart hatte sie. Ihr schwebender Geist kannte den Unterschied zwischen Recht und Unrecht nicht mehr. Sah sie irgendeinen kleinen Gegenstand, der ihr gefiel, so nahm sie ihn an sich. Das entdeckte Mayli, als sie mit drei ihrer Getreuen und Pansiao durch die Straßen ging, um Garn und neue Baumwollsocken und dergleichen nützliche Sächelchen zu kaufen. Vor einem abseits gelegenen kleinen Laden machten sie halt, um sich Papierblumen fürs Haar anzuschauen – nicht um sie zu kaufen, denn wozu brauchten sie solchen Schmuck bei ihrem jetzigen Leben? Doch da sie Frauen waren, betrachteten sie ihn, und wirklich waren die Zierstücke sehr hübsch gemacht. Schmetterlinge saßen auf den Blumen, hergestellt aus Golddraht und blauen Eisvogelfedern. Nachdem sie den Schmuck genügend bewundert hatten, setzten sie ihren Weg fort. Im gleichen Augenblick hörten sie einen lauten Aufschrei hinter sich. Sie drehten sich um und sahen die Ladenbesitzerin hinter ihnen herlaufen und schreiend auf Pansiao deuten.

»Was gibt's?« fragte Mayli die Frau. Wie aber sollte sie die Frau verstehen, die ihre Worte in ihrer eigenen Sprache hervorsprudelte? Nichtsdestoweniger zog und zerrte die Frau an Pansiao herum, riß an ihren Rockknöpfen, so daß sich alle herzudrängten, um dem Mädchen beizustehen. Aber gerade als die Frau einen der Knöpfe abriß, sah man aus der Tasche darunter zwei der Zierblumen hervorschauen.

»Pansiao!« rief Mayli entsetzt. »Was heißt das? Ich habe nicht gesehen, daß du die Blumen bezahlt hast.«

Pansiaos rote Lippen zitterten. »Aber ich habe ja kein Geld«, entgegnete sie mit weit geöffneten Augen. »Niemand hat mir jemals Geld gegeben!«

»Wie konntest du dann diese Blumen an dich nehmen und uns allen Schande bereiten?« warf Mayli ihr vor. Auch die drei Getreuen waren sehr ernst, denn der General hatte einen strengen Befehl an alle, Männer sowohl Frauen, erlassen, daß niemand etwas an sich nehmen dürfe, ohne dafür zu bezahlen, da sie sich in einer fremden Stadt aufhielten, deren Bewohner nicht zu ihrem eigenen Volk gehörten. Nur die junge Witwe, Chi-ling, ergriff Pansiaos Hand.

»Sage uns, warum du sie genommen hast«, bat sie das junge Mädchen sanft.

Jetzt begann Pansiao zu weinen. »Sie sind so hübsch!« stieß sie hervor. »Und ich habe nichts Hübsches . . . kein einziges hübsches Dinglein besitze ich!«

»Wer braucht jetzt hübsche Dinge?« warf An-lan bitter ein.

Hsieh-ying aber fuhr die andern an: »Warum soll sie die elenden kleinen Dinger nicht haben, wenn sie sie sich wünscht? Hier!« Sie wandte sich an die Frau. »Was kosten sie, Gottlose?«

Sie entnahm ihrer Tasche einige Münzen, und die Frau deutete auf ein kleines Silberstück. Hsieh-ying gab es ihr, wobei sie das Weib finster anblickte, und die dichten, schwarzen Brauen in ihrem rotwangigen, fröhlichen Gesicht waren fest zusammengezogen. Da ging die Frau, eingeschüchtert von den finsteren Blicken, fort. Pansiao schluchzte leise, und Hsieh-ying nahm die Zierblumen, steckte sie ihr ins Haar und beschwichtigte sie. »Macht nichts, nun hast du sie, und sie sehen wirklich sehr hübsch aus.« Darauf hob Pansiao die Hand, befühlte die Blumen und hörte auf zu weinen. Sie schritten weiter.

Die ganze Zeit hatte Mayli nichts mehr geäußert, aber nach diesem Vorfall beobachtete sie Pansiao, und mehr als einmal sah sie das Mädchen einen kleinen Gegenstand an sich zu nehmen, der ihm nicht gehörte, einen Kamm oder ein Garnröllchen, und eines Tages vermißte Mayli das Nähbeutelchen, das Liu Ma ihr gemacht hatte. Sie ging zu Pansiao und fragte sie: »Willst du mir mein Nähbeutelchen zurückgeben, da ich es brauche, um meinen Rock zu flicken?«

Darauf holte Pansiao es prompt und in aller Unschuld aus ihrem Tornister, daß Mayli erkannte, wie wenig Ahnung das junge Mädchen von der Unrechtmäßigkeit seines Tuns hatte. Sie sprach darüber mit allen, die mit Pansiao in Berührung kamen, ermahnte sie, Pansiao nicht zu tadeln, sondern nur zu bemitleiden und unauffällig zurückzulegen, was sie entwendete, denn einige werden vom Krieg am Leibe verwundet, dieses Mädchen aber war an der Seele verwundet. Und da Pansiao von niemand getadelt wurde, war sie glücklich und voll Bereitschaft, alles zu tun, was man ihr auftrug; nur wenn sie vom Krieg reden hörte, dann kam der Schlafblick in ihre Augen.

Mit solchen kleinen Erlebnissen vergingen die Tage, einer nach dem andern. Die Frauen waren von den Männern getrennt, und kein einziges Mal begegneten sich Sheng und Mayli, noch wußte einer vom Aufenthalt des andern. Aber jeder träumte an seinem Platz vom andern, wenn auch nicht mit Sehnsucht. Denn Krieg ist für das Herz, was Pfeffer für die Zunge – er stumpft alle anderen Gefühle ab; sowohl das Saure als auch das Süße verlieren sich in der ausgeprägten Schärfe. So wußte weder Mayli noch Sheng, daß der andere sich nur zwei oder drei Kilometer entfernt befand.

Obwohl es Frauen im allgemeinen leichter fällt zu warten als Männern, begann die Rastlosigkeit der Truppen sogar zu den Frauen durchzusickern. Chung, der Arzt, war ruhelos; um sich die Wartezeit zu verkürzen, machte er sich daran, nach den Kranken in der Stadt zu sehen, und deren gab es viele. Da es zu seinen Pflichten gehörte, sowohl die Aufenthaltsstätten der Soldaten als auch die der Pflegerinnen im Hinblick auf Sauberkeit und Hygiene allmorgendlich zu inspizieren, sah er Mayli von Berufs wegen jeden Tag, und ihm hatte sie es zu melden, wenn eine der Pflegerinnen krank war.

Eines Tages sagte er zu ihr: »Es ärgert mich sehr, daß ich so wenig zu tun habe, und überall in der Stadt sehe ich viele

Kinder mit entzündeten Augen, Skrofulöse und Bettler mit Geschwüren. Wir haben kein Recht, die Arzneien anzugreifen, die wir während der Schlacht vielleicht für die Verwundeten brauchen werden, aber wir könnten aus Kräutern Medikamente herstellen und wenigstens die Wunden auswaschen, die wir zu sehen bekommen.«

»Das wäre gut«, antwortete Mayli.

Danach öffnete sie jeden Vormittag für drei bis vier Stunden das Tor und ließ die Kranken herein. Chung erschien dann, um zu entscheiden, welcher Art ihr Übel war und was dagegen getan werden konnte. Meistenteils handelte es sich um Ruhr und Malaria, Augenkrankheiten und Furunkel, lauter Leiden, die ohne viel Medikamente behandelt werden konnten. Manchmal kam ein Mann, dem ein Bein amputiert werden mußte, oder es gab eine bösartige Geschwulst zu entfernen; manche Frauen hatte ein Unterleibsleiden, oder die Geburt ihres Kindes verzögerte sich, und dann war der Arzt versucht, die für die Soldaten bestimmten Sachen zu benutzen, um ein Menschenleben zu retten. Aber von dieser Versuchung wurde er befreit, denn niemand wollte sich operieren lassen.

»Ich soll es mir abschneiden lassen!« rief ein Mann, der ein völlig brandiges Bein hatte. »Ich komme her, um mich heilen zu lassen, nicht um mein Bein zu verlieren!« Und alle stimmten darin überein, daß sie nicht mit einem fehlenden Glied ins Grab gelegt werden wollten, denn wie sollten ihre Ahnen sie dann erkennen?

Mayli aber wurde von Chungs Unzufriedenheit angesteckt, weil die Schlacht nicht begann.

»Das ist nicht meine Arbeit«, sagte er jeden Tag düster, nachdem er entzündete Augen ausgewaschen und Geschwüre ausgedrückt hatte. »Das könnte ich auch daheim machen. Ich kam her, um am Krieg teilzunehmen.«

»Warum rücken wir denn nicht vor?« fragte Mayli verwundert.

»Ja, warum nicht?« fragte er kopfschüttelnd zurück.

Was Pao Chen anbetraf, so sprach er nicht, noch hörte er zu. Vom Morgen bis zum Abend saß er in seinem Zimmerchen, wo er einen Tisch und ein Bett hatte, und schrieb Beschwerden nieder, die er dem General, dem Präsidenten und dem Amerikaner sandte. Weil er mit untergeschlagenen Beinen auf dem Bett saß, den Tisch zum Schreiben nahe herangezogen, nannten ihn die Soldaten den »schreibenden Buddha«.

Li Kuo-fan, genannt Charlie, aber war es, der eines Abends zu Mayli kam und sagte: »Morgen gehe ich fort, aber ich werde in ungefähr siebzehn Tagen zurück sein.«

»Und wenn wir vor Eurer Rückkehr aufbrechen?« fragte Mayli.

»Da besteht keine Gefahr«, entgegnete er grimmig. »Mir scheint, wir stecken hier fest wie Kamele in einem Schneesturm.«

Seit Mayli neben Charlie im großen Auto über die Berge gefahren war, hatten die beiden eine Art rauher Freundschaft bewahrt; alle zwei bis drei Tage war er erschienen und hatte sich neben ihr niedergelassen, während sie fortfuhr, sich ihrer jeweiligen Beschäftigung zu widmen.

»Wohin geht Ihr denn?« erkundigte sie sich jetzt.

Er höhlte die Hände vor dem Mund und flüsterte hindurch: »Man schickt mich aus.«

Mayli zog die Brauen empor.

»Der General ist des Wartens müde«, raunte er weiter. »Gestern hat er fünfzig Leute bestimmt, die sehen sollen, was es zu sehen gibt.«

Plötzlich stieg Röte in sein Gesicht, und unvermittelt sprach er englisch. »Geben Sie acht auf Ihre kleine Schwester.«

»Meine kleine Schwester?« wiederholte Mayli erstaunt. Dann sah sie, daß seine Augen zu Pansiao hinüberschweiften, die nähend auf einer Bank saß, und sie verzog ein wenig das Gesicht. »Deshalb kommen Sie also immer her!« bemerkte sie spitz. »Und ich dachte, es sei meinetwegen.«

»Das würde ich gar nicht wagen«, versetzte er offen. »Sie sind eine Dame, und was habe ich, ein Sohn gewöhnlicher Leute, mit Damen zu tun?«

Darauf trat sie mit dem rechten Fuß den Bodenstaub gegen ihn und schüttelte die Schürze, die sie trug, und er ging lachend fort. Nachdem er sich entfernt hatte, dachte sie über seine Worte nach, und da erkannte sie, daß er wegzog, weil auch er ruhelos war. Gedankenvoll stand sie da, und ihre Augen fielen auf Pansiao, die, als ob sie den Blick fühlte, ihre langwimprigen Lider hob und errötete.

»Sprichst du mit Charlie, wenn er hierherkommt?« fragte Mayli sie.

»Manchmal spreche ich mit ihm«, erwiderte Pansiao und errötete noch tiefer.

»Aha!« stieß Mayli leise hervor. Sie ging zu Pansiao hinüber, gab ihr einen Klaps auf die eine Wange, dann auf die andere und lachte sie an.

»Er sieht meinem dritten Bruder ein wenig ähnlich«, flüsterte Pansiao, wie um ihre Worte zu rechtfertigen.

Mayli stand regungslos und schaute auf das junge flehende Gesicht nieder. »Nein, das stimmt nicht«, gab sie rasch zurück. »Er gleicht ihm überhaupt nicht. Sheng sieht viel besser aus als Charlie.«

»Wirklich?« murmelte Pansiao. »Dann habe ich ihn ebenfalls vergessen.« Und sie seufzte. Aber Mayli zwickte nur sanft Pansiaos Näschen und lachte abermals.

Siebzehn Tage später kroch Charlie Li auf die Grenze zu, wo ein englischer Posten Wache stand. Diesen Mann zu täuschen war leicht genug. Kein Engländer – das hatte er während der siebzehn Tage herausgefunden – vermochte Chinesen, Burmesen und Japaner zu unterscheiden, wenn sie die gleiche Kleidung trugen. Engländer hatten ihn gebeten, die Schuhe auszuziehen, damit sie seine Füße sehen konnten; und weil seine große Zehe nicht abstand, ließen sie ihn durch, da er burmesische Kleidung trug. Aber die Gegner hatten bereits Mittel und Wege gefunden, dieses Erkennungsmerkmal zunichte zu machen, indem sie ihre Zehen aneinanderfügten. Viermal war Charlie auf solche Gegner getroffen, und zwei von ihnen hatte er getötet. Er hatte sich verkleidet, um an den Engländern vorbeizukommen; seine Haut war jetzt dunkler gefärbt als die der Burmesen, und er trug das safrangelbe Gewand eines Priesters. Er war gerade im Begriff, an dem englischen Wachtposten vorbeizuschlüpfen, als der ihn anhielt und ihm das Gewehr auf die Brust setzte.

»Zeig deine dreckige Hand her!« schnauzte er. »Was hast du auf der Brust?«

Charlie zog die Almosenschale hervor, mit der er sich durchgebettelt hatte.

»Schieb ab, du Bettler«, sagte der Engländer und ließ ihn vorbei.

So überschritt Charlie die Grenze, das Herz von Wut geschwellt. Wie leicht hätte er durchkommen können, wenn er ein Feind gewesen wäre ... Wie dumm waren diese Weißen, die niemandem vertrauen wollten außer sich selbst, dabei so unwissend, daß sie Freund und Feind nicht zu unterscheiden vermochten! Eine beklemmende Ahnung überfiel ihn. Konnten sie mit solchen Verbündeten gewinnen?

Über diesen Gedanken grübelnd, wanderte er weiter, und um Mitternacht langte er in der Grenzstadt an, wo er sich geradewegs zum General begab. Er hatte beschlossen, den General zu wecken, falls er schlief, doch sah er Licht aus dem

Fenster fallen, und dann sah er den General über eine Karte gebeugt am Tisch, und rings um ihn standen seine jungen Offiziere, Sheng und Pao Chen und Yao Yung und Chen Yu, deren Köpfe eine dunkle Masse bildeten.

»Halt!« schrie der Soldat an der Tür, als Charlie sich näherte.

»Laßt mich vorbei«, sagte Charlie. »Ich bringe Neuigkeiten.«

»Die Parole!« heischte der Soldat.

Die Parole aber wurde täglich geändert, und woher hätte Charlie wissen sollen, wie sie heute lautete? Statt dessen erhob er seine Stimme und brüllte den Namen des Generals heraus. Auf den Lärm hin eilte der General selber zur Tür.

»Was soll dieser Krach?« rief er in die Dunkelheit. Als das Licht auf Charlie fiel, erkannte er ihn und forderte ihn auf einzutreten. So ging Charlie hinein und stand nun vor ihnen. Lautes Gelächter ertönte, als die Offiziere ihn erblickten, denn wirklich sah er mit seiner Bettelschale in der Hand wie ein junger Wanderpriester von Burma aus.

»Es ist wie in einem Theaterstück«, sagte Sheng lachend. »Sie treten auf, diese Späher, erst der eine und dann der andere.«

»Ihr seid von den fünfzig der sechzehnte, der zurückkommt«, erklärte der General. »Laßt mich nun hören, was Ihr Neues zu berichten habt.«

Während dieser Worte hatte er sich an den Tisch gesetzt, und er forderte die jungen Männer auf, ebenfalls Platz zu nehmen. Von einem Antlitz zum andern blickend, brachte Charlie seine Geschichte vor.

»Ich ging nach Rangun«, begann er, »weil dort das Herz der Schlacht ist.«

Der General nickte und zündete sich eine Zigarette an. Sein liebenswürdiges Gesicht verhärtete sich.

»Herr, Ihr müßt wissen, daß die Stadt Rangun den Weißen gehört«, sagte Charlie. Seine Stimme war sanft, doch seine Augen flammten. »Dort gibt es viele große Geschäftshäuser, aber sie alle gehören den Weißen. Dort sind viele Schulen, jedoch nur für jene bestimmt, die den Weißen dienen.«

»Weiter«, befahl der General.

»Aber die Weißen sind jetzt nicht dort«, fuhr Charlie fort, von Gesicht zu Gesicht schauend. »Sie haben die Stadt verlassen und halten sich in den Bergen auf, in Sicherheit abwartend, wie sie ihren Angestellten gesagt haben, bis der Krieg in einigen Wochen vorbei ist.«

Seine Stimme klang milde und ruhig. Bei diesen Worten brachen die jungen Männer in lautes Gelächter aus.

»Bis der Krieg in einigen Wochen vorbei ist!« wiederholte Chen Yu zornig.

»Weiter«, sagte der General abermals.

»In der Stadt gibt es einen goldenen Schrein, in dem sich zwei Haupthaare von Buddha befinden«, erzählte Charlie. »Den ganzen Tag, ohne Unterlaß, gehen die Pilger die Stufen hinauf und hinunter. Sie ziehen die Schuhe aus, denn sogar die Stufen sind geheiligt. Aber man sagt, daß es jetzt nicht einmal halb so viele Pilger wie früher sind.«

»Laßt den Schrein beiseite«, fiel der General ein. Seine Zigarette war schon ausgegangen, und er zündete sich eine neue an. »Berichtet uns vom Hafen. Wird er gut verteidigt?«

»Er wird überhaupt kaum verteidigt«, gab Charlie Auskunft. »Es sind nur armselige Verteidigungsmaßnahmen geplant oder vorgenommen. Doch ist es ein sehr großer Hafen. Mir wurde gesagt, daß in dem Hafen zur Zeit der Reisernte mehr Leute von Indien ein und aus gehen als in dem amerikanischen Hafen von New York im Laufe eines Jahres. Tatsächlich ist das ganze Gebiet für die Weißen sehr wertvoll, weil dort Reis und Öl und Metall und kostbares Holz wie Teak . . .«

»Wird die Stadt gar nicht verteidigt?« unterbrach der General.

»Gar nicht. Und ich hörte noch viele unerfreuliche Dinge. Längs der Docks sah ich Stacheldraht-Barrikaden mit Toren und großen Schlössern an den Toren. Ich dachte, daß man diese Barrikaden als Verteidigungsmaßnahme gegen die Landung des Feindes errichtet habe, und doch wunderte ich mich darüber, denn sicherlich mochten sogar die Weißen wissen, daß die Gegner nicht zu Wasser, sondern zu Land kommen würden. Dann sagte man mir, daß diese Barrikaden nicht dem Feinde gelten, sondern den Kulis, die die Schiffsladungen tragen. Die Weißen befürchteten, daß diese unwissenden Arbeiter bei einer Bombardierung der Stadt in die Berge fliehen würden, so daß niemand mehr zum Tragen der Waren da wäre. Deshalb ließen sie die Barrikaden errichten, und als der Feind über die Stadt kam, befahlen sie, die Tore zu versperren, so daß die Kulis im Hafen nicht flüchten konnten.«

»Wurden sie nicht getötet?« rief Sheng.

»Sind ihre Leiber nicht unseres Fleisches und Blutes?« entgegnete Charlie.

Niemand sprach eine Weile.

»Erzählt weiter«, befahl der General schließlich.

»Das Volk in jener Gegend ist elend und armselig«, sprach Charlie langsam. »Viele sterben an Lungenkrankheit. Mir wurde berichtet, daß in der Stadt Rangun mehr Menschen an verdorbenen Lungen sterben als durch Bomben, obwohl bei einem Bombardement im zwölften Monat an einem Tag über tausend Menschen ums Leben kamen.«

»Weiter«, sagte der General, »weiter! Können wir davon reden, daß heutzutage Menschen sterben? Sagt mir, saht Ihr auf den Flugplätzen für unser Land bestimmte Waren?«

»Hunderte von Tonnen, Waren aus Amerika, verpackte Flugzeuge, die darauf warten, über die Große Straße gesandt zu werden.«

Der General zündete sich wiederum eine Zigarette an; diesmal zitterte seine rechte Hand. »Sie werden nie dorthin gelangen«, murmelte er. »Alles wird verloren sein – diese Kostbarkeiten, auf die wir monatelang gewartet haben! Die Gegner werden Rangun vorher einnehmen. Natürlich werden sie Rangun vorher einnehmen, die Stadt, über der alle ihre fliegenden Schiffe kreisen wie Krähen über dem Kadaver einer Kuh. Sie ist das Herz Burmas.«

»In einigen Tagen wird sie nicht mehr vorhanden sein«, bemerkte Charlie mit leiser Stimme. »Binnen weniger Tagen muß sie verloren sein. Sie werden sie nicht halten.«

Die rotglühende Zigarette des Generals flammte leicht auf, so stark zog er daran. »Was heißt das – sie werden sie nicht halten?« fragte er.

»Die Weißen werden sie nicht halten«, erwiderte Charlie. Seine Stimme verlor jählings ihre Sanftheit. »Sie werden sich zurückziehen!« rief er.

Die zuhörenden jungen Männer brachen in Stöhnen und Fluchen aus. Der General zerdrückte seine Zigarette in der linken Handfläche.

»Das habe ich vorausgesagt«, erklärte er kurz. »Wir sind nicht überrascht. Wir wollen uns nicht überraschen lassen.«

»Machen wir aber weiterhin mit?« erkundigte sich Yao Kung. Er war ein magerer junger Mann; zu Hause hatte er ein junges Weib, das er liebte, und drei kleine Söhne.

»Wartet«, versetzte der General. Seine Stimme klang mit einem Male so belegt, daß alle ihn anblickten. Er wandte sich an Charlie: »Ist keiner von den Weißen in der Stadt zurückgeblieben?«

»Nur wenige«, gab Charlie Bescheid. »Ich hörte von

einem, der mit seinen Leuten im Hafen geblieben ist. Er hat eine junge Frau und zwei kleine Kinder, die alle dort sind. Solange er bei seinen Männern bleibt, laden sie die hereinkommenden Schiffe aus.«

»Sind die Weißen Feiglinge?« erkundigte sich der General.

»Sie sind keine Feiglinge«, antwortete Charlie bedächtig. »Feiglinge nicht, aber ob sie nicht Dummköpfe sind? Sie haben nichts vorbereitet, das Volk haben sie in einer Verwirrung ohnegleichen zurückgelassen ...« Er beugte sich vor, die Hände auf die Knie gestützt. »Die Gegner sandten eine Botschaft in der Sprache des burmesischen Volkes durch die Luft; darin teilten sie dem Volk von Burma mit, daß sie kämen, um es von der Herrschaft der Weißen zu befreien, und sie sagten ihm, es solle sich nicht fürchten. Was taten die Weißen gegen dieses Übel? Sie sandten ebenfalls eine Botschaft aus, in der sie das Volk beschwichtigten und ermahnten, nicht auf Geschwätz zu lauschen – aber diese Botschaft war in englischer Sprache verfaßt, die das Volk von Burma nicht verstehen konnte!«

Wehmütiges und spöttisches Gelächter erhob sich.

»Ich hätte es fast lieber, wenn sie Feiglinge statt Dummköpfe wären«, bemerkte Sheng. »Feiglinge laufen nur fort, aber Dummköpfe bleiben, um ihre Dummheiten zu begehen.«

Der General sprach nicht. Er saß nur da, das Haupt mit beiden Händen haltend.

»Geht nun«, sagte er schließlich. »Geht alle und laßt mich allein, damit ich überlege, was ich tun muß. Pao Chen, Ihr bleibt da und schreibt eine Nachricht an den Allerhöchsten. Ich möchte noch einmal in ihn dringen, daß er ... bedenken möge, was er tut.«

Die jungen Männer standen auf, salutierten und entfernten sich. Charlie folgte ihnen, und der General ließ ihn gehen, bis er die Tür erreicht hatte. Da rief er ihn zurück.

»Ich werde Euch nicht vergessen«, sagte er bedeutungsvoll.

»Dann sendet mich wieder aus«, versetzte Charlie fröhlich, und er salutierte nochmals, daß sein zerlumptes Priestergewand flatterte.

Der General lachte. »Zieht Eure Uniform an«, befahl er. »Ihr könnt niemanden täuschen, der den Unterschied zwischen einem Priester und einem Soldaten kennt!«

12

Der General war mißmutig und beunruhigt, um so mehr, als es ihm viele Tage lang nicht möglich gewesen war, den Präsidenten um Rat zu fragen. Der kleine Rundfunkempfänger, den er nach Burma mitgebracht hatte, versagte den Dienst, und niemand konnte ihn instand setzen. So rief er eines Tages Pao Chen zu sich und befahl ihm: »Schreibt dem Präsidenten etwas, das sein Herz rühren wird und das ihn erkennen läßt, was er von uns fordert. Teilt ihm mit, daß der Apparat zerbrochen ist und daß ich seine Befehle nicht mehr hören kann. Schreibt ihm, daß ich keine Furcht habe. Schreibt ihm, daß ich kämpfen will, wo er mir zu kämpfen befiehlt, aber, im Namen unseres Volkes, schreibt ihm, daß er mir die Freiheit geben soll, unsern eigenen Krieg auszufechten und nicht an einer Schlacht teilzunehmen, die von einem Verbündeten abhängt, welcher sich zurückzieht, bevor wir zu ihm stoßen können. Fragt an, ob wir in Rangun einziehen sollen, auch wenn das Schicksal der Stadt besiegelt ist. Sagt ihm, daß er – und nicht ich – entscheiden muß, ob diese unsere besten Truppen in den Urwäldern verlorengehen sollen, damit die Weißen gerettet werden, oder ob wir für unsere eigene Sache kämpfen sollen. Legt all Eure Kraft in die Worte, Chen, und laßt sie sich ihren Weg durchs Papier bahnen. Schreibt ihm, daß die Weißen uns keinen Reis kaufen lassen wollen. Fragt ihn, wo der Amerikaner sich aufhält. Sagt ihm, daß wir hier wie die Affen auf den Bäumen sitzen und abwarten, während der Feind sich nimmt, was er will. An die sechzigtausend Gegner stecken in der Wildnis an der Grenze von Thailand, zum Angriff bereit. Diese Wildnis ist das schlimmste Schlachtfeld der Welt, und sollen wir dort kämpfen, nicht um unsere Heimat zu verteidigen, sondern um den Weißen ihr Weltreich zu erhalten? Sagt ihm, daß soeben zwanzigtausend Gegner die andere Grenze von Thailand überschritten haben und daß sich zwischen den feindlichen Heeren eine Vorhut ihrer Leute befindet. Dort ist das Schan-Gebirge, dessen Berge sich zu zweitausend Meter Höhe erheben und dessen Täler von Urwald bestanden sind. Das sei unser Schlachtfeld, sagt ihm dies. Sagt ihm, daß unsere Späher uns berichtet haben, die Weißen ließen die Ölfelder unberührt zurück – nichts sei zerstört oder jedenfalls so wenig, daß wenige Monate oder sogar wenige Wochen genügen werden, damit die Gegner Nutzen davon haben. Sagt ihm . . .«

Pao Chens Feder flog übers Papier, und der Schweiß lief ihm übers Gesicht.

»Malt es so schwarz wie möglich; Ihr könnt es gar nicht schwarz genug malen«, rief der General leidenschaftlilch.

»Ich male es schwarz«, murmelte Pao Chen.

Schweigend saßen beide eine Weile da; in der Stille war nur das Kratzen von Pao Chens ausländischer Feder zu hören, die kühne Schriftzeichen aufs Papier warf.

»Soll ich den Brief vorlesen?« fragte Pao Chen, nachdem er das ganze Papier bedeckt hatte.

»Lest ihn«, antwortete der General.

Er stützte den Kopf in die Hände, um zu lauschen, aber in diesem Augenblick wurde die Tür geöffnet, und der siebzehnte Späher kam hereingestürzt. Seine Kleider waren zerrissen, und seine Füße bluteten; an der linken Hand hatte er eine Wunde, die er mit dem einen Ärmel seines Rockes verbunden hatte.

»Rangun!« stieß er hervor. »Rangun ist gefallen!«

Der General sprang auf. »Schreibt das noch dazu!« schrie er. »Rangun ist gefallen – sagt ihm, daß wir noch immer nicht die Erlaubnis haben, die Grenze zu überschreiten, obwohl Rangun gefallen ist!«

Er stand da und nagte an der Unterlippe, während Pao Chen diese Worte niederschrieb. Dann riß er den Brief an sich und rief seinen Adjutanten herbei.

»Laßt mich!« bat Pao Chen. »Laßt mich den Brief dem Allerhöchsten bringen. Ich will den Brief für Euch tragen, und ich will für Euch sprechen.«

Der General überlegte ein paar Sekunden; sein Gesicht war rot, seine Brauen zuckten über den zornigen Augen. »Sehr gut«, sagte er kurz. »Geht also und nehmt das kleine Flugzeug. Ich warte, bis Ihr zurück seid, aber nicht länger. Wir werden marschieren – egal, ob in dieser oder jener Richtung.«

Der Präsident ließ den Brief sinken, den Pao Chen für den General geschrieben hatte. Er hatte ihn sorgfältig, ohne Hast gelesen, und seine Frau hatte hinter ihm gestanden, während er las. Sie war sehr schön an diesem Abend. Sie trug ein apfelgrünes Seidenkleid, das sehr lang geschnitten war und sich eng an ihren schlanken Körper schmiegte; darüber fiel ein ärmelloses Jäckchen aus schwarzem Samt, das bis zur Leibesmitte reichte und ebenfalls dicht anlag. Der Kragen des Kleides war hoch, und sein Grün ließ die Schönheit ihrer Haut und das Rot ihrer Lippen noch mehr hervortreten; auch die Weichheit der schwarzen Haare, die aus der Stirn zurückgebürstet waren, wurde dadurch betont. Pao Chen gewahrte all diese Schönheit, wie jeder Mann, der die hohe Dame ansah, und er nahm sie, ohne an sich selbst zu denken, zur Kenntnis.

Keiner sprach, weder der Präsident noch seine Frau. Sie, die wie ein Kind über Kleinigkeiten geschwätzig werden konnte, wenn es ihr einfiel, sie konnte auch ganz still sein, wenn es klüger war, nicht zu sprechen. Sie setzte sich und faltete die Hände. An ihrem Finger glänzte der berühmte Jadering, der ein Teil von ihr zu sein schien, und sie trug kleine Ohrringe aus Jade. Sie heftete ihre großen dunklen Augen auf das Antlitz ihres Gatten. Diese Augen waren das Licht ihrer Schönheit. Sie waren so klar gezeichnet in ihrem Schwarz und Weiß, so gerade und nachdrücklich im Blick, so furchtlos, daß alle, welche die hohe Dame sahen, nachher von ihren Augen redeten.

Der Präsident hob den Kopf und tauschte mit seiner Frau einen langen Blick aus. Dann sagte er zu Pao Chen, der wartend dastand: »Glaubt nicht, ich hätte keine Ahnung von dem, was Ihr mir berichtet. Ich weiß es und wußte es. Aber ich hatte mehr zu bedenken als diese eine Schlacht. Ich denke an unsere Zukunft ebenso wie an unsere Gegenwart, und dieser Krieg ist ein Krieg, in dem wir nur einer unter vielen sind.«

Darauf machte die hohe Dame eine ungestüme Handbewegung. »Wir haben ihn all diese Jahre für die andern allein geführt. Sollen wir ihn allein weiterführen?«

Er brachte sie mit einem Blick zum Schweigen. »Ich weiß, was ich tue«, bemerkte er.

Sie erhob sich; ihre Augen glänzten sehr; und mit stolzer Anmut verließ sie den Raum. Der Präsident schaute ihr nach. Seine Augen waren weich, aber er blieb still. Nachdem sie fort war, wandte er sich an Pao Chen.

»Kehrt an Euren Posten zurück«, sagte er. »Ich werde kommen und selber sehen.«

So kam es, daß wenige Tage später die wartenden Truppen in Aufruhr gerieten.

»Der Präsident ist hier«, ging es flüsternd von Mund zu Ohr. In weniger als einer Stunde wußten alle, daß zur Mittagszeit dieses Tages ein Flugzeug auf der Ebene vor der Stadt niedergegangen war, welches die beiden Allerhöchsten und mit ihnen den Amerikaner gebracht hatte. Jeder gab sich die größte Mühe, das Beste aus sich zu machen; Uniformen wurden gereinigt, Gewehre geputzt, Gesichter und Ohren gewaschen, Haare geglättet. Die Frauen schwatzten ununterbrochen von der hohen Dame und erörterten die Frage, ob sie wirklich so schön sei, wie die Männer immer behaupteten.

»Ist sie so schön?« erkundigte sich Hsieh-ying bei Mayli.

»Ich finde es«, erwiderte Mayli lächelnd.

»Aber nicht schöner als du!« rief Pansiao eifersüchtig.

»Viel schöner«, sagte Mayli, die noch immer lächelte.

»Ich habe sie einmal gesehen«, erzählte Siu-chen stolz. »Vor langer Zeit, noch vor dem Krieg, kam sie in unsere Schule und hielt uns einen Vortrag über Sauberkeit und das, was sie ›neues Leben‹ nannte. Sie war sehr schön, das stimmt. Ich erinnere mich, daß sie sich meine Hände ansah. Natürlich waren sie, wie immer im Winter, aufgesprungen. Und sie sprach mit der Vorsteherin und sagte, man solle eine ausländische Salbe für mich kaufen. Aber das geschah nie. Die Salbe war viel zu teuer.«

Nachmittags waren alle zur Inspektion bereit. Mayli stand sehr aufrecht vor ihren aufgereihten jungen Frauen, als der Präsident und seine Gattin mit dem Amerikaner, einem schlanken, grauhaarigen Herrn, und dem General vorbeischritten. Alle salutierten, und alle trugen ernste Mienen zur Schau, während die vier Großen dahingingen. Die hohe Dame aber blieb stehen und sagte in ihrer ungekünstelten Art: »Ihr seht alle sehr schön aus; nie werdet ihr schöner aussehen als jetzt, da ihr bereit seid, eurem Vaterland zu dienen.« Und zu Mayli sagte sie: »Sind Sie glücklich?«

»O ja«, erwiderte Mayli, ohne sich zu rühren.

Noch immer zögerte die hohe Dame weiterzugehen. Sie legte ihre zarte Hand auf Maylis Ärmel und flüsterte: »Kommen Sie doch in einer halben Stunde zu mir.«

Einige Frauen hörten dies, und sie erzählten es weiter. Die meisten beneideten Mayli, diejenigen, die sie liebten, auf freundliche Weise, andere weniger freundlich.

Eine halbe Stunde später begab sich Mayli zu dem Haus, das als Hauptquartier diente, und hier hielt die hohe Dame sie fast eine Stunde zurück. Sie war allein, denn der Präsident hatte mit seinen Offizieren zu tun, und weil sie allein war, stellte sie Mayli freimütige und eindringliche Fragen.

»Ich trug Ihnen auf, meine Augen und Ohren zu sein«, begann sie, »und mir alles mitzuteilen, was Sie zu sehen und zu hören bekommen.«

Sie lauschte aufmerksam, während Mayli sprach; hin und wieder warf sie eine knappe Frage ein.

Kurz vor Ablauf der Stunde legte sie die Hände auf die Augen und seufzte tief. Mayli wartete auf weitere Fragen, aber sie sagte nur: »Gehen Sie nun schlafen. Sie waren gewissenhafte Augen und Ohren, aber Sie haben mir schlimme Neuigkeiten berichtet, schlimmere, als Sie ahnen.«

In diesem Moment kam der Präsident herein, und sobald er seine Frau gewahrte, rief er rasch: »Dir ist nicht wohl!«

»Ja, wirklich, ich fühle mich krank«, sagte sie.

Er beugte sich über sie und winkte Mayli mit der Hand.

»Geht, geht«, befahl er. »Bittet den Arzt, sofort herzukommen.«

Mayli war schon im Begriff davonzuhasten, als die hohe Dame heftig Einspruch erhob: »Nein, nimm mich nur heim. Laß uns sogleich heimkehren. Sorge dafür, daß das Flugzeug auf der Stelle startbereit gemacht wird.«

Sie stand auf und ging umher, als litte sie Schmerzen. So gab der Präsident der Türwache Befehl, die Abreise vorzubereiten; Mayli verabschiedete sich.

Kurz darauf hörten alle das Flugzeug über ihren Köpfen brummen. Nachdem es im Westen verschwunden war und Mayli ihre Frauen entlassen hatte, waren die Höfe noch lange voll Gelächter und Gerede. Man bewunderte diese beiden, die für die einfachen Mädchen mehr als nur Führer waren. Sie sahen in ihnen den Traum der Liebe zwischen Mann und Frau, einen Traum, der sich bei ihnen selbst vielleicht nie erfüllen würde.

Sogar Mayli träumte an diesem Abend ein wenig; sie dachte mehr an Sheng als in der ganzen letzten Zeit. War der Präsident in seiner Jugend ungebildet und ungeschlacht gewesen? Sie rief sich, wie schon so oft, zurück, daß auch er der Sohn einfacher Leute war, daß er keine fremden Sprachen beherrschte, wenig belesen war, an Unbill und Arbeit gewöhnt. Es gab genügend Gerüchte, die von seiner unglücklichen Jugend erzählten. Nicht immer war er der ernste, eindrucksvolle Mann von heute gewesen. Sie seufzte und fragte sich, wo Sheng jetzt sein mochte. Sie verließ ihr Bett, ging zum Fenster und blickte zu dem Stückchen Sternenhimmel zwischen den Dächern auf. Ohne zu denken, gab sie sich ihren Empfindungen hin, und da fühlte sie ihn plötzlich sehr nahe.

Und nicht sehr weit entfernt lag Sheng auf einem Strohlager in einer Baracke – einer in einer langen Reihe von Männern. Hinter den geschlossenen Lidern seiner Augen sah er ihr Antlitz. Auch er hatte an der Spitze seiner Leute stumm gestanden, während die beiden Allerhöchsten dahinschritten; aber als die hohe Dame an ihm vorbeikam, bedachte sie ihn mit einem tiefen, vollen Blick, und dieser Blick entzündete sein Innerstes, weil er ihn an Mayli denken ließ.

Er wollte dem nicht nachgeben, wollte nicht ruhelos werden. Vielleicht sah er sie nie wieder.

Denn nach der Inspektion hatte der Präsident die jungen Offiziere zu sich befohlen.

»Morgen werdet Ihr Eure Leute über die Grenze führen«, hatte er gesagt. »Wir warten nicht länger.«

Dann waren seine tiefen Augen auf Sheng gefallen. »Da seid Ihr ja, Ihr großer Bursche«, hatte er freundlich bemerkt. »Ich erinnere mich an Euch, an Euren Namen und Eure Heimat. Ich sandte Euch her, weil Ihr einer meiner besten Männer seid. Ich habe Eurem General gesagt, daß er Euch auswählen soll, wenn es eine besonders schwere Aufgabe zu übernehmen gilt.«

Bei diesen Worten erhob sich Shengs Stolz wie ein Banner. »Und ich will sie lösen«, sagte er.

An der Spitze ihrer Frauen überschritt Mayli die Grenze.

»Wir befinden uns auf fremdem Boden«, dachte sie, und sie fühlte, wie sich Furcht in ihr regte. Wer wußte schon, was all denen, die sie hier anführte, auf diesem Boden widerfahren würde?

Es war ein wolkenloser Tag; alle gingen zu Fuß, weil die Straßen in diesem Gebiet von Burma schmal und gewunden waren und sich nicht für Fahrzeuge eigneten. Vor ihnen marschierten die Träger, beladen mit Waffen und Nahrungsmitteln. Vor diesen wiederum waren die Soldaten. Wie eine riesige, lange Schlange wanden sich die Männer in ihren blauen Uniformen dicht hintereinander dahin. Mayli trug, ebenso wie ihre Frauen, die gleiche Kleidung. Auch der General hatte dieselbe Uniform an; abgesehen von seinem Abzeichen aus blauem Email, auf dem der weiße Stern von China war, unterschied er sich in nichts von seinen Soldaten. Hinter ihnen kamen noch mehr Soldaten; die Schlange zog sich hin, so weit das Auge sehen konnte.

Mayli lächelte über ihre Frauen. Frisch und kräftig sahen sie in der Morgensonne aus; ihre Haut war gebräunt, und ihre Augen blickten klar. Keine einzige hatte Lippen oder Wangen bemalt. Solche Dinge waren vergessen. Auch Mayli hatte ihren ausländischen Lippenstift und ihren Puder fortgetan; wie alle wusch sie sich das Gesicht mit heißem Wasser und mit Seife. Mitunter rieben sie sich abends die vom Wind brennenden Wangen und Hände mit ein wenig Hammelfett ein; das war alles. Doch noch nie hatte Mayli sich so stark gefühlt und so gut ausgesehen, und dies wußte sie. Sogar An-lan begann ihre blasse Farbe zu verlieren. Das Mädchen lächelte nicht mehr als früher, aber der verzweifelte Ausdruck in seinen Augen war verschwunden.

Als An-lan jetzt Maylis Blick auffing, sagte sie bedeutungsvoll: »Es ist das erstemal, daß unsere Soldaten auf fremder Erde marschieren.«

»Ja, wirklich«, gab Mayli, plötzlich ernst geworden, zurück. Ja, dies war das erstemal, daß chinesische Männer und Frauen jemals ihr eigenes Land verließen, um zu kämpfen. Sie schritt weiter, und während sie dahinging, dachte sie darüber nach. Hinter ihnen lag China, und rings um sie und vor ihnen war Burma. Sie hob die Augen und blickte zu den grünen Hügeln. Hätte hier ein Messer das Land durchschnitten, so wäre Burma in zwei Teile gegliedert worden. Zur Rechten stieg es an und wurde rauher; im Norden zerfiel es in unregelmäßige Hügel, die rasch zu Bergen wurden; im Süden hingegen ebnete es sich dem Meer zu. Die Straße selber wand sich, scheinbar grundlos, bog scharf ab und krümmte sich, je nachdem, wie menschliche Füße im Laufe der Jahrhunderte den leichtesten Pfad gefunden hatten. Es war ein reiches Land. Die Reisfelder waren sogar jetzt noch grün, und Mayli sah die Bauern darin arbeiten. Mitunter blitzte wie eine Laterne das Safrangelb eines Priestergewands in dem Grün auf. Hier gab es eine Menge Priester; viele von ihnen waren noch jung.

Ob Priester oder nicht, wo immer sie ein Menschengesicht sah, da war es fröhlich und bereit zu lachen. Die Leute blickten auf, als sie vorbeimarschierten; die Bauern hielten in ihrer Arbeit inne und starrten, Kinder steckten den Finger in den Mund. Als sie durch Dörfer kamen, deren Häuser auf Pfählen erbaut waren, blieben die Bewohner stehen, wo sie waren, um ihnen nachzuschauen. Mittags machten sie halt, jedoch nicht in einem Dorf, denn sie hatten ihr eigenes Essen. Niemand, so hatte der General befohlen, durfte diesen Leuten auch nur ein Ei wegnehmen. Nahrungsmittel würden gekauft werden, und sie durften auf nichts Hand legen, das nicht ihr eigen war; selbst wenn ihnen ein Geschenk angeboten wurde, mußten sie es zurückweisen.

»Denkt daran, daß ihr so, wie ihr seid, eurem Land zur Ehre gereicht; aber durch das, was ihr nicht seid, würdet ihr Schande über eure Vorfahren bringen«, hatte der General gesagt.

Deshalb saßen sie zur Mittagszeit, als der Haltebefehl kam, im Freien längs der Straße und verzehrten ihre Ration gebackenen Reis, den sie mit dem in ihren Feldflaschen enthaltenen blassen Tee hinunterspülten.

Die Sonne war heiß und die Straße staubig. Während sie dasaßen, kam eine Schar Kinder über die Felder gelaufen. Die Kleinen blieben ungefähr sechs Meter von ihnen entfernt stehen und starrten zu ihnen hinüber. Als Mayli ihnen eine Handvoll Reis hinstreckte, wichen sie zurück.

»Wie reizend sie sind«, seufzte Chi-ling. »Ich hatte einst einen kleinen Jungen . . .« Sie erhob sich und zog ihren Gürtel straff; mit dem Rücken zu den Kindern stand sie da. Aber niemand sprach oder antwortete ihr. In diesen Tagen richtete niemand eine Frage an den andern. Wer hatte keinen seiner Lieben verloren?

Dann kam der Befehl zum Weitermarsch. Alle gaben ihren Sitzplatz auf und fielen wieder in den langen, federnden Schritt, der sie dreißig, später vierzig und dann fünfzig Kilometer im Tage weitertrug. Der Nachmittag verging, und die Sonne sank vor ihren Augen, während sie südwärts zum Sittang-Fluß marschierten. Alle wußten, daß die Verbündeten sich vor dem Feind zurückgezogen hatten und daß die chinesischen Truppen auf ihre linke Flanke stoßen und den Feind ins Gefecht ziehen sollten.

Den Feind ins Gefecht ziehen! Diese Worte wurden so leicht gesagt, als handelte es sich um ein Stelldichein, eine Gesellschaft, einen Landausflug; Mayli aber fürchtete die bevorstehende Stunde und hielt ihr Bangen geheim.

In dieser Nacht, ihrer ersten auf fremdem Boden, wurden alle von tiefer Unruhe ergriffen. Sie lagerten bei Sonnenuntergang in einem Tal zwischen niedrigen Bergen. Obwohl sie müde waren, konnten sie nicht schlafen. Über ihnen war der Himmel sowohl im Osten als auch im Westen perlfarbig und rosig, und dann wurde er tiefrot. Ringsum blinkten die Lichter der Dörfer, klein wie Glühwürmchen. Mayli und ihre Frauen hatten ihre Decken ausgebreitet, doch keine von ihnen war zum Schlafen bereit. Die Unruhe der Männer hatte auch sie erfaßt, und sie saßen schweigend da; einige hatten den Kopf in die auf die Knie gestützten Arme gebettet. Etliche aber erhoben sich, standen herum oder schritten dahin und dorthin, wobei sie über die Sitzenden stolperten. Die Mücken sirrten in der Abendluft; hin und wieder vernahm man einen Schlag und einen Fluch, bald immer mehr Schläge und Flüche.

»Warum sind wir so ruhelos?« fragte Mayli sich selbst.

Nur Pansiao schlief. Sie hatte ihre Decke dicht neben Mayli hingelegt und sich hineingewickelt; sogar den Kopf verbarg sie darunter, um sich vor den Insekten zu schützen. Mayli hörte sie tief und regelmäßig wie ein Kind atmen.

Dann vernahm sie plötzlich, wie ihr eigener Name gemurmelt wurde. Die Frauen in ihrer Nähe wiesen auf eine Gestalt außerhalb ihres Kreises. Mayli stand auf und ging zu dem Mann. Es war Pao Chen.

»Der General schickt mich zu Euch«, flüsterte er. »Er läßt fragen, ob Ihr und Eure Frauen nicht kommen und die Soldaten unterhalten könntet – vielleicht mit Singen? Oder mit einem kleinen Theaterstück? Die Soldaten sind beunruhigt und verwirrt. Sie behaupten, die Luft hier sei voll seltsamer Geister.«

Diese Aufforderung kam so unerwartet, daß Mayli eine Weile überlegen mußte. »Ja, wir kommen«, antwortete sie dann hastig. »Siu-chen kann einige fremde Lieder singen, und Hsieh-ying versteht sich auf einen Schwertertanz ... und ... ja, wir werden uns schon etwas ausdenken. Richtet dem General aus, daß wir nur eine halbe Stunde Zeit brauchen.«

Pao Chen nickte und entfernte sich. Mayli trat in die Mitte des Kreises, klatschte in die Hände, damit alle ihr zuhörten, und dann wiederholte sie den Wunsch des Generals. Mit ihrer klaren, klingenden Stimme, die besser trug als die eines Mannes, rief sie: »Wer kann irgendwie zur Unterhaltung beitragen? Niemand scheue sich! Denkt daran, daß die Männer abgelenkt werden und zum Lachen und zum Schlafen gebracht werden müssen. Wer bereit ist, trete vor – auch dies ist Dienst am Vaterland.«

Als ob auch unter den Frauen Sehnsucht nach Lachen bestand, erhob sich solch ein Gekicher und Geschwätz, daß Mayli unwillkürlich lächeln mußte – wie jung sie alle waren! Wäre kein Krieg, so befänden sie sich jetzt in Schulen und Heimen; so aber waren sie hier, Angehörige einer Armee, im Begriff, sich am Kampf gegen den schlimmsten Feind zu beteiligen, mit dem ihr Vaterland jemals zu tun gehabt hatte! Sie, die Tränen so sehr verabscheute, fühlte mit einem Male, wie ihr die Kehle eng wurde und wie ihre Lippen zitterten, während sie lächelte.

»Los, los!« rief sie. »Soll ich die ganze Nacht warten, bis sich jemand meldet?«

Hierauf trat eine nach der andern vor.

»Ich kann ein paar fremde Lieder singen«, sagte Siu-chen.

»Und ich kann einen Schwertertanz«, erbot sich Hsieh-ying an.

»Ich weiß ein Taschenkunststück, das mein Bruder mir einmal beigebracht hat«, erklärte An-lan.

»Ich will eine Geschichte erzählen«, schlug Chi-ling vor.

So meldeten sich allmählich zwanzig Fauen, die alle etwas vorführen konnten, und diese zwanzig folgten Mayli zu den Soldaten, in deren Mitte ein freier Platz für sie geschaffen worden war. Pao Chen hatte auf sie gewartet, und als er sie kommen sah, klatschte er in die Hände, worauf alle Männer in die Hände klatschten, jedoch leise und nur einen Augenblick.

Dort, im hellen Licht des Mondes, sprach Pao Chen, und er sprach sehr gut, als läse er etwas Geschriebenes laut vor.

»Brüder«, sagte er, »heute nacht sind wir fern der Heimat und der Erde, die wir unser eigen nennen. Freilich, keiner unserer Ahnen hat jemals getan, was wir heute tun. Wir tragen die Schlacht in das Land eines anderen Volkes. Dies Land ist uns fremd, und weil es uns fremd ist, fühlen wir uns unruhig und sind nicht sicher, ob richtig ist, was wir tun. Darum laßt uns unsere Sicherheit zurückgewinnen. Wir sind hier auf Befehl des Allerhöchsten, und ihm müssen wir gehorchen. Der Feind ist derselbe Feind, jener, der gerade heute seine Bomben auf unsere Heimat niederfallen läßt, der heute Hunderte und Tausende tötet. Wenn wir auch auf fremdem Boden sind, so begehren wir doch diesen Boden nicht. Sowie der Feind besiegt ist, werden wir wieder heimgehen, nichts mitnehmend, das wir nicht hergebracht haben. Darum können wir zuversichtlich sein im Bewußtsein, daß richtig ist, was wir tun. – Da nun unsere Herzen frei sein dürfen, so daß wir Schlaf finden werden, sollen unsere Schwestern uns ein bis zwei Stunden mit Gesang, Tanz und Spiel erfreuen. Wie ihre Namen lauten, ist gleichgültig. Sie sind unsere Schwestern, und das genügt.« Nach diesen Worten verbeugte er sich und trat beiseite. Mayli nahm seinen Platz ein und berichtete in Kürze von ihrem Vorhaben. Auch sie erwähnte keinen Namen, nicht einmal ihren eigenen, denn wirklich, was hatten Namen zu bedeuten? Vor sich im hellen Mondlicht sah sie die Gesichter vieler Männer, die gleichfalls keinen Namen hatten.

»Ein paar von uns werden singen«, kündigte sie an, »und einige werden vortragen. Sechs von uns werden ein kleines Stück spielen, das diese sechs daheim in den Dörfern oft vorgeführt haben, wenn sie von Ort zu Ort reisten, um den Leuten zu sagen, was dieser Krieg bedeutet und wie er von allen gekämpft werden muß, auf dem Schlachtfeld und in der Heimat.«

Als sie zu sprechen anhub, saß Sheng ziemlich entfernt im Hintergrund. Er bekam einen großen Schreck und sprang auf die Füße. Konnten zwei Stimmen so gleich sein wie die dieses Mädchens und Maylis? fragte er sich. Lauschend stand er da; nicht jedes Wort, das sie sagte, verstand er, weil er zu weit entfernt war und weil die Mücken ihm so laut um die Ohren sirrten. Wie aber konnte er ihr Gesicht im Mondlicht erkennen? Sie trug die gleiche Uniform wie alle und sah, aus der Ferne betrachtet, wie ein Junge aus. Der Wind lüftete ihre kurzen Haare und wehte sie aus ihrem Gesicht, doch keinen ihrer Züge vermochte er wahrzunehmen.

Er setzte sich wieder. Natürlich war sie es nicht. Wie hätte sie es auch sein können, da er sie doch viele hundert Kilometer entfernt in einem Häuschen in Kunming zurückgelassen hatte?

Dann fiel ihm ein, wo er sie zum letztenmal gesehen hatte. Ihr Antlitz hatte er nicht erblickt, sondern nur die Hand mit dem Jadering. Sie war aus dem Zimmer des Generals gekommen; er und die andern Offiziere hatten gewartet, als der Wachtsoldat seine gemeinen Worte geäußert hatte.

»Es wird wohl einige Zeit dauern, große Brüder«, hatte er kichernd gesagt. »Der General hat Besuch von einer Schönheit.«

Und als sie dann erschien, war es Mayli gewesen! Er selbst war am nächsten Morgen mit seinen Soldaten aufgebrochen, und er hatte nicht die Absicht gehabt, sie aufzusuchen und ihr eine Frage zu stellen. Ein Mann, der in die Schlacht zog, durfte eine Frau nichts fragen.

Jetzt hörte das Mädchen auf zu sprechen; statt dessen begann es mit hoher und süßer Stimme ein fremdländisches Lied zu singen. Außer durch Rundfunkempfänger in Städten hatte Sheng nie fremdländische Musik vernommen. Aber neben ihm saß Charlie, und er wußte, daß Charlie alle fremdartigen Dinge verstand.

So lehnte er sich zu ihm hinüber und fragte: »Was singt sie?«

»Ein Lied, das sie in einer Schule gelernt hat«, erwiderte Charlie. Er übersetzte die Worte nach einem Augenblick: »Trink mir mit deinen Augen zu . . .«

»Trink mir mit deinen Augen zu«, wiederholte Sheng verwundert. »Was heißt das?«

»Das heißt: wenn eine Frau einen mit ihren Augen anschaut, so braucht man keinen Wein«, erläuterte Charlie.

Sheng schwieg. Er lauschte den fremdartigen Worten und der klaren, hohen Stimme. Die Melodie war ihm eine Qual. Sie bohrte sich in ihn und ließ ihn erbeben. »Es ist wahr«, dachte er, sich Maylis erinnernd, »als ich in ihre Augen blickte, war es, als tränke ich Wein. Ich fühlte meine Adern heiß werden.«

Er stand auf, als das Mädchen aufhörte zu singen.

»Wohin?« fragte Charlie.

»Ich habe zu tun«, entgegnete Sheng kurz. Er bahnte sich seinen Weg durch die Soldaten, die auf der Erde saßen und lagen, während sie den Vorführungen folgten. Er verließ den Kreis; unter einem kleinen Baum breitete er die Decke aus, die er mit sich trug, und wickelte sich vollständig hinein. Da lag er und ertrug gleichmütig seine innere Einsamkeit.

13

Er wurde dadurch geweckt, daß jemand über ihn stolperte. Ehe er aufstehen konnte, fiel ein zweiter über ihn und dann ein dritter. Mit einem Stöhnen setzte er sich auf.

»Du große Schildkröte!« fluchte er, streckte den Arm aus und packte ein Bein. Der Mann fiel auf ihn; eine Weile rangen sie miteinander, dann gelangten sie gleichzeitig auf die Füße.

»Gute Mutter!« rief der Mann. Sie starrten einander an.

»Ihr, ein Offizier!« schrie der Mann, als er Shengs Abzeichen auf der Achselklappe gewahrte. »Da schlaft Ihr, und der Befehl ist ergangen, augenblicklich zu marschieren! Unsere Verbündeten sind in einer Falle, Schlafmütze! Wo sind Eure Leute?«

Shengs Unterkiefer klappte hinunter; mit beiden Händen rieb er sich das Gesicht. Dann hob er ohne ein weiteres Wort die Ellenbogen, schuf sich so einen Sturmbock und bahnte sich den Weg durch die laufende Menschenmenge.

Wie lange hatte er geschlafen? Sicher nicht länger als eine Stunde. Der Himmel glänzte von Sternen, und die Stille der Nacht war tief über dem Tal. In den Ohren schien er noch immer den Widerhall von Musik zu vernehmen.

»Ich bin ein Ochse«, dachte er beschämt. »Wie konnte ich nur einschlafen?«

Er gewahrte einen seiner eigenen Leute und rannte zu ihm.

»He, Krebschen!« rief er.

Dieser Mann wurde Krebschen genannt, weil er noch einen Bruder hatte und weil er eine Kampfeswunde davongetragen hatte, durch die sein linkes Bein verkürzt worden war, so daß es aussah, als ginge er seitlich.

»Was bedeutet all der Lärm?« forschte Sheng. Er zog Krebschen beiseite. Sie verließen die andern und machten einen Umweg zu ihrem Zelt, der gleichwohl kürzer war, weil er nicht durch die Menge führte.

»Wie soll ich das wissen?« gab Krebschen zurück. »Ich bin nur ein kleiner Soldat, und niemand erzählt mir etwas. Aber als die Mädchen ein Stück spielten – es handelte von einer Studentin, die gefangen worden war und die sechs Feinde umbrachte, und zwar mit Gift, das auf ihren Lippen war, bevor man dahinterkam –, mitten in diese Vorstellung also platzte ein Bote vom General, der mitteilte, daß wir binnen einer Stunde losmarschieren sollen, denn die Weißen sind südwärts, jenseits des Flusses, in eine Klemme geraten, und dort stecken sie, alle miteinander, Vorhut und Nachhut und Hauptmacht, und die Zwergteufel greifen sie von allen Seiten an. Die Weißen haben keine Nahrungsmittel und kein Wasser, und wenn wir nicht beizeiten zu ihnen stoßen, verrecken sie wie Tiere.«

Shengs Antwort auf diese Erklärung bestand darin, daß er vorwärts rannte und Krebschen hinter sich herhinken ließ. In wenigen Minuten hatte er das Standquartier erreicht, wo die anderen Offiziere schon versammelt waren. Wenn der General irgendwelchen Zweifel hegte, so zeigte sich doch kein Schatten davon auf seinem Gesicht. Er stand hinter seinem Schreibtisch, in den Händen hielt er Papiere, die er las, während er mit tiefer, scharfer Stimme Befehle erteilte.

»Ihr, Pao Chen, formiert mit Euren Leuten die Mittellinie. Yao Yung und Chan Yu, Eure Soldaten bilden die beiden Flanken.«

Er blickte auf; seine raschen Augen erspähten Sheng, und einen Moment glänzte ein Lachen darin auf.

»Ihr seht aus, als hättet Ihr in einem Dornbusch geschlafen, Sheng«, bemerkte er in genau gleichem Ton.

Sheng fuhr sich mit den Händen an den Kopf. In seiner Hast hatte er seine Offizierskappe an der Stelle zurückgelassen, wo er eingeschlafen war, und er fühlte dürre Bambusblätter in seinen Haaren. Eilig kämmte er sie mit den Fingern aus; sein Gesicht war dunkelrot.

»Ich bin ein Wasserbüffel«, murmelte er. »Es braucht nur Ruhe um mich zu sein, und ich schlafe ein wie ein Tier.«

»In den nächsten Tagen wird es keinerlei Ruhe geben«, sagte der General grimmig. »Ihr werdet die Vorhut bilden. Eure Leute müssen noch in dieser Stunde aufbrechen. Ihr führt sie südwärts und dann in westlicher Richtung. Ihr überquert den nächsten Fluß bei der ersten Furt, und zwar so bald wie möglich, denn wir können uns nicht darauf verlassen, daß die Brücken weiter unten noch halten. Es ist gesagt worden, daß die Gegner die Weißen umzingelt haben.«

»Ich bin mit Freuden bereit, Euch zu gehorchen«, erwiderte Sheng. Er salutierte – die Haare standen ihm noch immer zu Berge –, machte kehrt und verließ rasch das Zimmer. Draußen überrannte er beinahe den Arzt, der zum General strebte. Chungs Gesicht war fast so weiß wie die Papiere, die in seiner Hand flatterten.

»Ist der General hier?« rief er dem vorbeieilenden Sheng zu.

»Wo sonst?« schrie Sheng über die Schulter zurück. In der Dunkelheit folgte eine Frau mit schnellen, leichten Schritten dem Arzt, doch Sheng wandte den Kopf nicht, um nach ihr zu blicken.

Diese Frau aber war Mayli. Beim Klang seiner Stimme blieb sie stehen und schaute der Gestalt des eiligst fortstrebenden jungen Mannes nach. Über der Tür des Generals baumelte eine Lampe, deren Licht jedoch nicht so weit drang. Auf der Schwelle drehte Chung sich um und rief ihr zu: »Zögern Sie nicht – wir haben keine Zeit zu verlieren! Wir müssen unsere genauen Anweisungen holen.«

Sie raffte sich zusammen. Wahrlich, es galt keine Zeit zu verlieren, und warum auch sollte sie verweilen? Im Heer gab es Tausende von jungen Männern mit lauten Stimmen, weshalb sollte sie da an Sheng denken?

»Ich zögere nicht«, sagte sie fest und betrat das Zimmer des Generals.

Vor Mitternacht begann der Marsch. Ob man den Weißen noch beizeiten zu Hilfe kommen konnte, war nun die Frage; jegliche alte Feindschaft wurde beiseite geschoben, und ein jeder dachte nur noch an die Ehre des eigenen Volkes, dachte daran, daß sie es jetzt waren, die denen zu Hilfe eilten, welche sich stets als Herren und Meister aufgeführt hatten.

»Ausnahmsweise sehen sie uns einmal an«, hatte der General schroff gesagt. Zorniger Stolz hatte aus seinen Augen geblitzt und seine Stimme gehärtet. »Nie zuvor haben wir zu etwas getaugt, jetzt aber, wo sie auf allen Seiten von den Ostmeer-Zwergen eingeschlossen sind, jetzt brauchen sie uns. Nun, sie sollen sehen, was wir sind!«

In diesem Geist tat jedermann seine Pflicht, und der Marsch begann. In ein oder zwei, selbst in drei Tagen war die Strecke nicht zu bewältigen. Das Gelände erwies sich als ihr Feind, und der Straßen waren wenige, denn die Weißen hatten in der Zeit ihrer Herrschaft nur spärlich große Straßen durchs Land gezogen. So mußte man kleinen alten Pfaden folgen, die uneben waren von aufgeweichtem und getrocknetem Lehm, auf denen Steine lagen und die rumplige Bauernwagen ausgefahren hatten. Manchmal waren sie so schmal, daß die Soldaten einzeln gehen mußten, und zweimal mußten sie sich überhaupt erst einen Weg durch Urwald bahnen, doch geschah dies wegen der Schlangen und anderer gefährlicher Tiere bei vollem Tageslicht. Es genügte freilich nicht, auf das zu achten, was am Boden kroch. Der Himmel mußte gleichfalls beobachtet werden, denn über und unter den Wolken kreisten gegnerische Flugzeuge, die just danach Ausschau hielten, ob den belagerten Weißen etwa Hilfe käme.

»Bei den Schlangen im Urwald sind wir sicherer«, sagte Sheng zu den Männern, die ihm folgten.

Alle zogen jetzt ihre grünen Mäntel an und wanden sich Zweige um die Köpfe, so daß sie von oben die Farbe der Erde hatten und weniger leicht zu erkennen waren. Auch Mayli, die ihren Frauen voranschritt, sorgte dafür, daß die

Pflegerinnen sich mit Zweigen bedeckten. Sie sahen sehr hübsch aus mit diesem Kopfschmuck, fand sie, und sie waren so jung, daß sie sogar aus diesem kunstvollen Mittel gegen den Tod ein Spiel machten; sie lachten einander zu und flochten sich gegenseitig besonders anmutige Kränze. Einige wählten mit Vorbedacht bestimmte Blätter aus, und Pansiao fand an einer Ranke dunkelrote Urwaldblumen, die sie in ihren Kranz einflocht. Alle mußten zu dem runden, fröhlichen Gesicht unter den Blüten blicken, und sie lächelten.

Sheng führte die Vorhut an, bahnte allen Nachfolgenden den Weg; Mayli und ihre Frauen gehörten zur Nachhut, und noch immer waren die beiden einander nicht begegnet, wie sie auch nicht wußten, daß sie am gleichen Feldzug teilnahmen. Während des zermürbenden Marsches dachte jeder für Sekunden, für einen Augenblick an die Stimme, an die Erscheinung, die einer anderen geglichen hatte ... und doch, wie hätte es jene sein können? Und weiter trug der Krieg sie, ein Teil seiner selbst, sonderte sie ab mit den Pflichten, denen sie nachzukommen hatten, so daß keine Zeit zum Nachdenken oder Träumen blieb.

Allabendlich beim Halt mußte Mayli dafür sorgen, daß die Pflegerinnen ihr Essen erhielten und für die Nacht sicher untergebracht waren; während Sheng – nachdem seine Soldaten ihre Reiskuchen und gedörrten Bohnen verzehrt hatten – sich über seine Karte beugte und seine Späher aussenden mußte, um zu ermitteln, was sich nur über die Gegner und die eingeschlossenen Weißen in Erfahrung bringen ließ.

Inzwischen war es in der ganzen Gegend bekanntgeworden, daß die Weißen umzingelt waren, und aus jedem Gesicht sprach Schadenfreude. Sheng nahm dies als Zeichen der Feindseligkeit auf, die sich auch gegen sie selbst richtete, weil sie den Weißen zu Hilfe eilten. Vor allem richtete sie sich gegen jeden unglücklichen Menschen aus Indien, der in diesem

Landstrich lebte, denn das Volk von Burma haßte das Volk von Indien, weil die Leute glaubten, diese nach Burma gekommenen Inder hätten sich Arbeit und Reis angeeignet, die nicht ihnen, sondern der Bevölkerung des Landes gehörten. Allenthalben begegnete Sheng diesem Haß, während er die Vorhut südwärts und westwärts weitertrieb, und ein paarmal rettete er einen Inder und sogar eine ganze Familie vor der Wut der Burmesen. Einer der Geretteten verließ aus Dankbarkeit seine Kameraden und folgte Sheng einen ganzen Tag hindurch. Aber am Ende des Tages empfand Sheng seine Ergebenheit als Last, und er beauftragte Krebschen, den dunklen Burschen fortzuführen und der Mannschaft einzureihen.

»Ich bin nicht frei, wenn er mich die ganze Zeit anschaut und dauernd zu mir gesprungen kommt, um mir zu helfen, sobald ich nur eine Bewegung mache«, sagte Sheng.

Denn das tat der Inder, nachdem Sheng ihn davor bewahrt hatte, von den Burmesen mit Petroleum übergossen und angezündet zu werden. So nahm sich von jetzt an Krebschen des Mannes an, gab ihm Anweisungen, und der Inder gehorchte ihm wie ein Hund.

Nun aber hatte der General angeordnet, daß Charlie Li mit Sheng ziehen sollte, denn Sheng war in gewisser Weise noch immer ein Mann der Berge und nicht daran gewöhnt, sich fern der Heimat aufzuhalten; Charlie hingegen war ein Mann jeglichen Landes, wo immer er seine Füße aufsetzte; er las in den Menschen, wie die Bauern in den Wolken lesen, und er spürte die Gedanken der Menschen wie den Atem aus ihrem Mund. So kam er auf diesem Marsch allabendlich zu Sheng und berichtete ihm, was er in Erfahrung gebracht, nachdem er sich tagsüber in seiner Bettlerkleidung vom Marschweg entfernt hatte, um die Bevölkerung auszuhorchen. Die Sprache der Burmesen verstand er jetzt teilweise, und was er nicht verstand, das erriet er.

»Eine ganze Generation kann den Haß nicht auslöschen, den wir erwecken, weil wir in diesem Krieg auf seiten der Weißen sind«, sagte er betrübt zu Sheng. »Wir verraten unsere Welt, so sprechen alle. Die Gegner verbreiten überall, daß nur wir denen helfen, die uns beherrscht haben. Wenn wir nicht wären – und das höre ich überall –, wäre der Krieg längst gewonnen, und die Weißen wären fort.«

Sheng saß abends abseits von seinen Soldaten, um mit Charlie zu reden. Diesmal hatte er sich auf einem Baumstumpf nahe am Urwald niedergelassen, wo in einiger Entfernung von einem Dorf das Lager aufgeschlagen worden war. Hier konnten sie jeden, der sich näherte, sogleich sehen. Rings um das Lager waren Wachen aufgestellt, denn man war sich der Gefahr durchaus bewußt. Mit gespreizten Beinen saß Sheng da, die großen, schlanken Hände auf die Knie gestützt, den Kopf erhoben, aufmerksamen Blickes. Er hörte nicht auf, die Augen umherschweifen zu lassen, während er Charlie antwortete.

»Hätte ich nicht, was ich erlitten habe, von der Hand der Ostmeer-Zwerge erlitten – und was ich erlitt, will ich keinem Menschen erzählen –, hätte ich nicht gesehen, was ich in der Stadt nahe meines Vaters Haus sah, und hätte ich nicht gesehen, was in dem Dorf meiner Vorfahren geschah, dann würde ich vielleicht sagen, diese Leute tun recht daran zu behaupten, daß wir an uns selbst zum Verräter werden. Aber ich habe gesehen, und ich werde nie vergessen. Weiße kenne ich nicht. Seit meiner Geburt habe ich nie mit einem Weißen gesprochen. Aber die Ostmeer-Zwerge kenne ich, und ich habe sie gesehen. Sie sind meine Feinde bis zu meinem Tod, und auch nach meinem Tod werde ich nicht vergessen.«

Seine Stimme kam aus der Nacht wie leiser Donner. Er fuhr fort: »Liebe ich die Weißen, die ich niemals gesehen habe? Bin ich ein Dummkopf? Nein, nicht um die Weißen zu retten, sitze ich hier, wo meine Füße Erde berühren, die nicht die meine ist, wo Luft und Himmel mir fremd sind. Wenn aber der Weiße der Feind meines Feindes ist, so ist der Weiße mein Freund.«

»Das Land ist von Spähern verseucht«, berichtete Charlie, der ratlos an seinem Ohr zupfte. »Unter den Priestern sind neun von zehn für die Japaner. Im Volk wird kein einziger die Hand gegen sie heben.«

»Dann ist auch dieses Volk mein Feind«, versetzte Sheng niedergedrückt. Er stand auf und blickte ringsum über das dunkle fremde Land. Er sog die Abendluft ein. »Sogar die Luft riecht übel«, erklärte er. »Sie hat einen fauligen Geruch.«

»Das kommt vom Urwald«, meinte Charlie. »Im Dschungel fault manches.« Lange Zeit schwiegen sie; keiner mochte seine Furcht äußern.

»Ich gehe jetzt schlafen«, verkündete Sheng schließlich mit einer Stimme, die hart und trocken war wie das Gebell eines Hundes.

»Gut, ich werde auch ein paar Stunden schlafen, bevor ich mich wieder auf den Weg mache«, erwiderte Charlie. »Irgendwo treffen wir uns dann wieder. Schaut nicht nach mir aus, aber ehe die Nacht sich wiederum herabsenkt, werde ich meine Fußstapfen in die Euren setzen.«

»In der dritten Dämmerung von heute an sollten wir dort sein, falls die Weißen sich nicht noch mehr zurückgezogen haben«, sagte Sheng.

»Sie können sich gar nicht mehr zurückziehen!« entgegnete Charlie. »Keine einzige Straße steht ihnen mehr offen. Und mit ihren Maschinen sind sie nicht imstande, sich ohne Straße fortzubewegen.«

Die beiden jungen Männer lachten freudlos und trennten sich.

Schweigend marschierten die Soldaten am letzten Tag dahin. Inzwischen wußte der General bis auf einen halben Kilometer, wo die Weißen auf Rettung warteten. Durch Boten hatte er Verbindung mit dem Amerikaner, doch verließ er sich nicht darauf. Der Amerikaner war hier fast noch mehr Fremdling als er selber. Nein, an diesem letzten langen Tag wollte er sich nur auf sich selbst stützen. Diesen Krieg zu führen, ging über die Kräfte des Weißen, der nur seine eigene Art kannte. Ein heftiger Zorn erfüllte ihn auf alle diese Weißen, die ihre Heimat verlassen hatten, um hier unter Völkerschaften zu kämpfen, die sie nicht voneinander zu unterscheiden vermochten. Häufig lächelte er bitter, während er an diesem Tag dahinschritt, zu Fuß wie seine Mannschaft, das Gesicht mit Schatten befleckt, die von den um seinen Hut gewundenen Zweigen herrührten.

»Die Weißen!« dachte er mit einem Gemisch aus Zorn und Furcht. »Sie können kein braunes Gesicht vom andern unterscheiden. Es braucht nur ein Feind vor ihnen zu stehen und zu behaupten, er sei ihr Freund, und sie kennen den Unterschied nicht.« Denn seine Späher hatten ihm Hunderte von Geschichten gebracht. Die Gegner trugen keine Uniform, sondern nur kurze Hosen und Sandalen oder Halbschuhe mit Gummisohlen; und sie mischten sich unter die Bevölkerung des Landes, die ebenso gekleidet war. Die Weißen aber, die beider Sprache nicht kannten, hielten sie alle für eines Volkes. Hunderte von Jahren hatten sie hier geherrscht, und doch konnten sie keine Gesichter unterscheiden noch eine Sprache von der nächsten.

»Und wir gehen sie retten«, stöhnte der General vor sich hin, und sein Zorn wuchs so sehr, daß er die Schriftstücke, die der amerikanische Kommandant am Nachmittag sandte, um ihm Wegrichtung und Verhaltungsmaßregeln anzugeben, mit der Hand zusammendrückte und wegwarf.

»Ich muß mich auf meine eigene Klugheit verlassen«, sagte er zu sich selbst.

Freilich, sein Zorn sickerte durch seine Stimme und seine Augen, so daß alle, denen er Befehle erteilte, ihn fühlten und ihn einatmeten, ohne es zu wissen. Sie zogen aus, um sich mit ihren Verbündeten zu vereinen, und doch setzten sie kein Vertrauen in diese Verbündeten, auch wenn sie allen guten Willen dazu hatten. Denn einige hatten guten Willen, und selbst diejenigen, die ihn nicht hatten, wußten, daß ihnen keinerlei Wahl blieb. Sie mußten entweder mit den Weißen kämpfen oder gegen sie; gegen sie kämpfen aber hieße, sich mit dem Feind verbünden, und das konnten sie nicht tun.

Und wer erinnerte sich nicht zudem an den Präsidenten, wie er das letztemal vor ihnen gestanden? Seine helle Stimme hatte die Luft wie eine Peitsche über ihren Köpfen durchschnitten.

»Ihr tragt Eure Ehre wie eine Fahne«, hatte der Präsident gerufen. »Jetzt laßt die Weißen sehen, was wir Chinesen tun können. Wenn wir uns auszeichnen, werden sie uns zweifellos endlich als richtige Verbündete in diesem Krieg gegen die Ostmeer-Gegner anerkennen. Wo sonst sollen wir Verbündete suchen gegen diesen Feind, der unser Land einnehmen will, außer bei den Männern von Ying und Mei? Ich vertraue noch immer auf ihren Sieg. Folgt deshalb jenem, den ich über euch gesetzt habe. Nicht, daß ihr einen Weißen als Führer benötigt, aber er soll zwischen euch und den Männern von Ying stehen, die rauher und unfreundlicher zu uns sind. Und doch müssen wir alle Verbündete sein. Zeigt diesem einen, was für Soldaten ihr seid. Unser ganzes Volk blickt auf euch. Männer! Ich befehle euch!«

Während er sprach, hatte seine Gattin hinter ihm gestanden, und als der Präsident diese patriotischen Worte rief, hatte sie ihre kleine, zur Faust geballte Hand über den Kopf gehoben.

Der General sah sie wieder vor sich, wie sie da stand, ein schönes Geschöpf, aber war nicht auch sie eine Fremde? Oft sprachen Männer unter sich davon, daß sie es sei, die den Präsidenten das Bündnis mit den Weißen beibehalten ließ. Denn sie hatte ihre Kindheit im Ausland verbracht, war von Erde und Luft eines Landes ernährt worden, das nicht ihr eigenes gewesen. Man sagte, daß sie die fremde Sprache besser beherrschte als ihre eigene. Freilich, sie redete ihre eigene mit fremdartigen Schnörkeln, benutzte außerdem Bücherwörter, längst vergangene Wörter, die von toten Klassikern stammten; und sie schien die neuzeitliche scharfe Kürze nicht zu kennen. Allerdings lebte sie auch abseits vom gewöhnlichen Volk, denn sie war eine vornehme Dame, mit Ringen an Ohren und Händen.

Er hob den Kopf, um all diese unnützen Gedanken abzuschütteln. Er war Soldat, und vor ihm lag die Pflicht eines Soldaten, klar und einfach. Immerhin kannte er seinen Feind, ob er nun seine Freunde kannte oder nicht. Er blickte auf seine Armbanduhr. Morgen früh sollten sie auf der andern Seite des Flusses sein und die Weißen sichten – falls diese Menschen noch lebten.

Mayli fand in dieser Nacht keinen Schlaf, nicht nur aus Übermüdung. Kampfgeruch lag in der Luft. Alle wußten, daß morgen eine Schlacht stattfinden würde. Für sie aber war es die erste. Jetzt würde sie zum erstenmal Blutende und Sterbende und Pflegebedürftige sehen. Konnte sie ihrer Pflicht nachkommen? Sie fühlte sich beschämt, weil ihr bisheriges Dasein so nutzlos gewesen war. Angenehm und leicht hatte sie dahingelebt, abseits von ihrem eigenen Volk. Dieses Volk war ein Teil von ihr – Blut, das auch in ihren Adern floß, eine Nation, deren Angehörige sie war, aber sie war kein Teil von ihm, wie sonst einer des andern Teil war. In diesem Augenblick verlangte es sie danach, keine andere Sprache reden zu können als die ihres eigenen Volkes. Sie wünschte, sie hätte keine fremdartigen Erinnerungen.

»Wenn ich jemals wieder Muße habe«, dachte sie, »dann werde ich lesen und lesen, doch diesmal keine ausländischen Bücher, sondern nur die Bücher meines eigenen Volkes – die alten Dichtwerke und die alte Philosophie. Ich möchte meine Wurzeln finden.«

Plötzlich fiel ihr ein, daß sie vielleicht niemals mehr Muße haben würde, denn sie konnte ja getötet werden; und sie weinte ein wenig in der Nacht, ganz im geheimen, die Hand auf den Mund gelegt, damit die Frauen, die rings um sie lagen, nichts hörten. Pansiao merkte es jedoch gleichwohl, denn das junge Mädchen hatte wie immer abgewartet, wo Mayli sich niederließ, um dann zu ihr zu kommen und seinen Strohsack neben ihr hinzulegen. Pansiao erwachte und lag eine Weile still da; dann streckte sie in der Dunkelheit ihre Hand aus und berührte Maylis Wange, die naß war. So sehr erschrak sie, daß sogar diese Angebetete weinen konnte, so sehr, daß sie gleichfalls in Tränen ausbrach. Mayli mußte sie scharf anfahren, wußte sie doch, daß nur Schärfe einem solchen unvernünftigen, ansteckenden Weinen Einhalt zu gebieten vermochte.

Sogleich richtete sie sich auf, ergriff Pansiao an ihrem Zopf und schüttelte sie ein wenig. »Hör auf!« zischte sie. »Hör auf, oder ich strafe dich wie ein Kind!«

Und Pansiao, entsetzt über die Heftigkeit der geliebten Stimme, hörte auf zu weinen.

Mayli war von ihrem eigenen Kummer geheilt und legte sich wieder hin.

»Was gibt es anderes für mich«, dachte sie, »als nur die Pflicht, die ich klar vor mir sehe?«

14

In dieser Stimmung erhoben sich alle Männer und Frauen am nächsten Morgen lange vor Tagesanbruch. Sie aßen ihre kalten Rationen, sammelten sich und setzten ihren Weg fort. Mittlerweile waren sie in die Nähe der Gegner geraten, die rings um sie lauerten; jeder Schritt trat leise auf, und keine Stimme sprach, obwohl nicht weit entfernt Schüsse fielen. Der General hatte die Warnung ergehen lassen, daß die Feinde sich möglicherweise wie Affen über ihnen in den Bäumen oder wie Raubtiere im Urwald versteckten; aus diesem Grund hielt er sich möglichst an offenes Gelände.

»Jeder soll für sich selbst und für alle aufpassen«, hatten seine Worte gelautet. »Denkt daran, daß wir hier unter Menschen und Tieren keine Freunde haben.«

In Wahrheit war es keinem von ihnen beim Gedanken an diesen Krieg wohl zumute. Zu jeglicher Zeit hätten sie auf ihrem eigenen Boden kämpfen können, aber sie waren es nicht gewöhnt, über die Erde anderer zu schreiten. Im eigenen Lande strömte Kraft in ihre Körper; in diesem Lande aber fühlten sie keine Kraft einströmen. Das Land war ein Feind unter ihren Füßen.

Mit stillem Herzen schritten sie der Schlacht entgegen, und weil ihnen das Herz still war, fürchteten sie sich. Um Mut zu schöpfen, blieben ihnen nur die Befehle, die ihnen von oben erteilt wurden, und einer dieser Oberen war Amerikaner; und wann hatten sie je zuvor Mut aus von oben ergangenen Befehlen geschöpft, als ob sie Mietlinge wären? Die Frauen spürten das Bangen der Männer und folgten in dumpfem Schweigen. Mayli vermochte sie durch nichts aufzumuntern, obwohl sie zwei Soldaten dazu bewogen hatte, ihr etwas Holz zu beschaffen, Feuer angemacht und vor dem Aufbruch heißen Tee ausgeschenkt hatte. Nur blasses Lächeln war ihr dafür zuteil geworden; jede brütete über einem privaten Kummer, der unter erfreulichen Umständen vergessen werden konnte, der aber, wenn andere Befürchtungen einen Druck ausübten, hervorgeholt wurde. So gedachte Chi-ling ihrer verstorbenen Kinder und An-lan ihres alten Vaters; gleicherweise erging es den übrigen, und sogar die wenigen, die keinen großen Kummer hatten, fühlten, daß dies ein trauriger Tag war für Frauen – ohne Heim und Schutz, in einem fremden Land.

Doch als die Zeit des Sonnenaufgangs sich näherte, wurde die Stimmung ein wenig besser, denn bis jetzt waren sie keinem feindlichen Angriff ausgesetzt gewesen, und wenn es ihnen gelang, sich mit ihren Verbündeten zu vereinen, ehe die Gegner sie vom Himmel entdeckten, dann bestand etwas Hoffnung, daß sie ihre Linien erneut formieren und eine Angriffsbasis finden konnten, anstatt sich dauernd zurückziehen zu müssen.

Was Sheng betraf, so marschierte er stetig mit dem ausgreifenden Schritt des Bauern; es trieb ihn, zu den Weißen zu stoßen und zu sehen, was für Waffen und Maschinen sie hatten. So lange hatte er mit nichts anderem gekämpft als mit seiner alten Büchse, daß er meinte, sie brauchten nur ein paar jener Waffen zu haben, deren die Weißen so viele besaßen, um sie richtig zu verwenden und anzugreifen, anstatt sich zurückzuziehen. Wie oft hatte er nur auf einen Mörser gehofft! Diese Weißen aber verfügten sogar über Tanks und Flugzeuge, und ließ sich damit das Glück etwa nicht wenden?

Mit dieser Hoffnung machte er an der Stelle halt, die der General ihm als Warteplatz bezeichnet hatte. Hier wartete er mit seiner Mannschaft über eine Stunde, und während er mit den Leuten plauderte, konnte er nicht anders, er mußte ihnen seine Hoffnung zu erkennen geben. Die Soldaten ließen sich davon anstecken und wurden ebenfalls hoffnungsvoll. Deutlich hörten sie das Knattern der Geschütze, und sie lauschten. Es waren keine großen Geschütze, worüber sie sich wunderten. Hatten die Weißen keine großen Geschütze?

Dann kam zum Glück Charlie Li herbeigehumpelt. Seit drei Uhr war er in der Gegend herumgestrichen, und obwohl er eine Blase am Fuß hatte, war es ihm gelungen, den genauen Aufenthaltsort der Weißen auszukundschaften.

»Die Gegner griffen sie in der Nacht an«, erzählte er Sheng. »Aber die Weißen kämpfen noch immer.«

»Haben sie ihre Maschinen?« fragte Sheng eifrig.

»Sie haben einige Maschinen«, erwiderte Charlie. »Ich konnte sie sogar sehen. Sie sind alle in einem Tale versammelt, Männer und Maschinen, nicht über drei Kilometer von diesem Fleck entfernt. Aber sie werden hart bedrängt. Einige flüchten. Da und dort sah ich eine Handvoll Weiße in ihren eigenen Wagen davonfahren.«

»Dann haben sie auch diese Schlacht verloren«, bemerkte Sheng nüchtern. »Denn wenn man siegt, reißt man nicht aus.«

Doch noch immer wollte er die Hoffnung nicht aufgeben, und bald kam der General mit seinen Truppen. Sämtliche Streitkräfte sammelten sich langsam, und sie waren bereit weiterzuziehen, sobald der General alle Neuigkeiten bedacht hätte. Die Gegner – dies wußte er jetzt – rückten auf drei Seiten durch die Täler der drei großen Flüsse vor. Doch das waren nur die Hauptwege. Dazwischen hatten die Gegner ein Netz gewoben, so daß jede Straße gesperrt war. Und Straßen mußten die Weißen haben. Ihre großen Maschinen-Waffen waren ein Fluch für sie, denn sie mußten auf Straßen laufen. Sie verloren die aus ihrer Größe erwachsende Kraft, wenn keine Straße vorhanden war. Straßen gab es wenige, und die Gegner, die sich unter die Bevölkerung mischten, blieben verborgen, während sie arbeiteten. Die Bevölkerung half ihnen, und bald war jede Straße gesperrt, und alle jene großen Waffen waren wie vom Wasser ans Ufer geschwemmte Meeresungeheuer, tote Klumpen, eine große Last für die Menschen, die sie nicht benutzen konnten und sie doch nicht im Stich lassen mochten. Gefällte Bäume, die quer über die Straße lagen, hinderten diese Maschinen und brachten Unheil, denn während die Weißen sich bemühten, die Bäume beiseite zu schaffen, kamen die Gegner vom Himmel über sie, beschossen sie aus den Urwäldern, und die Weißen starben zu Dutzenden und zu Hunderten an einem einzigen Fleck, während sie die Maschinen zu retten suchten.

All dies hatte der General von seinen Spähern erfahren, und er sagte sich, daß er sich sputen mußte, obwohl sein Instinkt ihm zuflüsterte, daß dieser Krieg bereits verloren war. Aber niemand konnte ihm an jenem Tag in der Frühe die innere Hoffnungslosigkeit ansehen, als er auf einem Hügelchen über den versammelten Soldaten stand, die ihm zu gehorchen hatten.

»Männer!« rief er, und seine junge, volle Stimme schwang über ihren erhobenen Köpfen. »Ihr habt eure Pflicht zu tun. Wir wollen nicht fragen, was aus uns werden mag. Wir sind hier, um unsere Verbündeten zu retten und um Verteidigung in Angriff zu wandeln. Männer! Vergeßt nicht, daß dies der gleiche Krieg ist, den wir fünf Jahre lang auf unserer eigenen Erde ausgefochten haben. Der Feind ist derselbe Feind, und wenn er hier geschlagen wird, so wird er auf unserer eigenen Erde geschlagen. Männer! Wir müssen unsern Feind schlagen und die Große Straße wiederherstellen, die in unser eigenes Land führt. Kämpft also für eure eigene Sache!«

Ein gedämpfter Schrei stieg aus der Menge, unterdrückt, zurückgehalten, aber tief. Sogleich begannen sich alle wie ein Leib westwärts zu bewegen; Charlie Li schritt hinter dem

General, um den Weg zu weisen. Kein einziges Wort sprach der General, außer wenn er eine Antwort geben mußte, weil Charlie einen kürzeren Weg oder einen verborgenen Fußpfad zum Tal der Weißen bezeichnete. So schritten sie dahin; die Dämmerung wich, und die Sonne loderte mit plötzlicher Hitze auf. Schon zuvor war die Luft heiß und unbewegt gewesen; jetzt aber schien die Sonne sie in Brand zu setzen, und was vorher Hitze gewesen, das dünkte der Erinnerung Kühle. Frischer Schweiß brach auf jedem Gesicht aus; doch der General zügelte seine Schritte nicht.

»Sie sind westlich von den nächsten Hügeln«, sagte Charlie schließlich mit leiser Stimme. Die Schüsse, die ringsum durch die heiße Luft krachten, klangen jetzt sehr nahe.

Der General nickte und schritt weiter. Aber der Soldat hinter ihm hatte die Worte aufgefangen und leitete sie rückwärts weiter; von Mund zu Mund gingen sie, und jedermanns Herz spannte sich in Hoffnung und Bangnis.

Dann führte der General sie einen Hügel hinauf, und dann begann der mähliche Abstieg. Die Kolonne bewegte sich hinter ihm den Hang hinab. Nicht weit vor sich gewahrte der General ein Auto, dann noch eins. Die Wagen hielten auf der Straße. Er hob seinen Feldstecher an die Augen, und da sah er weiße Männer, erstarrt vor Entsetzen, deren Gesichter durch die Linsen ungeheuerlich aufgeschwollen waren.

»Sie haben Angst«, sagte er äußerst überrascht zu Charlie. »Warum fürchten sie sich vor uns?«

Er händigte Charlie den Feldstecher aus, und Charlie blickte hindurch. Dann begann er zu lachen. »Zweifellos halten sie uns für Feinde«, erklärte er. »Die Gegner tragen grüne Uniformen – wenn sie Uniformen tragen. Wer außer Dummköpfen würde eine andere Farbe in diesem Land tragen?«

»Sie sollen nur schwitzen und sehen, wer wir sind«, bemerkte der General trocken. »Zum Glück haben wir die weiße Sonne auf blauem Grund an unseren Mützen. Wenn sie unsern Gesichtern nichts anmerken, sollen sie es daran merken.«

So marschierte er weiter, und wahrhaftig, wenig später, als sie näher kamen, veränderten sich die Gesichter der Weißen; was Entsetzen gewesen, das wurde nun Freude. Sie erhoben sich, winkten mit den Armen und schrien, und was sie schrien, das war, wie der General jetzt hören konnte, der chinesische Kriegsruf.

»Tschung kuo wan shui!«

Wer kann sagen, welche kleine Dinge den Geist des Menschen befreien? So aber waren es diese Weißen, die den hundertmal vernommenen Kriegsruf ausstießen, die den General vorwärts trieben, und er fühlte den Geist aus seinem Herzen kommen wie einen Vogel aus dem Käfig. Mit mächtiger Stimme rief er: »Tschung kuo wan shui!« Und alle seine Leute nahmen den Ruf auf und schrien ebenfalls, bis der Ruf zum Himmel selber aufstieg. Kein einziges Mal ließ der General seine Füße langsamer werden.

»Fragt sie, wo die Gegner sind«, befahl er Charlie, als sie zu den Wagen gelangten.

»Wo sind die Gegner?« erkundigte sich Charlie bei den Weißen in deren Sprache.

»Dort . . . dort!« brüllten die Weißen, mit der Hand in den Hintergrund deutend.

Jetzt bemerkten sie, daß diese Männer keine Soldaten waren, denn sie trugen keine Waffen. Es waren irgendwelche Zivilisten. »Die Gegner sind dort, und die Unsern kämpfen noch immer«, riefen sie.

Dies vernahm der General, und er hörte zu, während Charlie ihm die Worte übersetzte. Die ganze Zeit aber marschierte er weiter, hinter ihm die Kolonne, so gingen sie gen Westen.

Hinter ihm betrachtete Sheng im Vorbeikommen die Gesichter der Verbündeten. Nie zuvor hatte er einen Weißen so nahe gesehen. Was für Gesichter waren das – bärtig, hager, knochig, mit großen Nasen und eingesunkenen Augen. Weiß? Sie waren dunkel von Schmutz, und die Sonne hatte ihnen die Farbe eingebrannt, die seiner Mutter roter Tonteekanne eignete!

Weit hinter Sheng marschierte Mayli noch immer an der Spitze ihrer Frauen. Ihr Schritt hatte das Federnde verloren, ihr Haar war naß von Schweiß. Als sie aber die Männer in den Autos stehen sah und bemerkte, daß sie lächelten, winkte sie und rief ihnen zu: »Hallo, ihr dort!«

Sie wußte ganz genau, welche Wirkung der Gruß auf die fremden Männer ausüben würde. Ungepflegt und schmutzig, wie sie waren, mit zerrissenen Kleidern und bloßen Armen, lehnten sie sich vor und riefen vergnügt zurück: »Hallo, hallo, hallo! Meine Güte, ist das ein hübsches Mädchen!«

Sie konnte nicht anhalten, denn der General führte weiter, aber etwas Junges und Lachendes blühte in ihrem Herzen auf. Oh, was für schöne Stunden hatte sie in Amerika erlebt . . . dort hatte sie mit solchen jungen Männern getanzt und geplaudert und getändelt! Was für schöne Stunden konnten junge Menschen miteinander erleben, welchem Land sie auch angehören mochten! Aber nicht in einer solchen Zeit.

»Sind sie nicht sehr wild, diese behaarten jungen Männer«, fragte Pansiao neben ihr ängstlich.

»Nein«, entgegnete sie kurz. »Sie sind gar nicht wild. Aber sie sind hungrig und müde und vielleicht gerade dem Tod entronnen.«

Sie war selber hungrig und müde. Sie seufzte, und plötzlich wünschte sie von ganzem Herzen, daß der Krieg vorbei wäre.

Wo blieb der Schlachtenruhm? Als der General die verstreuten müden Männer betrachtete, die seine Verbündeten waren, wünschte er ungeboren zu sein. Kein Wort kam über seine Lippen, aber sein Herz wurde zu Stein. Dies waren keine Verbündeten, sondern Lasten, die zu all den andern Lasten kamen – dem fremden Land, der fremden Bevölkerung, dem in jeder Weise überlegenen Gegner. Er hatte gehofft, daß durch die Vereinigung der beiden Streitkräfte wenigstens etwas Stärkeres entstehen würde als beim Getrenntsein. Als er sie anschaute, wußte er jedoch, daß er Schwäche hinzunahm, nicht Stärke, wenn er sich mit diesen Leuten verband.

Trotzdem marschierte er standhaft durch ihre Reihen, ohne auf ihre spärlichen, schwachen Willkommensrufe zu achten. An seiner Seite befand sich jetzt Charlie Li, denn der General beherrschte nur seine eigene Sprache, und er wußte, daß er sich mit dem Amerikaner in Verbindung setzen mußte, den der Präsident über ihn gestellt hatte.

Er wandte sich an seine Leute. »Ihr könnt mal ausruhen und essen«, verkündete er, und das Wort ging die ganze Kolonne hinunter. »Es ist unbestimmt, wann die Schlacht weitergehen wird.«

Denn zum Glück war die Schlacht gerade abgebrochen worden, nachdem sie die ganze Nacht getobt hatte; nicht einmal Flugzeuge tauchten am Nachmittagshimmel auf. In diesem kurzen Frieden hatten sich die Soldaten auf den Boden geworfen, wo immer sie nur ein bißchen Schatten finden konnten; einige lagen bäuchlings da, andere auf dem Rücken, den Hut über den Augen; etliche saßen, die Stirn auf die Knie gelegt, neben sich das Gewehr. Die neuangekommenen Chinesen standen schweigend da und betrachteten zweiflerisch ihre Verbündeten. Mehrere Weiße, die sie da stehen sahen, hoben müde den Arm zum Gruß, einige lächelten, andere riefen einen heiseren Gruß; die meisten aber saßen oder lagen einfach stumm da, als ob ihre Erschöpfung keinen Willkomm zuließe.

Durch diese müden Männer ging der General, und bald sah er die schlanke Gestalt auf sich zueilen, in der er den Amerikaner erkannte. Beide blieben stehen, salutierten voreinander, und dann hörte der General zu seiner Überraschung den Amerikaner chinesisch sprechen. Er hatte zwar vernommen, daß der Amerikaner chinesisch könne, doch hatte er das nicht wirklich geglaubt. Immerhin verstand er recht gut, was der andere vorbrachte. Er sprach nicht tadellos, und seine Kenntnisse stammten entschieden von gewöhnlichen Leuten, aber der Sinn war klar.

»Ich grüße Euch«, begann der Amerikaner. »Ich fürchte nur, daß Ihr zu spät kommt«, fügte er kurz hinzu.

»Es ist nicht meine Schuld, wenn wir zu spät kommen«, entgegnete der General kühl. »Viele Tage hat man uns an der Grenze warten lassen.«

»Es war nicht leicht, für so viele Leute Reis zu finden«, sagte der Amerikaner.

»Wir hätten unsern Reis selber finden können«, gab der General zurück. »Das teilten wir auch mit.«

»Was für Irrtümer und Mißverständnisse es auch gegeben haben mag«, meinte der Amerikaner, »wir wollen lieber daran denken, daß wir Verbündete sind. Die einzige Hoffnung, die uns bleibt, besteht darin, daß wir miteinander arbeiten und nicht gegeneinander. Seid Ihr auf einen Angriff vorbereitet?«

»Wir haben nichts anderes im Sinn«, sagte der General.

Mittlerweile hatte er jedoch erkannt, daß er und dieser Amerikaner sich nicht lieben würden, und zweifellos hatte der Amerikaner es auch erkannt. Dieses Wissen sprach aus seinen scharfsinnigen blauen Augen und aus seiner trockenen Stimme. Er blickte an dem General vorbei.

»Eure Leute sehen wohlauf aus«, bemerkte er ruhig. »Das ist ein erfreulicher Anblick.«

»Meine Leute sind an Mühsal gewöhnt«, erklärte der General stolz. »Sie können fünfundvierzig Kilometer am Tag marschieren, sich dabei selber verköstigen und alles tragen, was sie brauchen.«

»Dann rate ich Euch, so bald wie möglich im Westen anzugreifen. Die Gegner haben sich in der Stadt verschanzt, deren Pagode Ihr über den Hügeln dort seht. In der Dekkung Eures Angriffs können wir uns neu formieren und mit den Engländern die Front bereinigen.« Der Amerikaner zögerte und fuhr dann widerstrebend fort: »Ich schlage vor, daß Ihr Eure Leute etwas von den andern absondert . . . sagen wir, laßt sie dort drüben, jenseits des Flusses, lagern. Es ist besser, Streitigkeiten unter müden Männern zu vermeiden.«

»Streitigkeiten!« wiederholte der General hoheitsvoll. »Meine Leute werden keinen Streit anfangen.«

Jetzt mischte sich Charlie mit einem Lächeln ein. »Der Amerikaner meint, daß die Weißen uns nicht gern in ihrer Nähe haben. Jedenfalls sollten wir daran denken, daß wir nicht weiß sind. Wir wollen uns für uns halten.«

Dem General schoß die Röte in das schweißbedeckte Gesicht. »Das sagt uns auch mehr zu«, erklärte er.

Der Amerikaner sah ernst aus, und seine Stimme hatte einen bittenden Ton, als er sprach: »Wir haben eine schlimme Aufgabe vor uns, falls wir nicht alle das Leben einbüßen. Laßt uns hinnehmen, was eine Tatsache ist, und einer des andern Fehler vergessen. Ihr mögt denken, was Ihr wollt, aber in Gottes Namen vergeßt es und helft uns. Nachher – wenn die Schlacht gewonnen ist – könnt Ihr Euch rächen. Jetzt aber . . .« Er machte eine Handbewegung und wandte sich ab, zog sein Taschentuch hervor, das naß und schmutzig war, wischte sich die Stirn damit ab und lüftete den Tropenhelm, um sich über den kahlen Schädel zu fahren. »Es bleiben uns vielleicht nur noch Minuten«, sagte er. »Der Angriff kann gleich wieder beginnen.«

»Er hat recht«, bemerkte Charlie zum General.

Einen Augenblick stand der General regungslos da, im Kampf mit sich selber. Dann salutierte er scharf, drehte sich auf dem Absatz herum und rief seinen wartenden Leuten zu: »Männer! Antreten! Linksum – marsch!«

Die Soldaten traten in Reih und Glied, machten kehrt und marschierten zu dem kleinen Fluß, den sie planschend durchquerten, wobei sie bis zu den Hüften naß wurden, und erkletterten dann das jenseitige Ufer.

Der Amerikaner schaute ihnen nach; sein erschöpftes Gesicht trug einen traurigen Ausdruck. Seine Schulterbeine standen unter dem nassen Hemd vor, und seine Hände hingen wie Gewichte an seinen Seiten hinab. Wer wußte, was er dachte?

Sheng, der mit seinen Soldaten an ihm vorbeimarschierte, betrachtete ihn neugierig. Das also war der Amerikaner! Er sah alt aus, zu alt für dieses Leben. Ein so alter Mann sollte daheim bei seinen Kindern sein. Gab es in Amerika keine jungen Männer? Er war auch sehr mager; sein Ledergürtel reichte fast zweimal um seine schmale Leibesmitte herum. Die Sehnen standen an seinem dünnen Hals hervor, und sein Gesicht war so hager, daß die Ohren ganz groß wirkten. Große Ohren aber waren ein Zeichen für Güte und Klugheit – das hatte Shengs Mutter immer gesagt.

Der Amerikaner, der den Blick aus Shengs kühnen jungen Augen auffing, lächelte plötzlich.

»Habt Ihr gegessen?« grüßte er.

»Wie kommt es, daß ich Eure Sprache verstehe?« fragte Sheng erstaunt und blieb stehen, wo er sich gerade befand.

»Warum auch nicht, wenn ich Eure Sprache spreche?«

gab der Amerikaner zurück. »Zwanzig Jahre habe ich in Eurem Land verbracht.«

»Fast so lange wie ich«, sagte Sheng mit dem ihm eigenen breiten Lächeln.

»Ihr seid jung – ein Knabe noch«, bemerkte der Amerikaner. »Ich könnte Euer Großvater sein.«

Sheng empfand mit einem Male eine starke Zuneigung zu dem Amerikaner. »Es ist wahr, daß Ihr zu alt seid«, meinte er höflich. »Ihr solltet in Eurem Heim ausruhen.«

Bei dem Wort »Heim« beschatteten sich die hellblauen Augen unter dem abgenutzten Tropenhelm, den der Amerikaner trug. »Es ist besser, nicht ans Heim zu denken und nicht davon zu reden«, entgegnete er trocken. »Wer hat heute noch ein Heim?«

»Meines Vaters Haus steht noch immer«, erklärte Sheng stolz.

»Wo?« fragte der Amerikaner.

»In der Nähe der Stadt Nanking«, gab Sheng Bescheid.

Dann ging Sheng weiter, während der Amerikaner die lange Reihe von Männern an sich vorbeiziehen ließ, bis die letzten bei ihm anlangten, die Träger und dann der Arzt mit den Frauen. Dem Arzt und den Pflegerinnen gebot er Halt.

»Bleiben Sie bitte, Herr Doktor«, sagte er zu Chung. »Es wäre sehr liebenswürdig von Ihnen, wenn Sie sich unserer Verwundeten annehmen würden, bevor die Fliegen sie auffressen.«

So bekam Mayli, als sie zu den Verbündeten stieß, nur eine Schar hungriger, schmutziger, müder Männer zu sehen. Ihre Gesichter waren von Erde verkrustet und streifig vom Schweiß; lange hatten sie sich nicht mehr rasiert, und ihre Augen saßen tief in den Höhlen. Man hatte die Verwundeten in den spärlichen Schatten der Sträucher gelegt; einige lagen im Sterben, und viele waren tot. Mayli schlug das Herz im

Halse, als sie ihren Frauen ruhig befahl: »Hier ist unsere Arbeit. Wir wollen die noch lebenden Verwundeten in den Schatten des großen Baumes dort drüben legen. Dann soll jede Wasser aus dem Teich holen. Wir wollen uns nicht damit aufhalten, es abzukochen, sondern ich gieße ein Desinfektionsmittel hinein, und dann nimmt sich jede der Schwächsten an. Hsieh-ying, du bist so stark. Sammle etwas Holz, damit wir ein Feuer machen und Essen für sie wärmen können. Zehn sollen die Verwundeten pflegen und zwei Hsieh-ying helfen. Pansiao, du bleibst bei mir.«

So wies sie jeder ihre Arbeit zu, während Chung einen Platz unter dem Baum glättete, ein sauberes Wachstuch ausbreitete, das er seinem Instrumentenkoffer entnahm, Kittel und Handschuhe anzog und alle notwendigen Vorbereitungen traf, um Kugeln herauszuschneiden und Wunden zu nähen. Zum erstenmal geriet Mayli in Streit mit ihm, denn sie brachte es nicht über sich, einen Mann unberücksichtigt zu lassen, dessen Atem noch ging. Aber Chung sagte, indem er auf diesen oder jenen wies: »Lassen Sie ihn sterben; er ist verurteilt. Diesem dort werden gleich die Augen brechen. Wir dürfen uns nur derer annehmen, bei denen Aussicht auf Rettung besteht.«

»Wie können Sie wissen, wer am Leben bleiben wird und wer nicht?« lehnte sie sich auf.

Aber er war unbarmherzig und deutete mit dem Finger auf die Verwundeten, die gepflegt werden sollten. Mayli fühlte Tränen in ihre Augen steigen, während sie unablässig arbeitete; doch gleichwohl nahm sie sich die Zeit, einem Sterbenden einen Trunk Wasser zu reichen, und sie nahm sich auch die Zeit, die beschmutzten Briefe und Bilder von Frauen, Müttern, Kindern zu ergreifen, die ihr hingestreckt wurden. Sogar mit dem letzten Atemzug sammelten die Sterbenden Kraft, um solch ein blutbeflecktes Papier hervorzuholen, es ihr in die Hand zu drücken und mit erstickter Stimme zu murmeln: »Schreiben Sie ... schreiben Sie ...« Und bevor sie sagen konnten, was geschrieben werden sollte, starb ein Mann nach dem andern.

Ohne es zu merken, begann Mayli zu weinen, nicht laut, sondern mit tiefen inwendigen Schluchzern; ihre Kehle war zugeschnürt, als hätte sich ein Eisenband darum gelegt, und ihre Hände zitterten, während sie alle die Briefe und Zettel und Bilder einsammelte, die diesen Männern als Sinnbild des Liebsten auf Erden gedient hatten.

Sie wollte nicht laut weinen, denn sie wußte recht gut, daß dies nur der erste Tag von vielen gleichen war; aber sie war neu und unerprobt, und an diesem Tag gab es nicht einmal Ruhm, der solchen Schmerz lohnte. Ihre Frauen waren weitaus ruhiger als sie, weil sie diese Arbeit schon früher geleistet hatten, noch dazu für Männer ihrer eigenen Art, wohingegen diese hier Fremde waren. Mayli aber hatte solche junge Männer lebendig und fröhlich gesehen, hatte sie in ihrem eigenen Land gekannt, sorglos, wohlbehütet und geliebt in behaglichen Heimstätten. Sie hatte mit solchen jungen Männern getanzt, hatte sich ihre Verehrung und Verliebtheit gefallen lassen, und für sie waren sie keine Fremden. Es war traurig, sie hier zu erblicken, überlistet und dem Feind ausgeliefert, abgeschnitten und eingeschlossen; sie fühlte keinen Zorn gegen sie, sondern empfand nur Schmerz. Am traurigsten war es jedoch, ihre Dankbarkeit zu sehen, wenn sie ihre eigene Sprache aus Maylis Mund vernahmen.

»Ich habe ... seit tausend Jahren ... keine Frau mehr ... englisch sprechen hören«, seufzte ein blonder junger Bursche. Er schloß seine blauen Augen und ergriff ihre Hand. »Könnten Sie nicht ... singen?« hauchte er. »Irgend ... etwas?«

Und Mayli, deren Kehle noch immer so zugeschnürt war, daß sie kaum genügend Atem schöpfen konnte zum Singen, nahm alle Kraft zusammen und sang das erste Lied, das ihr in den Sinn kam, das Lied, welches sie vor ein paar Tagen abends gesungen hatte:

»Trink mir mit deinen Augen zu,
und ich tu' dir Bescheid ...«

Sie sang zuerst ganz leise, doch dann wurde ihre Kehle frei, und ihre Stimme kam klar und hell. Der sterbende junge Mann lächelte.

»Oh, das ist ja ein englischer Schlager«, flüsterte er. »Woher können Sie ...«

Seine Stimme erlosch, und seine Hand wurde schlaff. Doch sie hielt die Hand fest; Tränen strömten ihr über die Wangen, während sie das Lied zu Ende sang. Dann legte sie die schwere Hand nieder, so eine junge Hand, noch knochig und mager vor Jugend, mit abgestoßenen, schwarzen Nägeln und Schmutzkrusten in der zarten Haut. Und dann ließ sie den Kopf auf die Knie sinken und weinte wirklich, ungeachtet, daß jemand sie sehen oder hören mochte, denn es schien ihr, daß es in einer solchen Welt nur Elend und Weh gab.

Plötzlich fühlte sie sich aufgehoben. Zwei Hände packten sie an den Armen, zogen sie hoch, und sie drehte sich um.

»Sheng!« stieß sie leise hervor.

»Du warst es also«, sagte er. »Dich hörte ich neulich ... dasselbe Lied sangst du ...!«

15

So fanden sich Sheng und Mayli neben dem toten jungen Engländer. Zu anderer Zeit hätten sie sich wohl der Überraschung hingegeben, aber in diesem fremden Land begegnete ihnen täglich etwas Überraschendes. Wenn alles möglich war und niemand voraussagen konnte, wo er sich in der nächsten Stunde befinden oder was er dann tun würde – unter diesen Umständen empfanden weder Mayli noch Sheng, abgesehen vom ersten Aufschrei, Überraschung. Jeder nahm den andern bei den Händen, und so standen sie, mit fest verschlungenen Händen, mit den Augen das Antlitz des andern abtastend, und jeder fühlte jetzt, was der andere fühlte – ein Trost, für den es keine Worte gab. Freude konnte es nicht geben, denn sie standen mitten in Tod und Verderben, aber Mut floß durch ihre Hände zu ihren Herzen, und in diesem Augenblick vergaß er seine Eifersucht und seine Zweifel.

Er sah ihr von Schweiß und Tränen feuchtes Gesicht, ihre Haare, die ihr naß in Stirn und Nacken hingen. Sie trug einen rohen Strohhut wie die Bauern, und um den Hut wanden sich die welken grünen Zweige. Sie war bis auf die Knochen abgemagert, das sah er, und ihre blaue Baumwolluniform schlotterte, ebenfalls naß von Schweiß, um ihren dünnen Körper. Ihre bloßen Füße steckten in Strohschuhen, und ihre Ärmel waren bis zum Ellenbogen aufgekrempelt.

Und sie sah einen großen, hageren Jüngling, hart wie Leder, in einer schmutzigen Uniform. Über sein dunkles Gesicht rann der Schweiß wie Regentropfen und sickerte vom Kinn hinab. Tatsächlich schien die Sonne erbarmungslos auf sie herunter. Es gab keine Bäume außer den Ausläufern und dem Unterholz des Urwalds, und dort lagen schon die Verwundeten, die nach Wasser verlangten. Neben ihnen begann ein hohlwangiger Inder nach Wasser zu stöhnen.

»Pani . . . pani . . .«, ächzte er.

Beim Klang seiner Stimme wandten sie sich. Sie sahen, daß seine Schulter zerschossen war und daß er verblutete. Bevor Sheng noch zu Mayli gesprochen hatte, ließ er ihre Hände los, ging zu dem Sterbenden hinüber, öffnete seine eigene Feldflasche mit dem kostbaren Wasser und setzte sie dem Mann an die Lippen; dabei stützte er ihm den Kopf mit der rechten Hand, so daß er leichter zu trinken vermochte.

»Oh, er wird ohnehin sterben«, rief Mayli gedämpft. »Spare das Wasser für dich . . .«

Aber Sheng ließ den Mann trinken und trinken, bis die Flasche leer war. Dann legte er des Mannes Kopf auf die heiße Erde, und gerade als er dies tat, starb der Inder.

»Das Wasser ist verschwendet«, sagte Mayli mit der gleichen gedämpften Stimme.

»Ich wäre daran erstickt, hätte ich es ihm verweigert«, entgegnete Sheng. Er verkorkte die leere Flasche, tat sie an ihren Platz, und dann wandte er sich wieder Mayli zu, nahm ihre eine Hand und hielt sie in der seinen.

»Wo bist du gewesen?« fragte er.

»Hier«, antwortete sie, »mit meinen Frauen.«

»Und ich habe dich in meinen Träumen in dem Häuschen gesehen, mit dem läppischen kleinen Hund, den du mehr liebst als mich.«

»Und ich dachte, du seist irgendwo, aber nicht gerade in meiner Nähe«, sagte sie, und ihre aufgesprungenen Lippen lächelten.

»Du warst es, die ich am Abend unseres Aufbruchs singen hörte«, sagte er. »Und ich dachte, du könntest es nicht sein.«

Diese wenigen Worte sprachen sie zueinander inmitten der Männer, die verwundet und sterbend und vom Sonnenstich befallen dalagen; und beide wußten, daß sogar dieser Augenblick wegen ihrer Pflicht diesen andern gegenüber enden mußte. Schon begannen die Frauen verstohlene Blicke auf sie zu werfen; so lösten sich ihre Hände voneinander.

»Ich will dich heute abend aufsuchen«, versprach Sheng.

»Ich werde Ausschau nach dir halten«, versicherte sie. Und dann dünkte es sie, als könnte sie an einem solchen Tag nicht bis zum Abend warten, denn wußte jemand, wer am Ende des Tages leben und wer tot sein würde?

»Nimm dein Leben in acht«, sagte sie, und ihre Augen flehten. »Sieh zu, daß die Nacht dich in Sicherheit findet.«

Sein heißes, dunkles Gesicht schien plötzlich zu flammen. »Glaubst du, ich könnte sterben? Heute abend, nach Sonnenuntergang?«

Er drehte sich um und schritt zwischen den Soldaten davon, die ringsum auf der Erde lagen. Sie blickte der großen, hageren Gestalt eine Weile nach, bis sie fühlte, wie eine kleine Hand sich in die ihre legte.

»Wer ist der große Mann dort, Schwester?« hörte sie Pansiaos Stimme flüstern. Neuerdings hatte Pansiao begonnen, sie Schwester zu nennen, und Mayli ließ es zu, wußte sie doch, wie einsam das junge Mädchen war.

Sie wandte den Kopf und sah in Pansiaos verwunderte Augen. Da brach sie in Lachen aus.

»Wie konnte ich dich vergessen!« rief sie. »Wirklich, ich vergaß dich, du kleines Ding. Nun, das ist dein Bruder, Kind, dein dritter Bruder! Wir haben uns gefunden.«

Pansiao blickte hinter dem jungen Mann drein, aber er war schon unter den Männern verschwunden. »Soll ich ihm nachlaufen?« fragte sie.

Mayli schüttelte den Kopf. »Dazu ist jetzt keine Zeit«, entschied sie. »Wir müssen unsere Pflicht tun. Aber heute abend, nach Sonnenuntergang, wird er kommen. Und du mußt mir helfen, ihn abzupassen.«

Sie zog Pansiao mit sich, während sie sprach, und zusammen beugten sie sich über einen Engländer, der auf allen vieren dahinkroch, um den geringen Schatten eines beschädigten Lastwagens aufzusuchen. Sein Kopf hing hinab, so daß sein Gesicht nicht zu sehen war.

»Kann ich Ihnen irgendwie helfen?« fragte Mayli.

Mit ungeheurer Anstrengung hob er den Kopf beim Klang ihrer Stimme und der englischen Worte. Da gewahrte sie, was alles in ihrer Seele auslöschte außer dem Elend dieses Mannes. Der untere Teil seines Gesichts war fort. Er hatte keinen Mund, um zu sprechen, weder Kinnbacken noch Nase. Nur seine schreckerfüllten Augen schauten in Pein zu ihr auf.

Beide faßten sie den Mann unter den Schultern und zogen ihn in den heißen Schatten des Lastwagens. Mayli bettete ihn so, daß wenigstens sein Kopf im Schatten ruhte; dann entnahm sie dem Kästchen, das sie bei sich trug, eine Spritze, stach die Nadel in seinen Arm und ließ ihn ihre andere Hand packen. Als sie seinen Griff schwächer werden fühlte und seine glänzenden Augen trüb und stumpf werden sah, legte sie seine Hand auf die trockene Erde und verließ ihn. Es waren andere da, die sie vielleicht retten konnte.

Dies aber war das Elend dieses Tages, daß der große Rückzug fortdauerte, während sie ihre Arbeit taten. Lebend und sterbend – sie mußten sich fort- und fortbewegen. Mayli wußte, daß rings um sie die Schlacht tobte, aber sie achtete dessen nicht, arbeitete unablässig weiter, während die übrigen Frauen desgleichen taten und der Arzt in einem Wagen unter einer Plane operierte. Doch immer wieder erging der Befehl, daß sie sich noch weiter zurückziehen mußten. Denn eine Schlacht kann nicht im ganzen gesehen werden. Sie setzt sich aus vielen kleinen Bewegungen zusammen, aus vielen Männern und Frauen, und ein jeglicher ist ein Teil des Ganzen, das nicht gesehen noch begriffen werden kann. Der einzelne muß sich fortbewegen, wenn er den Befehl erhält, und er bewegt sich in der Richtung, die ihm angewiesen wird, aber den Grund kennt er nicht, noch fragt er danach.

Den ganzen heißen Tag hindurch befaßte sich Mayli mit einem Verwundeten nach dem andern, und beständig wurden neue gebracht, die sterben oder den Lebenskampf fortsetzen sollten. Wenn sie vor Müdigkeit ermattete, sah sie auf Chung, und dann wußte sie, daß sie nicht ruhen durfte, weil er es nicht tat. Er hatte sich ein Tuch um den Kopf gebunden, damit ihm der Schweiß nicht in die Augen rann; aber der Schweiß lief ihm über die Wangen und an seinen bloßen Armen hinunter; er tropfte von seinen Fingern, während Chung in Menschenfleisch schnitt und Adern abband. Und die Verbände, welche die ihm folgenden Pflegerinnen anlegten, sobald die Operation beendet war, wurden feucht vom Schweiß der Frauen. Wer aber konnte sich in dieser gänzlich erbarmungslosen Hitze abtrocknen? Sie tranken, was sie an Wasser sahen; in Eimer, die von einem ausdörrenden, schmutzigen Fluß gebracht wurden, goß Chung eine oder zwei Flaschen irgendwelcher Chemikalien, worauf er sie den Inhalt trinken ließ. Nur mit Sorglosigkeit konnte das Dasein inmitten des Todes gelebt werden; wenn jeden Augenblick der Tod vom Himmel herab oder aus den Sträuchern ringsum kommen mochte – warum sich dann Wasser versagen, nach dem sie verschmachteten?

Mayli beobachtete ihre Frauen genau, um zu sehen, wie sie den Tag ertrugen; und sie fand, daß sie gut durchhielten. Pansiao, um die sie am meisten gebangt hatte, hielt am besten von allen durch. Inmitten von Hitze, Blut und Tod ging Pansiao umher, holte und trug dieses oder jenes, und wie erhitzt sie auch sein mochte, ihr Gesichtchen zeigte Heiterkeit. Einmal kam sie in Maylis Nähe, Mayli sah sie lächeln.

»Ich denke die ganze Zeit an den heutigen Abend«, raunte Pansiao ihr zu.

Sie war wirklich noch ein Kind, und Mayli lächelte zurück, ohne zu sprechen. In all diesem Grauen konnte Pansiao an die eigene Freude des Abends denken. Ihr Seelchen hatte beschlossen, im Grauen keine Bedeutung mehr zu finden. Sie sah einen Mann sterben und empfand dabei nichts, weil sie dies zu oft schon gesehen, und der Tod war jetzt für sie ein Teil des Lebens. Blut und Wunden und Gestank ließ sie unbeachtet, und sie heftete ihren Geist auf etwas Eigenes. Heute war es der Gedanke an ihren Bruder; gestern hingegen war es eine kleine Süßigkeit gewesen, die sie in einem Laden gefunden und für einen Penny gekauft hatte, vorgestern ein verirrtes Kätzchen am Straßenrand. Morgen würde es wieder etwas anderes sein.

Siu-chen, das junge Mädchen, die eine Inlandschule besucht hatte und die seit dem Angriff auf Nanking Waise war, weinte, während sie arbeitete. Ab und zu hob sie ihre mit Blut und Schmutz beschmierten Hände und wischte sich die Augen; ihr stets rosiges Gesicht war mit Blut befleckt, das nicht ihr eigen war. Aber Mayli bangte um dieses Mädchen nicht, solange es weinen konnte. Ebensowenig bangte sie um Hsieh-ying, die fluchte und schimpfte, während sie sich die schweren Männerkörper auf den Rücken lud und über das Schlachtfeld schleppte oder die leichteren wie Kinder in die Arme nahm. Mayli hörte sie vor sich hin fluchen und schimpfen, als sie in ihre Nähe kam.

»O meine Mutter und meiner Mutter Mutter, man sehe sich diese Vergeudung an guten Männern an! Oh, diese Teufel, daß ihre Väter Schildkröten wären und daß die Geschlechtsteile ihrer Mütter verfaulten!« Dann schrie sie auf. »Oh, ich kenne ihn, diesen hier, der seine Beine verloren hat! Meine Güte!« rief sie Mayli zu. »Das ist der Mann, der den

Wagen gesteuert hat – erinnerst du dich? Er war so ein prächtiger, guter Mann. Komm, mein Armer, ich bring' dich zum Doktor . . .«

Chung fuhr sie an, sie solle ihm nicht solche Leute bringen, denn wie konnte er an einen Körper zwei Beine machen? Hsieh-ying aber schrie zurück, daß sie ihm, auch wenn ihre eigene Mutter verflucht wäre, jeden Mann bringen würde, der sie mit lebenden Augen ansah, mochte seine Haut weiß oder schwarz sein, mochte er Beine haben oder nicht; einzig die Toten lasse sie liegen, und sollte sie diesen liegenlassen, den sie kannte? Aber der Mann starb, während sie sprach.

Es war seltsam, daß sie an diesem entsetzlichen Tag, da der Feind keinen Augenblick abließ, sie vom Himmel und vom Urwald her zu beunruhigen, in all ihrer unsinnigen Müdigkeit Zeit fanden, miteinander zu streiten, jetzt Chung und Hsieh-ying, dann wieder zwei andere, welche die Arbeit zusammenführte. So sehr der Gegner seine Waffen über ihnen entlud, so sehr steigerte sich die Gereiztheit durch Furcht und Müdigkeit und Hitze und Hunger. Und schlimmer als alles war das erbarmungslose Licht der zornigen Sonne, die immer sengender niederbrannte, je mehr der Tag vorrückte.

Aber solange sie rufen und einander beschimpfen und weinen konnten, fühlte sich Mayli ihrer Frauen sicher. Erst wenn sie ganz still wurden, hielt sie ein Auge auf sie, und zu den Stillen gehörten An-lan und Chi-ling. Beide hatten die ganze Zeit unablässig gearbeitet, und als am späten Mittag ein wenig Essen verteilt wurde, schüttelte Chi-ling ablehnend den Kopf.

Mayli ging zu ihr. »Iß«, sagte sie zu Chi-ling. »Ich befehle es.«

Chi-ling schüttelte abermals den Kopf. »Ich kann nicht«,

entgegnete sie, »auch wenn du es befiehlst. Ich würde mich übergeben.«

Darauf ließ Mayli sie allein, doch beobachtete sie die junge Witwe scharf, während jene mit An-lan zusammenarbeitete. Zwischen diesen beiden war eine Art Freundschaft entstanden, als ob sie in ihrer beider Schweigen Trost fänden.

So zog sich der lange Tag hin, immer lastender, denn gegen Nachmittag wußten alle, daß die Schlacht verloren war. Niederlage lag im Geruch der Luft, im Staub, in der Hitze. Niemand sprach das Wort aus, aber alle wußten Bescheid, und das Wachsen dieser Erkenntnis fegte durch sie hindurch wie ein böser Wind.

Der General wußte es, ohne daß ihm die Botschaft gebracht wurde. Er hatte seine Leute an diesem Tag selber angeführt, wobei er sich nach Kräften bemühte, die Straße für den Rückzug frei zu machen. Aber so niederträchtig war der Feind, so geschickt in seiner Niederträchtigkeit, daß jede Straße, die an einer Stelle frei gemacht worden, an einer anderen blockiert war, und eben diese unablässige Blockierung hielt sie dauernd eingeschlossen. Jetzt verwünschte der General die fremdländischen Maschinen wirklich, denn diese Maschinen waren nutzlos, wenn ihre Motoren nicht liefen, und wie das Herz im Menschenleib war gerade der Motor ihr verwundbarster Teil. Immer wieder stellten die Gegner die toten Maschinen in einem Haufen quer über eine Straße, verschanzten sich dahinter und setzten die Rückzugsstraße unter Feuer.

»Wir sind an diese Maschinen gebunden!« schrie der General seinen Offizieren zu. »Ich wünschte, wir könnten uns unseren eigenen Beinen anvertrauen und die verdammten Dinger hier rosten und faulen lassen!«

Wie aber durften sie diese Geräte und Fahrzeuge im Stich lassen, auf die ihre Verbündeten alle Hoffnung setzten? Um der Maschinen willen mußten Menschen Straßen folgen, und auf diese Straßen ließ der Feind Feuer vom Himmel regnen, sandte Feuer aus den Urwäldern, und überall und immer fand der Feind sie, weil sie keine Deckung nehmen und die Straßen nicht verlassen konnten.

Als endlich der Abend kam, hielten sie an, wohl wissend, daß in der Nacht die Gegner die Straße blockieren würden, die sie am nächsten Tag benutzen mußten, und daß die Bevölkerung des Landes, ihnen feindlich gesinnt, den Gegnern helfen, ihnen Schutz bieten und gemeinsam mit jenen ihre Geschosse aussenden würde.

Die Geschosse bestanden, wie Sheng feststellte, aus allem möglichen, das sich nur finden ließ. Der Feind hatte gute Patronen, neu hergestellt und von einer Sorte, die rasch in zahlreiche feine Metallsplitter barst, so daß das Fleisch in Stücke gerissen wurde. Jedoch, spät am Tag, bevor der Halt für die Nacht befohlen wurde, fühlte Sheng einen Stich im linken Oberarm. Er befand sich gerade auf einem schmalen Pfade, der von der Hauptstraße abzweigte, und da es schon spät war, hielt er Ausschau nach einem Lagerplatz für seine Soldaten. Er hob die Hand zum Arm, aber bevor er die Ursache des Schmerzes feststellen konnte, fiel ein Metallhagel auf die ihn begleitenden Männer, so daß alle sich duckten und davonliefen. Als er auf der Hauptstraße halbwegs in Sicherheit war, befühlte er seinen Arm, und zu seiner eigenen Verwunderung fand er einen Nagelkopf so sauber darin sitzen, als hätte ein Schreiner ihn hineingehämmert. Er riß ihn heraus und sah, daß es ein Nagel von ungefähr fünf bis sieben Zentimeter Länge war. Er fluchte wacker vor sich hin, während er ihn zwischen Daumen und Zeigefinger in die Höhe hielt.

»Da schau einer«, sagte er zu seinen Leuten. »Damit rükken sie uns jetzt zu Leibe.«

»Dieser Nagel stammt bestimmt nicht vom Feind«, erklärte sein Adjutant, »sondern von einem der Burmesen, die sich dem Feind gegen uns angeschlossen haben. Diese Burmesen haben noch keine guten Waffen, weil das Gesetz der Weißen ihnen lange verboten hat, jemals Waffen zu tragen. So bleiben ihnen nur die alten Waffen, die sie gestohlen oder verborgen gehalten haben, und da sie keine Patronen besitzen, nehmen sie Nägel oder was sie nur an Metallstückchen finden können.«

Langsam tropfte jetzt aus dem Nagelloch dunkles Blut, das Sheng eine Weile rinnen ließ, damit es die Wunde reinigte; dann riß er einen Streifen von seinem Hemd ab, verband den Arm und fuhr mit seiner Arbeit fort. In dieser Nacht lagerten sie nicht auf einem Seitenweg, sondern auf der Hauptstraße, von wo sie einen Ausblick nach allen Seiten hatten, so daß sich ihnen niemand ungesehen nähern könnte. Außerdem ließ er die Soldaten sich im nahen Urwald fächerartig ausbreiten und abwechselnd am äußeren Rand Wache halten.

Als alles für die Nacht vorbereitet war und die müden Männer das armselige Essen zu sich genommen hatten, das ihnen zur Verfügung stand, bis neue Nahrungsmittel herbeigeschafft werden konnten, bat Sheng einen Offizierskameraden, für eine Weile seinen Platz einzunehmen, und ging ungefähr zwei Kilometer weit über die Straße zu der Stelle, wo die Verwundeten waren, um die getroffene Vereinbarung einzuhalten.

Als er sich dem Lager mit heftig klopfendem Herzen näherte, gewahrte er statt der einen, die auf ihn warten sollte, am Rande des Lagers zwei Gestalten. Im Mondlicht, das hart und fast so klar wie Sonnenschein auf die Urwaldstraße niederschien, sah er Maylis lauschend erhobenen Kopf, aber an ihrer Rechten hielt sich mit beiden Händen ein kleineres, jüngeres Wesen fest. Sein glühendes Herz erstarrte. Warum hatte sie zu ihrer ersten Zusammenkunft eine Fremde mitgebracht? Wollte sie wieder dieses Spiel der zaudernden Ausflüchte beginnen, mit dem sie ihn so lange hingehalten hatte? Bei diesem Gedanken wurde er ärgerlich.

»Es ist keine Zeit mehr für Verzögerungen«, dachte er. »Damit muß sie jetzt aufhören. Ich will, daß sie sich nun mir gegenüber verhält, als ob sie ein Mann wäre und keine Frau.«

Er ging weiter, beschleunigte den Schritt vor Zorn, und sie sah seine Miene, als er sich näherte. Sie sprach nicht. Sie schaute ihn an und wartete.

»Wen hast du da mitgebracht?« fragte er kurz.

Da verstand sie die Ursache seiner Verstimmung, und sie lachte. »Sheng!« rief sie. »Du kennst sie.«

Er warf nur einen nachlässigen Blick auf Pansiao, denn es trieb ihn, mit Mayli allein zu sein. Pansiao hob scheu ihr Gesicht und betrachtete neugierig den großen Burschen mit der barschen Stimme. War das wirklich ihr dritter Bruder? Sie entsann sich seiner als eines trotzigen, aufbrausenden Knaben, der in seines Vaters Haus wie ein Sturm gewesen war. Und doch erinnerte sie sich auch, daß er sie, als sie noch klein war, manchmal mit ihm zusammen auf dem Wasserbüffel zum Weideland hatte reiten lassen, und dort oben, auf den friedvollen, sonnigen Hügeln, war er nicht rauh gewesen, sondern liebenswürdig. Er hatte das süße Gras abgerissen, in dessen grünen Blattscheiden die zarten, silbrigen Blütenköpfe zusammengefaltet lagen; einen Halm nach dem andern hatte er ihr vor den offenen Mund gehalten, und sie hatte daran geleckt, während sie lachten. Und sie erinnerte sich, daß er ihr mitunter etwas vorgesungen hatte.

»Entsinnst du dich des Liedes von den hackenden Bauern im Frühling, das du zu singen pflegtest?« fragte sie ihn.

Und sie erhob ihre Stimme und sang mit klaren Trillern eine Strophe. »Oh, woher kennt Ihr dieses Lied?« wollte er wissen. »Es ist ein Lied meiner Heimat.«

»Weil ich Pansiao bin«, erwiderte sie, und sie zitterte unter seinem ernsten, dunklen Blick.

Er starrte auf sie nieder, hielt den Atem an und zupfte sich am rechten Ohr. »Was für ein Ding bin ich«, stieß er hervor, »daß ich meine eigene Schwester nicht kenne – wenn du wirklich meine Schwester bist«, fügte er hinzu, »denn da bist du nun in diesem bösen Loch, und wie du hergekommen bist, vermag ich nicht auszudenken, und wenn ich den Rest meines Lebens darüber grübeln würde.«

Jetzt sah er nicht mehr finster aus, sondern war lebhaft und erstaunt. Er betrachtete Pansiaos Antlitz, und je länger er schaute, desto sicherer erkannte er sie.

»Wie lautet der Name meiner Schwägerin?« forschte er.

»Jade«, antwortete sie rasch.

»Und wie viele Brüder habe ich?«

»Zwei«, versetzte sie fröhlich. »Lao Ta und Lao Er, und du bist Lao San. Unser Haus ist um einen Hof mit einem kleinen Teich in der Mitte gebaut, und in dem Teich sind Goldfische. Im Sommer ist der Hof mit Matten bedeckt, und wir essen dann dort, alle miteinander. Und die kleinen Knaben meines ältesten Bruders laufen hin und her, und ... und ...« Sie hielt die Hand vor den Mund. »Oh, arme Orchidee«, hauchte sie, »so lange habe ich nicht mehr an dich gedacht, und du bist tot!«

»Auch die beiden Knaben sind tot«, sagte Sheng kurz.

Pansiao stieß einen Schmerzensschrei aus. »Oh, sie waren so hübsch, die beiden Knäblein!« weinte sie. »Ich erinnere mich, daß der kleinere ganz dick und weich war, wenn ich ihn hielt, und er roch nach seiner Mutter Milch wie ein Kälblein!«

Dort an dem fremden und einsamen Ort, in einer kurzen Stunde des Friedens mitten in der Nacht, umgeben von schlafenden Soldaten, das Stöhnen der Verwundeten im Ohr – so kamen sich Bruder und Schwester nahe in ihrer gemeinsamen Sehnsucht nach der Heimat.

»Wir wollen uns einen Fleck suchen, an dem wir uns hinsetzen können«, schlug Mayli freundlich vor.

Aber gab es an diesem bösen Ort einen Platz zum Sitzen?

»Wir dürfen uns dem Waldrand nicht nähern«, mahnte Sheng. »Die Schlangen sind sehr behende und tödlich. Wir müssen hierbleiben, wo wir unsere Umgebung deutlich sehen.«

In der Nähe befand sich ein beschädigter Lastwagen, der auf der Seite lag, halb zersprengt von einer feindlichen Granate. Darauf ließen sie sich nieder, Pansiao zwischen Mayli und Sheng. Die Mücken sangen schrill um ihre Ohren, und zu beiden Seiten kamen Urwaldlaute aus der Nacht, die scharfen Laute ruheloser kleiner Tiere, die durch die Dunkelheit strichen, und manchmal hörten sie das Brechen von Zweigen unter den Tritten eines größeren Geschöpfs. Da saßen sie nun im blendenden Mondlicht, und die Erinnerung an das viele tausend Kilometer entfernte Bauernhaus beschlich sie wie eine Krankheit.

Eine Weile schwiegen alle; Pansiao strengte ihr Gedächtnis an; Sheng träumte vor sich hin, vergaß alles außer der Heimat und jenen, denen er entstammte. Wer kennt die Wege der Seele?

Es begab sich aber, daß im gleichen Augenblick Ling Sao an ihren dritten Sohn dachte; schlaflos lag sie in ihrem Bett. Sie, die stets einschlief, sowie sie sich abends ausstreckte, war jetzt unruhig, weil an diesem Tag neues Übel über das Haus gekommen war.

Auch Ling Tan konnte aus diesem Grund nicht schlafen; er lag neben ihr, schweigend, aber wach. An diesem Tag hatte er von seinen beiden ältesten Söhnen gehört – und sie wiederum hatten es in der Stadt vernommen, wohin sie sich begeben, um frische Rettiche zu verkaufen –, daß der Krieg in Burma verloren war. Von dort, aus vieltausend Kilometer Entfernung, war die schlimme Nachricht gekommen. Sie kam durch geheimnisvolle Stimmen in der Luft, kam durch Geflüster, das hinter vorgehaltener Hand in wartende Ohren geraunt wurde, und nun wußten viele, daß Burma verloren sein würde, und aus diesem Grund mußten Jahre vergehen, bevor sie wieder frei sein konnten.

So sah Ling Tan an diesem Tag seine Söhne mit finsteren Mienen aus der Stadt zurückkehren, obwohl ihre Körbe leer waren. »Was treiben die Teufel schon wieder?« hatte er sie gefragt. Neuerdings ging er selber nie mehr in die Stadt, sondern verwendete alle seine Kräfte auf die Felder.

»Diesmal sind es nicht die Teufel, sondern die Weißen in Burma«, antwortete Lao Ta. Seufzend ließ er sich auf einer Bank an der Tür nieder, setzte seine Körbe ab, zog seine kleine Bambuspfeife hervor und stopfte sie mit getrocknetem Unkraut, das jetzt statt Tabak benutzt wurde.

Seit seiner Heirat mit der Frau, die er einst in seiner Fallgrube gefunden hatte, war Lao Ta dicker geworden und auch gewandter, als er jemals mit all seiner Schlankheit gewesen. Dies kam daher, daß seine Frau ihm heimlich Leckerbissen bereitete und in seine Schale die besten Bissen schmuggelte, soweit ihr das ungesehen möglich war. Sie hatte ihn außerdem dazu gebracht, seine Fallen aufzugeben, indem sie in ihn drang, er müsse seinem Vater mehr helfen.

»Das mußt du tun, wenn du ein guter ältester Sohn sein willst«, hatte sie zu ihm gesagt. Und sie lobte ihn stets, schmeichelte ihm mit ihrem Lob, und ohne jegliche Gewalt gelang es ihr, ihn allmählich dazu zu bringen, daß er tat, was sie wünschte.

Tatsächlich bestand die Macht dieser Frau im Haus darin, daß sie so süß schmeicheln konnte und mit so viel Liebe, daß es ein Vergnügen bedeutete, ihr nachzugeben. Was sie auch tat, sie tat es nie um ihrer selbst willen; ihre Liebe verströmte sie an alle, und alle liebten sie. Jade gegenüber nahm sie niemals den Rang der Älteren ein, sondern bewunderte laut deren Kenntnisse und Schönheit; sie hätschelte Jades drei Söhne, besonders die beiden, von denen sie Jade bei einer einzigen Geburt entbunden hatte. Lao Er diente sie, und sie pries ihn und ließ ihn denken, er sollte mit all seiner Klugheit der älteste Sohn sein; Ling Sao war für sie ein Muster der Sparsamkeit, dem sie eifrig nachstrebte, und zu Ling Tan sprach sie als ihrem Herrn. Nur ihrem eigenen Mann, Lao Ta, offenbarte sie ihren einzigen großen, beständigen Wunsch, einen Sohn zu bekommen, ehe es zu spät wäre, aber auch davon redete sie nur mit solch demütiger Liebe zu ihm, daß er sich veranlaßt fühlte, sie zu trösten, anstatt sie zu tadeln. »Laß ab, dich wegen eines Kindes zu bekümmern«, sagte er oft zu ihr. »Ich finde an dir Gefallen, obwohl du unfruchtbar bist. Die Zeiten sind ohnehin schlecht für Kinder.«

Doch gleichwohl betete die Frau mit den Perlen zwischen den Fingern abends und morgens zu Kwanyin, und noch immer hegte sie Hoffnung.

Deshalb war Lao Ta die ganze letzte Zeit recht fröhlich gewesen, so daß sich die Düsterkeit sogleich auf seinem Antlitz zeigte, wenn er sie fühlte; und alle teilten seine düstere Stimmung, als er erzählte, was er und sein Bruder an diesem Tag in der Stadt gehört hatten. Spät abends saßen sie noch beieinander, sprachen darüber und machten Pläne, was getan werden sollte, wenn Burma fiel.

»Diese Weißen . . .«, bemerkte Ling Tan immer wieder,

»nie hätte ich gedacht, daß die Weißen versagen könnten. Ja doch, ihre Gewehre, ihre Waffen ... wie war das möglich?« Und traurig dachte er, wie wenig ihr Gelöbnis wert sei, wenn Burma fiele. »Jahre wird es für uns dauern, wenn wir abgesperrt werden«, murmelte Lao Er betrübt, und seine Augen suchten die seiner Frau.

»Sollen unsere Kinder als Sklaven aufwachsen?« schrie Jade auf. Jade aber hatte die ganze Zeit schweigend dagesessen, und ihr plötzlicher Aufschrei bewirkte, daß alle sie anstarrten. Darauf brach sie in Tränen aus und rannte aus dem Zimmer.

Ling Tan blickte seinem zweiten Sohn ins ernste Gesicht. »Was meint sie?« fragte er.

»Sie hat große Angst, daß unsere Kinder nicht wissen werden, was Freiheit ist«, antwortete Lao Er. »Bis jetzt hoffte sie über alle Vernunft, daß die Weißen die Gegner rasch vernichten würden, und sie weiß, daß in dieser Hinsicht Burma unsere letzte Hoffnung ist.«

»Sie weiß immer zuviel«, seufzte Ling Sao. »Deine Frau, mein Sohn, weiß soviel wie ein Mann.«

Ling Tan sprach wieder zu Lao Er. »Wenn du willst, daß deine Söhne frei aufwachsen, dann mußt du dieses Haus verlassen.«

»Was?« rief Ling Sao. »Soll ich zusehen, wie meine Enkel hinausziehen und verlorengehen wie mein dritter Sohn?« Sie führte ihre blaue Schürze an die Augen und weinte laut, und Lao Er beeilte sich, sie zu trösten.

»Aber, Mutter«, beschwichtigte er, »warum mußt du immer beim Ende beginnen, bevor ein Anfang da ist? Habe ich gesagt, daß ich dir deine Enkel fortnehmen werde?«

»Nein«, schluchzte Ling Sao. »Aber wenn Jade gehen will, wirst du gehen.«

»Wie können wir drei kleine Kinder heimlich fortbringen?« entgegnete Lao Er. »Das ist nur ein Traum von ihr. Wir werden dich nicht verlassen.«

Ling Sao ließ sich jedoch nicht so ohne weiteres trösten. »Wenn Jade träumt, bekomme ich Angst«, bekannte sie, und obwohl Lao Tas Frau ihr heißen Tee brachte, um sie zu beruhigen, wollte sie ihn doch nicht trinken.

So trennten sie sich schließlich und gingen zu Bett, ohne daß einer von ihnen sein Gleichgewicht wiedergefunden hatte.

Jetzt lag Ling Sao im Bett und dachte, welch großer Kummer es sein würde, wenn keine Kinder im Haus wären; das würde sogar noch schlimmer sein als der Verlust ihres dritten Sohnes. Als ihr dieser Gedanke kam, fand sie sich schlecht, so von ihrem eigenen Sohn zu denken, und sie begann, sich nach Lao San zu sehnen. Sie weinte leise vor sich hin.

Ling Tan hörte sie weinen, und er sprach scharf von seinem Kissen her. »Hör auf zu weinen, Weib. Deine Augen sollten allmählich ausgetrocknet sein bei all dem Kummer, den wir haben.«

»Soll ich mein Leben kinderlos beenden?« schrie sie auf.

»Du denkst noch immer nur an dich«, gab er müde zurück. »Aber du und ich, Alte, wir sind so gut wie tot. Können wir die Kleinen als Sklaven aufwachsen lassen? Jade hat recht.«

Diese Worte bewirkten, daß Ling Sao erneut in Weinen ausbrach, und da er infolge seines Alters sehr müde war, brachte er keine Geduld mehr mit ihr auf. Er streckte die Hand aus und schlug sie auf die Wange. »Hör auf, hör auf«, rief er, »sonst machst du mich auch noch schwach.«

Daraufhin hörte sie auf zu weinen, und ohne seine Heftigkeit zu fürchten, streckte sie ebenfalls die Hand aus. Sie berührte seine Wange und fühlte, daß sie naß war. Da wurde sie ruhig.

»Du auch?« flüsterte sie.

»Sei still«, murmelte er, aber seine Stimme tat ihrem Herzen weh.

»Mein lieber Alter«, sagte sie und gab ihren Willen auf. Mochte kommen, was kommen mußte.

Und in der heißen Nacht saß Sheng mit gerunzelter Stirn und in Erinnerungen versunken da, und auch Pansiao neben ihm gab sich Erinnerungen hin. Mayli ließ die beiden allein sein, als wäre sie selbst überhaupt nicht anwesend.

Pansiao streckte ihre Hand aus, die Sheng ergriff und festhielt.

»Ach, meine kleine Schwester«, sagte er traurig, »warum bist du hier? Für dich ist es schlimmer als für mich. Was kann unser Ende sein?«

»Aber es ist ein großes Glück für mich, Mayli gefunden zu haben und jetzt auch noch dich«, entgegnete Pansiao fröhlich. »Geradesogut hätte ich hier ganz allein sein können.« Sie berichtete ihm, wie ein Zufall nach dem andern dazu geführt hatte, daß sie hierhergekommen war.

»Du warst wie ein Blatt auf einem Strom«, meinte er. »Wurdest dahingetrieben, ohne überhaupt zu wissen, wie und warum.«

»Und jetzt bin ich in Sicherheit, da ich bei euch beiden weile«, erwiderte sie behaglich.

Über ihren Kopf hinweg blickten Sheng und Mayli einander an, und beide wußten genau, was der andere dachte. Obwohl sie sich danach sehnten, allein zu sein, brachten sie es nicht über sich, dem jungen und vertrauensvollen Geschöpf in ihrer Mitte zu sagen, es möchte sie verlassen. Sie konnten nicht grausam sein, und so hörten sie zu, während die Kleine plauderte, und schauten sich über ihren Kopf hinweg an.

Immer wieder und wieder sprach sie von der Heimat.

»Weißt du noch, dritter Bruder, wie Jade versuchte, mir das Lesen beizubringen?« fragte sie. »Ich wünschte, ich könnte ihr zeigen, wie viele Schriftzeichen ich jetzt schon kenne, und ihr aus meinem Büchlein vorlesen. Ich habe das Buch noch immer in meinem Tornister.«

»Ja, wirklich«, bestätigte Mayli. »Ich habe sie ein paarmal lesen sehen.«

»In der Schule der weißen Frau lernte ich darin lesen, dort, wo ich dich zum erstenmal sah, große Schwester«, sagte Pansiao zu Mayli. »Und im ersten Augenblick, als ich dich sah, wußte ich, daß du . . .« Mit plötzlicher Besorgnis wandte sie sich ihrem Bruder zu. »Im ersten Augenblick, als ich diese große Schwester sah, wußte ich, daß sie eine gute Frau für dich sein würde«, schloß sie.

Sheng lachte laut. »Dasselbe habe ich immer gesagt«, vertraute er Pansiao an, »und ich sage es noch immer. Kannst du sie nicht dazu bringen, gleicher Meinung mit uns zu sein?«

Jetzt wurde Pansiao außerordentlich eifrig. Sie ergriff Maylis Hand, legte sie auf ihren Knien in Shengs Rechte und hielt beide mit ihren kleinen rauhen Händen fest.

»Oh, ihr b . . . beide«, stammelte sie, »solltet ihr nun nicht gleicher Meinung sein?«

Wie um ihrer Laune zu willfahren, ließ Mayli ihre Hand liegen, und Sheng schloß seine kräftige Rechte fest um ihre schmale Hand, und auf die beiden verschlungenen Hände preßte Pansiao ihre zitternden, heißen Händchen. »Bist du nicht einverstanden?« sagte sie flehend zu Mayli.

»Kind«, versetzte Mayli, »eignet sich diese Zeit und diese Stunde für solche Reden? Wer weiß, was uns der morgige Tag bringen wird?«

»Gerade deshalb sollten wir zu einer Einigung kommen«, drängte Pansiao. »Wären wir des morgigen Tages sicher, so brauchten wir uns nicht zu beeilen. Aber wenn es vielleicht kein Morgen gibt, sollten wir da nicht heute abend die Entscheidung fällen?«

»Sie hat recht«, sagte Sheng mit seiner tiefen Stimme.

Da fühlte Mayli ihr Herz flattern. Bedeutete es nicht Stärke, sich Sheng anzuverloben und so wenigstens in diesem Punkt sicher zu sein?

Doch als ob der Himmel ihr nicht einmal dies zubilligen wollte, hörten sie, bevor sie sprechen konnte, rasche Schritte, und An-lan erschien, blaß im Mondlicht, atemlos vom Laufen; ihre Augen blickten schwarz aus dem bleichen Antlitz. Sie rannte auf Mayli zu, als wären die beiden nicht vorhanden, und während des Laufens rief sie: »Oh, da bist du ja ... ach, ich habe dich überall gesucht! Chi-ling ... Chi-ling hat sich an einem Baum erhängt! Sie ... sie ist dort drüben!« An-lan wies auf die äußere Seite des Lagers.

Mayli sprang auf und lief in die angegebene Richtung, Sheng hinter ihr drein. Hinter Sheng blieb Pansiao stehen, aber niemand dachte jetzt an sie. Sie rannten zum äußeren Waldrand, jenseits dessen die Soldaten hinter den Fahrzeugbarrikaden lagen, und dort gewahrten sie Chi-ling, eine schlanke Gestalt, die an einem knorrigen, niederen Baum hing, dessen fächerförmige Blättchen sogar in der stillen Luft zitterten.

Sheng zog sein Messer hervor, durchschnitt den Tuchstreifen, an dem sie baumelte, fing sie auf, als sie fiel, und legte sie auf den Boden. Es war wirklich Chi-ling; sie hatte ihren Gürtel in zwei Teile gerissen, eine Schlinge gemacht und sich so das Leben genommen.

Aber war wirklich kein Leben mehr in ihr? Mayli beugte sich über sie und fühlte, daß das Fleisch noch warm war. »Lauf«, bat sie An-lan, »lauf und hol Chung!« Sie selbst begann Chi-lings schlaffe Hände zu reiben und ihre dünnen Arme zu bewegen.

Binnen kurzem traf Chung ein; im Laufen zog er sich noch an, denn in der Hitze hatte er nahezu nackt geschlafen. Er kniete neben Chi-ling nieder und horchte das Herz ab. Er schüttelte den Kopf – das Herz schlug nicht mehr, sie war tot. Sie standen auf. An-lan starrte mit tränenlosen Augen auf die reglose Gestalt auf der Erde; um ihren Mund lag ein grimmiger Zug.

»Hat sie nichts zu dir gesagt, An-lan?« fragte Mayli sanft. »Ihr beide wart doch miteinander befreundet.«

»Nichts«, versetzte An-lan. »Wir aßen miteinander zu Nacht, wie immer etwas abseits von den andern, um Ruhe zu haben. Danach tat sie für die Verwundeten, was du uns aufgetragen hattest. Sie kümmerte sich um ihre Verwundeten, ich mich um meine.«

»Ich sah sie«, bemerkte Chung langsam, »noch vor ungefähr einer Stunde. Sie kam zu mir, um zu berichten, daß einer der Australier gestorben sei. Das hatte ich schon befürchtet. In seiner Wunde war Brand, und ich hatte keine Medikamente mehr. Sie wußte, daß er kaum am Leben bleiben könnte . . . außerdem war er ja ein Fremder für sie.«

»Sie nahm jeden Todesfall zu ernst«, murmelte An-lan. »Ich sagte es ihr, machte sie darauf aufmerksam, daß wir noch viele sterben sehen würden und daß es schlimm wäre, wollten wir uns jedesmal darüber grämen.«

»Was sagte sie darauf?« fragte Mayli.

»Du weißt ja, daß sie niemals eine Antwort gab«, erwiderte An-lan. »So schwieg sie auch diesmal. Ich redete ihr in dieser Weise zu, als sie sich zu dem Sterbenden begab, und sicherlich ging sie hierher, um den Tod zu suchen, nachdem sie ihn sterben sah.«

»Wir wollen den Toten einmal betrachten«, schlug Chung vor. »Vielleicht hat sie bei ihm ein Zeichen hinterlassen.«

»Aber sie kann nicht hierbleiben«, rief Mayli. »Die Urwaldtiere würden sich über sie hermachen . . . die Ameisen, die Wildkatzen. Es soll hier auch Tiger geben.«

Sheng bückte sich. »Ich werde sie tragen«, sagte er und lud sich Chi-lings toten Körper auf den Rücken.

So gingen sie zum Lager. Ein englischer Wachtsoldat trat ihnen entgegen. »Wer da?« rief er.

»Eine Pflegerin hat sich umgebracht«, erklärte Chung kurz.

»O je!« murmelte der Wachtsoldat. Er senkte sein Gewehr, schlug das Moskitonetz zurück, das über sein Gesicht hing, und betrachtete Chi-ling. »Oh, die ist's«, stieß er hervor. »Vor einer halben Stunde kam sie bei mir vorbei. Ich sagte ihr, sie solle lieber nicht allein fortgehen, aber sie eilte weiter, und ich ließ sie ziehen – es ist schwer, mit Leuten zu streiten, wenn sie nicht englisch sprechen.«

»Legt sie hin«, ordnete Chung an. »Der Mann wird auf sie achtgeben, bis wir zurückkommen.«

Sheng legte Chi-ling auf den Boden. Friedlich lag die Tote im Mondlicht da. Mayli beugte sich zu ihr nieder und strich ihr die Uniform glatt.

»Ich werde auf sie achtgeben«, murmelte der Wachtsoldat.

Schweigend begaben sie sich dann zu der Stelle, wo der junge Mann auf einem Strohsack auf dem Boden gelegen hatte, und dort war er noch immer – tot. Aber es fand sich dort kein Zeichen noch eine hinterlassene Botschaft von Chi-ling. Erst als sie genauer schauten, sahen sie, wie ordentlich die Leiche war, wie glatt das Haar des jungen Mannes, und auf der Fäulnis der brandigen Unterleibswunde lag eine Handvoll wohlriechende Blätter.

»Sie hat die Blätter dorthin gelegt«, sagte An-lan.

Eine Weile standen sie stumm da; dann schlug Chung vor:

»Wir wollen zurückgehen und sie begraben. Es ist nicht gut, sie bei dieser Hitze länger liegenzulassen. Den jungen Mann werden andere beerdigen, aber sie wollen wir beerdigen, denn sie gehört zu uns.«

So gingen sie zurück, und am Rande des Urwalds neben der Straße gruben sie ein Grab mit Stecken und einer Schaufel, die Sheng fand. An-lan und Mayli polsterten die Grube mit Blättern aus, und dahinein legten sie Chi-ling. Als dann die Erde sie bedeckte, hoben Sheng und Chung einen gefallenen Baumstamm auf, den sie quer über das Grab legten, um die Tiere fernzuhalten.

Als all dies getan war, blickten Sheng und Mayli einander an, und Sheng sagte auf seine alte rauhe Weise: »Jetzt muß ich zu meinen Leuten zurück, und du mußt wieder an deine Pflicht.«

Pansiao hatte sich genähert; sie betrachtete die beiden stumm, mit sonderbaren, erschrockenen Augen. Sie achteten nicht auf sie, ebensowenig auf An-lan, die auf dem Ende des Baumstamms saß, den Kopf in die Hände gestützt. Chung war schon gegangen.

»Wir wollen uns so oft wie möglich abends treffen«, sagte Sheng. »Halt Ausschau nach mir, und ich will dich suchen, wenn ich frei bin.«

Sie nickte, und er entfernte sich. Als er nicht mehr zu sehen war, begab sie sich zu An-lan hinüber und legte dem Mädchen die Hand auf die Schulter. »Komm«, sagte sie.

An-lan stand auf, und jetzt kam auch Pansiao herbei, die still und angstvoll war. Mayli ergriff Pansiaos Hand, und so kehrten die drei schweigend ins Lager zurück, um zu schlafen, falls sie in den wenigen Stunden bis zum Morgen Schlaf finden würden.

16

Aber weder am nächsten Abend noch am übernächsten Abend noch an den folgenden sechs Abenden trafen sich Sheng und Mayli wieder. Denn tags darauf wurden diejenigen, die trotz Mücken und sonstigem Getier noch schliefen, von tieffliegenden Flugzeugen geweckt, die sogar auf die Nachhut feuerten, zu der Mayli und ihre Frauen gehörten. Nach der Trennung von Sheng hatte sie sich niedergelegt, Pansiao zur Seite, und sie hatte An-lan befohlen, in ihrer Sichtweite zu bleiben, unter dem Vorwand, sie vielleicht zu brauchen; in Wirklichkeit wollte sie das Mädchen beobachten, dessen Schweigen sie mißtrauisch stimmte.

Als sie sich niederlegte, glaubte sie, nicht einschlafen zu können, denn ihre Gedanken waren sorgenbeladen und kummervoll; aber da sie jung und zudem sehr müde war, schlummerte sie doch ein. Aus diesem Schlaf wurde auch sie durch das Dröhnen der nahebei explodierenden Bomben geschreckt; sie sprang auf und flüchtete, Pansiao mit sich ziehend, zum Urwald. Dort, am Rande des Dschungels, klammerten sie sich im Halbdunkel aneinander. Ein Sprühregen war kurz gefallen, ein Regen, der sie in ihrem Zelt nicht geweckt, der aber jedes Blatt und jeden Strauch durchnäßt hatte, und die Feuchtigkeit ringsum bewirkte, daß sie trotz der Hitze und der Windstille des Morgens froren. Zudem waren sie auch hier nicht sicher, denn jeder wußte, daß die Gegner wie Affen in den Bäumen umherkletterten. So schaute Mayli angstvoll um sich. Doch statt eines Gegners gewahrte sie in diesem Augenblick nahebei eine dicke, kurze Schlange, die hinter einem faulen Baumstamm den Kopf hob.

»Rühr dich nicht«, raunte sie Pansiao zu. »Eine bösartig aussehende Schlange beobachtet uns.«

Sie wagten nicht sich zu bewegen und starrten nur, aneinandergeklammert, angstvoll auf die Schlange, während über ihnen die Flugzeuge mit lautem Dröhnen aufstiegen und niedergingen und wieder aufstiegen, und wann immer sie niedergingen, da krachte der Donner. Die Schlange wurde zornig, als sie das vernahm; sie begann sich hin und her zu bewegen, den flachen Kopf aus dem Nest des eigenen Körpers emporstreckend, wobei sie eine dünne Zunge vorschnellte, die wie ein gespaltener roter Faden aussah.

Pansiao gewahrte das und wurde blaß. »Ich glaube, es ist gar keine Schlange«, flüsterte sie. »Ich glaube, es ist ein Dämon.«

In der dumpfen, feuchten Hitze standen die beiden Mädchen regungslos und beobachteten die Schlange. Sie senkte den Kopf, bewegte ihn dann langsam von rechts nach links, rückwärts und vorwärts, die runden, schwarzen Augen auf die Mädchen geheftet, und obwohl sie sich ungefähr sieben Meter entfernt befand, begann Mayli sicher zu sein, daß die Schlange Böses gegen sie beabsichtigte.

»Wir dürfen nicht hierbleiben«, raunte sie Pansiao zu. »Wir wollen uns so langsam entfernen, daß sie unsere Bewegungen nicht merkt.«

So bewegten sie sich vorsichtig wieder dem Rande des Urwalds zu, in ihrer Angst vergessend, daß über ihnen der Feind dräute. Aber während sie sich zurückzogen, schlug die Angst sie gänzlich in Bann, so daß sie schließlich ohne Überlegung, nur getrieben von sinnloser Furcht, mitten auf die Straße rannten, ohne ein einziges Mal nach der Schlange zurückzublicken.

»Ob sie uns wohl die Schuld an dem Lärm beimißt?« fragte Pansiao ängstlich, als sie innehielten.

»Vielleicht tut sie das wirklich«, erwiderte Mayli. »Daran habe ich überhaupt nicht gedacht«, fügte sie hinzu. Und inmitten der Gefahr und der rechts und links von ihnen explodierenden Bomben beschäftigte sie sich in Gedanken mit den Geschöpfen des Urwalds, die seit Beginn der Welt an Stille gewöhnt waren und nun zweifellos von dem Unverständlichen toll gemacht wurden.

Oft sollte sie in den nächsten Tagen an die Angst denken, die sie und Pansiao ergriffen hatte, als sie vor der Schlange flüchteten. Denn von einer ähnlichen Angst schienen in diesen Tagen die im Rückzug befindlichen Truppen besessen zu sein. Der Feind machte täglich fünf- bis sechsmal einen Ausfall gegen sie, während sie sich zurückzogen, und jedesmal gab es mehr Tote, als beerdigt werden konnten, und mehr Verwundete, als zu behandeln möglich war. Es blieb keine Zeit zum Schlafen und nur wenig Muße zum Essen, abgesehen davon, daß die armselige Nahrung, die ihnen verabreicht wurde, den Appetit nicht reizte; denn sie hatten die Verbindung mit dem Nachschub verloren und mußten essen, was sich fand. In diesen paar Tagen wurde Pansiao dünn und blaß, und Siu-chens rote Wangen bleichten. Diejenigen, welche lebten, taten, was für die Sterbenden getan werden mußte.

Und über ihnen und unter ihnen und rings um sie war wie feuchte Wolltücher die ewige Hitze, die weder bei Tag noch des Nachts nachließ. Am Tag war die Sonne nicht zu ertragen, und sie sehnten sich nach der Nacht. In der Nacht aber war die Hitze der Dunkelheit so gräßlich, daß sie wiederum den Tag herbeisehnten. Es war die Zeit der Mangoschauer, eines leichten und bald aufhörenden Regens, der ganz plötzlich und linde von einem scheinbar sonnigen Himmel fiel, eines Regens, auf den in besseren Zeiten die Leute voll Dankbarkeit gewartet hatten, weil er ihre Früchte reifte. Diese Regenschauer brachten zwar eine vorübergehende Erleichterung von der Hitze, doch bewirkten sie, daß die vom

Kampf ermatteten Körper fröstelten. Tatsächlich konnte von diesen Tagen nichts Gutes gesagt werden. Sie bedeuteten einen endlosen Kampf und verzweifelte Anstrengungen, sich rascher zurückzuziehen, bis schließlich der Rückzug für alle zu einem Schrecken wurde; Panik verbreitete sich von Leib zu Leib, denn es war das Fleisch, das sich fürchtete; die Seele war tot.

So vergingen sechs Tage, ohne daß Sheng und Mayli sich ein einziges Mal sahen. Sie hatte allerdings nicht Ausschau nach ihm gehalten, da es ihr bei diesem Rückzug an Zeit fehlte. Am Abend des sechsten Tages aber wurde der Rückzug verzögert, weil nachmittags ein schwerer Regenfall alles durchweicht und verschmutzt hatte; zudem war der Himmel so stark bewölkt, daß die Gegner eine Weile nicht hervorkommen würden. Zum erstenmal in all diesen Tagen und Nächten nahm Mayli sich die Zeit, sich zu waschen. Der Regen strömte nieder, andauernd und linde; und sie holte das letzte Stück Seife hervor, das sie seit dem Verlassen der Heimat eifersüchtig gehütet hatte. Sie rief Pansiao etwas abseits und bat sie, eine Matte gegen die Straße hochzuhalten, und hinter der Matte wusch sie sich im Regen sauber.

Plötzlich tauchte Pansiaos Gesicht, über das Regenwasser lief, über der Matte auf. Pansiao sagte: »Was sollen wir jetzt tun? Ich sehe meinen dritten Bruder näher kommen.«

»Kommt er?« rief Mayli. »Dann will ich mich rasch anziehen.«

Wenige Sekunden später war sie fertig, denn sie hatte nur ihre nasse Uniform anzuziehen und ihre feuchten Haare in Ordnung zu bringen. Sie trat hinter der Mauer hervor, und da erblickte sie Sheng. Als erstes fiel ihr auf, daß er angegriffen aussah, und dann bemerkte sie, daß er den Arm in einer rohen Schlinge trug, die aus einem kurzen Hanfseil bestand.

»Oh, du bist verwundet!« rief sie.

»Man kann es eigentlich keine Verwundung nennen«, versetzte er. »Es ist ein Loch von einem Nagel, der mich vor sechs Tagen traf. Ich glaubte, die Wunde sei sauber, aber jetzt scheint mir doch, daß der Nagel vergiftet war.« Er erzählte ihr, wie er plötzlich einen Stich verspürt und dann den Nagel in seinem Arm gefunden hatte.

»Laß mich schauen«, drängte sie und führte ihn abseits in das kleine Zelt, wo er den Verband entfernte, den er aus einem Stück seines Hemdes hergestellt hatte. Da sah sie tatsächlich eine sehr böse Wunde, denn der Arm war geschwollen, Eiter kam aus dem Loch, rote Streifen zeigten sich auf Arm und Schulter.

»Oh, du Dummkopf!« rief sie, in ihrer Sorge ärgerlich werdend. »Wie konntest du das so lange anstehen lassen?«

»Wer hat Zeit gehabt, an sich selbst zu denken?« gab er zurück.

Was sollte sie darauf erwidern? Sie wandte sich an Pansiao, die beide mit angstvollen Augen anblickte.

»Geh und hol den Doktor«, befahl sie. »Sag ihm, daß es sich diesmal um deinen Bruder handelt.«

Pansiao eilte von dannen, und Mayli wusch indessen die Wunde mit Medikamenten aus ihrem eigenen Kästchen.

Jetzt wurden beide von Scheu befallen, und doch dünkte es sie gut, allein zu sein, einerlei, wie schlimm die Umstände waren. Das Alleinsein konnte nur einige Minuten dauern, das wußten sie, und beide überlegten rasch, was sie in den wenigen Minuten sagen könnten; sie suchten nach Worten, die weiterwirken würden, auch wenn sie wieder getrennt wären. Sheng, der stets offen und geradezu war, sprach als erster: »Wenn wir jemals aus dieser Falle kommen, in der wir jetzt stecken, dann will ich keinen Tag länger warten, um dein wahres Gefühl für mich zu ergründen.«

Sie hatte sich eifrig mit seiner Verletzung beschäftigt, und nun blickte sie auf, um ihn anzulächeln, aber das Lächeln erstarb auf ihrem Gesicht, denn sie sah, daß sogar die leichteste Berührung mit seinem Arm ihn elend vor Schmerzen werden ließ.

»Oh«, rief sie, »das ist wirklich schlimm! Du hättest mir sagen sollen, wie schlimm es ist. Setz dich, Sheng . . .« Sie nötigte ihn auf eine Kiste, die einst Patronen enthalten hatte und die ihr nun als Sitz diente. Sie fuhr fort, die Wunde auszuwaschen, wobei sie ihn dauernd mit leisem Murmeln tröstete. »Jetzt muß ich dir weh tun, du armer Kerl; ich kann nichts dafür. Es schmerzt am eigenen Leib, dir so weh zu tun, aber Schmutz und Gift müssen fortgewaschen werden. Wenn Chung kommt, sieht er dann genau, was los ist, und so weiß er, was er als nächstes tun muß . . .«

Er saß still da; er sprach nicht, weil ihre Worte ihn hold dünkten und der Klang ihrer Stimme warm. Wie nahe . . . wie nahe sie einander waren . . . nichts konnte sie scheiden, nicht einmal der Tod.

Aber dieser Augenblick war nur ein Augenblick – schon vorbei, bevor sie ihn zu greifen vermochten, und da stand Chung in der Zeltöffnung.

»Nun?« fragte er.

»Dieser Offizier«, erklärte Mayli. »Er hat eine Entzündung durch einen Nagel.«

Chungs kahler Kopf war wie ein Totenschädel, so sehr hatte er abgenommen; die Sehnen in seinem Nacken waren wie Stricke, die sein Haupt bewegten; das Bäuchlein, das er in guten Tagen zu haben pflegte, war nun verschwunden; an seiner Stelle befand sich eine Einbuchtung, so daß Chung seinen Gürtel zweimal herumschlingen mußte. Aber er war nicht krank, und nie sprach er von Müdigkeit. Er betrachtete die gesäuberte Wunde, roch daran und schüttelte den Kopf.

»Dieser Mann sollte ein Sulfanilamid-Medikament haben«, sagte er, »aber ich habe keins mehr. Schon vor Tagen habe ich das letzte verbraucht.«

»Ob es die Engländer wohl haben?« forschte Mayli.

»Wie soll ich das wissen?« antwortete Chung. »In diesen zehn Tagen habe ich keinen einzigen englischen Arzt gesehen.«

»Wir können nicht mit ihnen Schritt halten«, mischte Sheng sich ein. »Sie ziehen sich immer vor uns zurück.«

Da ging es Mayli endlich auf, weshalb sie jeden Tag zurückgegangen waren. »Hetzen wir darum jeden Mittag so?« fragte sie.

»Wir bekommen jeden Morgen den Befehl, die Stellung zu halten«, erwiderte Sheng rasch. »Wir halten sie mit allen Mitteln. Dann kommt gegen Mittag der Befehl, die Linien zu bereinigen. Dann verbringen wir den Nachmittag damit, uns zur neuen Stellung zurückzuziehen.«

Sie blickten einander in tiefster Niedergeschlagenheit an.

»Aber was ist denn das Ende davon?« fragte Mayli.

»Wer weiß das?« entgegnete Sheng. »Glaub mir, der General ist wie ein Wahnsinniger. Er, der sich in seinem ganzen Kriegerleben nie zurückgezogen hat, wird nun dauernd rückwärts gedrängt und muß seine Leute tot liegenlassen. Wir, die wir unter ihm befehligen – was können wir tun?«

»Aber der Amerikaner?« stieß Mayli hervor.

»Was kann der Amerikaner tun?« versetzte Sheng kurz. »Er ist kein Gott; er ist wie wir – ein Fremder, der auf fremdem Boden kämpft. Nein, die Schlacht ist verloren. Wir wissen es. Die Leute riechen die Niederlage sogar zuhinterst, und Soldaten desertieren.«

»Unsere Leute?« fragte Mayli leise.

»Alle . . .«, erklärte Sheng. »Wer desertieren will, der tut es, Weiße, Gelbe, Schwarze . . .«

Während der ganzen Zeit hatte er seinen Arm steif gehalten, und jetzt erinnerte sich der Arzt wieder an seine Pflicht. Er seufzte und sagte: »Ich weiß nicht, was ich mit Euch anfangen soll.«

Da mischte Pansiao sich ein. Sie hatte stumm dagestanden, während sie vom Krieg redeten, und das Gespräch nicht beachtet, sondern ihr Augenmerk nur auf den Arm ihres Bruders gerichtet.

»Erinnerst du dich, dritter Bruder, daß unsere Mutter einen Umschlag aus aufgeweichtem Hefebrot zu machen pflegte, den sie uns auflegte, wenn wir im Sommer Furunkel hatten? Dieser Umschlag zog alles heraus, die Furunkel gingen auf und verschwanden dann. Manchmal legte sie uns auch gelben Rapssamen auf, doch solchen Samen haben wir hier nicht. In meinem Tornister habe ich aber ein Stück Brot, das ich mir für den ärgsten Hunger aufbewahren wollte. Jeden Tag habe ich den Schimmel weggewischt und ein bißchen davon gegessen, immer nur ganz wenig, weil ich meinte, am nächsten Tag könnte mein Hunger noch größer sein.«

»Es kann nichts schaden«, sagte der Arzt, »wenn es auch vielleicht nichts nützt. Hol das Brot, Kind.«

So öffnete Pansiao ihren Tornister, kramte ein in braunes Ölpapier gewickeltes Päckchen hervor, in dem sich das trokkene und leicht angeschimmelte Brot befand. Sie gab es Chung, der aus dem Brot einen Breiumschlag machte und Shengs Arm damit verband.

»Ihr dürft Euren Arm überhaupt nicht gebrauchen«, mahnte er.

»Zum Glück ist es nicht der Arm, mit dem ich das Gewehr trage«, versetzte Sheng. »So kann ich Euch gehorchen.«

Dann stand er auf. »Ich muß nun gehen. Der General hat uns um Mitternacht zu sich befohlen.«

Er streckte die Hand nicht aus, um Mayli zu berühren, aber er bedachte sie mit einem langen, tiefen Blick.

»Es wäre gut, wenn Ihr morgen wiederkämt und mich Euren Arm nochmals anschauen ließet«, sagte Chung.

»Wenn ich kann, komme ich«, erwiderte Sheng, der noch immer Mayli anschaute. »Wenn ich aber einige Tage nicht komme – wie viele, weiß ich nicht –, dann glaubt nicht, es sei, weil die Wunde mir zu schaffen macht. Der Grund wird der sein, daß der General mir einen Befehl erteilt hat. Wenn ich kommen kann, komme ich.«

Dies sagte er zu Mayli, und sie lächelte tapfer. »Ich habe keine Sorge und fürchte nichts«, antwortete sie.

Und so trennten sie sich abermals.

Nachdem Sheng Mayli verlassen hatte, schritt er durch die Wirrnis der im Rückzug begriffenen Truppen; dann wandte er sich nach links zu einem kleinen Zelt, in dem der General hauste. Er hüstelte vor dem Eingang, um seine Anwesenheit kundzutun, und als die Stimme des Generals ihn zum Eintreten aufforderte, ging er hinein.

Die andern waren bereits zugegen; Yao Yung saß mit trauriger Miene auf einem Klappstuhl, Pao Chen kauerte am Boden. Auch Charlie Li war da; seine Hosen waren ganz zerlumpt und reichten nur bis zu den Knien.

»Setzt Euch, wo Ihr könnt«, sagte der General. »Die Zeit ist nicht danach angetan, zu bedenken, wer der einzelne ist. Ich habe Euch hergerufen, weil Li schlechte Nachrichten gebracht hat. Die Nachhut ist schon verloren. Das heißt, die Leute wissen, daß die Schlacht verloren ist. Der Nachschub hat aufgehört. Wo Ordnung herrschen sollte, besteht Unordnung. Kann die Front gehalten werden, wenn die Nachhut verloren ist? Trotz alledem habe ich heute abend vom Amerikaner Befehl erhalten, daß wir rasch vorstoßen sollen, um die Weißen zu retten, die erneut in eine Falle geraten sind. Die Gegner haben sie wieder von hinten abgeschnitten. Die feindlichen Soldaten haben sich verkleidet unter die Bevölkerung gemischt, um mit Hilfe der Einheimischen den Fluß zu besetzen, wo die Weißen ihn überqueren müssen. Wir haben Befehl, uns durchzukämpfen und eine Bresche zu schlagen, so daß die Weißen über den Fluß entkommen können. Es gibt eine Brücke, die der Feind besetzt hielt. Wir müssen die Gegner von den Ufern vertreiben und sie im Osten der Brücke festhalten, während die Weißen den Fluß überqueren. Dann überqueren wir ihn selber und zerstören die Brücke, bevor der Feind uns folgen kann. Die Aufgabe ist so knifflig wie die Arbeit eines Elfenbeinschnitzers.«

All dies sprach er mit gleichmäßiger, kalter Stimme, und als er geendet hatte, schwiegen alle eine Weile.

Schließlich fragte Sheng: »Wenn es wahr ist, daß die Nachhut verloren ist, wie Li Kuofan sagt, was wird dann aus den Weißen, nachdem sie den Fluß überquert haben?«

»Sie werden den Rückzug fortsetzen«, antwortete der General.

Er hob sein hageres Antlitz und blickte in ein Gesicht nach dem anderen.

»Wir wollen uns nicht durch Hoffnungen täuschen lassen«, sagte er. »Die Flugzeugunterstützung der Weißen, auf die wir rechneten, kann nicht erfolgen. Es wird keinerlei Beistand geben.«

»Überlassen sie ihre eigenen Leute hier dem Tod?« rief Yao Yung entsetzt. Er war wirklich zu zart für seine Aufgabe.

»Ihre Höchsten halten den Verlust für weniger groß, wenn sie sich heraushauen, als wenn noch mehr geschickt werden, die doch ebenfalls verloren wären«, erklärte der General.

»Wofür kämpfen wir dann?« erkundigte sich Sheng.

»Das soll sich jeder selber fragen«, versetzte der General düster. »Inzwischen ... hier sind die Befehle. Wer meldet sich freiwillig?« Dem General fiel ein, daß der Präsident ihm Sheng empfohlen hatte, wenn es sich jemals um eine besonders schwierige Aufgabe handelte, und er erinnerte sich auch, daß Sheng sich dazu bereit erklärt, aber er wollte niemandem befehlen, in den Tod zu gehen, und so wartete er.

Noch immer herrschte Schweigen.

»Will sich jemand freiwillig melden, oder soll ich bestimmen, wer gehen muß?« fragte der General, als er merkte, daß niemand als erster sprechen mochte.

Pao Chen spuckte in den Staub und schwieg. Yao Yung dachte an seine junge Frau und an seine kleinen Söhne und schwieg. Chan Yu schwieg, weil er wußte, daß der General ihn nicht gehen lassen würde, denn seine Pflicht bestand darin, dem General zu helfen und stets sich zu seiner Verfügung zu halten.

Da blickte Sheng reihum, und auch er entsann sich seines gegebenen Versprechens. Er warf den Kopf zurück. »Nun, da ihr alle nicht sprechen könnt«, rief er, »und nur ich meine Stimme behalten habe, so werde ich sprechen! Ich will gehen, Herr, ich will mit meinen Leuten die Bresche für die Weißen schlagen. Doch laßt mich zuerst wissen, wodurch sie in die Falle geraten sind, damit ich meine Aufgabe als Pflicht empfinde.«

»Ich weiß nichts«, erwiderte der General. »Nichts ist mir mitgeteilt worden. Nur die Befehle sind erfolgt. Ich habe bloß die Wahl, zu gehorchen oder nicht zu gehorchen. Soweit habe ich gehorcht. Wenn Ihr geht, gehorche ich weiterhin. Wenn Ihr nicht geht ...«

Im geheimen war Sheng sehr zerrissen. Es stimmte, daß ihnen nichts mitgeteilt worden war. Was die Weißen taten oder warum sie dies und jenes taten, wußte niemand. Sie selber kämpften, um eine von den Weißen bestimmte Stellung zu halten, und dann wichen die Weißen, ohne etwas zu sagen, um einen Tagesmarsch zurück. Jetzt saßen sie abermals in der Klemme, und wer wußte, was daraus werden würde? Sein Arm schmerzte, und der Schmerz breitete sich über Schulter und Rücken aus, während er dastand und über all dies nachdachte.

»Wäre nicht der Präsident und sein Stolz auf uns«, sagte der General langsam, »so würde ich allen den Befehl erteilen, dieser verlorenen Schlacht den Rücken zu drehen – die schon verloren war, bevor wir überhaupt den Fuß auf den Boden dieses Landes gesetzt haben. Wie aber kann ich dem Präsidenten gegenübertreten, wenn ich nicht alles eingesetzt habe, wie er mich hieß?«

Darauf seufzte Sheng tief und lehnte seine schmerzende Schulter an den Holzpfosten, der das Zelt in der Mitte stützte.

»Ich will gehen«, sagte er nochmals. »Ich will ein Teil dessen sein, das eingesetzt werden muß.«

»Bleibt hier, nachdem die andern gegangen sind«, ordnete der General an. »Ihr sollt eine Karte und Bescheid über den Weg erhalten.«

»Ich bitte nur um eine Gunst«, fuhr Sheng fort. »Ich möchte, daß dieser Mann mitkommt.« Damit legte er Charlie die Hand auf die Schulter.

Der General nickte. Die andern gingen hinaus und ließen die drei allein im Zelt zurück. Noch zwei Stunden blieben sie beieinander; der General sprach, die beiden andern hörten zu; hin und wieder deutete Charlie mit dem Finger auf die Karte, um einen kürzeren Weg zu bezeichnen. Denn da sie ohne Maschinen losziehen sollten, konnten sie kleine Pfade benutzen und so den Fluß rascher erreichen.

»In anderthalbtägigem strammem Marsch solltet Ihr dort

sein«, meinte der General. »Ruht bis zum Einbruch der Dunkelheit. Dann geht in der Nacht zum Angriff vor, wie ich Euch sagte. Zerstreut Euch unterwegs weitherum und gebt Euch den Anschein, keinen Zusammenhang zu haben. Aber instruiert Eure Leute gut. Ihr trefft Euch zur verabredeten Stunde an der verabredeten Stelle, und niemand soll säumen.«

»Niemand wird säumen«, sagte Sheng.

»Wann könnt Ihr aufbrechen?« fragte der General.

Sheng antwortete nicht sogleich. Unter seiner Uniform klopfte es qualvoll in seiner Schulter. Aber er hatte den Gedanken daran aus seinem Geist verbannt, und er wollte nicht darauf achten. Nein, er zögerte aus einem anderen Grund. Sollte er sich die Muße nehmen, zu Mayli zurückzugehen und sie von seinem Vorhaben in Kenntnis zu setzen? Angenommen, er sagte es ihr – würde sie es gut oder übel aufnehmen? Konnte er ihr verheimlichen, daß ihm vor Fieber schwindelte, daß ihm die Augen in den Höhlen brannten, daß er fühlte, wie sein Arm unter dem Verband anschwoll? Da wußte er, daß er sich gegenüber ihrer Willenskraft nicht auf sich selbst verlassen durfte. Er hatte sie darauf aufmerksam gemacht, daß Tage vergehen mochten, bis sie sich wiedersehen – sollten es also Tage sein.

»In einer Stunde will ich aufbrechen«, sagte er zum General.

»Da Ihr Euer Leben einsetzt«, bemerkte der General, »habe ich Euch keine Befehle zu erteilen. Der eigene Verstand muß Euch sagen, wo Euer Weg ist.« Dann teilte er Sheng die Neuigkeit mit, die er bis jetzt für sich behalten hatte. »Ich habe die besten Soldaten unserer drei Divisionen für Euch ausgewählt, die Ihr nun befehligen sollt.«

Sheng hörte diese Worte, die ihn zu jeder anderen Zeit mit Freude erfüllt hätten. Aber obwohl seine Ohren sie aufnahmen, konnte sein Hirn sie nicht fassen. Er versuchte, die

Augen auf das Gesicht seines Generals zu heften, und er sah es doppelt.

»Habt Ihr gehört?« fragte der General.

»Ich will . . . mein Allerbestes tun«, stammelte Sheng, und er zwang seinen rechten Arm zum Gruß, drehte sich um und verließ das Zelt.

17

Der Schmerz in dem geschwollenen Arm hatte Sheng bis zur Dämmerung des nächsten Tages nicht schlafen lassen. Die Pein machte ihn so ungeduldig, daß er den Ärmel seiner Uniform aufschlitzte, wodurch ihm ein wenig Erleichterung wurde, denn die Haut war so rot und gespannt, daß sogar das Gewicht des Stoffes schon zuviel war. Dann nahm er den Verband und den Umschlag ab, worauf der gelbe Eiter zu fließen begann. Er ließ ihn aus der Wunde strömen und fühlte sich so befreit, daß er hinausgehen konnte, um seinen Soldaten gegenüberzutreten. Als das Signalhorn erschallte, kamen sie herbei, angeführt von fünf jungen Offizieren, die Shengs Kommando unterstellt waren.

Die klare, stille Morgenluft beruhigte Shengs fiebrigen Geist, als er vor ihnen stand. Er betrachtete seine Untergebenen mit Stolz. Es waren tüchtige Männer, sonnenverbrannt und mager, aber durchaus gesund. Ihre Uniformen sahen abgetragen aus und zeigten ein Grau, das kaum erkennen ließ, welche Farbe sie ursprünglich gehabt haben mochten; an den bloßen Füßen trugen die Männer Strohsandalen, und jeder hatte ein Ersatzpaar auf dem Rücken. Jeder hatte zudem ein Gewehr irgendwelcher Art, seinen kleinen Tornister sowie einen Hut aus Reisstroh, der gegen Sonne oder Regen schützte.

»Seid ihr bereit?« fragte Sheng, anstatt zu grüßen, und die Männer riefen mit ihren verschiedenen Stimmen zurück, daß sie bereit seien. So begab sich Sheng ohne weitere Umstände an die Spitze des Zuges, und die Leute folgten ihm, indem sie sich durchs Tal verteilten; unter ihnen befand sich – was Sheng nicht wußte – der Inder. Krebschen hatte dem Inder befohlen zurückzubleiben, aber der Inder hatte gewartet, bis der Marsch begann, und dann war er gefolgt, um Sheng nahe zu sein. Charlie Li war schon vorher losgezogen, um Nahrungsmittel zu sammeln und den Standort des Feindes auszukundschaften.

Mehrere Kilometer legten sie zurück, und als volles Tageslicht herrschte, gebot Sheng Halt und erlaubte seinen Leuten zu rasten. Dann ließ er folgenden Tagesbefehl ergehen:

»Jetzt ist die Zeit gekommen, wo wir uns fächerartig zerstreuen wollen, aber euer aller Bestimmungsort ist das Dorf der Drei Gewässer. Dieses Dorf liegt östlich vom Flusse, hundertdreiundfünfzig Kilometer von unserem Standort entfernt; in der Nähe befindet sich ein kleiner See, der nun fast ausgetrocknet ist. Wenn ihr zu je hundert aufbrecht, einen halben Kilometer geht und euch dann genau westlich haltet, so werdet ihr den See erreichen. Wer sich zuerst nordwärts wendet, muß sich nachher nördlich halten. Überquert den See, wo ihr könnt; in der Mitte auf der andern Seite liegt das Dorf, das ihr erkennen werdet, denn es ist vom See, von einem Flüßchen, das zu klein für eine Landkarte ist, und einem schmalen Kanal umrahmt; das sind die drei Gewässer. Aber bleibt nicht beisammen. Geht dahin, als ob ihr Reisende oder Pilger oder herumstromernde Soldaten wäret.«

Sheng selber nahm einen sehr jungen Burschen mit sich, der sich an der Grenze zu ihnen gesellt hatte; diesen Jungen wählte er aus, weil er schweigsam war. Denn jetzt schmerzte

Sheng der Arm wieder; sein Kopf war heiß und schwindlig, und er wünschte kein Gespräch. Den ganzen Tag hindurch ging er schweigend dahin, sagte keine zwanzig Worte zu dem Burschen, der sich vor ihm fürchtete, sich mindestens drei Meter hinter ihm hielt und nichts redete außer »Ja, großer Bruder«, wenn Sheng den Kopf wandte.

Später wußte Sheng von diesem Tage nur noch, daß er selbst einen Fuß vor den andern gesetzt hatte. Er hielt nicht inne, um zu essen oder auszuruhen, aber er machte jedesmal halt, wenn er Wasser sah, und er trank, was sich nur an Wasser fand. Um Dörfer beschrieben sie einen Bogen; es war leicht, die Dörfer aus der Ferne wahrzunehmen, denn ein Bambushag umgab die größeren, und die kleineren, die meist nur aus zehn bis zwanzig Häusern bestanden, erhoben sich auf Holzpfählen. Sheng und sein Begleiter hielten sich an die Felder, und wo Hügel waren, da verbargen sie sich dahinter. Dies war nicht schwer, weil die Wege sich wanden und scheinbar ins Blaue hinein führten. Wo der Reis hoch stand, folgten sie den Wegen zwischen den Feldern.

Mehrmals starrte ein burmanischer Bauer sie an; wenn Sheng das bemerkte, deutete er auf seinen verwundeten Arm, als wäre er auf der Suche nach einem Arzt, worauf der Bauer entweder nickte oder ihn mitleidvoll betrachtete; und so gingen sie weiter. Nur einmal wurden sie angehalten, und zwar von einem älteren Mann mit tatkräftigem Aussehen und wachem Blick in den glänzenden schwarzen Augen. Als er Shengs Arm wahrnahm, rief er und zog Sheng an der andern Hand, und Sheng, der hier keinen Streit anfangen wollte, ließ sich von ihm in ein nahe gelegenes Dorf führen. In diesem Dorf gab es nur eine einzige Straße, an der kleine offene Läden und zwei Schmieden lagen; an ihrem Ende befand sich ein Kloster. Ohne Zögern schleppte der Mann Sheng durch das Tor des Klosters und dann in einen Raum, wo ein alter Mann saß, ein ehrwürdiger, guter alter Mann in einem Talar. Auf diese Gestalt deutete der Mann und sagte laut zu Sheng: »Pong yi – pong yi!«

Wie aber konnte Sheng dieses Wort verstehen? Er konnte nur verständnislos dreinblicken. Darauf sprach der Schwarzäugige rasch auf den Alten ein; nun hob der Alte Shengs zerrissenen Ärmel von der Wunde, betrachtete die Entzündung, schüttelte den Kopf und seufzte ein paarmal, wie um zu sagen, daß dies eine ernste Sache sei. Dann stand er langsam auf, begab sich gemächlich in ein anderes Zimmer und kehrte mit einem weißen Porzellantöpfchen zurück, in dem eine weiche, schwarze Salbe war. Mit seinem langen, dünnen Zeigefinger schöpfte er von der Salbe, bedeutete Sheng, den Arm hinzuhalten, und schmierte die Salbe auf die entzündete Wunde. Zuerst glaubte Sheng vor Schmerzen laut aufschreien zu müssen, denn die Salbe brannte wie Feuer in der Wunde. Aber um des Anstands willen hielt er an sich, und bald verwandelte sich das Feuer in Kühle, dann fühlte sich der Arm stumpf an, und nach einer kleinen Weile schmerzte er überhaupt nicht mehr. Ungemein dankbar war er dafür, und er zog seinen Geldbeutel aus dem Gürtel, um den Alten zu bezahlen, aber nein, der Alte wollte nichts annehmen und ebensowenig der Mann, der Sheng hergebracht hatte. Der Schwarzäugige führte ihn zum Dorfeingang zurück, und obwohl Sheng nochmals in ihn drang, ließ der Mann sich nichts geben. So ging Sheng seines Weges, verwundert über die Tatsache, daß sich sogar in diesem feindlichen Land Menschen fanden, die freundlich sein konnten, noch dazu für nichts.

Da nun die Schmerzen für eine Weile gelindert waren, vermochte er mühelos zu gehen, und dies tat er, bis er sich darauf besann, daß der Jüngling hinter ihm hungrig sein mußte. Freilich war er das, und so sagte Sheng: »Wenn wir das nächste Mal Nahrungsmittel sehen, wollen wir haltmachen und sie kaufen, anstatt unsern kleinen Mundvorrat zu verzehren.«

Eine Zeitlang wanderten sie weiter. Jetzt konnte Sheng um sich blicken und die Gegend betrachten. Es war ein so reiches und fruchtbares Land, als sich nur denken ließ. Er sah, was er noch nie zuvor irgendwo gesehen: Reissetzlinge und reifen Reis zu gleicher Zeit, denn hier gab es keinen Winter und keinen Sommer wie in seiner Heimat, sondern das Land war fortdauernd grün.

Nach einer Weile trafen sie einen Mann, der eine Garküche trug. Er verkaufte gebackene Reisklöße, und jeder erstand bei ihm fünf dieser heißen Klöße. Sie ließen sich am Straßenrand unter einem Baum nieder, der sehr feine Blätter hatte und zartrosafarbene Blüten von so durchdringendem Wohlgeruch, daß die ganze Luft um den Wipfel von Insekten und Bienen wimmelte. Unter diesem Baum saß Sheng, und der Bursche hockte etwas entfernt in ehrfurchtsvollem Schweigen. Sheng dachte bei sich, daß er seinem Begleiter aus Höflichkeit ein paar Fragen stellen müsse, aber er brachte es nicht über sich. Das Fieber machte ihn schläfrig; dazu kamen jetzt die Nachmittagshitze und die schwere, süße Luft des blühenden Baumes. Nachdem er ein wenig gegessen hatte – weniger, als er seinem Hunger nach gedacht hätte –, legte er sich hin und schlief ein.

Er erwachte dadurch, daß der klopfende Schmerz in seinem Arm erneut einsetzte. Er schaute um sich, ohne im ersten Augenblick zu wissen, wo er sich befand; aber sein Körper war schwer, als flösse heißes Blei in seinen Adern. Er richtete sich mühsam auf, und da sah er den jungen Burschen sitzen.

»Habe ich lange geschlafen?« erkundigte sich Sheng.

»Nicht sehr lange«, erwiderte der Bursche, »aber ich begann mich schon zu fragen, ob es nicht meine Pflicht sei, Euch zu wecken.«

Sheng antwortete nicht, sondern erhob sich aus dem Gras, rieb sich Gesicht und Schädel mit dem gesunden Arm und nahm dann den Marsch wieder auf, gefolgt von dem Burschen.

Von diesem Tag ist nicht mehr zu erzählen, als daß sie bei Dunkelheit zu dem See gelangten, der jetzt zu einem Teich eingetrocknet war. Sie umgingen das Wasser auf dem Seeboden, der aus krausen, zusammengebackenen Lehmstücken bestand. Auf der anderen Seite fanden sie ihre Kameraden warten, nicht zusammen, so daß man sah, daß sie ein Heer bildeten, sondern da hundert und dort hundert unter den niedrigen Bäumen. Zu seiner Freude entdeckte Sheng unter ihnen Charlie; und Charlie trat zu ihm und reichte ihm etwas zu essen. Auf ein grünes Lotusblatt hatte er mit einem Ei vermischten heißen Reis gelegt; in der Nähe stand ein Teetopf mit heißem Tee, und Sheng sank nieder, tief aufseufzend, daß alles soweit gut war. Als er den Teetopf gewahrte, befiel ihn ein ungeheurer Durst; er nahm ihn mit der rechten Hand auf, setzte die Tülle an den Mund und trank, solange sein Atem es erlaubte. Charlie stand daneben, schaute zu und wartete, bis Sheng seinen Durst gestillt hatte.

Als Sheng endlich den Teetopf niedersetzte, sagte Charlie ruhig: »Jetzt kann ich Euch die Neuigkeiten mitteilen. Ihr müßt einen Gewaltmarsch machen, und es geht nicht an, heute nacht zu ruhen. Die Weißen werden alle tot sein, wenn wir sie nicht in einem Tag und einer Nacht erreichen. Dies weiß ich, und ich kann es beschwören. Laßt uns essen und dann weiterziehen.«

Sheng hörte dies, aber während er lauschte, begann sein Arm wieder zu klopfen, und er stieß als Antwort ein Knurren aus.

Doch ließ er den Befehl ergehen, daß nur gegessen und nicht geschlafen werden durfte. Nachdem er diese Anordnung getroffen hatte, begab er sich allein zum See und tauchte den Kopf in das schlammige Wasser, um sich abzukühlen; danach netzte er seine Hände und seine Uniform. Aber so heftig wütete das Fieber in ihm, daß er nach einer Stunde, als der Marsch weiterging, schon wieder trocken und heiß war.

Die ganze Nacht marschierte die Truppe; nur wurde alle zwei Stunden eine kurze Ruhepause eingeschaltet. Früher war Sheng schon oftmals Tag und Nacht gewandert, und er wußte recht gut, daß man das Tempo nur einhalten konnte, wenn man zu gegebener Zeit ausruhte, sowohl bei Tag als auch in der Nacht. Sie marschierten vereint durch die Dunkelheit, doch als der Morgen graute, zerstreuten sie sich wieder, nachdem verabredet worden war, bei welchem Dorf sie sich treffen sollten. Dort wollten sie in den Feldern drei Stunden schlafen, bevor sie zum Angriff schritten.

Alles ging recht gut, nur daß Shengs Wunde gegen Mittag des folgenden Tages unerträglich zu schmerzen begann. Ob die Regenschauer, die ab und zu niedergingen, die Salbe weggespült oder ob sein beständiger Schweiß sie fortgewaschen hatte, wußte Sheng nicht; aber der frühere klopfende Schmerz setzte wieder ein, ihn schwindelte, und er wünschte, er könnte sich nach einem Mann auf die Suche machen, der ihm die schwarze Salbe geben würde; doch wie durfte er zögern? Es blieb ihm nichts anderes übrig, als weiterzugehen, und das tat er denn auch.

Gleichwohl brachte auch dieser Tag etwas Gutes. Der niedrige heiße Urwald, durch den sie schritten, wurde von großen Teakbäumen abgelöst, und die Blätter auf dem Boden bildeten einen sehr bequemen Teppich für ihre müden Füße. Allmählich hatten die Soldaten ihre Sandalen ausgetragen; viele gingen barfuß, und so waren alle dankbar für diese Annehmlichkeit. Der große Wald aber bot eine Schwierigkeit, die darin bestand, daß es hier viele Pfade gab, und wenn Charlie die Spuren auf der niedergetretenen Erde betrachtete, sagte er: »Das sind die Füße von Elefanten, die hier Bäume ausgerissen haben. Wir müssen achtgeben, denn wenn wir uns auf einem solchen Wechsel verirren, kann es Tage dauern, bis wir hinausfinden.«

So beobachteten sie ihre Kompasse scharf, und es gelang ihnen, das Ende des Waldes zu erreichen. Da die Nacht nahe war, erteilte Sheng den Befehl, den langen Schlaf hier zu tun. Sie legten sich hin, wo sie konnten, allein und zu zweit in eine Decke gewickelt; nur Charlie ließ sich nicht nieder.

»Schlaft Ihr nie?« fragte Sheng.

»Ich schlafe auf meinen Füßen«, erwiderte Charlie mit seinem breiten Grinsen. Als alles ruhig war und er gegessen und getrunken hatte, sagte er zu Sheng: »Bevor Ihr wach seid, werde ich zurück sein, um Euch mitzuteilen, wo die Gegner zusammenrücken und wo die Weißen sich befinden.«

Und er ging mit seinen langen, leisen Schritten durch den Wald davon; nur den schweigsamen Burschen nahm er mit.

Sheng würde gesagt haben, daß er nicht schlief, so heftig schmerzte ihn der Arm; und doch schlief er, denn drei Stunden später weckte Charlie ihn aus dem Schlummer. Charlie berührte Shengs verwundeten Arm nur ganz leicht, aber Sheng sprang mit einem Schrei auf die Füße und stand in der stickigen Dunkelheit einen Augenblick vor Pein zitternd da.

»Großer Bruder, was habt Ihr?« flüsterte Charlie verwundert.

Jetzt war Sheng wirklich wach. Er befeuchtete seine trockenen Lippen. Sein ganzer Körper war knochentrocken, und seine Haut fühlte sich gespannt und brennend an.

»Nichts«, entgegnete er kurz. »Ich träumte etwas Unangenehmes.«

»Nun, dann schiebt es beiseite«, meinte Charlie. »Denn ich habe die Weißen entdeckt. Sie sitzen tatsächlich in der Klemme. Dic Teufel sind zwischen ihnen und dem Fluß und überall ringsum. Im Süden und Osten sind sie zu stark; die einzige Hoffnung bietet sich im Westen und bei der Brücke. Dort müßt Ihr angreifen. Da bilden die Gegner nur eine dünne Front, nicht länger als ein Kilometer längs des Flusses. Wenn Ihr Euch durch diesen Kilometer zwängt, könnt Ihr meiner Meinung nach die Weißen befreien, und sie werden sich zur Brücke durchschlagen. Doch muß das rasch geschehen, damit die Teufel nicht die Brücke zerstören können, denn dann säßen wir alle in der Falle. Der Fluß schwillt von neuen Regenfällen an, und es sind keine Boote vorhanden.«

»Keine Boote?« gab Sheng zurück. »Es ist seltsam, einen Fluß ohne Boote zu sehen.«

Charlie wischte sich mit dem Saum seines Rockes den Schweiß vom Gesicht. »Die Weißen laufen von ihren Führern fort«, berichtete er. »Aber es sind nicht nur Weiße – einige stammen aus Indien. Doch wissen alle, daß sie gefangen sind, und wer kann sie tadeln? Jedesmal, wenn man einen Burmesen mit einem Gewehr um ein Boot besticht, nun, dann ist das Boot bald fort, und es treibt mit der Strömung den Fluß hinunter, und die Männer springen auf der anderen Seite hinaus.«

»Geben sie ihre guten Gewehre den burmanischen Verrätern?« schrie Sheng. Für einen Augenblick wurde sein Kopf vor lauter Zorn klar.

»Was für ein Bestechungsmittel bleibt ihnen sonst?« versetzte Charlie. »Sie sind Menschen wie andere auch, weiße und braune Menschen.«

»Aber ein gutes Gewehr!« stöhnte Sheng. »Wo wir keine guten Gewehre haben!«

Sein fiebriger Kopf nahm diese Worte auf, und sein erhitztes Hirn ließ sie fortwährend ablaufen.

»Ein gutes Gewehr . . .«, murmelte er immer wieder, »ein gutes Gewehr . . .«

»Seid Ihr betrunken?« rief Charlie.

Shengs Kopf klärte sich abermals für einen kurzen Augenblick.

»Nein«, entgegnete er.

Bei sich selbst dachte er, daß er trunken vor Schmerz sei, aber konnte er des Schmerzes jetzt achten? Er lachte laut heraus. »Ich bin nur betrunken von dem, was heute vor uns liegt«, sagte er zu Charlie. Er ging eilig zu seinen Leuten zurück, brüllte sie an und befahl ihnen, ihm auf der Stelle zu folgen.

Er machte keine Essenspause, und sie folgten ihm, ohne zu essen, erschrocken durch den Ton seiner Stimme. Er lief vor ihnen her, und sie liefen ebenfalls. Er hatte das Gefühl, als wäre sein ganzer Körper von Kraft und Feuer erfüllt; in seinem Kopf drehte es sich, und seine Augen brannten. Er rannte weiter, und in ihm war mehr Kraft, als er jemals gespürt hatte.

Hinter sich hörte er die Männer schnaufen und ächzen, aber er achtete nicht darauf, sondern spornte sie weiterhin zum äußersten Marschtempo an. Bevor die Morgendämmerung anbrach, gewahrte er die niedrigen Zelte des feindlichen Lagers. Doch noch immer wollte er nicht rasten; er brüllte wie ein Stier, als er sie sah, und er ermunterte seine Leute, mit ihm zu brüllen, und mit allgemeinem Geschrei überfielen sie die Gegner, die noch halb schliefen und keineswegs eines Angriffs gewärtig waren.

Shengs Männer aber folgten ihm, als wäre er ein Gott, und

als sie seine Tollheit sahen, wurden sie gleichfalls toll; sie stießen mit den Bajonetten Gegner nieder, wo immer sie einen erblickten. Zuerst feuerten sie, doch waren die Waffen vieler alt und mußten für den nächsten Schuß neu geladen werden, was Zeit erforderte; um dicse Verzögerung zu umgehen, stachen und säbelten und zerfleischten sie lieber drauflos; sie erwürgten Menschen mit ihren beiden Händen, bohrten ihnen mit den Daumen die Augen aus, schnitten ihnen die Ohren ab und stampften ihnen die Absätze in den Bauch, hieben ihnen den Kopf ein und warfen dic Sterbenden in den Fluß. Ihnen voran war Sheng gleich einem Dämon, mit roten, flammenden Augen, mit geöffnetem Mund, ohne Unterlaß schreiend. Wer ihn sah, der wurde von Furcht erfüllt, und seine eigenen Soldaten schworen einander, nie noch hätten sie einen Mann so rasend gesehen wie Sheng in dieser Schlacht. Er gebrauchte seinen verwundeten Arm, als wäre er gesund, denn jetzt war sein ganzer Körper von Schmerz durchdrungen, wie ein Gefäß mit dunklem Wein gefüllt ist, und er war trunken.

So angeführt, fegten seine Soldaten die Gegner zur Seite; in die Bresche strömten die ermatteten Weißen, mit ihnen die Inder, und sie entkamen der Falle, in der sie festgesessen hatten. Diejenigen von Shengs Soldaten, die sich in den hintersten Reihen befanden, sahen die Weißen vorbeiziehen, größtenteils zu Fuß, verwundet, einige in zerbrochenen, einige in unbeschädigten Fahrzeugen. Etliche winkten und riefen ihren Befreiern zu, aber deren waren wenige. Die meisten strebten weiter, ohne auf etwas anderes bedacht zu sein als auf ihre eigene Lebensrettung. Ein paarmal geschah es, daß infolge des Drängens und Stoßens einige Leute in das Strudel bildende, trübe Wasser des Flusses fielen, aber niemand hielt inne, um ihnen zu helfen.

An der Spitze seiner Soldaten war Sheng immer weitergestürmt, und in seiner fieberhaften Kraft und Verwirrung hatte er vergessen, weshalb er sich hier befand; er wußte nur noch, daß er die Gegner schlagen sollte. Er führte weiter an, hinter ihm drängten sich seine Gefolgsleute, und sie kämpften, bis Sheng sich plötzlich von einer starken Hand am Gürtel gepackt fühlte.

»Wahnsinniger!« hörte er Charlie rufen. »Willst du dich etwa heute noch bis Indien durchkämpfen? Kehr um ... kehr um ... in deinem Rücken werden deine Soldaten umgebracht! Der Feind macht einen Gegenangriff vom Süden her, Sohn eines Hundes!«

Da wandte Sheng sich um und stammelte keuchend: »Sind wir ... sind wir über die Brücke?«

»Die Brücke liegt über zwei Kilometer hinter dir!« schrie Charlie. Er versetzte Sheng einen kräftigen Stoß, während er sprach, und Sheng begann zurückzulaufen, mit ihm die Soldaten, die er zu weit geführt hatte. Wie Hunde rannten sie die zwei Kilometer am Flußufer entlang zu der Stelle, wo die Brücke gewesen war. Dort standen sie und starrten über den Fluß.

Auf der anderen Seite war der Brückenbogen zerbrochen, und das Wasser rauschte dahin. Die Strömung ergriff das niederhängende Ende und setzte ihm hart zu; vor den Augen der Männer brach noch ein Stück der Brücke ab und wurde im Triumph davongetragen.

»Die Brücke ...«, stammelte Sheng, »die Brücke ...« Aber sein benebeltes Hirn ließ ihn den Satz nicht beenden. Der schweigsame Bursche sprach statt seiner. Seine junge Stimme erhob sich zu einem hellen, durchdringenden Schrei. »O meine Mutter, meine Mutter!« rief er. »Die Weißen haben die Brücke gesprengt!«

Bei diesen Worten wallte Shengs Blut auf und füllte ihm den Kopf. Er brach in ein wildes Gelächter aus. »Unsere Verbündeten ...«, brüllte er, »unsere Verbündeten ...«

Er fühlte seinen Kopf bersten und in zwei Teile zerspringen, als hätte eine Axt ihn gespalten, und er wußte nichts mehr.

18

Er erwachte – wo und wie viele Tage später, das ahnte er nicht. Er war umgeben von einem weichen, grünen Licht, das er nicht zu deuten vermochte, denn es war weder das Licht des Tages noch das der Nacht. Einen Augenblick glaubte er unter Wasser zu sein. Sein Körper fühlte sich sauber und kühl und leicht an. Er lag auf dem Rücken; über ihm und rings um ihn war nichts als das Grün. Dann hörte er einen klaren, scharfen Pfeifton von Menschenlippen, und eine Stimme begann auf englisch zu sprechen. Aber er verstand kein Englisch, und diese fremdartigen, herben Laute ließen ihm den Ort noch sonderbarer erscheinen. Wo war er vom Tod erwacht? Er konnte den Kopf nicht heben, um ringsum zu schauen; er öffnete und schloß seine matten Lider.

Wieder vernahm er die scharfen, herben Laute. Jetzt antwortete jemand, und diese Stimme kannte er. Es war Charlies Stimme. Noch immer war er nicht fähig, einen Ton von sich zu geben. Er zwang seine Augen offenzubleiben, und starrte in das Grün. Dann erschien zwischen ihm und dem Grünen ein Gesicht; es war das dunkle Gesicht des Inders. Der Bursche jubelte vor Freude, worauf das Gesicht sich verwandelte; nun war es Charlies Antlitz, das von weit oben her auf ihn niederblickte, und er hörte Charlies Stimme, die jetzt Worte sprach, welche er verstehen konnte.

»Sheng, bist du wach?«

Sheng machte eine ungeheure Anstrengung, und seine Stimme kam dünn wie die eines Knaben.

»Ja.«

»Erkennst du mich?« fragte Charlie.

»Ja«, erwiderte Sheng abermals.

»So weiß ich, daß du leben wirst«, sagte Charlie weich.

Aus seinem Hemd zog er ein Ei hervor, in das er behutsam ein Loch machte. Er setzte Sheng das Ei an die Lippen. »Trink. Dieses Hühnerei habe ich für dich aufgespart.«

Sheng fühlte die dickflüssige, linde Masse durch seine Kehle rinnen. Er schluckte ein paarmal und trieb dann wieder in dem grünen, fließenden Licht dahin.

Charlie Li hockte auf den Fersen und betrachtete ihn, die leere Eierschale in der Hand haltend. Shengs Gesicht zeigte noch immer ein blasses Gelb, aber das Gelb war klar.

»Er wird gesunden«, sagte Charlie zu dem Engländer.

»Dank Ihnen«, gab der Engländer zurück.

»Sie haben ihm das Sulfanilamid-Medikament gegeben«, betonte Charlie sanft.

Der Engländer lächelte leicht. »Ich wünschte, ich hätte eine Zigarette«, bemerkte er.

»Wäre ein Japs in der Nähe, so würde ich ihn töten und seine Zigaretten für Sie nehmen«, sagte Charlie.

»Wieso haben alle Japaner Zigaretten?« fragte der Engländer lässig.

»Weil sie alle auch Gewehre haben«, antwortete Charlie. Mit einem Auge spähte er in die leere Eierschale, vergrößerte dann das Loch, setzte die Schale an den Mund und leckte sie aus.

»Seit Monaten habe ich kein Ei mehr geschmeckt«, erklärte er. »Aber heute war Gott mit mir. Am Rand eines Reisfelds stolperte ich über eine schwarze Henne, die dort ihr Nest hatte. Sie hatte das Ei noch nicht gelegt, aber ich überredete sie dazu.«

»Hebamme, was?« Der Engländer grinste. »Was für komische Gesellen ihr Chinks seid!«

Bei dem Wort »Chinks« blickte Charlie scharf auf. Nein, das schmale, junge Gesicht des Engländers war freundlich. Er hatte die Bemerkung ganz gedankenlos gemacht. Charlie erhob sich und zerdrückte die Eierschale in der Hand.

»Das ist das Ärgerliche bei euch verdammten Engländern«, sagte er mit seiner gefälligen Stimme, »ihr wißt nicht einmal, wann ihr uns beleidigt.«

»Hab' ich Sie beleidigt?« fragte der Weiße erstaunt.

»Ihr beleidigt uns so selbstverständlich, wie ihr einatmet«, versetzte Charlie. Sein Gesicht war ganz ruhig, doch seine Augen waren kalt.

»Aber wieso denn?« Der Weiße war noch immer verwundert.

»Ich kenne nicht einmal Ihren Namen«, sagte Charlie.

Der Engländer sprang von dem Erdwall auf, auf dem er gelegen hatte. Seine blauen Augen waren bieder, allerdings etwas dümmlich. »Entschuldigung«, murmelte er. »Mein Name ist Dougall.«

»Ich heiße Li«, erwiderte Charlie gelassen. Keiner von beiden streckte die Hand aus. Sie standen da und blickten einander an, Charlie ganz zwanglos, der Engländer verwirrt.

»Seit zweieinhalb Tagen sind wir beisammen«, fuhr Charlie fort, »aber Sie haben mich nicht nach meinem Namen gefragt. Weil Sie mich nicht nach meinem Namen fragten, habe ich mich auch nicht nach Ihrem erkundigt. Ich bin kein ›Chink‹, wie Sie die Chinesen nennen, müssen Sie wissen. Ein echter Chinese wäre höflich zu Ihnen, ganz gleich, ob Sie höflich sind oder nicht. Ich bin eine neue Art von ›Chink‹ – ich verhalte mich nicht höflich einem Menschen gegenüber, nur weil er ein Weißer ist. Sie können mich einen Kommunisten nennen.«

»Ja so«, murmelte Dougall. Das Blut stieg ihm in das unrasierte, gutmütige Gesicht.

»Ich weiß, daß Sie gar nichts beabsichtigen«, sagte Charlie. »Gerade das bedaure ich.«

»Ich fürchte, ich verstehe nicht«, entgegnete Dougall steif. Das Rot wich aus seinen Wangen, und seine blauen Augen begannen leicht aufzuflammen.

»Das weiß ich.« Charlies Stimme hatte sich nicht verändert und nicht erhoben. Die gefällige Gleichmäßigkeit war wie ruhige, grüne Felder. »Und sicher finden Sie, daß es nicht Ihre Schuld ist, wenn Sie nichts verstehen.«

»Wirklich . . .«

Der junge Engländer biß sich auf die Lippe, die von der Hitze aufgesprungen war.

»Ihr seid so redlich«, sagte Charlie. »Ihr seid so wundervoll redlich alle miteinander!« Er lachte plötzlich und rieb sich die Hände über den schwarzen Stoppelhaaren. »O Gott, befreie uns Asiaten von den redlichen Weißen!« betete er ebenso unvermittelt, wie er gelacht hatte; und da er fühlte, daß etwas in seinem Innern zerbrach, wandte er sich ab und stapfte in den grünen Urwald.

Als die großen Farne und das Unterholz ihn völlig verbargen, säuberte er einen kleinen Fleck bei einem umgefallenen Baum, wobei er sorgsam nach Schlangen Ausschau hielt, und setzte sich dann nieder. Wo waren die übrigen? Als er Sheng umsinken sah, hatte er ihn unter den Armen gepackt, und als er dahinrannte, war eine geschmeidige, dunkle Gestalt aus dem Gebüsch herbeigesprungen und hatte sich mit ihm in die Last geteilt. Es war der Inder. Wie aber konnte er den Mann fragen, auf welche Weise er dorthin gekommen war? Sie waren vom Flußufer weggestürzt und im Wald untergetaucht. Während zwei Stunden hatten sie keinen Augenblick gerastet. Shengs schlaffer Körper hatte zwischen ihnen gehangen. Charlie fragte sich, ob Sheng wohl tot sei, doch wagte er nicht, einzuhalten und nachzusehen. Der Inder erwies sich als unermüdlich und schweigsam. Er wußte jedoch recht gut, was hinter ihnen geschah. Zwischen dem Fluß und den Gegnern gefangen, wurden Shengs armselig bewaffnete Leute ganz einfach in Stücke geschlagen und ins Wasser geworfen. Wenn einer von ihnen entronnen war, so nur durch den gleichen Glücksfall, den Charlie sich zunutze gemacht hatte. Schließlich setzten sie Sheng ab, und Charlie erkannte auf den ersten Blick, daß Sheng sterben würde, wenn keine Hilfe kam. Wo aber konnte es in diesem fremden Land eine Hilfe geben? Gleichwohl bat er den Inder, Wache zu halten und die Fliegen von Sheng abzuwehren, schlich zum Rand des Urwalds, wozu er einen halben Tag brauchte, und blickte in die brennende Gegend hinaus. Feuer loderten am Horizont wie Vulkane, und er wußte, was das bedeutete. Die Burmesen, toll geworden, zündeten ihre eigenen Städte und Dörfer an. Warum, das vermochte er sich nicht vorzustellen, aber er hatte sie dies schon einmal tun sehen, als ob das Chaos sie wahnsinnig machte. Eine Weile starrte er hinaus; dann drehte er sich um und machte sich auf den Rückweg.

Unterwegs traf er den Engländer, der sich ebenfalls im Urwald verborgen hielt. Er trat fast auf den Jungen Mann, und eine Sekunde lang sah er nichts außer einem Gewehrlauf. In dieser einen Sekunde sprang er auf das Gewehr und rettete so sein Leben, denn Dougall hatte ihn für einen Japaner gehalten. Sie kugelten übereinander, und so, Gesicht an Gesicht, begann Charlie Li zu fluchen und schwor keuchend, daß er Chinese sei. Dougall ließ ihn daraufhin augenblicklich los.

»Großer Gott!« stieß er hervor. »Ich hätte Sie fast getötet. Ich dachte, Sie seien ein Japs.«

Dann gingen sie miteinander weiter, ohne viel zu reden,

und als sie Sheng noch immer am Leben fanden, griff Dougall schweigend in seine Tasche und zog ein versiegeltes Päckchen hervor, das er öffnete. Der Inhalt bestand aus einigen Medikamenten, von denen er ein paar flache, weiße Pillen auswählte. »Die sollte er nehmen«, bemerkte er.

Der Inder hatte während Charlies Abwesenheit ein feuchtes Loch entdeckt, hatte es aufgescharrt, worauf Wasser hineingesickert war, dunkles Dschungelwasser. Dieses Wasser schöpfte Charlie mit den Händen, träufelte es Sheng in den Mund, und Sheng schluckte gleichzeitig das Medikament.

Das war gestern vormittag gewesen. Dougall hatte sich immer wieder freundlich und gefällig gezeigt. Er bereitete Sheng ein bequemes Lager, indem er Farnblätter pflückte und daraus eine Matratze machte. Er wusch sein Taschentuch und seihte das Wasser für Sheng zum Trinken; er saß da und hielt Shengs verwundeten Arm an die Sonne, deren schräge Strahlen durch das grüne Teakgewölbe drangen, und wehrte den Mücken und Fliegen. »Die Sonne heilt solche Entzündungen«, erklärte er. »Das hat man uns immer wieder gelehrt.«

Vom Rückzug hatte keiner von ihnen gesprochen.

Seufzend stand Charlie auf. Er haßte diese Wälder. In der Stille begannen ringsum kleine Geräusche laut zu werden. Tiere schlichen herbei, um ihn zu betrachten. Eine Eidechse huschte unter dem Baumstamm zu seinen Füßen hervor, blickte auf, und kaum nahm sie ihn wahr, so zuckte sie erschrocken über das niedergedrückte Gras; ihr himmelblauer Schwanz war wie ein Komet. Mücken umschwirrten ihn. Im Urwald gab es keinen Frieden für den Menschen, keine Sicherheit. Was nun? Sie mußten irgendwie hinausgelangen und sich gen Westen durchschlagen, bis sie den General fanden. Wenigstens hatten sie getan, wozu sie ausgesandt worden waren. Sie hatten die Engländer befreit.

Er folgte den Spuren, die er selber geschaffen, obwohl sie schon ziemlich verwischt waren. Die gebeugten Zweige richteten sich wieder auf, und die niedergetretenen Gräser streckten sich. Noch eine Stunde, und es würde aussehen, als wäre nie ein menschlicher Fuß diesen Weg geschritten. Aber in weniger als einer Stunde gelangte er zu der kleinen Lichtung, die sie zu ihrem Versteck gewählt hatten. Er fand Sheng wach; sein Blick war klar und verständig. Der Engländer hatte ihn an einen Haufen kleiner Zweige gelehnt; er selber stand daneben, die Hände in die Hüften gestützt, und blickte auf Sheng nieder.

»Ich hoffte gerade, daß Sie bald zurückkommen würden«, sagte er äußerst erfreut zu Charlie. »Der arme Kerl kam zu sich, kaum daß Sie fortgegangen waren. Das hat wohl das Ei bewirkt. Aber er versteht kein Wort Englisch, was?«

»Kein Wort«, bestätigte Charlie.

Da begann Sheng, als ob der Engländer gar nicht da wäre, in seiner eigenen Sprache zu reden, noch mit schwacher Stimme, aber doch bestimmten Tones.

»Wo sind meine Leute?« fragte er.

Einen Augenblick meinte Charlie im stillen, er müsse Sheng die Wahrheit noch eine Weile vorenthalten. Aber dann entschied er rasch, daß die Wahrheit gesagt werden solle. Mochte Sheng sie ertragen, wie er konnte, und seine Kraft für die Rückkehr sammeln.

»Deine Leute sind vernichtet«, antwortete er.

»Vernichtet?« wiederholte Sheng.

»Die Weißen haben die Brücke hinter sich gesprengt«, sagte Charlie. »Erinnerst du dich?«

Sheng nickte, die dunklen Augen auf Charlies Gesicht gerichtet.

»Im gleichen Augenblick kamen die Gegner aus dem

Dorf, und mit ihnen gelbgekleidete Priester«, fuhr Charlie fort. »Ich sah sie auf uns zustürzen, und gerade da fielst du um, und ich fing dich auf. Plötzlich tauchte der Inder auf – er war uns gefolgt. Er half mir, und wir flüchteten hierher. Wie aber soll ich wissen, was aus den andern geworden ist? Ich sah die Gegner über sie herfallen; ihre Gewehre sprühten Feuer, und ihre Bajonette glänzten und stießen zu. Aber ich trug dich mit dem Inder in den Wald. Einen halben Tag lang rasteten wir überhaupt nicht.«

Sheng hob die Augen zu dem Engländer, ließ sie über den großen, mageren jungen Mann gleiten, der kein Wort von dem, was Charlie gesagt, erfaßt hatte. Jetzt stand er nur da und grinste wie ein Junge gutmütig.

»Wer ist dieser lange weiße Rettich?« erkundigte sich Sheng bei Charlie.

»Ich stolperte im Wald über ihn, und er erwürgte mich fast, weil er mich irrtümlicherweise für einen Teufel hielt, und dann kam er mit mir, nachdem ich ihn belehrt hatte.«

Die beiden Chinesen und der Inder starrten Dougall an, der ihren Blicken geduldig, noch immer gutmütig lächelnd, standhielt.

»Sagte er, warum sie uns, nachdem wir sie gerettet hatten, ohne einen Ausweg im Stich gelassen haben?« forschte Sheng.

»Ich habe ihn nicht danach gefragt«, antwortete Charlie.

»Dann frag ihn jetzt«, befahl Sheng.

So wechselte Charlie ohne weitere Umstände die Sprache und sagte zu dem Engländer: »Warum habt ihr die Brücke hinter euch gesprengt und uns auf diese Weise den Weg abgeschnitten, nachdem wir euch aus der Klemme geholfen haben?«

Dougall riß seine blauen Augen auf. »Ich bin sicher, daß wir das nicht getan haben können«, versetzte er.

Wieder wechselte Charlie die Sprache und gab die Antwort an Sheng weiter.

»Weiß er nicht, was geschehen ist?« erkundigte sich Sheng.

»Er weiß nichts«, gab Charlie zurück.

Nach einem Augenblick des Nachdenkens erklärte Sheng: »Dieser Mann ist ein Deserteur. Frag ihn, warum.«

»Weshalb haben Sie die Armee verlassen?« fragte Charlie den Engländer. Dougalls junges weißes Gesicht wurde abermals rot. »Ich hatte es satt«, erwiderte er. »Jeder konnte sehen, daß wir besiegt waren«, fügte er nach einer kleinen Weile hinzu. Er betrachtete seine lange, blasse Hand. Sie war mit roten Schrammen bedeckt; die Nägel waren abgebrochen und schwarz. »Es war einfach zu dumm«, fuhr er schließlich fort. »Die Kommandanten wußten selber nicht, was sie taten, als sie sich so rasch zurückzogen. Jeder war sich selbst überlassen.« Er lächelte beschämt. »Was hat denn das Ganze für einen Sinn?« sagte er in seiner offenen, vertraulichen Weise. »Wenn wir den Krieg gewinnen, wird das alles an uns zurückfallen. Wenn wir verlieren . . . je nun . . .« Er zuckte die Schultern. »Was für einen Zweck hätte es dann, für dieses blöde kleine Heidenland zu kämpfen?«

Dies übersetzte Charlie, und Sheng stöhnte in seiner Schwäche. »Frag ihn, was er nun vorhat«, befahl er.

»Was wollen Sie jetzt tun?«

»Ich?« Dougall hob den Kopf und blickte einen nach dem andern an. »Oh, ich will ganz einfach mit Ihnen gehen, wenn Sie nichts dagegen haben. Es war ein großes Glück für mich, daß ich Sie getroffen habe . . . ich meine, weil Sie Englisch können, verstehen Sie.«

»Er sagt, daß er mit uns kommen will«, berichtete Charlie an Sheng weiter.

Sheng schloß die Augen.

»Er hat dir einige Pillen gegeben, die er hatte«, betonte Charlie. »Außerdem hat er dir ein Lager aus Farnen bereitet und deinen Arm an die Sonne gehalten, damit er heilt. Kann ein Mensch etwas dafür, wenn seine Mutter einen Dummkopf geboren hat?«

Sheng lächelte bitter, ohne die Augen zu öffnen. »Da er unser Verbündeter ist, soll er mitkommen«, entschied er.

Zwei Tage später machten sie sich auf den Weg gen Westen. Sheng war wieder auf den Füßen, sehr schwach noch, aber bereit zu leben.

19

Der General blickte den Amerikaner an. Er ließ sein Gesicht ganz ausdruckslos erscheinen, um den Abscheu und die Abneigung zu verbergen, die in seinem Innern bis zu seinen Fingerspitzen kribbelten. Es verlangte ihn zu sagen, was er fühlte: daß nichts, was dieser Amerikaner tun konnte, irgendeinen retten würde. Es verlangte ihn zu sagen, was sie alle wußten: daß die Schlacht hier verloren gewesen war, ehe einer von ihnen diesen Boden betreten hatte.

»Ich habe eine Division geopfert«, sagte er. »Keiner von den Leuten ist zurückgekehrt. Wo sind sie?«

»Der Himmel mag es wissen«, erwiderte der Amerikaner. »Noch nie habe ich von einer verschwundenen Division gehört, aber so ist es.«

Der General beschloß, Geduld zu üben. »Es ist unmöglich für eine Truppe, allein zu kämpfen, versteht Ihr«, sagte er. Er redete absichtlich einfach und klar. Der Fremde war stolz auf seine chinesischen Sprachkenntnisse, aber er wußte nicht, daß er wie ein Fremder die Worte setzte, da er sie von einfachen Menschen gelernt hatte. »Ihr versteht? Mir wurde befohlen, einen Frontabschnitt zu halten. Ich halte ihn. Meine Leute kämpfen mit Todesverachtung. Dann wurde uns befohlen, uns zurückzuziehen, damit die Front bereinigt werden kann. Was entdeckten wir? Während wir kämpfen, haben sich unsere Verbündeten zurückgezogen, ohne uns zu benachrichtigen. Wir müssen aufgeben, was wir unter Einsatz unseres Lebens gehalten haben. Ist das die Art und Weise, einen Sieg zu erkämpfen?«

Die hageren Wangen des Amerikaners überzogen sich mit Röte. Er antwortete nicht.

»Ihr Weißen«, sagte der General deutlich, »ihr seid entschlossen, euch gegenseitig das Leben zu retten.«

Er schlug sich aufs Knie und stand auf, grüßte knapp, machte kehrt und schritt von dannen. Einem Wachtposten nickte er kurz zu; seine Leibwache folgte ihm im gleichen Schritt, während er, den schlanken Körper sehr aufrecht tragend, zu seinem Quartier ging. Er war überzeugt, daß er seine Frau und seine vier Söhne nie wiedersehen würde. Diese Überzeugung machte ihn innerlich kalt, wie er sich einmal gefühlt, nachdem er eine fremdländische gefrorene Speise gegessen hatte – Eiscreme wurde sie genannt. Im Magen war jetzt die gleiche Empfindung. Er wünschte sich plotzlich ein Weib herbei, mit dem er sprechen könnte wie mit seiner Frau. Seine Frau zählte zwar sieben Jahre weniger als er, doch war sie verständig und entdeckte stets einen Ausweg aus der Not. Aber sie befand sich in einer Entfernung von vielen tausend Kilometern. Er trat durch sein Tor und schritt an den Wachtposten vorbei, ohne sie wahrzunehmen. In seinem Zelt setzte er sich hin, schloß die Augen und fuhr sich mit beiden Händen fortwährend langsam über den Schädel. Er war wirklich verzweifelt. Sheng kehrte nicht zurück. Inzwischen hatte sich die Geschwindigkeit, mit der der Gegner vorrückte, verdreifacht. Zuerst waren sie nicht mehr als fünfzehn Kilometer täglich vorgerückt, dann dreißig, und jetzt rückten sie jeden Tag fünfundvierzig Kilometer vor.

Er saß regungslos da, die Hände auf den Knien ausgebreitet, und dachte nach. Er wollte seine Leute längs der Lashio-Straße staffelförmig aufstellen. Wenigstens würde er diese Straße schützen ... »Da sie nie an uns denken«, murmelte er vor sich hin, »wollen wir selbst an uns denken.«

Er empfand plötzlich den Drang zu weinen, und er war über sich selber erstaunt. »Das ist der ewige Rückzug«, sagte er sich. »Ich muß ins Gefecht kommen. Nun, ich will mich rühren.«

Er knöpfte den Kragen seiner Uniform auf. Es war sehr heiß, ununterbrochen Tag und Nacht; im allgemeinen machte ihm Hitze nichts aus, da seine Heimatstadt im Grunde eines Tales zwischen zwei Bergzügen lag, doch diese Hitze war anders. Allein die Schlangen waren ein Feind und die Moskitos ein anderer. Vor zwei Tagen hatte ihn ein Skorpion ins Bein gestochen, und der Knöchel war noch immer geschwollen. Nur die Geschwindigkeit eines seiner Soldaten, der den Stachel mit den Daumennägeln entfernte, hatte ihn vor einer gefährlichen Verschlimmerung bewahrt. Er seufzte und dachte an seine verlorenen Soldaten. Sheng war verloren, dieser große, tapfere Bursche aus den Nanking-Bergen! Während er Shengs gedachte, fiel ihm ein, daß er jenem hübschen Mädchen über ihn Bescheid sagen, zum mindesten es warnen sollte. Wenn er seine Frau doch nie wiedersehen würde, brauchte sie auch nicht eifersüchtig zu sein. Er rief, und ein Adjutant eilte herbei.

»Schickt Wei Mayli zu mir«, befahl er kurz. Und dann fügte er wie zur Entschuldigung hinzu: »Sagt ihr, daß ich sie als Botin zum Amerikaner senden möchte. Sie spricht gut englisch – ich kann sein Chinesisch nicht verstehen.«

Mit leichter Schadenfreude dachte er daran, daß er Mayli

hinschicken und den Amerikaner beschämen würde, indem er erklärte, er verstünde sein Chinesisch nicht, auf das jener so stolz war. Er lächelte, und ein wenig von seinem ruhigen Dünkel kehrte ihm zurück.

»Ja, natürlich komme ich«, sagte Mayli. Sie wischte sich die Hände an ihrer Schürze ab, während sie sprach. »Ich will mich nur rasch umziehen – mein Rock ist ganz blutbefleckt.«

Der Adjutant nickte, und sie hastete zum Operationsraum, wo sie kurz vorher Chung geholfen hatte, eine Burmanin von einem großen, dicken Jungen zu entbinden. Der Mann der Frau war ein chinesischer Händler. Er wartete vor der Tür und hielt Mayli an, als sie vorbeikam.

»Sagt mir«, drängte er, »hat das Kind am linken Ohrläppchen ein Muttermal?«

»Habe ich jetzt Zeit, danach zu schauen?« entgegnete sie und lachte.

Aber der Mann war ernst. »Ihr kennt die burmanischen Weiber nicht«, erklärte er feierlich in seinem altmodischen Chinesisch. Seit vielen Jahren war er nicht mehr in der Heimat gewesen, und er sprach noch immer wie in seiner Kindheit, bevor er ausgezogen, um sein Glück zu machen. »Wie soll ich wissen, daß dies mein Sohn ist, wenn er nicht das gleiche Muttermal wie ich hat?« fragte er.

Er drehte den Kopf zur Seite, und da war an seinem linken Ohrläppchen ein rundes, schwarzes Muttermal, aus dem Haare wuchsen.

»Aber nicht jedes Eurer Kinder wird Euer Muttermal an sich haben«, rief sie. »Wie wollt Ihr Eures Weibes Tugend durch ein Muttermal prüfen?«

Sie lachte abermals, aber noch immer blickte der Mann ernst. »Schaut nach, ob es da ist, denn ich will kein Geld an eines anderen Mannes Sohn verschwenden. Sie ist hübsch und jung, und ich kann nicht dauernd zu Hause sein.«

Mayli versprach es ihm und machte sich von ihm frei. Drinnen war Chung damit beschäftigt, seine Instrumente sorgfältig zu waschen und zu reinigen, bevor er sie in die geschlossene Kanne legte, die ihm zum Sterilisieren diente.

»Chung, der General hat nach mir geschickt«, verkündete sie. Sie begann ihre Hände in dem Eimer mit heißem Wasser zu schrubben, der auf einer Bank stand. »Oh, Chung, es handelt sich wohl um Sheng, glauben Sie nicht auch? Warum sonst sollte der General mich zu sich rufen? Seit Wochen habe ich ihn nicht mehr gesehen.«

»Sheng müßte jetzt eigentlich zurück sein, gewiß«, meinte Chung. Es war sonderbar gewesen, so viele Männer fortziehen und keinen zurückkehren zu sehen, keinen Verwundeten, keinen Lebenden. Dies war wirklich eine merkwürdige Pause gewesen – kein Befehl kam, das Lager aufzuheben; seit fast acht Tagen warteten sie nun hier.

Die Pflegerinnen traten ein, ergriffen die Tragbahre, auf der die Wöchnerin lag, und trugen sie fort. Chung war unentschlossen gewesen, ob er sein Betäubungsmittel an sie verschwenden sollte oder nicht. Dann hatte er es doch benutzt. Schließlich war es ein Junge.

Mayli holte sich eine saubere Uniform, und er drehte ihr sittsam den Rücken. Er fühlte sich nie ganz sicher, ob sie unzüchtig oder nur gedankenlos war, doch hatte er keinen Grund, dieser Frage auf den Grund zu gehen. Wenige Sekunden später war sie umgekleidet und schon wieder an der Tür, als das Kind plötzlich wimmerte. Es war vergessen worden; in ein Tuch gewickelt lag es in einem Winkel auf Stroh.

Chung eilte zu dem Kind und hob es auf. »Nach all dem Trubel hat man dich vergessen«, bemerkte er.

Mayli war stehengeblieben und lief nun zurück. »Geben

Sie den Kleinen mir«, sagte sie. »Ich werde Pansiao bitten, für ihn zu sorgen, bis ich zurück bin.« Sie nahm das unförmige kleine Bündel auf den Arm und eilte abermals zur Tür. Draußen wartete der geduldige Vater, und als sie seiner ansichtig wurde, entsann sie sich seines Anliegens. »Hier«, sagte sie, »schaut selber nach.«

Freilich, es bestand nur geringe Möglichkeit, daß das Kind ein bestimmtes Muttermal geerbt hatte; gleichwohl schob sie das Tuch von dem schwarzen Köpfchen zurück, und da war das kleine linke Ohr, vollkommen bis auf ein winziges schwarzes Fleckchen.

»Es ist da!« rief Mayli voll Freude. »So klein, daß man es kaum sehen kann, aber das Büblein ist ja auch noch ganz klein!«

Der chinesische Händler erhob sich, zog aus seinem Hemd seine Brille hervor, die er sich aufsetzte, und betrachtete das winzige Muttermal.

»Es ist mein Sohn«, sagte er feierlich. Ein Lächeln erschien auf seinem Gesicht. »Mein erster«, erklärte er. Er streckte die Arme aus. »Ich will ihn nehmen.«

»Aber ich wollte ihn gerade waschen und anziehen«, widersprach Mayli.

»Ich will ihn nehmen«, wiederholte er fest. »Ich kann ihn waschen und anziehen.«

Sie gab ihm das Kind und sah ihm einen Augenblick nach, wie er mit wehendem Kleide dahinging, das Kind in den Armen, als wäre es ein dem Kaiser geborener Tribut. Er verschwand die Straße hinunter, und sie besann sich ihrer selbst. Wie närrisch das Leben war, dachte sie, da konnte man inmitten von Krieg und Tod und schlimmen Nachrichten alles vergessen außer der Tatsache, daß einem Mann wieder einmal ein Sohn geboren war!

Sie eilte weiter, lächelnd und traurig.

»Von Sheng habe ich kein Wort gehört«, sagte der General.

Mayli krampfte ihre im Schoß liegenden Hände etwas fester zusammen.

Er blickte sie nicht an. »Was zwischen Euch beiden ist, weiß ich nicht«, fuhr er fort, »aber ich sollte Euch wohl mitteilen, daß kein Mann seiner Truppe zurückgekehrt ist. Natürlich überquerten sie den Fluß mit unseren Verbündeten, aber wenigstens müßte Charlie Li inzwischen hier sein, um uns wissen zu lassen, daß sie sich auf dem Weg zu uns befinden. Ich hege die Absicht, meine Truppen längs der Lashio-Straße auszurichten, aber wie kann ich das, wenn sie nicht zurückkehren? Ohne sie wird die Front zu dünn. Trotzdem will ich es tun.«

»Heißt das, daß wir das Lager abbrechen werden?« fragte sie.

»Es heißt, daß wir das Lager unverzüglich abbrechen werden«, antwortete er. »Und ich möchte Euch bitten, daß Ihr zum Amerikaner geht, als mein Privatbote, versteht Ihr, und in seiner eigenen Sprache mit ihm redet, damit ich sicher sein kann, daß er alles versteht. Sagt ihm, daß ich mich in Marsch setze, unbekümmert um die andern. Ich bin dieses dauernden Rückzuges müde. Ich mag mich nicht mehr zurückziehen. Ich will meine Stellung behaupten und die Grenzen meines eigenen Landes schützen und die Weißen tun lassen, was ihnen beliebt.«

Er war sehr müde, das konnte sie sehen. Sein knochiges Gesicht, von jeher schmal, bildete jetzt eine Reihe von Höhlungen und Vertiefungen; die Schläfen waren eingesunken, die Wangen hohl, unter den Kinnladen und unterhalb der Ohren waren Löcher. Aber der Rückzug war rasch vor sich gegangen. Sie hatte sich selber genug gesorgt, während sie sich alle paar Stunden in Marsch setzten, wie es befohlen wurde. Wie konnte Sheng sie finden? Sie befand sich hundertfünfzig Kilometer von dem Ort entfernt, wo Sheng sich von ihr getrennt hatte.

»Soll ich gleich zum Amerikaner gehen?« erkundigte sie sich.

»Sofort«, versetzte er, »denn morgen brechen wir auf.«

Sie stand auf, und er hob seine eingesunkenen Augen, um sie zu betrachten. »Ich glaube, daß ich meine Frau und meine Kinder nie mehr wiedersehen werde«, sagte er unvermittelt.

»Gebt die Hoffnung nicht auf«, entgegnete sie rasch.

»Ich habe die Hoffnung nicht aufgegeben, sondern die Hoffnung ist mir entrissen worden.« Er zögerte und fuhr dann fort: »Und ich fürchte, daß dieser junge Mann ... dieser Sheng, den Ihr ...«

»O nein«, fiel sie ein. »Sprecht nicht von ihm – ich gebe die Hoffnung nicht auf. Ihr ahnt ja nicht, wie stark er ist – er kann nicht gefallen sein.«

»Ja«, sagte er, »er ist stark. Aber freilich ... das bin ich auch.«

»Soll ich gehen?« drängte sie. Ihr wurde unbehaglich zumute. Dieser Mann war tiefbewegt und verzweifelt. Sie fürchtete sich nicht vor ihm, aber er klammerte sich an alles, an jeden. »Ich will gehen und rasch wiederkommen«, sagte sie und entfernte sich.

Sie wußte natürlich, wo der Amerikaner zu finden war. Alle wußten, daß er in einem kleinen Zelt hauste, welches sich in nichts von dem eines gewöhnlichen Soldaten unterschied. Um der Kühle willen stand es unter einem indischen Feigenbaum, und unter dem Astgewölbe dieses großen Baumes, der Hunderte von Stämmen hatte, ging sie jetzt dahin. Sie fühlte keine Angst vor dem Amerikaner, obwohl sie noch nie mit ihm gesprochen hatte. Geschwätz hatte ihn bekannt gemacht, der Klatsch von Männern und der Klatsch von Frauen. Sie wußte, daß er mit den gemeinen Soldaten leicht

Freundschaft schloß und weniger rasch mit den Offizieren. »Die alte Ablehnung der Gleichgestellten«, dachte sie voll Zorn. »Die Weißen wünschen, wir wären lauter gewöhnliche Leute, damit sie weiterhin unsere Herren sein können.«

Als sie zu dem Wachtposten am Zelteingang kam, sagte sie kurz auf englisch: »Ich komme als Botin des chinesischen Generals.«

»In Ordnung«, gab der Wachtposten zurück, ohne zu salutieren, und ging hinein. Gleich darauf kehrte er zurück. »Bitte eintreten«, forderte er sie auf.

Bei ihrem Eintritt saß der Amerikaner auf einem Klappstuhl und aß eine grünschalige Melone. Das Fleisch der Melone war von hellem Goldgelb. Er blickte auf, lächelte und erhob sich, die eine Melonenhälfte in den Händen.

»Ich kann Ihnen keine Hand geben«, sagte er mit seiner angenehmen Stimme und seiner langsamen Sprechweise. »Aber Sie sollen ein Stück hiervon bekommen.«

»Nein, danke.« Sie ließ sich auf einem zweiten Stuhl nieder.

»Die Melone schmeckt recht gut«, bemerkte er, sich wieder setzend.

»Sie sieht so aus«, räumte sie ein, »aber ich habe Ihnen nur eine Botschaft von unserem General auszurichten. Ich soll Ihnen sagen, daß er morgen das Lager abbrechen und zur Lashio-Straße marschieren wird.«

Der Amerikaner schluckte einen Mundvoll des goldenen Saftes hinunter. »Ich bedaure es, daß er sich dazu entschlossen hat«, sprach er gedehnt. »Denn wenn er den Plan ausführt, den er mir geschildert hat, dann wird er eine viel zu schmale Front haben und seine Truppen in eine ungünstige Lage bringen. Versuchen Sie ihn davon abzuhalten, junge Dame – ich kann es nicht. Er kümmert sich um meine Befehle nicht.«

»Er ist entmutigt«, sagte sie warm. »Wir alle sind entmutigt.«

Er legte die Melone auf ein Klapptischchen und wischte sich die Hände an einem erstaunlich sauberen Taschentuch ab.

»Ich weiß«, gab er freundlich zurück, »ich weiß.«

Sie wartete, aber er sagte nichts mehr. Sie fühlte, wie sein ganzes Wesen kleine, vereinzelte Rückzüge antrat, zuerst die Augen, dann die Lippen, die sich zum Schweigen zusammenpreßten; die Schultern versteiften sich, die Hände beschäftigten sich damit, das Taschentuch zusammenzulegen.

»Ihr verteidigt euch immer gegenseitig, ihr und die Briten«, bemerkte sie unvermittelt.

Unter seinen Lidern hervor bedachte er sie mit einem raschen Blick. »Wir sind Fremde in einem fremden Land.«

»Wir etwa nicht?« gab sie zurück.

»Ihr seid hier weniger fremd als wir.«

Sie entflammte in plötzlichem Zorn. »Ihr Weißen«, rief sie, »ihr opfert alle andern Menschen an euren eigenen Altären – für euch!«

»Ich war zwanzig Jahre in Ihrem Land«, erinnerte er sie.

»Stets waren Sie ein Weißer«, gab sie zurück.

»Denn so bin ich geboren«, entgegnete er.

Sie wandte den Kopf ab und stand auf; ihren Auftrag hatte sie erfüllt. Aber er hielt sie zurück. »Trotz alldem, was Sie denken«, sagte er, »ich habe nie tapferere Männer gesehen als diese Briten. Sie wußten, daß sie mit keiner Verstärkung zu rechnen hatten, daß weder Flugzeuge noch Schiffe noch weitere Truppen geschickt werden würden – nichts. Sie haben das geleistet, was man eine Verzögerungsaktion nennt. Ihr Leben, das sind die Bissen, die den vordringenden Wölfen hingeworfen wurden, damit andere gerettet würden.«

»Ihr stellt euch immer als Helden dar«, erwiderte sie herb. »Sie vergessen, daß wir hier in Burma Verbündete gehabt hätten statt Feinde, wären die Weißen während all der Jahrzehnte ihrer Herrschaft Menschen gewesen und nicht dauernd weiße Helden unter dunklen Wilden.«

»Vergessen Sie nicht, daß ich Amerikaner bin«, mahnte er sie.

»Ich sehe nur, daß Sie ein Weißer sind«, versetzte sie, und sie wandte den Kopf von ihm ab und ging fort.

Sie eilte dahin, beschwingt von Zorn, und sie war schon fast bei ihrem eigenen Quartier angelangt, als ihr einfiel, daß sie ja zum General zurückkehren mußte. Doch als sie sein Zelt erreichte, war er gerade mit seinen Offizieren beschäftigt, und sie wurde nicht eingelassen. Statt dessen kam er zu ihr heraus, und sie sagte in Gegenwart von Soldaten und Wachtposten zu ihm: »Ich habe Eure Botschaft ausgerichtet, und er rät davon ab.«

»Ich werde seinen Rat nicht beachten«, erwiderte der General.

»Also morgen?« forschte sie.

»Vor Tagesanbruch«, lautete seine Antwort.

Sie nickte und sputete sich nun noch mehr. Denn die Schwerverwundeten sollten zurückgelassen werden, so sicher wie möglich in chinesische Häuser verteilt, wo immer man sie finden konnte; die Leichtverwundeten mußten zum Transport bereitgemacht werden. Chung mußte als erster Bescheid erhalten, dann die Frauen. Hundert Kleinigkeiten gab es zu tun, wenn sie wieder marschierten.

Sie runzelte die Brauen, und der abgehärmte Ausdruck, der neuerdings für sie natürlich war, trat in ihr Gesicht. Diesmal würde es wenigstens kein Rückzug sein. Es drängte sie weiterzuziehen – ja, der General hatte eine weise Entscheidung getroffen. Sie würden ihre eigenen Linien bilden. Wie sie dem Amerikaner Bescheid gesagt hatte! Wenn sie mit Sheng zusammentraf, wollte sie es ihm erzählen, und er würde sich freuen. Ob sie aber recht oder unrecht gehabt hatte, wußte sie nicht. Der Amerikaner war ein redlicher Mann. Wenn jedoch Redlichkeit blind war, konnte man dann immer noch von Redlichkeit sprechen? Sie sah die Redlichkeit, und Sheng sah die Blindheit. Sheng hatte recht, Sheng war klüger als sie.

»Oh, werden sie niemals sehend werden?« murmelte sie vor sich hin. Nein, sie wußte, daß dies nie der Fall sein würde. Die Weißen, die sich vor den Japanern zurückzogen, würden noch immer nicht sehen. Sie würden sogar während des Rückzugs den Plan schmieden, zurückzukehren und zu sein, was sie von jeher gewesen – weiße Helden.

Sie preßte die Zähne zusammen, drückte ihre roten Lippen aufeinander und fühlte ihre Augen heiß werden. Von ihrem Zorn beflügelt, tat sie in Eile, was getan werden mußte; sie tummelte sich und fuhrwerkte eifrig und eilig herum, so daß Chung schließlich veranlaßt war, ihr den Vorwurf zu machen, sie sei so schlimm wie manchmal die Ausländer.

Darauf hielt sie in ihrem Treiben inne und sagte nach einer kleinen Weile: »Nun ja, vielleicht haben Sie recht.« Und als ob er ihr ein Medikament verabreicht hätte, wurde sie ruhiger; ihr Schritt blieb ebenso schnell, aber die Hast war fort. Ihre Stimme verlor die Schärfe und wurde wieder glatt. Jetzt näherte sich Pansiao ihr, die sich bis dahin ferngehalten hatte.

»Brechen wir das Lager ab?« fragte sie in sanftem Ton.

»Ja, aber diesmal geht es der Heimat zu«, erwiderte Mayli. Sie glaubte das Mädchen mit diesen Worten zu trösten, aber statt dessen malte sich Bestürzung auf Pansiaos Gesicht.

»Gefällt dir das nicht?« bemerkte Mayli, während sie Uniformen in einen Strohkorb packte.

»Ja, aber . . .«, begann Pansiao und brach ab.

»Aber?«

»Sheng«, stieß Pansiao bebend hervor, »wie wird er uns finden?«

Mayli hielt einen Augenblick inne. »Daran habe ich auch schon gedacht«, erwiderte sie. »Schau, wir wollen bei der Frau, die heute das Kind bekommen hat, einen Brief zurücklassen. Heute abend wird sie nach Hause geschickt. Ich will ihr den Brief geben, und sie soll ihren Mann bitten, darauf zu achten, ob ein Chinese hierherkommt. Wenn Sheng feststellt, daß wir fortgezogen sind, wird er natürlich zu den Chinesen gehen.«

Noch immer war Pansiao nicht befriedigt. Sie ließ den Kopf hängen, schlang die Finger ineinander und warf der arbeitenden Mayli dann und wann einen Seitenblick zu.

Mayli beobachtete dies eine Weile und sagte dann: »Sprich aus, was hinter deinen Lidern ist, denn ich kann sehen, daß dort etwas ist.«

»Es ist nichts hinter meinen Lidern«, versetzte Pansiao warm. »Nichts, das heißt, nichts von Bedeutung. Das heißt, es bedeutet für mich nichts. Aber wenn wir für Sheng einen Brief zurücklassen . . .«

Da dämmerte Mayli eine Vermutung. »Wir sollen auch für Charlie Li einen zurücklassen«, rief sie lachend.

Sie schabte Rübchen mit ihren Zeigefingern, eine alte kindliche Spottgebärde, mit der Mädchen einander zu nekken pflegten, worauf Pansiao sich das Gesicht mit ihrem Rock bedeckte und davonlief.

Allein zurückgeblieben, hörte Mayli jählings zu lachen auf; sie seufzte und stand lange Zeit regungslos da, die emsigen Hände auf den Rand des Korbes gestützt. Es war möglich, daß sie und Sheng sich nie wieder begegnen würden.

20

An diesem Abend schrieb Mayli einen Brief an Sheng. Sie faßte ihn kurz und klar ab, denn sie wußte nicht, wessen Augen darauffallen würden; was sie schrieb, war dies:

»Sheng,
morgen in aller Frühe setzen wir uns befehlsmäßig in Marsch. Der Amerikaner wird Dir sagen, wohin wir gehen, falls Du es nicht auf andere Weise festzustellen vermagst. Wenn Du uns folgen kannst – ich werde Tag und Nacht auf Dich warten, desgleichen Deine Schwester. Ich glaube, daß Du lebst. Wüßte ich es nicht, wenn Du tot wärest?«

Nachdem sie diesen kurzen Brief geschrieben hatte, saß sie eine Weile nachdenklich da und überlegte, ob sie noch jemandem schreiben sollte. Sie wußte recht gut, daß sie von diesem Feldzug, den der General plante, vielleicht nie mehr zurückkehren würde. Sie wußte, daß dem General gehorcht werden mußte, und doch konnte sie des Amerikaners Warnung nicht vergessen, daß der Plan des Generals Wahnsinn sei, weil er nicht genug Leute zur Ausführung hatte. Wenn ihr der Tod auf diesem Feldzug bestimmt war – denn der Feind schonte weder Weib noch Mann –, wem sollte sie noch schreiben?

Sie dachte an ihren Vater in Amerika. Sicherlich sollte sie ihm doch wohl schreiben? Gleichviel, sie vermochte es nicht. Er schien so weit weg, wußte so gar nichts von ihrem Leben und seinen Forderungen; und wie konnte sie ihm jetzt von Anfang an erklären, wo sie steckte und warum sie sich hier befand? So lange hatte sie geschwiegen, daß es nun nicht mehr möglich war, das Schweigen zu brechen.

Gab es niemanden, dem sie gern gesagt hätte, daß dies die letzte Nacht vor einem großen Feldzug war? Während ihre Gedanken wanderten, fiel ihr Shengs Familie in dem Dorf bei Nanking ein, und sie erkannte, daß sie diesen Menschen schreiben könnte. Sie würden wissen, um was für eine Schlacht es sich handelte, wie der Feind war und welche Gefahr morgen bestand.

So schrieb sie in raschen, deutlichen Schriftzeichen einen ihrer Briefe an Jade, und ihr berichtete sie die genaue Wahrheit – daß Sheng nicht zurückgekehrt war, daß sie ihn jedoch nicht für tot hielt und daß sie morgen mit den andern einem neuen Lager und einer neuen Front entgegenzog. Danach grübelte sie, ob sie sonst noch etwas zu erzählen hätte. Die Nacht ringsum war sehr dunkel, die Luft dick von Hitze. Sie saß in ihrem kleinen Zelt, und das Licht, bei dem sie schrieb, kam aus einer Papierlaterne. Es war eingehüllt in eine Wolke aus Faltern und Käfern, die ringsum kreisten und schwärmten und verbrannt aufs Papier fielen. Mayli fegte sie mit der Hand fort und schrieb weiter: »Ich möchte Euch noch mitteilen, daß unsere Verbündeten uns hier nicht gestützt haben. Habt keine großen Hoffnungen, denn wir sind im Rückzug begriffen. Ich sage Euch dies: Diejenigen, die wir zu befreien kamen, haben uns verraten. Heute nacht ist es dunkel – wer kann den morgigen Tag sehen? Aber ich sende Euch allen gute Wünsche. Wenn wir am Leben bleiben, werden Sheng und ich eines Tages wieder heimkommen.«

Dies war die stärkste Anspielung, die Mayli jemals jener Familie gegenüber gemacht hatte, die Anspielung, daß sie und Sheng eines Tages miteinander verheiratet sein würden; und als sie die Worte niederschrieb, stieg eine große Hitze in ihr Herz und ließ sie erglühen. Sie sagte sich, daß sie Sheng niemals für tot halten würde, bis sie seine Leiche oder sein Skelett sah. Dann versiegelte sie die Briefe, machte den an

Jade versandfertig und gab den an Sheng der Burmesin, die ihn ihrem Mann aushändigen sollte, und schärfte ihr ein: »Sagt Eurem Mann, daß er auf einen großen Burschen mit finsteren Augen und einem verwundeten Arm achten soll, und gebt ihm diesen Brief.«

Die Burmesin, die glücklich war mit ihrem Kind, versprach aus Dankbarkeit für den gesunden Sohn, alles tun zu wollen, was Mayli wünschte. All dies trug sich in der letzten Nacht zu, bevor der neue Marsch begann.

Der Brief, den Mayli an Jade geschrieben hatte, wurde von einem Träger befördert, dann von einem Flugzeug und wieder von einem Träger; dann trugen ihn die Hände der Berg-Männer durch feindliches Land, wonach ihn abermals ein Träger weiterbeförderte, bis er auf Umwegen in Ling Tans Dorf gelangte und in Ling Tans Haus gebracht wurde. Niemand im Dorf konnte lesen außerhalb Ling Tans Haus, seit der alte Gelehrte tot war, und so wurde jeder Brief in dieses Haus und zu Jade gebracht. Wegen ihrer Gelehrsamkeit wurde Jade als eine Frau von großer Klugheit und Geschicklichkeit betrachtet, so daß die Weiber von weit her kamen und sie um Heilung ihrer Beschwerden angingen. Die eine fragte sie, wie ein Sohn zu gebären sei, die andere wollte wissen, warum ihre Hühner nicht legten; etliche erkundigten sich, wie man eine Geschwulst fortbrachte oder Ausfluß heilte oder wie einem Kind das Schielen abzugewöhnen war; und noch mit vielen anderen Sorgen kamen sie zu ihr. Was sie an Antworten in Büchern fand, das las sie den Frauen vor, und dann begann sie, aus dem Schatz ihrer wachsenden Erfahrungen Ratschläge zu erteilen; so gut waren ihre Antworten oft, daß sich Jades Ruf als Wohltäterin in der ganzen Gegend verbreitete.

Sogar der Himmel war ihr wohlgesinnt, denn Lao Er

schenkte keiner andern Frau einen Blick. Sein ganzes Herz gehörte ihr; ihre Kinder wuchsen ohne Krankheit heran, und als sie ihre Zwillingsknaben entwöhnte, magerten sie nicht ab und wurden nicht reizbar. Sogar Ling Sao mußte ihre Klagen über Jade aufgeben. Mehr und mehr überließ sie Jade die Zügel des Haushalts; ohne viel Aufhebens nahm Jade die Pflichten auf sich, versah Ling Tans Haus, stets sanft und freundlich, so daß niemand das Gewicht ihrer Zunge oder ihrer Hand verspürte. Obwohl Lao Tas Weib älter war, erlaubte sie der Jüngeren, die Führende zu sein, und jetzt war es Jade, die Frieden stiftete zwischen dieser Frau und Ling Sao, und sie war es auch, die Ling Saos aufgerührtes Gemüt beschwichtigte – denn Ling Sao ließ sich noch mehr gehen, je älter sie wurde – und die die Tränen der andern Frau zum Versiegen brachte. Alles, was Jade tat, wurde so fein und zart getan, daß Lao Ta sich stets als der ältere Bruder fühlte, Ling Sao immer den Ehrenplatz unter den Frauen einnahm, und was Ling Tan anbelangte, so rief er nach Jade, wann immer eine Fliege ihn beim Einschlafen störte, oder wenn er heißes Wasser wünschte, um die Winde des Alters aus seinem Leib zu vertreiben, und er meinte, Jade habe nichts anderes zu tun, als ihn zu bedienen.

So ging das Leben in diesem Haus auch in den schlimmen Zeiten weiter, Ling Tan und Lao Er verbrachten ihre Zeit damit, alle möglichen Schliche zu ersinnen, um den Feind hinsichtlich ihres Ernteertrags, der Zahl ihrer Hühner und Fische zu täuschen; im geheimen ernährten sie sich recht gut, doch nach außen hin sah es aus, als hätten sie nichts. Der Keller unter der Küche diente ihnen als Versteck für eingesalzene Fische, gedörrtes Geflügel- und Schaffleisch, Pökelfleisch, Kohl, Schildkröten und Behälter mit Reis. Auf diese Weise gediehen die Kinder so prächtig, daß Lao Er seine Söhne zu verbergen gedachte, wenn der Feind vorbeikäme, denn für die Kinder eines geschlagenen Volkes sahen sie viel zu pausbäckig aus.

In all den Jahren hatte es nur einen wirklichen Kummer im Haus gegeben, und das war die Tatsache, daß Lao Tas Frau keine Kinder bekam. Sie konnte nie vergessen, daß sie fast zehn Jahre älter war als Lao Ta, und in ihrer Ungeduld glaubte die Frau mehrmals, daß sie ein Kind trüge; dann verkündete sie es sogleich und mußte später eingestehen, daß sie sich geirrt hatte. Als dies zum drittenmal geschah, wurde Ling Sao ärgerlich, und sie sagte: »Erzähle mir nicht mehr, daß du ein Kind in dir hast, bis dein Bauch dick ist und ich es selber sehen kann.«

Darauf sprangen Lao Tas Weib die schnell bereiten Tränen aus den Augen, und Ling Sao, die das sah, fuhr verdrossen fort: »Auch dann mag es noch nicht soweit sein; ich habe nämlich Frauen gekannt, die so voll Winde waren, daß sie sich alle täuschten; bei ihnen kam es sogar zur Geburt, aber da brachten sie nichts als einen Windbeutel hervor.«

Als die Frau dann endlich wirklich mit einem Kind ging, wollte Ling Sao es nicht glauben, bis das Kind geboren war. Ach, daß dies Kind ein sehr kleines und runzliges Mädchen sein mußte! Ling Sao mißfiel es auf den ersten Blick, und so gab es einen neuen Kummer im Haus. Jade aber stellte sich im geheimen auf die Seite des kleinen Mädchens und machte Ling Saos Abneigung soweit wie möglich wieder gut. Die Wahrheit war, daß Ling Sao von jeher vor Gesundheit so gestrotzt und so prächtige Kinder geboren hatte, daß sie sich schämte, ein so kleines und gelbes Geschöpf aus ihrem Blute hervorgehen zu sehen.

»Iß!« Und wenn die Kleine aus Angst vor ihrer Heftigkeit weinte und deshalb nicht essen konnte, dann gab es Ling Sao einen Stich ins Herz, und sie wurde noch wütender. Jade aber nahm das Kind in ihr Zimmer, als es älter wurde, lockte es mit einem Ei oder mit Nudeln, die in Bohnenöl gekocht waren, oder sonst einer Leckerei, und weil sie lächelte und freundlich war, aß die Kleine bisweilen.

Die ganze Zeit behielt Jade unter ihrem ruhigen Gesicht und hinter ihren sanften Augen ihre Gedanken, die sie mitunter sogar vor Lao Er, ihrem Gatten, verbarg. Und diese Gedanken kreisten fortwährend um Mayli und Lao San oder Sheng, wie er ihres Wissens jetzt genannt wurde. So war es gewesen seit dem Tag vor vielen Tagen, als Lao Er ihr gesagt hatte, sie dürfe nicht davon träumen, dieses Haus jemals wieder zu verlassen und fortzugehen, um das Land zu befreien.

»Es ist unsere Pflicht, hier bei unserem Vater zu bleiben und das Land zu hüten«, hatte er zu ihr gesagt. »Und wir müssen auch geduldig warten, bis der Tag der Freiheit hierherkommt.«

Deshalb blickte sie auf Mayli und Sheng mit der steten, unwandelbaren Hoffnung, daß sie und andere gleich ihnen eines Tages das Volk von den Fesseln des Feindes befreien würden. Wenn jene nicht die Freiheit brachten, dann gab es nur die Aussicht, daß ihre prächtigen Söhne als Sklaven und Besiegte aufwuchsen. Sie konnte sie jetzt mit versteckten Nahrungsmitteln füttern, konnte alles tun, damit sie stark und aufrecht wurden, aber was nützten starke, aufrechte Männer, wenn sie Sklaven bleiben mußten? Immer wieder hob die nachdenkliche Frau die Augen zum sternenbestickten Nachthimmel oder blickte über die grünen Felder, und ihr Herz schwoll und schmerzte vor Sehnsucht nach Freiheit. Dann schrie es zuinnerst in ihr, wo niemand außer ihr es hören konnte: »Wenn wir nicht befreit werden, möchte ich meine Söhne lieber jetzt in ihrer Kindheit töten!«

Eines Tages nun erhielt Jade Maylis Brief, in dem stand, daß Sheng ausgezogen war, die Weißen zu retten, daß er nicht zurückgekehrt und daß niemand wußte, wo er sich befand; und sie las auch, was Mayli zuletzt geschrieben hatte. »Wir sind im Rückzug begriffen«, las sie und las es nochmals. »Diejenigen, die wir zu befreien kamen, haben uns verraten.«

Zum Glück war Jade, als sie dieses las, allein. Der Sommer begann heiß zu werden, und die andern hatten sich nach dem Mittagessen zum Schlafen niedergelegt. Sie aber war durch die Freiheitssehnsucht in ihrem Herzen immer schlaflos. So pflegte sie, während die andern schlummerten, im Schatten der Bambusbüsche im Hof zu sitzen. Sie nähte gerade an einer Schuhsohle, als der Brief ihr von einem vorbeikommenden Bauern gebracht wurde, der ihn von einem geheimen Postmann erhalten hatte. Als sie den Brief gelesen hatte, weinte diese Frau, die ihren Tränen sonst nie erlaubte, in ihre Augen zu steigen und über die Wangen zu rinnen. Wenn diejenigen geschlagen und verraten waren, von denen sie die Freiheit erwartet hatte, welche Hoffnung blieb ihr für ihre Söhne?

Sie überlegte eine Weile, während die Tränen noch immer auf ihren Wangen lagen, ob sie den andern den Brief vorlesen und so ihre Hoffnungen zerstören sollte oder nicht, und sie dachte bei sich: »Es wäre leichter für mich, diesen Brief zu verbergen und die schlimme Nachricht für mich zu behalten, als die Klagen meiner Schwiegermutter und die Flüche meines Schwiegervaters anzuhören.«

Gleichwohl wagte sie es nicht, diesen beiden die Nachricht über ihren eigenen Sohn selbständig zu unterschlagen, und so erhob sie sich schließlich, um sich in das Zimmer zu begeben, wo Lao Er schlief. Er lag auf der Matte auf dem Bett ausgestreckt, nackt bis auf seine kurzen blauen Hosen. Traurig blickte sie auf den Schlafenden nieder, voll Liebe und Sorge. Er verbrachte sein Dasein damit, den Feind zu täuschen, und häufig schwebte er in Gefahr, entdeckt zu werden. Doch hatten sie aufgehört von Gefahr zu sprechen, seit dem Tag, da sie ihre Angst hinausgeschrien und er gesagt hatte: »Was ich tue, muß ich tun, und ich tue es leichter, wenn du nicht davon sprichst.«

So seufzte sie jetzt und legte die Hand behutsam auf seine bloße Schulter. Aber wie zart sie ihn auch berührt hatte, er erwachte mit einem lauten Schrei, und dies zeigte, wie sehr sein innerstes Wesen von beständiger Furcht erfüllt war. Als er sah, daß sie es nur war, schämte er sich; er wischte sich den plötzlich ausgebrochenen Schweiß vom Gesicht und murmelte: »Ich bin ein Dummkopf.«

Sie antwortete nicht darauf, wohl wissend, weshalb er aufgeschrien hatte; statt dessen sagte sie: »Ich habe einen Brief von Mayli mit schlimmen Nachrichten. Du mußt mir raten, ob wir die Neuigkeiten für uns behalten oder den andern mitteilen sollen.« Hierauf las sie ihm den Brief vor; er fluchte leise vor sich hin, runzelte die Stirn, schlug sich auf die Knie, während er auf dem Bettrand saß und zuhörte.

Dann dachte er eine Weile nach, und sie wartete, bis er erklärte: »Was für einen Zweck hat es, den Alten das zu sagen? Sie wissen, daß sie sterben werden, bevor sie frei sind, aber sie hegen die Hoffnung, daß wir, ihre Kinder, befreit werden. Du weißt, wie mein alter Vater noch immer an das Gelöbnis der Weißen glaubt. Was wird er denken, wenn er hört, daß die Weißen uns verraten haben? Kann er dann noch leben? Und wenn wir es meinem älteren Bruder sagen, so wird er niemals den Mund vor seiner Frau halten, und sie kann nichts vor meiner Mutter verbergen. Nein, wir wollen alles verschweigen, wenigstens bis wir wissen, ob mein jüngerer Bruder tot ist oder nicht.«

»Ich bin froh, daß du so sprichst«, erwiderte Jade, »denn das wollte ich auch tun, doch scheute ich mich.«

Sie stand auf und legte den Brief zuunterst in einen Korb

mit Winterkleidern. Nachdem sie dies getan, blickte sie Lao Er an, und er schaute sie an, und jeder las des andern Gedanken. Sie trat zu ihm, und sie faßten einander fest bei den Händen, während sie an ihre Söhne dachten. Dann räusperte sich Lao Er, und er sagte: »Ich muß wieder aufs Feld.«

Sie wischte sich die Augen und sagte: »Es ist Zeit für alle aufzustehen. Ich muß nach deinen Eltern sehen.«

So trugen diese beiden von nun an ihre eigene Verzweiflung mit sich herum.

Das burmesische Weib aber hatte Maylis Brief an Sheng in ihre Innentasche gesteckt, und sie dachte sechs Tage lang nicht mehr daran, nachdem sie heimgekehrt war. Zuerst hatte sie das vernachlässigte Haus reinigen müssen, und dann wurde ihr Mann, der sich bei ihrem Kommen erfreut gezeigt, verstimmt und niedergeschlagen, nachdem er das Kind eine Weile betrachtet hatte. Er bildete sich ein, etwas in dem Gesichtchen zu sehen, das nicht von ihm stammte, ungeachtet des Muttermals am Ohrläppchen, und sie mußte ihn beschwichtigen und ihm schmeicheln; und über alldem vergaß sie den Brief. Erst als sie sich eines Morgens daranmachte, ihr Kleid am Teich zu waschen, steckte sie die Hand in die Innentasche, um zu untersuchen, ob etwas darin war, bevor sie das Gewand naß machte, und da fand sie den Brief. Aber sie dachte sich weiter nichts dabei, zumal der Brief ja nicht verloren war, sondern steckte ihn nur in die Tasche des Kleides, das sie trug, und vergaß ihn wiederum zwei Tage. Dann erst erinnerte sie sich des Briefes, nahm ihn hervor und gab ihn ihrem Mann.

Es verhielt sich nun so, daß der Mann gerade an diesem Tag bei einer Versammlung der chinesischen Händler gehört hatte, daß eine Abteilung ihres Heeres vollständig aufgerieben worden sei; nur zwei oder drei Soldaten seien verstört zurückgekehrt und hätten nach ihren Kameraden geforscht, die nicht mehr hier waren. So ergriff er den Brief, und als seine Frau ihm erzählte, daß Mayli gesagt habe, er solle ihn einem großen Soldaten aushändigen, schlug er sie, weil sie so vergeßlich gewesen war. Mit dem Brief eilte er zu der Versammlungsstätte, wo er noch einige Händler vorfand, die miteinander von den verlorenen Soldaten sprachen. Wie aber konnten die Händler wissen, was Truppen zu tun pflegen?

»Laßt uns zum Amerikaner gehen«, schlug der eine schließlich vor. »Er ist noch immer hier.«

Alle stimmten darin überein, daß dies ein guter Plan sei, und so begaben sich die Händler zu dem nahen Lager, wo sie nach dem Amerikaner fragten, der sie dann recht liebenswürdig empfing.

»Könnt Ihr uns sagen, welche Richtung die verirrten Soldaten eingeschlagen haben, um die chinesischen Truppen zu suchen?« fragten sie.

»Nordostwärts«, erwiderte der Amerikaner. »Mehr darf ich nicht verraten.«

Das genügte jedoch, und so verneigten sich die Händler, entfernten sich, mieteten kleine Esel, die sie bestiegen, und ritten einen halben Tag lang auf der Hauptstraße gen Nordosten. Mit den Augen suchten sie die Wege ab, und sie durchforschten die Dörfer, durch die sie kamen, bis sie nicht drei, sondern vier Männer vor sich dahingehen sahen. Da trieben sie ihre Tiere zu größerer Eile an, und als sie die vier Männer eingeholt hatten, stellten sie fest, daß es zwei Chinesen, ein Engländer und ein Inder waren, alle zerlumpt und schmutzig und müde. Einer der Chinesen aber war so groß, daß der Händler den Brief aus seiner Tasche hervorholte und ihn dem Großen mit den Worten überreichte: »Seid Ihr das?«

Sheng blickte darauf und sah seinen eigenen Namen. »Ja, das bin ich«, erwiderte er.

»Dann habe ich meine Pflicht getan«, sagte der Händler, drückte Sheng ein paar Geldstücke als Geschenk in die Hand und verabschiedete sich von ihm. Und alle wandten ihre Esel wieder heimwärts.

Sheng war von Staunen erfüllt über diesen Brief, aber wer vermag zu begreifen, wie seltsam manchmal alles zugeht? Er konnte ja nicht wissen, daß er den Brief erhalten, weil Mayli eine Burmesin von einem Sohn entbunden hatte, dessen Vater ein chinesischer Händler war, dem bisher noch kein Sohn geboren worden. Er wunderte sich nur, daß ihm ein Brief von Mayli ausgehändigt wurde, und er dankte im stillen dem Himmel, daß er genügend Kenntnisse hatte, um lesen zu können, was sie geschrieben. Freilich, sie hatte die Schriftzeichen groß und deutlich hingesetzt, wissend, daß ihm das Lesen nicht so leichtfiel wie das Atmen. Er las ihren Brief dreimal, und er setzte sich unter einen indischen Feigenbaum, um ihn zu lesen; seine Begleiter ließen sich auf den armdicken Wurzeln des Baumes nieder und warteten.

Schließlich sagte er: »Wir müssen zurück, um den Amerikaner zu suchen und ihn zu fragen, wohin die Truppen gezogen sind.«

Er stand auf, während er dies sprach, und steckte den Brief in seinen Gürtel. Die andern erhoben sich ebenfalls mit Ausnahme des Engländers, der sitzen blieb. Als Charlie ihm erklärte, daß sie zum Amerikaner zurückkehren mußten, um ihn zu fragen, wo die Truppen seien, blickte der Engländer verlegen drein.

»Ich will nicht zurück«, verkündete er. »Geht ihr zurück

und fragt, was euch beliebt; aber ich bleibe hier sitzen und warte auf euch.«

Darauf lachte Charlie Li, und er sagte zu den andern in seiner eigenen Sprache, die der Engländer nicht verstand: »Da dieser Mann ein Deserteur ist, mag er natürlich keinen weißen Offizier sehen.«

So ließen sie den Engländer zurück, der ihnen nachschaute, und gingen einen halben Tag lang, bis sie zu dem Lager kamen, wo der Amerikaner und die restlichen Truppen waren, eine buntscheckige kleine Schar von Chinesen und Indern und was ihm sonst noch von den verlorenen Schlachten und Rückzügen geblieben.

Sie fanden ihn vor seinem kleinen Zelt sitzen, in Hemd und Hose wie ein gewöhnlicher Soldat; seine grauen Haare waren strähnig von Schweiß, denn die Hitze ließ an diesem Ort weder am Tag noch in der Nacht nach. Charlie trat zu ihm und erkundigte sich, wo die chinesischen Truppen seien.

Der Amerikaner blickte auf eine Karte und schrieb mit einem Bleistift darauf. Als er die zerlumpten Männer in der Uniform der verlorenen Abteilung vor sich gewahrte, begann er in seiner Muttersprache teils verwundert, teils verärgert zu fluchen. Nachdem er sich so weit gefaßt hatte, fragte er nur: »Wo habt ihr eigentlich gesteckt?«

Hierauf berichtete ihm Charlie mit geraden und einfachen Worten, wie Sheng seine Leute zur Rettung der Weißen angeführt hatte und wie die Brücke gesprengt worden war, wie es keinen Ausweg gegeben und wie sie niedergemetzelt worden, ausgenommen einige wenige, die entkommen konnten; wer jedoch außer ihnen noch entkommen war, das wußte niemand.

Die blauen Augen des Amerikaners waren hart und sein Kopf erhoben, während er lauschte, und er sprach kein Wort.

Als Charlie sah, daß er keine Erwiderung erhielt, fragte er: »Wo sind unsere Truppen?«

»Sie sind nach Lashio aufgebrochen«, versetzte der Amerikaner auf englisch. »Ich habe Ihren General darauf aufmerksam gemacht, daß sein Plan töricht ist. Er will seine Leute auf einer schmalen Front in einer lächerlichen Tiefe aufstellen. Die Japsen werden ihn bestimmt kriegen, aber er wollte nicht auf mich hören.«

Charlie übersetzte diese Worte für Sheng ins Chinesische. Der Inder, der bei ihnen war, konnte nur glotzen, denn er begriff nichts; Sheng aber erfaßte sogleich, was der Amerikaner meinte, und er wußte, daß jener recht hatte. Widerwillig bemerkte er: »Sagt dem Amerikaner, daß ich fürchte, er habe recht. Wir wollen uns dann beeilen und unserm General dasselbe sagen. Vielleicht ist es noch nicht zu spät.«

»Ich verstehe, was Ihr sagt«, erklärte der Amerikaner.

Er betrachtete Sheng scharf mit seinen blauen Augen, Sheng gab den Blick mit seinen schwarzen Augen zurück, und die beiden fanden Gefallen aneinander.

»Ich habe Euch schon einmal gesehen«, bemerkte der Amerikaner.

»O ja«, bestätigte Sheng.

»Ihr seid der Nanking-Berg-Mann«, fuhr der Amerikaner in seinem rohen Chinesisch fort. »Ich wünschte, Ihr wäret General und nicht der andere. Ihr habt mehr Verstand.«

Darauf mochte Sheng nicht antworten, denn er konnte nicht zugeben, daß sein Vorgesetzter geringer sei als er selbst. Er sagte nur ruhig zu Charlie: »Wir wollen rasch gehen.«

So machten sie sich nach einem Dank, den der Amerikaner ohne Artigkeit entgegennahm, eiligst auf den Weg.

Als sie zu der Stelle kamen, wo sie den Engländer zurückgelassen hatten, fanden sie ihn in einer Wurzelbiegung des großen Feigenbaums schlafend liegen. Ihrem Vorhaben begegnete er mit Widerstand.

»Wir sollten nach Indien ziehen«, knurrte er Charlie an. »Das ist die einzige Hoffnung, uns zu retten.«

»Indien!« rief Charlie entsetzt. »Wissen Sie denn überhaupt, daß wir von Indien durch Berge getrennt sind?«

Aber der Engländer wollte seine Ansicht nicht ändern. »Wenn ich nach Indien gelangen könnte, wäre alles in Ordnung«, beharrte er. »Dort habe ich Bekannte.«

Weil er aber hilflos war in dem feindlichen Land – denn die Burmesen schossen auf jeden Engländer, den sie sahen –, blieb ihm nichts anderes übrig, als mit ihnen zu ziehen, zumal er sich vor dem Alleinsein fürchtete. So ging er mit ihnen, und sie benutzten kleine Pfade, vermieden alle Dörfer, und wenn sie auf den Landstraßen in der Ferne jemanden daherkommen sahen, schlugen sie sich seitwärts in die Felder oder in den niedrigen Urwald, der die Landstraßen säumte, wo keine Felder waren.

Nachdem sie so einige Tage gewandert waren, erkannten sie an mancherlei Zeichen, daß sie sich hinter irgendeinem feindlichen Heer befanden, klein oder groß, wer hätte das sagen können? Immerhin mehrten sich die Anzeichen, daß die Gegner vor ihnen waren. Die Dörfer waren halb verbrannt; wo sie unbeschädigt waren, da flatterte eine feindliche Flagge, und die Bevölkerung zeigte Entzücken und Frohlokken über die Niederlage der Weißen, die sie beherrscht hatten.

Als Sheng dies wahrnahm, sagte er zu Charlie: »Wenn wir die Gegner nicht auf irgendeine Weise umgehen, wird die Schlacht vorüber sein, bis wir den General erreichen; und wenn der Amerikaner recht hat, kommen wir dann zu spät.«

Der General hatte seine Einheiten seinem Plan entsprechend formiert. Tag und Nacht war er wortkarg und unwirsch, denn er konnte nicht vergessen, was der Amerikaner gesagt hatte, und doch wollte er nicht anerkennen, daß er selber unrecht hatte. Mit großer Sorgfalt verteilte er seine Soldaten an der schmalen Front, die er gewählt; und wenn ihn des Nachts Unsicherheit überkam, stärkte er sich an dem Gedanken, daß der Amerikaner keinerlei Recht habe, Ratschläge zu erteilen, da er selber keine einzige Schlacht gewonnen hatte. »Der Amerikaner gehört zu den Engländern, wie können wir ihm also vertrauen?« dachte er bitter. »Die Weißen sind gegen uns verschworen; sie haben uns in dieses feindliche Land kommen lassen und uns nicht als Gleichberechtigte anerkannt. Sollen sie beisammenbleiben, und wir wollen selbständig vorgehen, da man uns nicht als Verbündete behandelt.«

Tag und Nacht bewegte er solche Gedanken, und er schöpfte Kraft aus seinem Zorn, sagte sich, daß er und seine Soldaten jeden Angriff des Feindes niederschlagen könnten, denn hatte er nicht den gleichen Feind in der Heimat bekämpft?

Von den Frauen fand keine etwas zu tun außer der Arbeit, die der Alltag brachte; das genügte jedoch, denn die Sandalen der Soldaten waren durchgelaufen, und viele Leute marschierten barfuß, ihre Uniformen waren zerfetzt, sie wurden von Insekten und Skorpionen gestochen, von Spinnen und Schlangen gebissen, die es allenthalben gab; einige litten an Magenvergiftung durch schlechtes Brunnenwasser und stokkige Urwaldgewässer, von denen sie tranken, weil sie nichts anderes finden konnten.

Chung aber war beunruhigt, während er seinen ärztlichen

Pflichten nachging, denn er hörte mehr von den Gerüchten, die unter den Männern umgingen, als die Frauen. Eines Abends begab er sich zu Mayli, die ihre eigene zerrissene Uniform flickte; und noch immer war sie im Besitz des Nähbeutelchens, das Liu Ma für sie angefertigt hatte.

Er setzte sich neben sie auf den Boden und sagte mit leiser Stimme zu ihr: »Was wollen Sie tun, um sich und Ihre Frauen in Sicherheit zu bringen, wenn wir angegriffen oder gar geschlagen werden?«

Mayli hatte oftmals darüber nachgedacht, was sie in einem solchen Fall tun würde, denn sie wußte, daß ihre Frauen auf sie blicken würden; und so antwortete sie jetzt: »Wir wollen wenn möglich bei der Truppe bleiben, doch wenn das nicht möglich ist, dann werden wir in den Dschungel eilen und uns dort verbergen – was können wir anderes tun?«

»Ich möchte Ihnen ein Geschenklein geben«, sagte Chung und holte aus seiner Tasche einen kleinen Kompaß. »Nehmen Sie das, damit Sie wissen, wie Sie vom Feinde fort nach Westen gehen müssen.«

Sie nahm den Kompaß entgegen und steckte ihn in die Tasche. »Ich danke Ihnen«, sagte sie und fuhr fort zu nähen.

Während er ihr Gesicht betrachtete, dachte er, wie wenig sie noch dem schönen, sorglosen, ungestümen Mädchen glich, als das er sie kennengelernt hatte. Jetzt war sie mager und sehnig wie eine Bäuerin; in die schwarzen Haare hatte die Sonne bräunliche Streifen gebrannt, Gesicht und Arme waren braun, die Lippen weniger voll und sehr fest, und ihre Augen blickten nachdenklich. Ihre Hände waren zerschunden, die Nägel abgebrochen, denn es gab keine noch so harte Arbeit, der sie nicht nachkam. Auch ihr Gehaben hatte sich geändert. In diesen Tagen blieb keine Zeit zum Schöntun und Lächeln, und wirklich lächelte sie nur selten.

Sie fühlte seinen Blick, schaute auf und sah ihm gerade in

die Augen. Aber sie sprach nicht, noch öffnete er den Mund, denn was gab es über heute oder morgen zu sagen, das zu sagen gut wäre? Er stand auf, nickte ihr zu und ging fort, ahnungslos, daß er diese Frau, die er gelehrt hatte, sich auf ihn als Kameraden und als Mann zu stützen, nie wiedersehen würde.

Am nächsten Morgen kamen aus der scheinbar so friedlichen Landschaft die Gegner und überfielen sie. Die Männer, die sich als erste erhoben, sahen im Süden am Horizont eine Wolke, aber war es eine Wolke? Vor Sonnenaufgang war es hier oftmals wolkig, und wenn eine Wolke eine etwas gelbere Farbe zeigte als die andern, so bedeutete das in diesem fremden Land nichts Sonderbares.

Diese Wolke aber stammte vom Staub der Wagen und Fahrzeuge, welche die feindlichen Truppen brachten. Über und hinter ihnen waren Flugzeuge, und diese Flugzeuge donnerten plötzlich vom Himmel herab.

»Wehe – wehe!« schrien sie und rannten hin und her, um sich zur Flucht vorzubereiten.

Der General hatte nicht geschlafen; als er den Aufruhr hörte, sprang er von seinem Strohsack auf und lief aus dem Zelt. In diesem Augenblick glitt ein kleines feindliches Flugzeug nieder und feuerte aus seinen beiden Maschinengewehren. Der General wurde in die Schultern getroffen und sank zu Boden. Es blieb ihm keine Zeit, Furcht zu empfinden; denn in dieser einen Sekunde war sein Leben vorbei.

Wenige nur sahen ihn fallen; denn jetzt waren die Gegner überall am Himmel und auf Erden, und von allen Seiten griffen sie an. Wer konnte unter solchem Feuer an den andern denken? Chung warf die Arme in die Höhe und stand still. »Ich bin gefangen«, murmelte er, und er wandte das Antlitz zum Himmel empor. Der Feind stach auf ihn nieder, und er fiel.

Die Gegner drängten sich zwischen die Soldaten des Generals, sie umzingelten die Nachhut, sonderten sie ab und durchlöcherten sie; dann überfielen sie diese kleinen Gruppen und vernichteten sie, so daß sie verschwanden, als wären sie nie gewesen.

Verwundete und Gesunde, alle waren gleich, und was die fliegenden Feinde nicht taten, das vollendeten die auf der Erde in blinder Raserei. In so kurzer Zeit war die Schlacht vorbei, daß die Sonne inzwischen kaum über die Wolken gekrochen war. Die feindlichen Fuhrwerke, die marschierenden Soldaten und die Flugzeuge fegten ungestüm gen Norden, ein Wirbelsturm von Menschen und Metall. Und was zurückblieb, lag unbegraben auf der Straße, die durch den Urwald führte.

Einige aber waren in den Urwald entwichen, und zu diesen gehörten Mayli und Pansiao und die drei Mädchen Sui-chen, An-lan, Hsieh-ying. Nachdem der Arzt Chung am vergangenen Abend Mayli verlassen hatte, wurde sie sehr unruhig, und sie fand keinen Schlaf. »Er wäre nicht zu mir gekommen, wenn er nicht Angst gehabt hätte«, sagte sie sich, und je mehr sie an die Gegner dachte und an die üble Behandlung, die sie Frauen widerfahren ließen, desto unsicherer wurde sie. Schließlich gab sie es auf, Schlaf zu suchen, stand auf und ging zu Pansiao und den andern drei, die sie weckte.

Sie flüsterte ihnen zu: »Mir ist so bang zumute. Steht auf und hört mich an.«

Mit der Taschenlampe in der Hand stand sie zaudernd da, ließ das Licht auf die übrigen schlafenden Frauen fallen und betrachtete sie. Sie schlummerten eng aneinandergeschmiegt, müde und schmutzig, wie sie waren, und Mayli fühlte tiefes Mitleid mit ihnen. »Soll ich sie wecken oder nicht?« fragte sie sich. Sie blickte in die Dunkelheit des Himmels und ließ dann erneut den Lichtschein über die Frauen gleiten. Keine rührte sich. Die Nacht war so still, daß sie zu bereuen begann, ihrer Furcht nachgegeben zu haben. Sie weckte die übrigen nicht, ging zu den wenigen zurück, die sie aus dem Schlaf gescheucht hatte, und bat sie, sich wieder hinzulegen. »Ich hätte euch wegen meiner Angst nicht wecken sollen«, sagte sie zu ihnen. »Ich kann meine Handlungsweise nur mit meiner inneren Unruhe erklären.«

So legten sie sich wieder nieder, und sie beschwichtigte die besorgten Mädchen. Nur eines sagte sie noch: »Sollten meine Befürchtungen aber doch zu Recht bestehen, dann begebt euch alle westwärts in den Urwald. Wählt eine Stelle, die ungefähr einen Kilometer vom Rand entfernt ist, und dort wartet auf mich.«

Dies vernahmen sie, von Scheu ergriffen, und Pansiao rief mit gedämpfter Stimme: »Du machst mir angst, große Schwester.«

»Du brauchst dich nicht zu fürchten«, entgegnete Mayli rasch. »Schlaf jetzt nur wieder.« Damit kehrte sie zu ihrem eigenen Lager zurück.

Im stillen schämte sie sich, weil sie wußte, daß ihre Schlaflosigkeit und Unruhe durch den Gedanken an Sheng verursacht waren; immer wieder fragte sie sich, ob er wohl lebte oder tot war, ob sie ihn, wenn er noch lebte, jemals wiedersehen würde; denn er konnte ja auch gefangen sein. Nichts dünkte sie gut in dieser Ungewißheit. Sie hatte nicht geschlafen, und das Essen war Staub in ihrem Mund.

So lag sie wach bis zum Morgen, und als das erste ferne Donnern am Himmel einsetzte, hörte sie es. Sie sprang auf und suchte das Himmelsgewölbe ab. Freilich, sie gewahrte die gelbe Wolke, und sie sah, daß es keine gewöhnliche Wolke war. Sie schrie ihre Frauen an, damit sie aufwachten, und sie rannte zu dem Ort, wo die Verwundeten und Kranken waren.

»Lauft, lauft alleine, wer es nur kann«, rief sie. »Und wer nicht laufen kann, der lege sich auf den Bauch!«

Während sie dies rief, stießen die Gegner schon vom Himmel nieder, sie warf sich zu Boden, doch zuvor sah sie noch, daß Chung gefallen war.

Wer kann sagen, warum der eine verschont bleibt und der andere das Leben einbüßt? Sie lag reglos da, das Gesicht auf den Armen, ohne Schutz und Deckung, und sie fühlte die Hitze des Feuers über sich und ringsum, sie hörte das Donnern, das Jammern und Winseln, das Knattern der Maschinengewehre, und nichts berührte sie. Sie hob den Kopf nicht, während sie dalag.

»Ich bin tot«, dachte sie. »Dies ist das Ende. Ich werde nie wieder auf meinen Füßen stehen, kein Wort mehr sprechen. Diese Gedanken sind jetzt das letzte.«

Sie fühlte ihr Hirn lebendig und beherrschend, bereit, diesen Augenblick des Todes zu überleben. »Ein gutes Gehirn«, dachte sie, »es war ein gutes Gehirn.«

Auch ihr Leib war zitternd lebendig, und sie fühlte das Blut glatt durch ihre Adern rinnen, fühlte ihre geschmeidigen Muskeln und ihre starken Knochen. Noch nie war sie so lebendig gewesen wie jetzt, da sie auf den raschen Tod wartete, der sie für immer auslöschen würde. »Ich wünschte, ich hätte Sheng geheiratet«, dachte sie leidenschaftlich. »Ich wünschte, ich hätte ihm wenigstens einmal angehört – welche Vergeudung, all diese Monate allein gelebt zu haben!«

Solche Gedanken bewegten sie, und sie dachte an nichts anderes, denn sie war sicher, daß sie sterben mußte. »Sheng, Sheng!« dachte sie. »Mein Leib vergeht nun, ohne gelebt zu haben.« Und dies bekümmerte sie am meisten, während sie des Todes harrte.

Aber der Tod kam nicht zu ihr. Die Gegner zogen ab, und sie lag noch immer lebendig auf einem Totenacker. Der

Lärm verebbte, die Flugzeuge entfernten sich unter Widerhall am Himmel, und dann hörte sie sie nicht mehr. Die Schlacht hier war vorbei, und die Sonne ging auf, wie sie es von jeher getan. Sie hob den Kopf und sah, daß der Tod rings um sie war; sie aber, sie lebte. Sie kam auf die Füße und stand da, klein und verloren, weil sie lebte und alle diese andern tot waren. Eine Weile stand sie so und blickte rings um sich auf die gekrümmten Gestalten, auf die Zerfetzten, die Blutenden, die Verletzten, die Sterbenden. Da waren auch ihre Frauen, im Schlaf getötet. »Ich hätte sie doch wecken sollen!« schrie sie auf. Blind und elend drehte sie sich um und lief taumelnd und stöhnend zum Urwald.

Sosehr sie sich auch bemühten, es gelang Sheng und seinen Gefährten nicht, den Feind zu umgehen, denn die Gegner bewegten sich mit ihren Fahrzeugen rascher, als Menschenfüße laufen konnten.

Als sie schließlich an eine Stelle gelangten, wo der Feind gewesen war, da fanden sie nur Tote, die an der Sonne und unter den plötzlichen Regengüssen, die alle paar Stunden niedergingen, verwesten. Dem Auge schien es, als wäre niemand entkommen. Sie fanden den General tot. Bäuchlings lag er vor seinem Zelt, wie er umgesunken war. Die Gegner hatten gerade so lange verweilt, um sich seine Waffen und Rangabzeichen anzueignen. Sheng hob ihn auf, drehte ihn um, und da war er.

Doch wie konnte er um diesen einen trauern? »Wo sind die Frauen?« sagte er leise zu Charlie. »Unter ihnen befand sich eine, die ich kannte . . .«

»Wirklich?« gab Charlie zurück. »Es war auch eine darunter, die ich kannte.«

Die beiden Männer blickten einander auf diesem Totenacker an. Die Gegner waren fort, nordwärts gen Lashio gefegt, um die Große Straße nach China abzuschneiden. Vor dem Feind waren sie sicher, wer aber konnte sie jetzt vor dem Kummer bewahren? Es dünkte Sheng, daß er Maylis Namen aussprechen mußte, nur um sich von der Furcht zu befreien, und so bemerkte er zu Charlie: »Ich meine die Große mit dem Geschlechtsnamen Wei, genannt Mayli.«

»Die?« rief Charlie, und einen bösen Augenblick lang glaubte Sheng, daß er und Charlie dieselbe Frau liebten. Aber Charlie fuhr rasch fort: »Und die ich kenne, ist ein kleines Ding, fast noch ein Kind. Sie folgt Mayli die ganze Zeit wie ein Hündchen.«

»Oh, das ist meine Schwester!« schrie Sheng. »Das ist Pansiao.«

»Ist Pansiao deine Schwester?« rief Charlie.

Da ergriffen die beiden jungen Männer angesichts des Todes rings um sie einander bei der Hand und ließen die Tränen in ihre Augen kommen. Jeder wollte dem andern etwas sagen, aber der Engländer sprach zuerst.

»Was habt Ihr jetzt vor? Was nun, frage ich? Hoffentlich erkennt Ihr jetzt, daß ich recht hatte – wir hätten geradewegs nach Indien gehen sollen.«

Was konnten Sheng und seine Gefährten anderes tun, als sich in den Urwald begeben, um dem Geruch des Todes zu entgehen, so daß sie in der Lage waren zu überlegen, was für Schritte sie unternehmen wollten? Doch brachte es weder Sheng noch Charlie über sich, die Toten zu verlassen, bevor sie nicht allenthalben umhergegangen waren, um nachzusehen, ob Mayli und Pansiao sich nicht darunter befanden. Viele entdeckten sie, die sie kannten, aber wie hätten so wenige all die vielen begraben sollen? Sie brachten diejenigen, die sie kannten, in eine anständige Lage, und sie bedeckten den toten General mit einer zerrissenen Zeltbahn. Überall suchten sie nach den beiden Frauen, und als die Suche sich als vergeblich erwies, als die starke Hitze und die zahlreichen Fliegen ihnen immer mehr zusetzten, gingen sie schließlich in den Urwald, wo es Schatten und Wasser gab. Hier verzehrten sie ihren spärlichen Mundvorrat, den sie sich von dem Geld gekauft, das der chinesische Händler Sheng geschenkt hatte.

Der Urwald aber war wie alle Urwälder, und es bereitete Schwierigkeiten, sich hier einen Weg zu bahnen. Jetzt war es der Inder, welcher die Führung übernahm. Er fand einen gangbaren Pfad, den einzigen, der zu entdecken war, und so schritten sie auf dem gleichen Weg dahin, den Mayli und ihre Frauen an diesem Tag gegangen waren, vier bis fünf Stunden früher. Auf diesem selben Pfad hatte Mayli die Mädchen ganz leicht gefunden, als sie in den Urwald taumelten, und sie fand sie in entsetztem Schweigen aneinandergedrängt. Regen hatte zu fallen begonnen, wie der Regen aus diesem niedrigen Himmel zu fallen pflegte, und ringsum trommelten und prasselten die Tropfen nieder. Nach allen Seiten spähten sie aus, weil sie die Schritte des Gegners wegen des Regens nicht hören würden. Sie hörten sie auch Mayli nicht, und sie stand vor ihnen, ehe sie sich's versahen. Sie streckten die Hände nach ihr aus und zogen sie in ihre Mitte, während Tränen mit den Regentropfen über ihre Wangen rannen. Mayli strich sich die nassen Haare aus dem Gesicht und fragte sich, was nun geschehen sollte. Wohin sollten sie in diesem feindlichen Land gehen, und wie konnten ein paar Frauen entkommen, und wo sollten sie ihre Heimat suchen? Die Bäume ringsum zeigten ein lebhaftes Grün im Regen; Äffchen starrten auf sie nieder, die die Zweige wie Menschenwesen auseinanderbogen, um nach ihnen zu äugen. Mayli schauderte bei diesem Anblick, denn auch die Gegner verbargen sich wie Affen in den Bäumen, und wer wußte, ob nicht Affen und Menschen sich dort miteinander versteckt hielten? So fühlten sie alle die Gegenwart des Feindes, und dieses Entsetzen zuckte wie eine kalte Flamme von der einen zur andern, bis sie, einander an den Händen fassend, blindlings auf die Straße zurannten.

Mayli besann sich als erste; sie stemmte sich entgegen und rief den andern zu: »Halt, halt! Wir sind ja wahnsinnig ... wohin laufen wir denn?«

Beim Klang ihrer Stimme hielten alle an und blickten zu ihr hin. Pansiao begann zu weinen, weil sie so heiß und müde und verängstigt war. Als Mayli die Gesichter der andern gewahrte, wurde ihr klar, daß sie für alle denken mußte, und sie versuchte, ihr eigenes Keuchen zu dämpfen, während sie überlegte, was sie tatsächlich tun könnten.

Der Regen hatte wieder aufgehört, und ringsum schimmerte tief und weich das feuchtgrüne Licht. Wären sie imstande gewesen, Schönheit wahrzunehmen, so hätten sie dieses Schöne gesehen; aber ihnen erschien das Licht nur fremdartig und gefährlich; die tropfenden Blätter und Bäume durchnäßten sie und boten keinen Schutz; sie waren hungrig und sogar auch durstig, denn der Regen war durch Moos und Lehm gesickert, und kein Gewässer fand sich in der Nähe.

In diesem Augenblick hörten sie nahebei Menschenfüße durch den Dschungel schreiten, und sie vernahmen Männerstimmen. Sie schraken zusammen bei den Geräuschen, fürchteten sie doch feindliche Männer mehr als alles andere. Plötzlich waren sie nur noch Frauen, sie, die so tapfer und leidensbereit gewesen, die Seite an Seite mit den Männern ihrer Armee marschiert waren und die Unbill der Schlacht mit ihnen geteilt hatten. Als sie jetzt diese Männerstimmen vernahmen, vergaßen sie alles außer der Tatsache, daß sie weiblichen Geschlechts und insofern der Gnade und Barmherzigkeit der Männer ausgeliefert waren. Aneinandergeklammert standen sie reglos und schweigend und blickten in die Richtung, aus der die Stimmen ertönten.

Der Pfad führte nahe an der Stelle vorbei, wo sie standen, und es blieb ihnen keine Zeit zurückzulaufen; zudem wagten sie nicht, sich zu rühren, um nicht gehört zu werden. Die Stimmen näherten sich, und sie lauschten, und was Mayli hörte, das war eine klagende englische Stimme, die englische Worte sprach.

»Ich will euch etwas sagen, meine Freunde, wenn wir diesen Schritt beibehalten, dann habe ich morgen keinen Fetzen meiner Schuhe mehr an den Füßen.«

Sie legte den Finger auf die Lippen, löste sich von den andern, schlich vorwärts und teilte die grünen Zweige ein wenig, so daß sie durch die Öffnung schauen konnte. Da sah sie drei junge Weiße am Rande des Pfades sitzen. Sie waren zerlumpt und hatten außer dem Gewehr, das sie umklammert hielten, nichts bei sich. Einer von ihnen hatte seinen einen Stiefel ausgezogen und betrachtete ihn sorgenvoll.

Sie schlich sich näher. Sollte sie sprechen oder nicht? Die drei waren blasse, müde, verloren aussehende Männer, waren sehr jung, wie sie bemerkte, kaum dem Knabenalter entwachsen. Ja, sie wollte sie ansprechen.

»Hallo!« rief sie gedämpft. »Hallo!«

Sie sprangen auf die Füße, mit glotzenden Augen, das Gewehr im Anschlag.

»Heda«, sagte der mit dem Stiefel streng. »Freund oder Feind?«

Sie trat aus dem Gebüsch hervor, das sie verborgen hatte. »Da ich Chinesin bin«, antwortete sie, »muß ich wohl Freund sein.«

Die drei jungen Engländer schauten Mayli an. Sie sah in den drei Paar hellen Augen den alten Zweifel des Weißen. Chinesin! Freund oder Feind?

»Sie brauchen keine Furcht vor mir zu haben«, sagte sie ruhig. »Wenn ich auch keine Engländerin bin, so bin ich doch nur eine Frau.«

»Sind Sie allein?« forschte der erste junge Engländer. Er hatte sein Gewehr gesenkt, umklammerte es aber noch immer so fest, daß die Knöchel seiner mageren, schmutzigen Hände weiß wurden.

»Nein, ich bin mit vier andern zusammen«, erwiderte sie. »Wir flüchteten heute vom Kampfplatz.«

»Von was für einem Kampfplatz?«

»Kommen Sie nicht von der Straße?« fragte sie zurück.

Er schüttelte den Kopf. »Ganz im Gegenteil. Seit Tagen wandern wir durch den Urwald, ohne eine Straße erblickt zu haben. Wir wissen nicht, wo wir uns befinden. Wir hatten die Vorstellung, in der Richtung nach Indien zu laufen, aber da wir in dieser gräßlichen grünen Dunkelheit die Sonne weder auf- noch untergehen sehen, haben wir uns vielleicht gründlich geirrt.«

Sie nahm den kleinen Kompaß aus der Tasche, den Chung ihr geschenkt hatte. »Sie gehen nach Südosten«, erklärte sie.

»Großer Gott!« stieß er leise hervor.

Die Engländer vergaßen ihre Furcht und ließen die Gewehre sinken. Einer von ihnen, ein kleiner, vierschrötiger Bursche, der einmal dick gewesen war und nun so abgenommen hatte, daß das Fleisch an ihm schwabbelte, nahm seinen zerfetzten Tropenhelm ab und kratzte sich den schmutzigen, verschwitzten Schädel. Der dritte, der Jüngste, wurde blaß unter den schmierigen Streifen auf seinen unrasierten Wangen. »Soll das heißen, daß wir die ganze Zeit in der falschen Richtung gegangen sind, Hal?« fragte er den ersten.

»Sieht so aus«, lautete die kurze Antwort.

Der Engländer, der Hal hieß, knöpfte sich den zerrissenen Rock zu, den er über dem nackten Körper offen getragen hatte. »Sind die Japaner südlich von uns oder wo?« erkundigte er sich bei Mayli.

»Sie sind heute morgen in diese Gegend gekommen«, versetzte sie. »Dann haben sie sich nordwärts und ostwärts entfernt. Wie weit sie jetzt von hier sind, kann ich nicht sagen.«

»Wenn sie erst heute morgen hier waren, dann sollten wir uns tummeln«, meinte er. »Aber wohin gehen? Seit Tagen laufen wir vor ihnen davon. Dort waren sie hinter uns ...« Er wies mit dem Kinn in nördliche Richtung. »Wir glaubten, daß wir uns von ihnen fort bewegten.«

»Wir müssen aus dem Dschungel hinaus«, entschied sie. »Wir können nichts sehen, solange wir hier drin stecken. Ich rufe meine Freundinnen.« Sie hob die Stimme: »An-lan ... Pansiao ... Siu-chen ... Hsieh-ying!«

Auf ihren Ruf kamen die vier Mädchen, die sich bis jetzt im Gebüsch verborgen gehalten hatten, zaghaft hervor; Pansiao klammerte sich an Hsieh-yings Hand. Sie blickten einander an, Engländer und Chinesinnen. Die Männer waren nicht allzu erfreut, wie Mayli merkte. Frauen waren eine Last – zweifellos dachten sie das.

»Wir können ebenso rasch gehen wie Sie«, sagte Mayli. »Wir sind es gewöhnt, mit Soldaten zu marschieren.«

»Man denke – so weit mußten wir geraten, um ein Häuflein Weiber zu finden!« bemerkte der Kleine.

»Halt die Klappe, Rick«, entgegnete der erste Engländer. Ein langes, scheues Schweigen herrschte; dann schulterte er sein Gewehr. »Gehen wir allesamt«, sagte er. »Wir sollten lieber nicht verweilen.« Er stapfte in der Richtung davon, aus der die Männer gekommen waren; seine Kameraden schlossen sich an, dann folgten die Frauen, und im Gänsemarsch zogen sie gemeinsam dahin.

Stunde um Stunde wanderten die beiden verschiedenartigen Gruppen, Männer und Frauen, hell und dunkel, durch das schwüle, drückende Dämmern des Urwalds, jede ein wenig im Zweifel über die andere und darum Schweigen bewahrend. Ab und zu flüsterten sie untereinander ein paar Worte, welche die andere Gruppe betrafen. So sprachen die Engländer mit einem Blick auf die hinter ihnen schreitenden Mädchen: »Die Kleine sieht aus, als ob sie noch nicht über siebzehn wäre«, sagte der eine.

Und ein anderer bemerkte: »Sie wären sehr hübsch, wenn man sie nicht mit unsern Mädchen vergleichen würde.«

»Sie sind zu gelb, zu mager, und ich mag ihre Augen nicht«, erklärte der dritte.

»Immerhin sind es Mädchen«, meinte der erste.

Die Frauen redeten ungehemmt, da sie wußten, daß die Männer ihre Sprache nicht verstanden. »Sind alle Ying-Männer so groß und dünn und knochig wie diese?« erkundigte sich Hsieh-ying bei Mayli.

Mayli konnte noch lächeln, so erhitzt und müde sie auch war. »Unter den Ying-Männern gibt es wie überall dicke und dünne«, antwortete sie.

»Sie machen mir angst«, klagte Pansiao. »Ihre Augen haben ein so gefühlloses Blau, und ihre Nasen sind wie Pflugscharen. Wozu brauchen sie solche Nasen? Beschnüffeln sie sich wie die Hunde?«

»Sie kommen mit diesen Nasen aus dem Mutterleib«, erklärte Mayli.

»Sie sehen wie geschälte Früchte aus«, urteilte Siu-chen. »Weshalb ist ihre Haut so rot?«

»Die Sonne brennt sie rot statt braun«, erwiderte Mayli.

Nach Frauenart begannen sie nun vertraulicher miteinander zu reden. »Sind diese Männer wie andere Männer?« fragte Hsieh-ying; denn sie hatte ein schwärmerische Vorliebe für Männer, wogegen sie nicht ankonnte, wenn sie es auch aus Schamgefühl möglichst verbarg.

»Gewiß«, versetzte Mayli kühl.

»Es überläuft mich, wenn ich mir vorstelle, mich einem solchen Tölpel hinzugeben«, sagte Hsieh-ying.

Mayli lächelte trocken. »Freut mich zu hören«, erwiderte sie, und die Frauen lachten. Ja, sie konnten noch lachen, wenn sie die Engländer betrachteten und ihre knorrigen, nackten Beine sahen, die großen, schlanken Körper, die dünnen, von der Sonne rotgebrannten Hälse, so jung waren diese Frauen trotz dem Grauen der Schlacht, das sie miterlebt, trotz der bösen Lage, in der sie sich befanden.

»Ihre Behaartheit ist mir so zuwider«, sagte An-lan. »Nie habe ich behaarte Geschöpfe gemocht wie Katzen und Hunde und Affen, und diese Ying-Männer sind mit Haaren bedeckt. Seht nur ihre Bärte an!«

»Sie hatten in all diesen Tagen keine Gelegenheit, sich zu rasieren«, entgegnete Mayli.

Aber An-lan rief: »Wie können sie sich am ganzen Leibe rasieren? Schaut doch ihre Arme und Beine, sie sind ebenso behaart wie Kinn und Wangen! Und habt ihr ihren nackten Oberkörper gesehen? So dicht waren die Haare darauf wie auf der Brust eines Hundes. Haben sie unter den Kleidern am ganzen Leib Haare?«

»Ich habe noch nie einen Ying-Mann ohne Kleider erblickt«, erwiderte Mayli kurz. »Auch sonst keinen Mann. Aber ich glaube, daß sie nicht so behaart sind wie Hunde.«

Mit solchen Gesprächen erleichterten sie sich einige Kilometer des Marsches, doch konnte es so nicht dauernd weitergehen. Sie mußten an Nahrung und Schutz denken, und als der Abend kam, auch an Schlaf. So rief Mayli bei Anbruch der Dämmerung die Engländer an und sagte: »Sollten wir nicht lieber miteinander reden und über Essen und Schlafen eine Entscheidung treffen? Der Urwald ist noch nicht zu Ende, und irgendwo müssen wir rasten.«

Daraufhin blieben die Männer stehen und warteten, bis die Frauen sie eingeholt hatten.

Sie ließen sich auf umgestürzten Bäumen nieder, wischten sich das Gesicht mit dem Ärmel ab, pflückten große Blätter und fächelten sich damit. Die Schnaken und Mükken umschwärmten sie, und sie gebrauchten die Blätter als Abwehr gegen die Insekten, indem sie sie dauernd bewegten.

Plötzlich sprang der kleine Engländer auf und rief: »Mein Gott, das kann ich nicht länger aushalten!« Er schlug sich auf die nackten Beine und Knie. In den orangeroten Haaren, die auf ihm wuchsen, hatten sich Dutzende von kleinen Insekten verwickelt. Hsieh-ying aber hatte ihn mit großen Augen betrachtet, und sie hatte den Geruch des Blattes wahrgenommen, das sie in der Hand hielt. Es war ein sehr durchdringender Geruch, der, wie sie bemerkte, sich noch verstärkte, als sie das Blatt zerdrückte. So ging sie zu dem Mann hinüber und bedeutete ihm, das Blatt an seinen Beinen zu reiben. Dies tat er, und die Insekten mochten den scharfen Geruch des Blattes nicht, so daß er ein wenig Frieden vor ihnen hatte.

»Sie sind ein gutes Mädchen«, sagte er zu Hsieh-ying, und Mayli übersetzte die Worte, über die Hysie-ying heimlich lachen mußte.

So giftig war jedoch das Blatt, daß er dies kaum gesagt hatte, als seine Beine auch schon zu brennen anfingen, und er begann sich zu kratzen und schrie: »Verdammt, ich glaube, das Blatt enthielt einen Giftstoff.« Alle betrachteten seine Beine, und Hsieh-ying verging das Lachen. Da es keinerlei Mittel gegen die Insekten gab, beschlossen sie, die Rast aufzugeben, und setzten den Marsch fort. Jetzt aber schritten Mayli und der große Engländer nebeneinander, weil sie die Führer waren, und auch die andern, die folgten, gingen nun gemeinsam dahin, nicht mehr gesondert.

Je länger der Engländer Mayli betrachtete, desto besser gefiel sie ihm. »Ein Glück, daß wir jemanden getroffen haben, der Englisch versteht«, sagte er. »Vielleicht können wir einander helfen.«

»Es ist nicht leicht für Frauen, in diesem ungastlichen Land allein zu reisen«, erwiderte sie.

»Wollen wir irgendeinen Plan machen?« fragte er als nächstes.

»Ich habe schon darüber nachgedacht, was wir wohl tun könnten«, gab sie zurück. »Wenn es uns gelänge, die Große Straße zu finden, die nach Indien führt, dann wäre es das beste für uns, in jener Richtung zu gehen, denn ich weiß, daß es keine Hauptstraßen nach China gibt. Aber ich habe oft gehört, daß eine große Straße nach Indien führt.«

Er preßte seine geschwollenen Lippen zusammen. »Sie irren sich«, entgegnete er barsch. »Es gibt keine.«

»Keine Straße nach Indien?« rief sie.

Er schüttelte den Kopf. »Deshalb ist ja der Rückzug so schwer«, sagte er langsam. »Die Straßen sind schmal, lauter alte gewundene Wege, und sie sind von Menschen verstopft. Außerdem führt nichts geradewegs nach Indien.«

Einen Augenblick lang vermochte sie nicht zu antworten, so erstaunt war sie. Viele Male hatte sie von der fabelhaften Straße nach Indien gehört, über dreißig Meter breit, hart und fest wie ein Fußboden, so beschaffen, daß ganze Heerscharen darauf marschieren konnten. »Was für unglaubliche Dummköpfe sind eure Generale!« entfuhr es ihr dann. »Da schaffen sie zuwenig Truppen in dieses Land, um siegen zu können, und wissen noch dazu, daß es keinen Weg für die Rückkehr gibt!«

»Sie sagen da nichts, das ich mir nicht schon selber gesagt habe«, entgegnete er. »Immer wieder habe ich mir das vorgehalten. Aber so ist es nun einmal. Dünkirchen war leicht im Vergleich mit dem hier. Ich war bei Dünkirchen dabei, möchte ich betont haben. Da mußten wir nur mehrere Kilometer Wasser überqueren, und ganz England stand bei uns. Wir wußten, daß England da war, verstehen Sie. Aber hier ... Hunderte von Kilometern durch diesen entsetzlichen Urwald ... und England Tausende von Kilometern entfernt. Sogar Indien ...« Er brach ab, Mayli sah, daß er gegen Tränen ankämpfte.

Sie fragte sich: »Wozu sind wir hier?«

Er aber rief laut: »Wozu schlagen wir uns in diesem fremden Land? Das fragen sich alle. Wenn wir den Krieg gewinnen, bekommen wir dieses Land mit allem übrigen zurück. Verlieren wir den Krieg, so werden wir es ohnehin nicht haben. Dies ist kein Kampfplatz. Meine Güte, wir können unsere Leute zu Zehntausenden in dieses Loch werfen und doch niemals gewinnen. Es ist kein geeignetes Schlachtfeld für Weiße.«

Dies hörte sie, und sie antwortete nicht. Sie schaute ringsum in den Urwald. Nein, es war kein Kampfplatz. Die Bäume zitterten über ihren Köpfen, und Lianen rankten sich in den Ästen. Allenthalben dehnte sich das Unterholz zu einem Dickicht. Fette Gräser wuchsen hoch über sie hinaus, wo immer die Bäume der Sonne Raum gaben, Gräser, die naß vom Regen waren, mit Blättern so groß wie Teller. Bei einem solchen großen Blatt blieb sie jetzt stehen, denn wie in einer Schale enthielt es Wasser vom letzten Regen, und kniend trank sie das Wasser darauf. Dreimal hatte es geregnet, seit sie ihren Marsch begonnen, und immer wieder hatten sie auf diese Weise getrunken. Nein, es war kein Boden, der sich zum Schlachtfeld eignete. Wie viele aber waren darauf gestorben! Sie dachte an den General und an Chung und an alle andern, die sie an diesem Morgen tot zurückgelassen; und doch brachte sie es nicht über sich, dem neben ihr schreitenden müden und verwirrten Mann Vorwürfe zu machen. Ihn traf ebensowenig Schuld wie sie selbst. Er war hierhergeschickt worden, und da war er nun.

Sie setzten sich wieder in Bewegung, und eine Zeitlang sprachen sie nicht. Dann fragte sie sanft: »Müssen wir die ganze Nacht hindurch gehen, oder dürfen wir es wagen zu rasten?«

»Wir wollen weitergehen, solange unsere Beine uns tragen«, versetzte er.

Von da an redeten sie nichts mehr, außer was gesagt werden mußte.

Schließlich wurde es dunkel, und sie konnten nicht mehr weiter. »Laßt uns bleiben, wo wir sind«, schlug der Engländer vor. »Wir wollen das Gras niedertreten. Ich halte es für besser, wenn wir nicht alle schlafen. Wir drei Männer wollen regelmäßig Rundgänge machen; auf diese Weise können wir wenigstens die Schlangen abhalten und hören, wenn irgendein gefährliches Tier in die Nähe kommt.«

»Wir wollen uns alle abwechseln, ausgenommen Pansiao«, entgegnete Mayli. »Pansiao muß schlafen, weil sie noch so jung ist.«

»Nein, Unsinn, ihr Frauen müßt alle schlafen«, widersprach er. »Ich versichere Ihnen . . .«

Aber Mayli sagte: »Wir Chinesinnen sind gewohnt, das gleiche wie die Männer zu tun.«

So verbrachten sie die Nacht im Urwald, abwechselnd

schlafend und umhergehend, und als der Morgen graute, machten sie sich wieder auf den Weg.

Was gibt es von einer solchen Wanderfahrt zu erzählen? Die Müdigkeit benebelte ihnen das Hirn und stumpfte das Gefühl in Fleisch und Knochen ab. Mattigkeit wurde von noch größerer Mattigkeit abgelöst, und sie wurden schläfrig, während sie dahinschritten, so daß die Blutegel sich an ihren Knöcheln und Beinen festsetzten; und sie fühlten sie nicht, bis einer sie beim andern sah und sie ablöste. Blut tropfte aus solchen Wunden, und es bestand die Gefahr, daß sie zu stark bluteten, weshalb sie einander um so sorgfältiger beobachteten. Auch der Himmel war an diesem Tag grausam; der Regen kam nur einmal hernieder, so daß sie fortwährend Durst litten und schwach wurden, obzwar sie zu ermattet waren, um Hunger zu empfinden; statt nach Nahrung verlangte es sie stark nach Salz. Heute sprachen sie nur das Notwendigste miteinander, denn das Reden erforderte Atem und Kraft. Der Engländer hielt Maylis Kompaß in der Hand; dauernd drangen sie westwärts vor, und doch, wer wußte, ob dieser Urwald sich gen Norden und Süden oder gen Osten und Westen erstreckte? Sie konnten nur weiterstreben, in der Hoffnung, daß er irgendwo ein Ende nehmen würde.

Spät am Abend gelangten sie zu einem trüben, sich schlängelnden Fluß, und als sie den Fluß hinunterblickten, sahen sie eine Hängebrücke aus Bambus. Groß war ihre Freude darüber, denn dies bedeutete, daß Menschen in der Nähe waren; und sie gingen zu der Brücke. Doch wußten alle, daß die Menschen ihnen feindlich gesinnt sein konnten, und so näherten sie sich der Brücke vorsichtig und überquerten sie halb mit Furcht. Ein kleiner Pfad war längs des gegenüberliegenden Ufers durch das Unterholz gehauen; sie folgten ihm, bis sie zu einem Dorf am Fluß kamen. Auf der anderen

Seite des Wassers war der Urwald gerodet worden; dort breiteten sich kleine Reisfelder, die jetzt grün von Setzlingen und auch gelb von erntereifem Reis waren. Denn in diesem Land war es das ganze Jahr hindurch so warm und feucht, daß die Menschen auf dem einen Feld Reis säen und auf dem nächsten ernten konnten; und es gab keine Jahreszeiten.

Sie hielten an, als sie in Sichtweite des Dorfes gelangten, und besprachen miteinander, was sie tun sollten. »Wir Männer wollen hingehen und kundschaften«, schlug der Engländer vor.

Aber dies wollte Mayli nicht zulassen. »Was soll aus uns werden, wenn man euch gefangennimmt und tötet?« wandte sie ein.

So wurde beschlossen, daß sie und der große Engländer weitergehen und daß die übrigen zurückbleiben sollten. Kehrten sie zurück, so war alles gut; wenn nicht, so mußten die andern sehen, wie sie weiterkamen. Als jedoch Pansiao dies vernahm, weigerte sie sich zurückzubleiben, und so ging sie ebenfalls mit.

»Ihre Schwester?« fragte der Engländer mit einem Blick auf das schlanke Mädchen, das Maylis Hand ergriff.

Mayli wollte schon verneinen, doch da kam ihr Sheng in den Sinn, an den sie jetzt immerzu dachte, und sie sagte: »Ja . . . meine Schwester.«

Das Dorf war nur von sechs bis sieben Familien bewohnt, die hier in großem Frieden lebten und vom Krieg nicht mehr wußten, als was sie an Ruhestörungen von jenseits des Dschungels gehört hatten. Keiner der Dorfbewohner konnte lesen oder schreiben, und sie erfuhren nichts von der Außenwelt, noch kam jemals ein Mensch zu ihnen, so daß sie viel zu ahnungslos waren, um den einen Menschen zu hassen und den anderen zu lieben. So abseits von der Welt lag der Flekken, daß niemand auch nur einmal im Jahr von hier fortging;

ebensowenig kam von draußen jemand hierher, denn wozu sollte man diesen Ort aufsuchen, da die Leute hier nur lebten, um den Boden für sich selbst zu bebauen, und es nichts zu kaufen oder zu verkaufen gab?

Hierher kamen Mayli und Pansiao und der Engländer mit festen Schritten und wachsamen Augen. Es war später Nachmittag; alle Leute, außer einigen Greisinnen und Kindern, befanden sich auf den Feldern; als sie die Fremden gewahrten, stießen sie laute Schreie aus und rannten von den Äckern herbei. Eine Weile umstanden sie glotzend die Fremdlinge und tauschten einige Worte aus, welche die drei nicht verstanden. Aber sie blickten freundlich drein, fröhlich und kindlich; sie sahen auch gesund aus, abgesehen von einigen eiternden Insektenstichen und von Geschwüren an den Beinen, die vom zu langen Stehen in den nassen Reisfeldern herrührten. Je länger Mayli die Gesichter betrachtete, desto leichter wurde ihr zumute.

»Ich glaube, daß es nur Bauern sind«, sagte sie zu dem Engländer. Sie setzte ein herzliches Lächeln auf, öffnete den Mund und zeigte hinein, um kundzutun, daß sie hungrig war. Sogleich gab es ein Geplapper unter den Frauen; sie erkletterten die Leitern zu ihren kleinen Häusern, die sich über dem Flußufer auf Pfählen erhoben, und brachten kalten Reis herbei sowie Fische auf großen Blättern. Das boten sie den dreien an, die beim Anblick des Essens ihren Hunger wachsen fühlten und es augenblicks verzehrten. Darüber lachten die Dorfbewohner laut.

»Wir sind hier in Sicherheit und können hier bleiben«, sagte Mayli.

»Scheint so«, meinte der Engländer.

Mayli deutete den Fluß hinauf und hielt fünf Finger hoch, um zu zeigen, daß dort noch fünf andere waren. Hierauf gingen sie zu der Stelle, wo jene warteten, und die Dorfbewohner folgten ihnen in einiger Entfernung. Als sie dann die fünf sahen, brach großes Gerede aus; sie umschlossen die Fremden im Kreis, während sie zum Dorf zurückkehrten; sie lachten und schwatzten und starrten immer wieder auf die Gewehre der Engländer, anscheinend ahnungslos, wozu sie dienten.

Dann brachten die Frauen noch mehr Eßwaren herbei, und alle aßen; dazu tranken sie kaltes, frisches Wasser, das sehr süß schmeckte, und es dauerte nicht lange, so herrschte große Freundschaft unter ihnen allen. Die Kinder drängten sich heran, um die Fremden anzuglotzen; die Frauen lachten und schwatzten in ihrer eigenen Sprache; die Männer nahmen die Gewehre zur Hand. Es war leicht zu sehen, daß keiner dieser Männer je zuvor ein Gewehr zu Gesicht bekommen hatte, und der kleine Engländer, der sie belustigen wollte, legte grinsend sein Gewehr an und schoß auf ein Vögelchen, das auf einem Ast saß, worauf es tot niederfiel. Darob schrien die Dorfbewohner vor Kummer und Schrecken auf und wichen von den Besuchern zurück.

»Oh!« rief Mayli. »Warum mußten Sie auch zeigen, was Sie mit Ihrem Gewehr anstellen können?«

»Es war ja nur Spaß«, stammelte der kleine Engländer. »Ich dachte, sie würden das gern sehen.«

»Nicht jeder ist wie ihr zum Töten bereit«, gab sie zurück, und dann sagte sie zu dem großen Engländer: »Rasch . . . tun Sie so, als ob Sie ärgerlich wären . . . strafen Sie ihn zum Schein!«

So trat der große Engländer vor und versetzte seinem Kameraden ein paar Ohrfeigen. »Laß dir's gefallen«, murmelte er. »Sag kein Wort. Ich muß es tun – sie hat recht.« Er brüllte den Mann an, entriß ihm das Gewehr und gab es dem ältesten Dorfbewohner. Aber dieser Mann wollte es nicht haben, und auch die andern wichen vor dem schrecklichen

Ding zurück. So nahm der Engländer alle drei Gewehre und lehnte sie in einer Reihe an einen großen Baum, der dort stand. Als die Dorfbewohner dies sahen, erhob sich lautes Gerede unter ihnen; keiner näherte sich dem Baum, und so war die Gefahr glücklich abgewendet.

Als dann der Abend niedersank, gab es wiederum zu essen; in der Mitte des Dorfes wurde ein Feuer angezündet, das die Mücken fernhielt; die Männer brachten Matten heraus und schliefen beim Feuer, die Frauen aber schliefen in den Häusern. Keiner forderte die chinesischen Frauen auf, ins Haus zu gehen, und so legten sie sich mit den Engländern auf der Windseite des Feuers auf Zweigen nieder, die sie von den Bäumen abbrachen. Und sie schliefen so gut, als lägen sie im Bett, denn sie waren gesättigt, und der Rauch vertrieb die Insekten.

In diesem Dorf blieben sie, bis sie gewaschen und ausgeruht waren, im ganzen drei Tage, und alle versuchten, den Urwaldbewohnern so gut wie möglich zu helfen. Mayli benutzte ihre Geschicklichkeit, um die eiternden Schwären der Leute zu heilen, und dies trug ihr viel Dank ein. Sie hatte keine Medikamente, aber sie kochte Wasser ab und wusch die Geschwüre aus; dann betupfte sie sie mit einem Wein, der aus gegorenem gekochtem Reis hergestellt wurde; durch Gebärden bedeutete sie denen, die eiternde Wunden hatten, sie mit gekochtem Wasser auszuwaschen und sie dann mit dem Wein zu betupfen, sie außerdem täglich der Sonne auszusetzen; und sie konnte sogar in den drei Tagen den Beginn der Heilung beobachten. Freilich, da brachten die Mütter ihre kranken Kinder zu Mayli, und ein alter Mann wies auf seine Brust und ließ ein hohles Husten hören, um ihr zu zeigen, wo es ihm fehlte, aber alle vermochte sie nicht zu heilen.

Doch schon vor Ablauf der drei Tage begann Mayli ängstlich bestrebt zu werden, den Ort zu verlassen, denn zwei der Weißen konnten sich nicht in Schranken halten, sondern mußten sich benehmen, als ob sie die Herren des Dorfes wären. Einer fing an, ein hübsches Mädchen zu verfolgen, worüber Mayli erschrak, und sie ging zu dem Großen.

»Sie müssen Ihrem Kameraden sagen, daß er sich von dem Mädchen fernhalten soll«, warnte sie ihn. »Die Leute hier werden das nicht zulassen.«

»Ich werde es ihm sagen«, gelobte er.

Aber welchen Wert hat ein Gelöbnis? Sie sah, daß die Weißen, ohne eine böse Absicht zu hegen, gleichwohl die Dorfbewohner mit hunderterlei Kleinigkeiten aufbrachten. Sie glaubten nicht, daß solch kleine braune Geschöpfe ebenso Menschen wie sie waren, und dies merkten die braunen Menschen sehr bald und wurden verdrossen, so daß Mayli am Morgen des dritten Tages zu dem großen Engländer sagte: »Es ist Zeit, daß wir gehen. Sonst kommt es noch zu Unannehmlichkeiten zwischen den Leuten und uns.«

»Es sind heißblütige Wichte«, entgegnete er. »Das rührt sicher von ihrer gepfefferten Nahrung her. Sie essen zuviel davon.«

Darauf verlor sie ein wenig die Geduld. »Sie behandeln die Dorfbewohner als Diener«, warf sie ihm vor. »Sie vergessen, daß wir nur Gäste sind.«

Mit sehr kalter Stimme gab er zurück: »Schließlich gehört Burma uns, denken Sie daran.«

Sie lachte laut. »Werdet Ihr denn nie begreifen, daß ihr geschlagen seid?« rief sie.

Plötzlich erinnerte sie sich an alles, was Sheng gegen die Weißen vorgebracht hatte, und in diesem Augenblick war sie einer Meinung mit ihm. Zornig fuhr sie fort. »Wieso verstehen Sie nicht einmal jetzt, daß unser Leben von diesem Volk abhängt? Seid ihr denn durch nichts zu belehren? Wacht ihr erst auf, wenn ihr tot seid, ihr Engländer?«

In seinem biederen, gutmütigen Gesicht, das sehr jung aussah, seit er sich mit einem von einem Burmesen geborgten Messer rasiert hatte, gewahrte sie verwirrtes, eigensinniges Staunen. Er erfaßte die Bedeutung ihrer Worte nicht, und sie erkannte, daß Zorn und Spott keinen Zweck hatten, denn er wußte nicht, warum sie zornig war oder weshalb er verspottet werden konnte. Die Worte gingen in seine Ohren, aber irgendwo in seinem Innern prallten sie gegen eine Mauer und kamen zurück, ohne wirklich eingedrungen zu sein oder einen Widerhall zu hinterlassen. »Kommen Sie«, sagte sie, »wir müssen weiterziehen – eine andere Rettung gibt es nicht.«

Ebensowenig wollte sie mit ihren Frauen in diesem Dorf zurückbleiben, denn was würde aus ihnen werden, wenn sie hier blieben? Nein, die Weißen waren schließlich ihre Verbündeten, und sie hatten keine andern.

So begab sie sich an diesem Tag zu dem alten Mann, der, wie sie inzwischen erfahren hatte, der Dorfhäuptling war, und fragte ihn durch Gebärden nach dem Weg. Er verstand sie und bedeutete ihr durch Zeichensprache, daß jemand sie aus dem Urwald zu den Straßen geleiten würde.

Sie verließen das Dorf, wo man sie so freundlich aufgenommen hatte, und zogen wieder ihres Weges, obwohl niemand sagen konnte, was für ein Weg es war.

Auch Sheng und seine Gefährten waren dahingewandert. Diese Reise war durch etwas Merkwürdiges erschwert worden. Der Inder hatte angefangen, einen starken Haß auf den vereinzelten Engländer zu zeigen, so sehr, daß Sheng es bemerkte und zu Charlie sagte: »Dieser Mann aus Indien wird dem Weißen ein Leid antun, wenn wir die beiden miteinander allein lassen. Hast du gesehen, wie er seine Hand dauernd an der Brust hält, wo er sein Messer aufbewahrt?«

Der Inder hatte wirklich ein Messer, ein seltsames, kurzes, nicht über zehn Zentimeter lang, aber mit fein und scharf geschliffener Schneide.

»Ich habe seinen Haß gesehen, wenn er den Weißen verstohlen anschaut«, gab Charlie zurück. »Es ist schlimm, daß keiner von uns seine Sprache kann, um ihn zu fragen, worauf sein Haß beruht.«

»Wir müssen ihn Tag und Nacht im Auge behalten«, meinte Sheng. »Nicht aus Liebe«, fügte er hinzu, »sondern um der Gerechtigkeit willen.«

Dies taten sie denn auch, obwohl ihre Aufgabe dadurch erschwert wurde, daß der Engländer keine Ahnung von des Inders Haß hatte und tatsächlich dazu gelangte, ihn in Kleinigkeiten wie einen Diener zu behandeln. Der Inder gehorchte dem Engländer, wenn jener auf etwas deutete, das er getan wünschte, aber seine Augen quollen dabei vor frischem Haß hervor.

Indessen strebten sie andauernd nach Norden, und wenn es auch keiner von ihnen wußte, so endete der Urwald doch viel früher im Norden als im Westen, und sie stießen auf einen sauberen Weg, der westwärts führte. Dort machten sie halt und berieten, ob sie in östlicher oder in westlicher Richtung weitergehen sollten. Ostwärts wäre Sheng gegangen, wenn er es gekonnt hätte, doch das erste Dorf in jener Richtung war voll von Feinden, was sie glücklicherweise feststellten, bevor sie sich allzusehr genähert hatten, denn Charlie, der vorausmarschierte, erblickte eine Handvoll Gegner, die in einem kleinen Wirtshaus an der Landstraße Tee tranken, worauf er zu den andern zurückrannte und sie sich unverzüglich gen Westen wandten.

Dies war dieselbe Straße, auf die ein Urwaldbewohner Mayli und ihre Gefährten geführt hatte, aber wie konnte einer von ihnen das wissen? Doch so war es, und so zogen sie alle die gleiche Straße dahin. Aber Sheng und seine Genossen schritten rascher aus, als es den Mädchen möglich war, und jeden Tag kam Sheng Mayli etwas näher, so daß die Zeit kommen mußte, da sie sich begegnen würden. Dies geschah eines Tages gegen Mittag in einer kleinen Stadt, und zwar unter folgenden Umständen.

Inzwischen hatte sich zwischen den Frauen und den Engländern eine gute Freundschaft entwickelt. Das heißt, jeder kannte des andern Mängel und wußte sich damit abzufinden. Mayli war sogar dahin gelangt, die Engländer näher kennenzulernen, und es dünkte sie, daß sie durch diese Männer begriff, warum die Schlacht von Burma verloren worden war und wieso die Engländer gleichwohl deshalb nicht zu verachten waren. Zu dieser Erkenntnis war sie durch Beobachtungen und Gespräche gelangt. So bemerkte sie auch, daß diese Männer sich zu keiner Zeit und an keinem Ort jemals mit Verstehen abgaben, sondern stets blieben sie, als was sie geboren waren, Männer von England. Sie waren gutartig, und sie waren anständig. Niemals hätte sie geglaubt, daß sich Männer so ehrenhaft gegenüber Frauen betragen könnten wie diese drei gegenüber ihren Weggenossinnen, und dies, obwohl sie jederzeit Lust verspürt hätten zu tun, was böse gewesen wäre, hätten sie böse Herzen gehabt. Der Kleine war tatsächlich nicht imstande, seine Augen von einer Frau abzuwenden, wo immer er sie sah, aber er konnte seine Begierde in den Augen bewahren. Was den Großen anbelangte, welcher der klügste von allen war, so mußte sie ihn ganz einfach gern haben. Er war auch gebildet, denn er hatte in guten Schulen Unterricht genossen. »In Oxford«, sagte er zu ihr, als sie sich erkundigte, »und mein Vater und mein Großvater vor mir.« In diesem Mann war so viel Feinheit, so viel gestörte Urteilskraft und so viel Blindheit, daß sie seufzte, wenn sie nachts an ihn dachte.

»Es wäre leichter für diejenigen, die unter ihrem Joch leben«, dachte sie, »wenn sie alle böse wären.«

Aber nein, auf jeden bösen Weißen, meinte sie, kamen hundert, die nur blind waren, und von beiden Übeln war die Blindheit schwerer zu ertragen. So hörte sie diesen Mann, während sie ihn, neben ihm dahinschreitend, durch geschickte Fragen erprobte, sagen: »Wir haben eine Verantwortung für dieses Land.«

Als er das Wort »Verantwortung« aussprach, hob er den Kopf und blickte über das Grün Burmas, durch das die Straße wie ein silbernes Schwert drang.

»Wieso?« forschte sie. »Wieso fühlen Sie sich für dieses Land verantwortlich?«

»Weil es ein Teil des Empire ist«, gab er ernsthaft zurück.

»Aber wozu das Empire?« wandte sie ein. »Warum diesen Leuten nicht ihr eigenes Land lassen, daß sie es bewahren und regieren?«

»Man kann eine Verantwortung nicht einfach abwerfen«, entgegnete er nachdrücklich. »Man muß seine Aufgabe erfüllen.«

Aus seinem aufrichtigen, besorgten Blick ersah sie, daß er es wirklich gut meinte und daß er das Gewicht der Pflicht auf sich und auf seinem eigenen Volk lasten fühlte.

Auch sie schaute über das grüne Land. »Es wäre eine bessere Welt für uns alle«, sagte sie schließlich, »wenn Sie und Ihresgleichen nicht so gut wären.«

Er betrachtete sie von der Seite und stammelte, wie er stets zu stottern begann, wenn er ihr nicht zu folgen vermochte: »W . . . was meinen Sie damit?«

»Wir könnten frei sein, wenn ihr es nicht für eure Pflicht

hieltet, uns zu erlösen«, erwiderte sie, und ihre Augen waren traurig und lachten gleichzeitig. »Euer Pflichtgefühl erhält euch als Herren und macht uns zu Sklaven. Wir können eurer Güte nicht entrinnen. Eure Anständigkeit läßt uns nicht los. Eines Tages werden wir eurem Gott Trotz bieten, und dann werden wir frei sein.«

»Das klingt ja wahnsinnig«, gab er verwundert zurück. »Wissen Sie überhaupt, wovon Sie reden?«

»Nicht ganz«, sagte sie, »nicht ganz, denn ich spreche nicht aus meinem eigenen Kopf, sondern aus meinem Herzen. Aber ich fühle euch hier als ein solches Gewicht.« Sie legte die Hand auf die Brust. »Ja sogar in Ihrer Gegenwart fühle ich ein Gewicht auf mir.«

»Das bedaure ich«, versetzte er ernst. »Ich bin Ihnen wirklich ungemein zugetan . . .«

»Was Sie überrascht, denn nie hätten Sie gedacht, daß Sie jemals einer Chinesin zugetan sein könnten.«

Er errötete stark. »Das möchte ich keineswegs gesagt haben. Es ist ganz einfach, daß man nicht erwartet, eine Chinesin könne . . .«

»Wirklich ein Mensch sein«, vollendete sie.

Während dieses Gesprächs näherten sie sich einer Stadt, und da er von dem Gesagten stark in Anspruch genommen war und sie ihren eigenen Gedanken nachhing, betraten sie die Stadt allzu achtlos, ohne darauf zu achten, welcher Art die Bewohner waren, ob freundlich gesinnt oder nicht. Ein junger gelbgewandeter Priester erblickte sie als erster, und er lief verstohlen zu seinen Genossen, um ihnen mitzuteilen, daß Engländer mit chinesischen Frauen in die Stadt gekommen seien, und die schlimmsten Gedanken träufelten von seinen Worten, wie Flämmchen von Kohlen in dürres Gras tropfen, bis binnen einer Stunde die ganze Stadt sich gegen sie gewendet hatte. Sie aber ahnten nichts davon, als sie sich an einem am Wege gelegenen Tisch zum Essen und Trinken niederließen. Sie saßen auf Holzbänken auf der Hauptstraße, aßen Reis und mit Curry gewürztes Gemüse und tranken Tee. Im einen Augenblick war alles friedlich; die heiße Sonne schien auf das Tuch, das zum Schattenspenden über ihnen ausgespannt war; und im nächsten Augenblick sahen sie in finstere, wütende Gesichter, die sich um sie scharten.

»Wie . . . was zum Teufel?« murmelte der Engländer. Er sprang mit seinem Gewehr auf die Füße, die beiden andern Männer desgleichen, aber Mayli legte ihm die Hand auf den Arm und drückte die Bajonettspitze nach unten.

»Ihr mit euren Gewehren!« flüsterte sie. »Immer wollt ihr alle Übel mit dem Gewehr heilen! Warten Sie doch, Sie Narr, und lassen sie uns erst einmal sehen, was los ist.«

Sie suchte in der Menge nach einem chinesisch aussehenden Gesicht, denn in den Städten fanden sich oftmals chinesische Händler, aber hier war keins. Ihr Herz begann heftiger zu klopfen, während sie überlegte, was sie unter diesen ungünstigen Umständen tun könnte. Schließlich sagte sie zu dem Engländer, angesichts des Pöbels absichtlich lächelnd: »Legen Sie Ihr Gewehr hin, auch die andern sollen es hinlegen. Setzen Sie sich alle und essen Sie weiter.«

Widerwillig gehorchten ihr die Männer. Hierauf streckte sie den Leuten ihre Hände hin und zeigte ihnen, daß sie leer und bloß waren. Sie nahm ein Gewehr auf, schüttelte den Kopf und legte es wieder hin. Sie wies auf die Straße und bedeutete, daß sie sich unterwegs befanden. Sie zog Geld hervor und bezahlte beim Gastwirt das Essen. Dann wandte sie sich an die andern und sagte: »Kommt. Zeigt keine Furcht. Laßt uns miteinander gehen, als wäre alles in schönster Ordnung.«

Ob es ihre Ruhe oder ob es ihre Stimme war, die eine unbekannte Sprache hören ließ, oder ob es gar die drei Gewehre waren, welche die Männer hatten, die Leute machten ihnen Platz, doch schlossen sie sich ihnen dicht an, als sie dahingingen.

Während dies sich zutrug, hatte Sheng und seine Gefährten die Stadt von der anderen Seite betreten; sie kamen die gleiche Straße daher, gewahrten die Menschenansammlung und blieben stehen.

»Sind es Feinde?« erkundigte sich Sheng bei Charlie, denn die Menge zählte viele Köpfe, und von überallher gesellten sich Menschen dazu.

»Wir wollen auf einer Straßenseite zurückgehen und einen Bogen machen«, schlug Charlie vor. »Besser verlassen wir die Stadt auf einem Umweg und vermeiden auf diese Weise den Auflauf, welcher Art er auch sein mag.«

Dies taten sie, und nach wenigen Minuten waren sie dem Tor näher als die andern. Sie schritten hindurch und befanden sich auf der andern Seite. In diesem Augenblick hörten sie eine Stimme auf englisch rufen: »Laßt uns auf und davon laufen!«

»Verdammt will ich sein«, sagte der Engländer, der mit Sheng ging, als er diese Stimme vernahm; er blieb stehen, und sie blieben alle stehen und blickten zurück. Da sahen sie die drei Engländer, die einige Frauen an der Hand gefaßt hielten und auf sie zuliefen, gefolgt von einer brüllenden, grölenden Menschenmenge, die jetzt voll Angriffslust war. Sheng und seine Begleiter waren gerade im Begriff gewesen, die Straße zu überqueren; jetzt feuerten sie ihre Gewehre genau über die Köpfe der Flüchtenden und der Menge ab. Beim Knall der Schüsse ließen die drei Engländer die Hände der Frauen los, drehten sich um und schossen ebenfalls über die Köpfe der Menge weg, und bei diesem Feuer hielten die Leute inne. Keiner von ihnen hatte ein Gewehr, und wie konnten sie gegen solche Waffen an?

Wären sie härter und verbissener gewesen, so hätten sie sich nicht zurückschrecken lassen. Aber diese Menschen waren nur ausgelassen und ungestüm wie Kinder; es fehlte ihnen an Mut und Verwegenheit; sie zogen es vor, ihre Opfer laufenzulassen, als sich in Todesgefahr zu begeben; so drehten sie um und gingen in ihre Stadt zurück, lachend und frohgemut, als hätten sie einen Sieg erfochten.

Jetzt erst fanden Sheng und Mayli Muße, einander zu sehen, und eine ganze Weile standen beide da und starrten sich an, und dann vergaß Mayli alle Sittsamkeit und lief auf ihn zu, Pansiao ihr auf den Fersen.

»Sheng!« schrie sie. »Du bist's! Und dein Arm – ist er geheilt?«

»Bruder!« rief Pansiao. »Bruder, wie kommst du hierher?«

Sheng aber wurde, sobald er Mayli erblickte und sah, in welcher Gesellschaft sie sich befand, von den Qualen der Eifersucht erfaßt. Wer waren diese weißen Männer, mit denen Mayli durchs Land zog? Und er erinnerte sich in jähem, scharfem Schmerz, wie leicht sie mit weißen Menschen sprach, wie nahe sie solchen Fremden war, und er fühlte die alte Mauer der Verschiedenheit zwischen sich und Mayli. Er stand still; er sah sehr kalt aus und setzte ein falsches Lächeln auf, während er sagte: »Treffen wir uns wieder? Ich sehe, daß du mit Fremden zusammen bist. Was meinen Arm betrifft, so ist er gesund genug, daß ich damit kämpfen kann.«

Darauf blieb Mayli ebenfalls stehen. Solch eine Torheit vermochte sie nicht zu fassen. Sie stampfte mit dem Fuß in den Staub der rauhen Straße und rief Sheng zu: »Was meinst du, Sheng? Was geht in deinem Kopf vor? Wie kannst du so zu mir sprechen?«

Pansiao aber trat zu ihm, legte ihm die Hand auf den Arm und sagte: »Bruder, da du jetzt hier bist, können wir uns von diesen Fremden trennen.«

»Ich bin nicht sicher, daß ihr euch von ihnen trennen wollt«, gab Sheng zurück, die großen Augen noch immer voll Zorn auf Mayli geheftet.

Mayli war sehr erhitzt und müde; wie müde sie sich fühlte, das merkte sie erst, als der Aufruhr des Pöbels vorbei war, und plötzlich spürte sie das Verlangen, sich vor lauter Müdigkeit auf die Straße zu legen, wo sie gerade stand, und zu sterben. Ihre Lippen begannen zu zittern, und Charlie, der dies sah, sagte zu Sheng: »Großer Bruder, darfst du so zornig sein, wenn wir soeben einer großen Gefahr entronnen sind?« Während er sprach, glitten seine Augen seitwärts zu Pansiao, und auch sie blickte ihn von der Seite an, obwohl aus Höflichkeit keiner den andern anredete. Nachdem der Artigkeit Genüge geschehen war, fragte er sie: »Seid Ihr wohl und munter?«, und sie antwortete: »Ja«, und beide fühlten, daß mit diesen wenigen Worten viel gesagt war.

Die ganze Zeit hatten die Engländer dem Auftritt zugeschaut, sehr verwundert und ohne ein einziges Wort zu verstehen. Der Engländer, welcher zu Shengs Gruppe gehörte, schwieg aus Unsicherheit, weil er von seiner Truppe fortgelaufen war, und hielt sich hinter Sheng und Charlie. Aber jetzt sah der große Engländer ihn deutlich; er rief ihn an, ging zu ihm und streckte ihm die Hand hin, wie Weiße zu tun pflegen, wenn sie einander begrüßen.

»Ich sehe, daß Sie Engländer sind«, sagte er.

Der andere nahm die dargebotene Rechte und lächelte säuerlich. »Gewiß«, erwiderte er und schwieg dann.

»Wie sind Sie mit diesen Chinesen zusammengetroffen?« erkundigte sich der erste.

»Durch reinen Zufall«, lautete die Antwort.

»So erging es auch uns mit diesen Frauen«, berichtete der Große. »Wir wurden von den Japsen gefangengenommen, aber es gelang uns zu entkommen. Wir waren unser acht – die andern hatten weniger Glück.«

»Soso«, gab der andere zurück. Dann fuhr er vorsichtig fort: »Ich habe mich verirrt. Der Rückzug war entsetzlich, was?«

»Entsetzlich«, stimmte der Große zu.

Dann traten alle Engländer zusammen, schüttelten sich die Hand und sprachen leise miteinander. Binnen eines Augenblicks standen die beiden Arten wieder gesondert, Engländer für sich und Chinesen für sich, und alle waren voll Unruhe, ausgenommen Mayli, die von der einen Gruppe zur andern schaute. Es war ein seltsamer Augenblick, ein Augenblick, wie er mitunter ungeteilt und vereinzelt aus der fließenden Zeit fällt, ganz in sich selbst geschlossen, weder mit der Vergangenheit noch mit der Zukunft verbunden. Sie ertrugen ihn in ungewissem Schweigen. Rings um sie glänzte das Grün dieses Landes, das ihnen allen fremd war. Da waren die niedrigen Hügel, und unter ihren Füßen war die staubige Straße. Der Himmel über ihnen wölbte sich sanft und blau; im Westen aber türmten sich langsam schwere Gewitterwolken immer höher über den Horizont. Niemand war auf den Feldern oder auf der Straße zu sehen. Die Luft lastete unbewegt und heiß auf ihnen. In diesem runden, losgelösten Augenblick waren sie von der ganzen Welt abgeschnitten, allein und abseits. Die Engländer standen beisammen, bärtig und schmutzig, in scheuer Unsicherheit. Die Chinesen standen beisammen in ihren abgetragenen, zerrissenen Uniformen, barfuß, ohne Kopfbedeckung, mit braungebrannten Gesichtern, mit kühlen Augen; und hinter ihnen war der Inder, aber niemand beachtete ihn. Mayli stand zwischen allen. Erst blickte sie den großen Engländer an, jetzt sah sie auf Sheng. Dann sprach sie zu Sheng.

»Wollen wir weitergehen?« fragte sie ihn.

»Mit ihnen weitergehen?« gab er zurück, wobei er die schwarzen Brauen zusammenzog und mit dem Kinn auf die Engländer deutete. »Nein, ich habe genug.«

»Was sonst?« fragte sie. »Wohin sollen wir gehen?«

»Wohin gehen sie?« erkundigte er sich, und seine Miene war noch immer finster.

Sie wandte sich an den Engländer und änderte ihre Sprache. »Wohin geht ihr?« forschte sie.

Die Engländer sprachen leise miteinander. Sie vernahm einige Wortfetzen. »Wir würden uns besser aus dem Staub machen . . .« – »Irgendwie zurück zu Weißen . . .« – »Fort aus diesem scheußlichen Land . . .«

Dies waren die Worte, die Mayli hören konnte. Dann reckte sich der Große. »Westwärts«, erwiderte er. »Nach Indien.«

Sie richtete den Blick gen Westen, und dort stiegen langsam schwere Gewitterwolken empor. Sie waren silberumrandet gegen die Sonne, doch auf dem Horizont lagen sie als schwarze Masse.

»Dort wird es ein Unwetter geben«, sagte sie.

»Freilich«, erwiderte der Engländer. »Aber es ist nicht das erste, das wir erleben.«

Sie zauderten noch eine Weile. Dann steckte der Engländer die Hand in seine Tasche und holte den Kompaß hervor, den sie ihn durch den Urwald hatte tragen lassen.

»So, das ist Ihr Kompaß – vielen Dank«, bemerkte er.

Einen Augenblick trieb sie es, zu sagen, er dürfe den Kompaß behalten. Denn wirklich sahen die Engländer sehr hilflos aus, wie sie da beisammenstanden. Konnten sie führerlos den Weg finden? Aber Chung hatte ihr den Kompaß geschenkt, und sie mochte ihn nicht für immer fortgeben; so nahm sie ihn wortlos entgegen. Dann schulterte der Engländer sein Gewehr. Sein Gesicht war blaß und müde, doch in seinen

Augen stand noch immer Entschlossenheit. »Nun also«, sagte er unvermittelt, »wir würden besser losziehen.«

Er machte scharf kehrt, während er sprach, und schritt von dannen, hinter ihm die andern Engländer in ihren schmutzigen, weißverfleckten Uniformen, und in Reih und Glied marschierten sie davon. Die Straße hinunter marschierten sie gen Indien, und die Chinesen blickten ihnen nach, sahen die unerschrockenen, zerlumpten Gestalten gegen den gewittrigen Himmel immer kleiner werden und sich schließlich in der wachsenden Dunkelheit verlieren.

Jetzt aber kam der seltsamste Bruchteil dieses seltsamen Augenblicks. Der Inder, der all diese Tage hindurch Sheng still und ergeben gefolgt war, spannte seinen mageren dunklen Körper und sauste dann in die Luft, als wären seine Beine stählerne Sprungfedern, und er stürmte dahin, hinter den Engländern her. Dies tat er ohne einen Laut, ohne Schrei, ohne Worte, ohne Abschiedsgruß. Er rannte in die Dunkelheit den weißen Männern nach, und seine nackten Füße waren so geräuschlos wie ein Tiger im Staub.

Für eine Sekunde sahen sie sein wildes Antlitz, das Weiße seiner großen traurigen Augen, das Blitzen seiner weißen Zähne. Dann war auch er fort.

Alle waren zuerst viel zu verwundert, um sprechen zu können, bis Sheng schließlich Charlie anblickte und fragte: »Dieser Mann aus Indien – hat er noch immer sein Messer?«

Charlie erwiderte: »Du weißt, daß er es den ganzen Tag in der Hand hält und es nachts unter dem Kopf hat.«

»Dann ist die Aussicht nicht gut«, sagte Sheng grimmig.

Während die Chinesen noch dastanden, begann ein verstohlener Wind von den Wolken herüberzuwehen. Er verstärkte sich beständig mit einem fernen Grollen, und als Mayli dies hörte, wurde sie besorgt und zum erstenmal ängstlich. Sie wandte sich an Sheng. »Wohin sollen wir gehen?« fragte sie. »Ich fürchte mich vor dem Unwetter. Der Himmel sieht ganz anders aus als bei einem gewöhnlichen Gewitter.«

»Es ist ein starkes Unwetter«, erwiderte er. Beunruhigt prüfte er die Wolken, die sich am ganzen westlichen Himmel ballten. »Jedenfalls dürfen wir nicht hineingeraten«, entschied er ernst.

Jetzt schauten sie gen Osten, und sie sahen, daß dort der Himmel noch immer klar und blau war.

»Laßt uns heimgehen«, sagte Sheng plötzlich.

Pansiao, die das Wort »heim« hörte, rief: »Oh, ich möchte heimgehen!«

»Heim . . . heim«, seufzten die müden Frauen.

Aber Mayli sagte traurig: »Zwischen uns und der Heimat liegen viele hundert Kilometer von Urwald und Gebirge und Flüssen. Können wir so weit zu Fuß gehen?«

»Ich gehe«, versetzte Sheng fest.

Sogleich brach er auf, und Pansiao lief ihm nach, und hinter ihr ging Charlie, und eine nach der andern folgten die Frauen, bis Mayli allein dastand, so müde, sagte sie sich, daß sie keinen Fuß aufsetzen konnte, um eine so lange Wanderschaft zu beginnen. Vor ihnen schimmerte der reine, helle Himmel noch klarer. Aber war sie nicht zu müde, um ihm entgegenzugehen? Sie sehnte sich danach, bis zum Tod zu schlafen.

Ganz vorn blieb Sheng stehen und blickte zurück.

»Kommst du nicht mit mir?« rief er.

Doch sie zauderte. Was, wenn sie die Heimat niemals erreichten?

»Sheng!« rief sie. »Willst du mir geloben . . .«

Mit scharfen, schneidenden Worten schnitt er ihre bittende Stimme ab. »Ich lege keine Gelöbnisse ab«, rief er zurück. »Ich bin nicht wie jene Menschen, die Gelöbnisse ablegen!«

Groß und aufrecht sah sie ihn in dem blaugrauen Licht stehen. Wenn sie hierblieb oder wenn sie den Engländern nachlief, würde sie dann nicht in das Unwetter geraten? Der Sonnenschein fiel noch immer von dem klaren Himmel auf das Land. Was konnte sie anderes tun als mit Sheng gehen? Und Gelöbnisse waren nichts als Worte, und Worte waren Seifenblasen, die leicht von den Lippen der Menschen fielen, platzten und zergingen, als wären sie nie gewesen. Sie senkte den Kopf. Nein, auch wenn er kein Gelöbnis ablegen wollte . . .

»Ich komme!« rief sie; und so begannen sie ihren Heimweg.

Weit weg in Ling Tans Haus saß Jade und beobachtete ihre Söhne, die auf der Dreschtenne vor der Tür spielten. Es war bald Mittag, und binnen kurzem würden die beiden Männer, Lao Ta und Lao Er, zur Mahlzeit heimkommen. Sie befanden sich auf den Feldern, wo sie den reifen Weizen schnitten. Es war eine beschwerliche Ernte, und sie hatten ihn, wie alle Bauern dieses vom Feind beherrschten Gebiets, zweimal verdünnt, so daß die feindlichen Aufseher, welche die Äcker prüften, nicht sehen konnten, wie gut die Ernte in Wirklichkeit war. Das heimlich geerntete Korn hatten sie des Nachts gedroschen, und es war in dem Keller unter der Küche in Behältern versteckt.

Jetzt nähte Jade an einem Kleid für Lao Er, und während sie stichelte, fühlte sie Verachtung für den Stoff, aus dem das Gewand entstand. Die Baumwollstoffe waren samt und sonders schlecht, denn das war alles, was der Feind ihnen gebracht hatte. Eines Tages, träumte sie, würde sie wieder das alte schöne, kräftige blaue Tuch weben, das vom Vater zum Sohn dauerte, eines Tages, wenn sie wieder frei waren. Ja, sie würden wieder frei sein; sie wußte es, sie fühlte es. Es gab kein Gelöbnis, dem Auge sichtbar oder dem Ohr hörbar, und doch hatten Männer und Frauen inmitten des gegenwärtigen Übels aus ihren eigenen unbeugsamen Herzen Hoffnung geschöpft.

Aus solchem Sinnen heraus hob sie den Kopf und sah die beiden Männer über die Felder kommen, die Sicheln in der Hand. Sie schritten Seite an Seite, kraftvoll und fest.

Sie erhob sich, um ins Haus zu gehen und das Essen auf den Tisch zu setzen. Plötzlich hielt sie inne in ihrem Tun, denn sie hörte ihre Zwillingssöhne schreien. Sie stritten miteinander; der größere hatte den kleineren angegriffen. Die beiden waren nämlich nicht von gleicher Größe; der Zweitgeborene war kleiner; und es trieb sie, dem kleineren gegen den größeren beizustehen, denn er wurde hart bedrängt und weinte und schrie. Doch dann unterließ sie es. Sie stand nur da und beobachtete die beiden, während das Weinen und Brüllen fortdauerte. Sie wartete ab, um zu sehen, wie sie diesen Kampf ausfochten.

Plötzlich gewahrte sie, daß der kleine Bursche zu weinen aufhörte, daß sein Gesicht einen Ausdruck der Wut annahm, und dann stürzte er sich mit all seiner Kraft auf den größeren, wobei der Zorn sein kleines Antlitz aufglühen ließ und seinen Arm stärkte, und sie lachte.

»Gut, mein Sohn!« rief sie. »Wehr dich – kämpfe, kämpfe!«

Und zufrieden ging sie ins Haus.

Bitte beachten Sie
die folgenden Seiten

Pearl S. Buck

Die gute Erde

Roman

Ullstein Buch 20705

Ullstein

Der Roman, für den Pearl S. Buck 1938 den Nobelpreis für Literatur erhielt, hat wie kein anderer das Bild Chinas in der westlichen Welt geprägt. Er erzählt vom einfachen Leben des chinesischen Bauern Wang Lung, der sein Land über alles liebt: die gute Erde – Gleichnis für den ewigen Rhythmus von Werden und Vergehen.